《小说月报》编辑部编

小说月报
FICTION MONTHLY

2014年
实力作家精品集

天津出版传媒集团

百花文艺出版社

图书在版编目(CIP)数据

小说月报2014年实力作家精品集 / 小说月报编辑部
编. -- 天津 : 百花文艺出版社,(2017.1重印)
ISBN 978-7-5306-6590-9

Ⅰ . ①小… Ⅱ . ①小… Ⅲ . ①中篇小说−小说集−中
国−当代②短篇小说−小说集−中国−当代 Ⅳ .
①I247.7

中国版本图书馆CIP数据核字(2014)第303040号

选题策划 : 《小说月报》编辑部　　**装帧设计** : 郭亚红
责任编辑 : 刘书棋　彩罕娜　　**责任校对** : 曾玺静
　　　　　　齐红霞　叶立钊

出版人 : 李勃洋
出版发行 : 百花文艺出版社
地址 : 天津市和平区西康路 35 号　　**邮编** : 300051
电话传真 : +86-22-23332651（发行部）
　　　　　　+86-22-23332656（总编室）
　　　　　　+86-22-23332478（邮购部）
主页 : http://www.bhpubl.com.cn
印刷 : 天津金彩美术印刷有限公司
开本 : 720×970 毫米　　1/16
字数 : 262 千字　　**插页** : 3 页
印张 : 19
版次 : 2015年1月第1版
印次 : 2017年1月第2次印刷
定价 : 38.00元

李 亚

邵 丽

方 方

叶广芩

陈应松

裘山山

叶兆言

毕飞宇

余一鸣

王祥夫

李进祥

目 录

自行车

李 亚

好长时间以来,我都想讲一讲我们李庄的自行车故事。这个故事就像寒冬腊月里刚出炉的烤白薯,我一想起来就馋涎欲滴,但要是没点儿耐心等它热劲儿降一降就咬上一口,那准会烫掉几颗大门牙——请各位看看我现在的门牙模样,就会知道我以前有过怎样的经历了。我曾经想过,要是按照时序一点一滴从头讲起,那我们李庄的自行车故事就是一部冗长沉闷的历史——按照我的脾气,我宁愿把这个故事讲失败了,也不愿意这样讲故事。我还曾这么想过,要是从最辉煌的时候讲起,那么,接着再讲发展阶段和没落阶段的故事时,各位就该打瞌睡了。左思右想,我最终决定,还是从我们李庄有史以来诞生的第一辆自行车说起吧。

第一辆自行车诞生在绵羊家

我们李庄的第一辆自行车诞生在绵羊家。

绵羊不是一只羊,而是一个人,小名叫绵羊,因为从小就长个大个子,又细又高,脑袋又尖,所以我们李庄的人给他起了个外号叫红缨枪。绵羊的爹叫李瓶盖,他娘叫王糖精,当然这都是外号,真名叫啥都没多大作用,因为我们李庄的人一般情况下不叫真名,都叫外号。绵羊比我们这帮鸟孩子大好几岁,都是十八九岁的年轻猴了，还穿着带围嘴带襻子的裤子，几乎天天戴着一顶灰色鸭舌帽，帽顶上还有两个窟窿，也不知他从哪儿弄的，反正，在那个年代，绵羊这副打扮猛一看就像电影上的苏维埃工人。就这么一家人，整天过得昏天黑地的，但就像做梦似的，突然一下子就有了一辆崭新的自行车——要想说清楚我们李庄第一辆自行车之所以诞生在绵羊家的缘由，那真是小孩没娘，说起来话长。

据我们《李庄野史》记载，从前，我们李庄有个二流子，学名叫李得先，外号叫瓶盖，我们李庄的人都叫他李瓶盖。有一天李瓶盖赶王桥集买鞭炮，为啥买鞭炮，野史里没说，反正买了鞭炮回来，到了集东头王桥河，看到河边有一个大闺女正在洗衣裳，这个大闺女一头乌发，两腮赤红，当时李瓶盖就觉得大腿根里一酸一麻一跳一跷，脊梁沟里一激灵，两眼一下子就直了，两腿就走不动路了。这个大闺女就是王糖精。正好王糖精一抬头，看到一个流里流气的傻半吊子男子两眼弯得秤钩子一样，不怀好意地看自己，又愤怒又厌恶，立即翻着眼白瞪他一眼。没料到，李瓶盖把这个白眼当成了媚眼，好像鬼神支使，弯腰捡起一块坷垃，手一扬投了过去。王糖精被溅了个满脸水花，哪里能算毕头，站起身来，一跳三尺高，破口大骂奶奶娘，猛扑了过来。李瓶盖一看来势凶猛，哪敢抵挡，只有落荒而逃。王糖精发了疯，好像母鸡发了情，拍着屁股一路狂追，咯嗒咯嗒，一口气追进了我们李庄，接着又一口气追进了李瓶盖家里。下边发生了啥事，野史里没有记载，但我们李庄的老少爷们儿都看到了，先是李瓶盖他爹李笆斗出来把木栅栏门一关，出来蹲在墙边慢腾腾地抽起烟锅来。我们李庄的老少爷们儿正盼着这个老不死的快点把一锅臭烟抽完，就只见，他家院子里突然间闪了一道彩虹，老少爷们儿都以为天上会掉下来一袋金子，结果是李瓶盖出来了，他面带神赐的微笑，用半截柳枝儿挑着一盘鞭炮，点着了噼噼啪啪一放，各位大神呀，他这就算娶媳妇了。但是，就在第二天早饭时，李瓶盖他爹李笆斗，就是那个抽着烟锅守门的，老不死的，端着碗蜷蹴在门口墙根儿那儿正喝着红芋片子茶，居然脖子一缩，脑壳子一顿，死得跟只鸡似的俩爪翘翘的。

也许各位觉得这是个笑话，最多算是个传说，但我们李庄的人都认为这是真实的，因为那时候很穷，我们李庄出现的很多真人真事，现在看来都像笑话或者传说一样。

当然了，李瓶盖家的这些事情发生时，我还没来到这个烟熏火燎的世界，上述种种，有一部分是我过来后听说的，还有一部分是出自神奇的《李庄野史》。

总之，李瓶盖家的故事很多，有些很伤心，有些很传奇，有些让人哭笑不得。比如，李瓶盖的兄弟李秤砣，因为家里穷，哥又娶了嫂子，两间趴趴屋住不下了，只好卷卷铺盖一背，出了家门多少年不见音信。直到一二十年之后才来一封信。原来，李秤砣去了大兴安岭，在啥啥林业局里混出了名堂。这时候，李瓶盖和王糖精都三四个小孩了，大儿子绵羊，也就是红缨枪，都十八九岁了，而我们这一拨鸟孩子也都十一二岁了。

尽管后来红缨枪绵羊成了我们亳州市房地产大鳄，富得一撅屁股就屙翡翠祖母绿，但当年他家穷得不堪入目也是毋庸置疑的事实。我要是从物质方面来形容他们家的穷样子，那恐怕废话很多而且无趣之至，也不一定能说到位，不如我说个事例来证明他们家穷到什么境界了：有一天，李瓶盖全家下地点花生，也就是种花生，一个长相漂亮、活似戏里罗成的小偷摸进他屋里，东看看西翻翻，光景着实凄凉，小偷罗成鼻子一酸，不仅没偷东西，临走时还在案板上放了五块四毛钱，还用他家那把满是豁口的菜刀压着。那时候，五块四毛钱比老天爷都要厉害，尤其对我们李庄的人来说更是非同小可，买一口袋小麦还可以再割六七斤猪肉，都不一定能花完。

红缨枪绵羊家发生的这件事绝对是真的，在我们李庄不仅传诵至今，即便在当时，还让一些二流子货为自己的好吃懒做找到了振振有词的理由。比如，脝脸越南他爷，学名李运金，外号龙头大太子，六七十岁了，胡打溜秋了一辈子，万事都相信天上掉馅饼，绵羊家发生的奇迹使他更加坚定了自己的人生信条。从那以后，他是一厘钱的活儿也不干了，天天和他老婆子手拉手去庄东头流粉河边的杨树行子里观看小鸟压摞摞，聆听马叽嘹子叫唤。这里说明几点，压摞摞就是交尾的意思；马叽嘹子是我们李庄的叫法，学名叫蝉，我以前讲我们李庄的故事时介绍过这些。另外，我以前也介绍过，在我们李庄，只要是两口子，无论年龄多大，一律称为小两口儿。龙头大太子小两口儿天天出门时都是房门大开，任凭鸡进鸡出，而且屋里还故意摆出一副凋敝样子。但是，奇迹要是经常发生那就不叫奇迹了。一连半月，龙头大太子虽然在案板上没看到一分钱，但连着好几天都看到了几泡鬼鬼祟祟的鸡屎点缀在案板上。

还请各位原谅，我这个人一讲我们李庄的故事总是东拉西扯，半天说不到正格上。本来讲的是绵羊家的故事，不料一下子滑到越南他爷龙头大太子这儿了。不过，多说龙头大太子几句也是因绵羊家的故事而起的，好歹也有些关联，而且也可以佐证当年绵羊家有多么贫穷。但是，就像那句话说的，鸡窝里飞出金凤凰，我们李庄开天辟地第一辆自行车就诞生在这个贫穷家庭里。

这个缘由解释起来其实太简单了。

也许各位都没有留意，刚才我说过绵羊他叔，也就是李瓶盖的弟弟李秤砣，就是这个很容易被人淡忘的小人物，拉开了我们李庄自行车故事的序幕。就像许多创造了历史的伟人，一开始都是不为人瞩目的小人物。李秤砣也是一样，当初他离家出走，一去一二十年，我们李庄的人都想不起这个人了，他突然来了一封信，虽然字写得狗刨的一样，但我们李庄的人都知道了，当年家里连个睡的地方都没有的鸟孩子，现在混出名堂了，在大兴安岭一个大型林场当了副场长。这个雷公鸟日的，他是咋混的呢？我们李庄老老少少千把口子想了半个多月，还没有醒过神来，李秤砣副场长又来了一封信，字写得还像狗刨的一样，但意思很明确，说绵羊也不小了，他准备送给绵羊一辆自行车，也让孩子骑个车子四处走走，见个世面，长长见识，以后遇见啥事也能分个子丑寅卯。详细内容我记不得了，大概就是这点意思，还是我现在总结的，因为据说当年李秤砣副场长总共认得三十几个字，他信里恐怕还说不了这么体面。

那时候我们李庄没有自行车，当然就没人会骑自行车了。红缨枪绵羊也不会骑，他爷爷李笆斗可能会骑，但老家伙去那边了，一时半会儿还联系不上，他爹李瓶盖拖着个屎包肚子，别说骑自行车了，平时走个丈八路都费劲——待会儿方便时我再说几句李瓶盖的屎包肚子——所以，绵羊和他娘王糖精只好捏着那张提货单或是包裹单，反正就是那张管用的单子，圣旨似的装进贴肉的口袋里，拉着架车子，前往沘河集邮电局去拉自行车。

这事说起来真是不可理喻，而且一直到现在我都没弄明白，在当年自行车是不是真的可以邮寄，如果可以，那么它是怎么邮寄的？现在是否还可以邮寄自行车……反正不管说啥废话，那天这娘儿俩大清早拉着架车子一出庄，我们全庄的老少就在村头等着，满以为他娘儿俩能拉回一辆闪闪发光的自行车，结果等到半下午，好几十家都没顾得上做中午饭，这娘儿俩两个活宝，拉回来的却是三个木条箱子。也就是说，红缨枪绵羊和他娘王糖精，两个人好像跑了一百里地，汗流浃背不足以形容他们当时的样子，反正水洗的驴驹子一样，拉回来的竟然是一堆还没组装的自行车部件。

奶奶个熊，别说拉回来的都是自行车部件，就是拉回来的是一泡牛屎，只要能组装成自行车，那也难不住我们李庄的老少爷们儿。尽管那时候我们李庄的人大都是皮糙肉厚净干蠢事的凡夫俗子，但也有几个爱动脑筋善于钻研的灵巧人,比如我爹就是一个,比如越南他爹李四两也是一个。当然也有几个经常滥竽充数的水货,比如茅根草李风潮。哦,对了,那时候李风潮还没当上我们康寨大队的治安主任,还是我们李庄的生产队小组长,不过他当小组长时外号就叫茅根草了。总之,不管怎么说,当年我们李庄的第一辆自行车,也就是绵羊家的这辆自行车,就是以包括我爹在内的组装小分队组装成功的。现在想起这事来,那一番情景依旧历历在目。

那天,红缨枪绵羊和他娘王糖精拉着三个木条箱子一进庄,我们李庄老老少少千把口子嗡的一声都围上来了。好像这娘儿俩是戍边二十年一朝还乡来,乡亲们层层簇拥着,到了绵羊家门口。恰巧当时我爹和越南他爹李四两,在村民小组长茅根草的带领下,刚刚修好正在田里灌溉的柴油机和抽水机,手里还拿着扳手钳子螺丝刀一应家伙,这三个带家伙的工程师走在人群最前面,那架势好像早就准备妥当,单等着开箱组装自行车。事情都到了这个当口,那还有啥好说的,直接开箱组装就是了。小神童文化他爹李得轮,小攮子西娃他爹李得刚,我们李庄这两个有名的二性头,一个抢起铁锹,一个抢起抓钩,就要劈木条箱子,幸亏被少帅李广他爹歪嘴子李得昌猛地一声喝住了,要不然我们李庄诞生的就不是第一辆自行车,而是第一堆废铁。

歪嘴子李得昌在我们李庄是有名的智多星,他喝住两个半吊子,背着手绕着三个木条箱子一番打量,然后蹲下去抱住一个木条箱张嘴就咬。我们围观的千把口子老少倒吸一口冷气,还未惊出声来,只见李得昌噗的一声吐出一颗铁钉来。当时我刚上小学五年级,尤其喜欢算术,歪嘴子李得昌吐出一颗铁钉,我就在心里画一道子,所以到现在我依然无比清晰地记得,三个木条箱子上总共一百八十颗铁钉,歪嘴子李得昌咬下了一百七十六颗,最后四颗是我爹用老虎钳子拔下来的,因为李得昌实在咬不动了,他吐出最后一颗铁钉时,满嘴流血,一说话上下四颗门牙奇拉多长,相互碰得叮当乱响。当然了,尽管李得昌咬铁钉的故事被我们李庄的人传笑了十几年,但今天在书写我们李庄自行车故事时,智多星歪嘴子李得昌也是功不可没的,虽说不需浓墨重抹,但也值得记上一笔。

但是,当时李得昌就是把一嘴牙都累掉了,大家也不会再关注他了,因为木条箱子打开了,老少爷们儿最关心的是怎么把几堆零件组装成自行车。

各位可以想象一下,一辆自行车,抬眼一看,十分简单,没啥高科技含量,但是,俗话说麻雀虽小五脏俱全,真要把所有的零件都拆散了,那也是琳琅满目的,不是行家你还真是下不了手的。但是,尽管在这个地球上还有很多未解之谜,然而在我们李庄,自东晋以来还没遇到过解不开的难题。虽然那时候我们李庄大都是目不识丁的乡巴佬,但是,在类人猿进化到人的过程中起着至关重要作用的火,也不是从事高科技的知识分子创研的,所以,组装区区一辆自行车,对我们李庄人来说,何足道哉——有一年北京一群著名的科学家对我们李庄人的大脑做过深入研究,最后给出一个客观的评估,那就是,我们李庄不管大人小孩,除去脑膜和毛细血管,每个人能够思考的脑浆子基本上都有一斤二两。

话虽说得这样俏皮,但当年组装绵羊家这辆自行车,我们全庄人可真没少下功夫。眼睁睁零部件摆满了当央,那些剔明发亮的玩意儿散发着魔鬼的气息,把里三层外三层围着的千把口子观众迷住了,一个个鸦雀无声。有好多零件大家都叫不上名字,更别说要装在哪个部位了。不说别的,就说那几包钢珠,肉眼看着都是一样大小,但哪些是装前叉上下碗里的,哪些是装脚蹬子里的,哪些是装轴承上的,根本没人能分得清。茅根草李风潮喜好自作聪明,好像只有他才能搞明白几包钢珠有啥区别,他从这个包里捏了几颗钢珠,填嘴里漱口似的漱一阵子,又从那个包里捏几颗,填嘴里漱一阵子。我们一群鸟孩子眼馋得要命,以为钢珠肯定比糖果好吃,结果,茅根草皱着眉头全吐出来了,这时我们才发现原来钢珠上涂着一层鸡蛋黄样的黄油。我爹虽然也不识几个大字,但他善于动脑筋,他像模像样地看着说明书,还用手指头指指点点上面的组装图,茅根草往嘴里填钢珠时他不说话,茅根草吐钢珠时,他才一扬眉毛,很诧异地问了一句:"咋?这么高级的东西还不好吃吗?"茅根草居然很难得地憨憨一笑,咧着嘴说:"靠他娘,不是个正经味儿!"越南他爹李四两很专心,他不仅善于钻研,而且善于动手,他一会儿拿起前叉比画几下,一会儿拿起后叉比画几下,最后他把链条挂在脖子上,像个和尚念经似的,站在那儿开始皱着眉头发呆。

就这样一直摸索到日落西山,夜影子上墙了,三大工程师还没有摸索出名堂来。依着我们李庄人的性子,啥事不弄出个结果怎好意思收兵。事情到了这个地步,也根本用不着绵羊他爹李瓶盖磕头作揖,也用不着王糖精扭着屁股发浪撞人,我们全庄当年总共三十二盏马灯,一声不响,人们自动拎到现场,顿时,现场变成了灯火通明的露天组装车间。现场观众不仅没少一个,后来的还搬来条凳站在上面看热闹。

这时候,我爹摸索出一点名堂了,他宣布先组装前后轮上的辐条。顿时,全场一阵兴奋的嘀咕声,好像听大鼓书,马上就要到高潮了。绵羊全家人更是激动得不得了,一个个中邪了一样。几个小的就不说了,尤其红缨枪绵羊,虽然比我们这帮鸟孩子大了七八岁,那么大的驴桩个子,都是正正经经的年轻猴了,论说家里来客也可以名正言顺地上桌子端酒杯了,论说也该娶媳妇了,但他还穿着带围嘴带襻的裤子,戴着一顶头顶上有两个窟窿的灰色鸭舌帽,居然双膝着地,趴在地上,我爹只要一指说明书图上的某个零件,他马上双手捧着、膝行着递给我爹。当时我们这帮鸟孩子羡慕得要死,心想车大梁不说了,铃铛和齿轮也可以放弃,但要是能摸摸一根辐条,我们也愿意学蛤蟆爬,哪怕学老鳖爬也是心甘情愿的。王糖精肯定是鬼迷了心窍,她不仅拿出一包价值九分钱的丰收牌香烟,居然还端来一脸盆红糖茶,让三大工程师喝糖茶。比较安静的是李瓶盖,他半躬着身子,右耳朵上夹着吸了半截的烟卷,两手按着膝盖,目不转睛,神情凝重得几近痛苦,好像知识分子便秘了。

趁着我爹他们开始组装自行车,我说几句绵羊他爹李瓶盖的大肚子。

李瓶盖的故事太多,要是放开说,自行车组装完毕我也说不完。这会儿我只说一点点,那就是他这个人有点畸形。但是,请别误会,也不要往他四肢和其他器官上多想,他就是肚子大了一些。搁在城市里,这种肚子叫作啤酒肚,也没啥稀罕的。但是,当年在我们李庄,李瓶盖这个肚子可是个景观。据我们《李庄野史》记载,李瓶盖专门把他的大肚子单独摘下来上秤称过,不多不少,刚好一百单八斤。各位可以不相信单独称肚子这回事,但你要是见过他的肚子——我这么说吧,他的肚子大到可以随便移动的程度,夏天,地上铺个凉席片子,他躺在那儿睡觉,向左翻身时,他首先捧着肚子把屎包大爷挪到左边,要是向右翻身时,那就得先捧着肚子把屎包大爷挪到右边——我这么一说,你一准知道他的肚子有多大了。要是一般人有这么个大肚子,农村人嘛,图个吉利,会奉承一声弥勒佛爷,但到了李瓶盖这儿,家里穷得叮当响,还讲个啥吉利,也没啥可奉承的,干脆再送他个外号就算了:屎包肚子。各位,我这里得说一句,切不要以为只有阔佬才配得上大肚子,穷人也可以有个大肚子,而且,李瓶盖这个大肚子还巨长寿。后来,红缨枪绵羊成了我们亳州最有名的房地产大鳄,他爹屎包肚子李瓶盖还活得好好的,只是肚子更大了,给绵羊添了不少麻烦,好几次屙屎都卡在厕所里,每次都是出动消防队才把这位屎包大爷解救出来。直到后来绵羊给这位屎包大爷造了一间八十平方米的厕所,才算彻底解决了这个难题。

我说了这么一大段,令人遐想,你肯定明白当年李瓶盖观看组装自行车时拉的啥姿势了。他那个姿势,真的不好形容,后来我到了北京过日子,偶尔观看了一次日本相扑,才恍然大悟,原来我们李庄的绵羊他爹也是练过相扑的,他当年观看组装自行车的那个姿势,就是相扑手对阵的那个姿势。

　　之所以在这儿大说绵羊他爹李瓶盖,是因为当时我没有看到自行车组装的全过程,所以才没话找话讲讲李瓶盖的大肚子。那时候我毕竟才是个十一二岁的鸟孩子,一到天黑俩眼就滴柿汁子,俩眼皮就直打架,再说下边半根毛也没有,所以也没啥值得骚动的,我爹他们把一只轮子的辐条还没有装完,我就倒地睡着了。不过第二天我醒来一看,靠,真神奇,我们李庄凡是围观的老少爷们儿通通睡倒在地,我爹他们,也就是三大工程师也一一倒地,一个个鼾声如雷,手里还拿着扳手、钳子。值得一提的是茅根草李风潮,他可能有尿床的习惯,四仰八叉躺在那儿,裤裆里湿淋淋的一大片。红缨枪绵羊睡得死狗一样,嘴角还滴答着涎水。他娘王糖精,屁股撅朝天,头冲着三大工程师,想必是给三大工程师磕头表示谢意时就着姿势睡着了。而那辆自行车已经组装完毕——天啊,这就是我们李庄的第一辆自行车,它昂首挺胸在当央,光芒四射朝阳下,就像一匹吃饱喝足等待出征的战马。只有,只有大肚子李瓶盖没有睡觉,他叼着烟,脸上熬出了一层黑油,满脸熠熠生辉,目不转睛地望着神圣的自行车,依然拉着那个姿势。那个姿势给我留下了深刻的印象,所以我在这里多说几句他那些个玩意儿。

　　各位,红缨枪绵羊家有了这辆自行车,他家的故事就更多了。比如,在我们李庄千把口子老少围观下,李瓶盖挺着巨无霸大肚子如何教绵羊骑自行车。比如绵羊学会了骑自行车,第一天就带着他娘王糖精去姥姥家,也就是去王桥集,到了王桥河时,王糖精触景生情,大讲当年李瓶盖如何调戏良家妇女,气得绵羊手一哆嗦,崭新又神圣的自行车驮着他们一头扎进河里。再比如,绵羊天天骑自行车去泚河集他大舅王茄皮眼饭店打工,爱上了在他舅饭店旁边摆摊专卖小孩衣裳的人称"三步倒"的美女张春燕,失恋之后又如何火烧自行车,然后去亳州市闯荡,最终成为我们亳州市的房地产大鳄,等等。但我要是把绵羊家的故事讲完再讲别的,那至少得七卷本,那我们李庄的自行车故事就得改为李庄通史了。所以,在这里,我咬咬牙,不管绵羊家后来的故事有多么精彩,我还是决定就此打住,从整体着想,接下来开始讲述我们李庄自行车故事的其他篇章。

哦,对了,刚才忘了说,绵羊家这辆自行车是"孔雀"牌的,是当年哈尔滨自行车厂的名牌产品。

我的大"永久"被裸体了

实事求是地说,我们李庄的自行车一旦打开从无到有的局面,根本就没有经过缓慢发展的艰难过程,直接一个二踢脚,就到了最辉煌的时候。也就是说,绵羊家诞生的第一辆自行车大概不到两年时间,我们李庄的自行车如同雨后春笋,好像也就在一夜之间,全庄四五百户差不多家家都有了自行车。小时候说话我偏爱强词夺理,好的是谎话连篇,现在,我已经过了不惑之年,比老牛的岁数都大,说话得说句公道话,我们李庄的自行车发展之所以出现这么个繁荣景象,主要是靠国家有了好的政策,要是结合实际情况、具体而微地说呢,我爹的贡献也非同小可。但是,按照我们李庄的老规矩,啥辛苦啥功劳都当疙瘩菜先腌起来,只要把事情过程说清楚就行了。

当时土地包产到户大概一两年了,一见庄稼人吃粮不发愁了,政府就号召全县人民发展经济作物。说白了,也就是号召大家种烟叶。当时,我们亳州市还叫亳县,有一个沙土乡是全县的种烟试验乡,虽然比我们浥河乡早两年种烟叶,但人家啪的一下子,就取得了令全县瞩目的伟大成就,也就是说既赚了不少钱,又积累了很多经验,很快就成为我们全亳县的种烟烤烟培训基地。后来,其他乡选拔的种烟烤烟技术骨干,都得到沙土乡进行培训。反正当时县里对沙土乡异常重视,村村大喇叭里天天宣传沙土乡,宣传了一两年,说啥因为种烟叶富裕了,沙土乡的人民群众生活方式也变高级了,屙完屎都是用金砖擦屁股。虽然我们李庄自东晋以来就没种过烟叶这玩意儿,但凭着我们李庄人特有的性子,谁不想用金砖擦屁股?所以,我们全庄老少极力响应乡政府的号召,嗷嗷叫地要在今年种烟叶。按乡里要求,每庄要选两个技术骨干到沙土乡培训,不消说,我们李庄选拔出来两个人,自然有我爹一个,另一个就是越南他爹李四两。这个,我以前讲我们李庄的故事时好像顺嘴提过。

我刚才说过,我们李庄也有几个心灵手巧爱动脑筋的人,我爹和越南他爹李四两就是这类聪明人的代表。从刚才给绵羊家组装自行车的过程中各位就可以看出,我爹善于思考,越南他爹李四两善于动手,推选他们两个去沙土乡培训,是我们李庄老少的正确选择,板上钉钉的事,在理论与实践上肯定都有很大的收获。就这个事情,我曾经做过认真的分析,以我爹的那双小眼啊,他当年在沙土乡参加培训的时候,肯定发生过一些有趣的故事,虽说不至于惊天动地,也可能缺少幽默成分,但充满了荒诞与反讽那是绝对的。遗憾的是,不管过去还是现在,我爹一给我讲故事讲的就是我们李庄野史,他从未给我讲过他们在沙土乡培训的事情。当然,将来我爹也不可能再给我说这件事了,因为他老人家已经去世了,也就是说,我青少年时代的故事书目前摆放在天堂的某个几案上,等到时候,等到我走到地方的时候,到了那个几案旁边,坐下来抽根烟,趁歇歇腿脚的工夫,随手再翻阅一下,或者可以找到有关我爹到沙土乡参加种烟烤烟培训这一章。

即便到了今天,我依然得说,种烟和烤烟都是脏重的活儿,说起来也相当麻烦。你要是我们李庄的人,至少你要是我们亳州人,一说种烟烤烟你一下子就明白咋回事。以前一说这个道理,我顿时觉得这个世界有些蹊跷,我们李庄的人在一起,啥事根本不需明说,一个眼神就彻底清楚了。但对外人,尤其是我到了北京之后,本来鸟大个事,嘴都磨破好几层,很多人还不明白。当然了,现在我明白了有些人不明白也是可以理解、可以接受的,因为此世界与彼世界总是有些隔膜的,宇宙间的物质如果没有矛盾,那宇宙就不能称之为宇宙了。

这样闲话几句一过,我也省了介绍咋样培育烟苗,咋样种烟,咋样修建烟炕,咋样垒火龙,咋样挤烟叶,咋样烧炕,等等,现在我把这些脏活累活都掀到沟里去,凡事就像我们李庄人所说的,贼挨打的事儿就算了吧,说说贼吃肉多爽快。这里我就直接说烟叶出炕的时候。烟叶出炕,你要是没见过,我给你表述起来也相当费周折,你要是我们李庄的人,不管你多么阴郁的心情,哪怕你媳妇被人拐走了你一心想死,但我一说烟叶出炕,你心里扑腾一下顿时敞亮无比,朝心口猛捅三刀你都死不了。

当时我们李庄有十几座烟炕,一到烟叶出炕,那种圣洁健康的香味如同祥云瑞霭,不仅把我们李庄笼罩了,同时也把全宇宙笼罩了,那种香味虽然无法形容,但我敢说,全世界最昂贵的烟草都不会有那样的香味。要说那刚出炕的烟叶,真如同闪闪发光的金叶子,那颜色如同佛祖的笑脸,如同天女散花,如同牛郎看见织女,尤其对我这样一个读了几本闲书而无所用的鼠辈来说,烤烟的那种颜色,简直就是灵感的颜色,就是自由的颜色,就是爱情的颜色,就是战斗的颜色,就是仇恨的颜色,就是发财的颜色,就是……就是啥颜色也无法和刚出炕的烤烟那种颜色相提并论。

请各位不要被我的抒情迷住了，因为我们李庄的人从来就不欢迎这套虚假把戏。我们都是实在人，都是讲究吃吃喝喝的庄稼人，我们每家种了几亩烟叶，钱多得一把抓不完。有了钱，我们李庄老少在人前人后说话时胸脯能挺得高高的，还能多吃几顿好吃的，多穿几身新衣裳，还可以买点琉璃珠子玩儿，如果需要，还可以盖上明三暗五的大瓦房。如果这些吃的喝的玩儿的住的可以忽略不计，那我们李庄一下子添了几百辆自行车，是不是可以说说？

我们李庄一个单子批发了几百辆自行车，也是个复杂的故事，说起来也是一半被骗一半自愿，令人哭笑不得，所以索性先不说了。我现在只想说，一下子有了这么多自行车，世界就会自觉地在我们眼前展现出宽阔而平坦的康庄大道。一下子有了这么多自行车，我们李庄的年轻猴说个媳妇相个亲，完全可以按照自己的审美趣味来搞一搞，再也不会像从前那样，好不容易来个说媒的，还得到外庄借个自行车去相亲，要是借不着自行车，就借个新架车子去相亲，相亲拉个新架车子有啥用呢，真是荒唐。现如今有钱真好，媒人成群结队来我们李庄，任一家的门槛都被踢烂好几回，没办法，我们李庄的一群适龄年轻猴，只好天天成群结队去相亲。

当时我刚上初中三年级，一不到相亲的年龄，二没有自行车可骑，暑假里天天坐在庄西头池塘边钓鱼，眼睁睁看着一群群年轻猴骑着崭新的自行车，或是上海的"永久"，或是天津的"飞鸽"，最不济的也是常州产的"金狮"，一个个意气风发，尤其是小攮子西娃他们几个，几乎都是拐了五道弯的猴子鸟日的，从我眼前飒然而过时还故意放声大笑，猛捏铃铛，然后风驰电掣般驶向愉快又刺激的相亲之路。我心里有多么愤怒有多么悲伤有多么凄凉就别说了，反正那段时间我每天夜里都要做梦，每次都会梦到老天爷开着一辆小四轮拖拉机给我送来一辆崭新的大"永久"。虽然每天醒来梦已成空，但老天爷的模样我算牢牢实实记住了，他老人家当然长相非凡，表情当然和蔼可亲，就是说话有点结巴，和我爹发脾气时一模一样。

当时我家也不是没有钱，之所以没有跟风买自行车，我现在总结起来无非就是两点：一个是，我爹怕我整天骑着自行车满地溜光儿，耽误了上学，因为当时我爹一心一意想让我考上高中考上大学，更何况那时候我正是天不怕地不怕的年龄，又学了好几年捶，也就是学了几年武术，和东西庄的鸟孩子打过无数场狠架，每回都把人家鼻子打淌血，有点小名声。二个是，因为当时卖烟叶家家户户手里有了钱，都是成批量地买自行车，汜河集的自行车涨价涨得很厉害，一辆"永久"比以前涨了一百多块钱。以我爹充满智慧的大脑计算了一下，觉得很不合算。于是，我家就没有自行车了。

尽管我爹早就许过我，考上高中就给我买一辆大"永久"。可是，后来，当我拿着双沟高中的录取通知书，向他提起大"永久"时，这位先生，这位小眼睛的先生，左眼一眨巴，右眼一眨巴，然后拉着脸一声不吭了。以我对我爹的了解，这状况分明就是原先的诺言只是个诺言，真实的自行车则彻底泡汤了。

但当时我哪里还敢分辩半句，因为我爹那会儿正处于人生的顶峰，因为他到沙土乡培训过，是种烟烤烟技术骨干，我们全村谁家种烟烤烟都得央求着他，一个个敬他带把的好烟，左耳朵上夹一支，右耳朵上夹一支，十个手指八个缝里都夹着带把的香烟，那样子活似巫师，说起话来也鬼声鬼气。而且，我和我娘都非常崇拜他，他在家里说话有着绝对的权威。所以，为了避免这位先生一开腔再来一番冷嘲热讽，我当场一句话也不说了，到了院子里开始打沙袋泄愤。这三十个沙袋，还是我当初学捶时我爹特意吊的，他希望我练出一身绝世武功……打了半夜我爹都不出来说句话，我娘也没出来说句话，当然了，这一点也不奇怪，因为这两位圣人自打认识就一个鼻孔出气。

我心里不免更生气了，第二天我早早起来继续打沙袋，这时候已经不是吸引那位先生和那位女士的关注了，是因为一股怨气憋了一夜，不打沙袋我的肺叶子就会爆炸。我爹起来后都没看我一眼，吃了早饭也不看我一眼，任凭我打得红头酱脸，任凭我打得汗流浃背，他只管从屋里拿出镜子走出来站在阳光下拔胡子，拔完了把镜子往窗台上一放，给我娘说了一声赶集买盐去，我娘说家里不是还有一罐子盐吗，我爹鼻子里哼了一声，说："那罐子盐喂牛吧，这回买好盐去，香港进口的。"当时香港还没有回归，我和我娘都信以为真。就这样，那位先生赶集买盐，我继续打沙袋，越来越使劲，因为刚才那位先生神气活现的样子又把我的胸膛气满了。各位老弟，我天生就是个犟种，这个我们李庄人人都知道，我一口气打到晌午顶，直打得两只胳膊就像别人的，直打得浑身肌肉热气腾腾块块冒火，直打得天地宽阔寰宇澄明，直打得我心平气和了无牵挂，老天爷，我正要收工住手，就听到胡同里一阵子自行车铃声清脆悦耳，一霎间，我心有灵犀，不由得两眼热泪盈眶——果然，我爹给我买了一辆自行车，大"永久"！

我爹，他老人家，骑着一辆威风凛凛的大"永久"，直直地骑到院子里才下车。我眼含热泪，当场蒙住了：我爹从来没有骑过自行车，他老人家买辆自行车咋就骑着回家了呢?我爹说,他从沘河集买了自行车,推出集一上路,脚踏脚蹬子三试两试就会骑了,他就骑着回家来了。你看,事情就是这么简单,真是铁铁的我们李庄人的性格,说来复杂的就来复杂的,说来简单的就来简单的,一秒钟之前一阵子乱棍打得你鬼哭狼嚎,一秒钟之后又掏出一把糖果给你吃。

各位,千万不要以为有了自行车我就可以得意扬扬信马由缰,事实上我的极度兴奋还没有持续三分钟,事情就变得有些荒诞了:我爹停好自行车,洗了一把脸,他洗脸时眼睛就没离开过自行车。接着,他老人家从屋里拿出了一把扳手一把钳子一把螺丝刀,螺丝刀又称改锥,这套家伙我是熟悉的,它们曾经为我们李庄的柴油机和抽水机治过病,更重要的是它们还直接参与了我们李庄第一辆自行车的组装工作,现在,我爹又要让它们干啥呢?

其实我以前讲我们李庄的故事时提到过我的自行车,它的前挡泥板后挡泥板都被卸掉了,后座架子也被卸掉了,一辆自行车,卸掉了这些东西,就像把秃子的帽子摘掉了,就像脱掉了大嫂子的褂子和裤子,就像成龙的鼻子塌了,就像刘兰芳的嗓子哑了,就像,唉,就像刚新婚就死了老公的寡妇。哦,我的苦命的裸体自行车呀……当时,丁零当啷,细碎的金属声接连不断地敲击着我的耳膜,我头疼欲裂。我爹,这位先生,凭借着组装过绵羊家自行车的丰富经验,分分钟都没用,就把这辆自行车上的累赘全部解除了。后来,我在北京一所艺术院校里听教授讲德里达讲解构主义什么的,我心想这有啥呀,我早就懂了,这在原理上和我爹拆卸自行车没啥区别呀。我爹,这位先生,拆好了自行车,一边用麻袋片包扎着那些累赘,一边头也不回地说:"这样一弄,小偷看着也不扎眼了。"说着话,也不管我哭笑不得的嘴脸有多么难看,只管拎着那包累赘进了牛屋里。

二十多年过去了,我的那辆大"永久"早就不知去向了,但这包累赘在我家牛屋里梁头上放着。大前年我爹生病住院了,我回老家看这位先生,出了院刚把他接回家,他就让我去牛屋里把这包累赘取下来,当着他老人家的面一打开,这包累赘件件新若未触,一点儿锈迹也没有。我爹说,自从我当兵走后,自行车被我表哥铁锤骑走了,但一如既往,他每年照样把这包宝贝拿下来用机油擦拭一次,所以才保持着这么个新样子。而我爹,他已经不见了当年的荒诞和幽默,说起话来一板一眼,而且慢条斯理的,整个一副老态龙钟的样子。这不由得让我很怀念我爹年轻时的霸道棱角,有一次他随手抄起一根棍子,打得我满院子飞奔,最后一个箭步跳上鸡窝,扒着墙头一个小翻身逃命而去。

卖了烟叶喝啤酒

尽管我的自行车是裸体的,但它毕竟是正牌大"永久"。有了这辆裸体自行车,我终于可以加入我们李庄的"飞虎队",去赶个集,去听个戏,去看个电影,照样和一帮鸟孩子风驰电掣,铃声大作,风光无限。那时候,我们李庄的"飞虎队"在方圆几里很有名气,除了看电影听戏,和外庄的鸟孩子打架,也是威风凛凛地骑着自行车。你可以想象一下,几百辆自行车一阵风似的冲进一个村庄,那阵势……算了,我们这帮鸟孩子和外庄的人打架的故事我以前讲过几次了,今天是文戏,文戏有文戏的唱法,就不说打架的事了。

我们李庄,胖脸越南和小神童文化,还有我的堂兄文兵,他也有个不雅的外号,这里就不说了;我叫帮助,人称"老帮",也有个外号,这里且不说了;反正我们这帮大小差不多的鸟孩子,都是一根绳上的蚂蚱,天天在一块儿蹭耳朵,一块儿踢炸葫芦弄炸瓢,自从有了自行车,一块儿去外庄看个电影打个架那就更方便了。除了干这些剿猫骗狗的勾当,更光明的用途是骑自行车驮着烟叶去卖。当然了,我们李庄每次去卖烟叶,也不只是我们这几个鸟孩子,至少也有百十辆自行车出动。一百辆闪闪发光的自行车在公路上飞驰是个啥状况,而且一路上铃声响彻天空响彻大地,响彻从我们李庄通往淝河集的公路,那情景那阵势,绝不亚于后来欧非拉十六国元首来访问我们亳州时的车队。我们这帮技术过硬的自行车驾驶员,各个神采奕奕,人人无限春光,那得意劲头,好像后座上驮的不是百十斤烟叶,而是前边颤好看、后边颤也好看的大闺女……还是别说这个了吧。

当时各乡都设有烟叶收购站,我们淝河乡的烟叶收购站自然就设在淝河集上了,紧靠着粮站。

当年卖烟叶的情景,相当独特,戏剧含量深不可测,要是下辈子我还能托生个人,我一定好好描绘一番,这会儿我一想起那场面就感到迷茫,说也说不清。反正一到卖烟叶,淝河集天天人山人海,一眼望不到边,比逢会时人多一千倍,比逢会时的气场强大而喧嚣。到现在,一想起卖烟叶的场面,我就觉得自己十分渺小,连个鼠辈都算不上,连只蚂蚁都比不了。我们李庄这一帮人,刚才还春风得意马蹄疾,但一进入卖烟叶的队伍里,就像一把沙子撒在沙滩上,毛都算不上半根,哪里还敢嚣张,只好老老实实地排,唉,苦呀。不过,老规矩,走背字的事就不说了,直接说卖烟叶。

那境地里,收购站那七个验质员,个个都是大神,他们说你的烟叶是几等就是几等,或者说他们说给你多少钱就给你多少钱,因为一斤特等烟叶五块出头,一斤末等烟叶才一毛出头。你想,我们这些卖烟叶的,在这几个活神仙面前得拿出个啥脸色——啥脸色也没有用。不说其他几个猴鸟日的验质员,就说李莲英,他本名李连营,我们李庄的人叫他李莲英,为啥呢,我也不知道。反正这个年轻猴个头虽然爆竹般大,好像麻雀养的,但长相很精干,白白净净的,一说一笑俩酒窝,好像西施,又像嫦娥。他本来是我们李庄西南角李寨的,两庄相隔不到四里地,从李姓诞生就是同支子李,虽然他在乡政府干的是结婚登记,像个闲差,但也是个吃商品粮的,平常见了我们李庄的人,点头哈腰的很有礼貌,又会说又会笑的,没想到到了烟叶季上乡政府抽他来当了烟叶验质员,脖子上就系了一条血红的领带,眼睁睁地看着我们李庄的人,他妈个圈圈的咋就不认识了呢?判完了烟叶等级,连句话也没有,只管用血红的领带擦汗。当时气得小神童文化和胖脸越南,还有我和堂兄文兵,我们这一帮打家子都发了毒誓,等烟叶季节过了,再碰到这个扎血红领带的,一定要打出他的屎来,方才消了我们卖烟叶时受的窝囊气。

先说句闲话,虽然那时候我们那地方扎领带的很稀少,但确实很时髦,只是到现在我都没明白,那么热的天,收购站站长都没扎领带,成千上万卖烟叶的也没一个扎领带的,李莲英为啥扎个领带呢,要擦汗,拿条手巾也可以呀,真是莫名其妙。再说句真话,不管李莲英多么六亲不认铁面无私,但我们李庄的烟叶基本上都能卖个好价钱,因为有我爹和越南他爹李四两这俩受过烤烟培训的技术骨干,这两个人精,我们李庄想烤出劣质烟叶,还真得费点智慧。

我们李庄这帮鸟人,卖了烟叶,有了四五百块钱,那时候的四五百块钱有多大个作用,这么说吧,兜里有四五百块,捅个天大的娄子又咋的,县长要牛×也照打不误。当然了,我们这帮没见过大钱的,把钱一揣兜里,打架的事瞬间忘个一干二净,揣着钱赶紧喝啤酒去了。

那时候洮河集刚刚时兴喝啤酒,就是那种"魏王啤酒",就像古井贡酒一样,也是我们亳州产的,虽说现在这种啤酒早已被魏王曹操收购,转到历史深处经营了,但在当年,我们亳州人喝"魏王啤酒",就像前几年北京时兴喝人头马XO一样,都是格外上档次、格外有面子的事。当时全洮河集就数侯涛家啤酒卖得好。侯涛家本来开的是小百货店,但一到卖烟叶季节他就大卖啤酒。他家的啤酒摊就设在店门口，我们去了就站在门口纯粹喝啤酒，连盘油炸花生米都没有，干喝。侯涛自己也喝啤酒，而且谁也没有他喝得多。侯涛三十多岁，戴个黑塑料带子的电子表，留着大背头，脑门儿上一块月牙形疤瘌，是小时候被驴啃了一口……有一天他喝了三十七瓶啤酒，摇摇晃晃地站在河边尿尿，一泡尿没尿完，就一头扎河里淹死了。当然这是后来的事了。我们这帮毛没变黑的鸟孩子也经常喝醉，不仅老是站在河边尿尿，而且还到河里抹澡，但我们没一个淹死的。抹澡是我们李庄的方言，就是游泳的意思，也可以是泡澡的意思，总之，这句方言意思比较单薄，一说我们李庄人全明白。

喝完啤酒到河里抹澡，是小神童文化出的主意，别看他长相猪头猪脸，但他初中物理学得好，凡事喜欢站在物理学的角度上解决问题。文化说，躺在水里可以使身体里的酒精很快分解掉。我们哪能不相信这个物理学家的，每次一喝醉就去河里抹澡。那条河就是沘河，没有沘河就没有沘河集。河西岸是碧绿的庄稼，河东岸是一条柏油路，这条柏油路朝南通到阜阳，朝北通到亳州，后来的一○五国道我们那一截就是在这条路的基础上修建的。我们这帮一肚子啤酒的鸟孩子，晕头晕脑地骑着自行车，一阵铃声一阵风，一路号叫一路屁，顺着这条柏油路出了沘河集往北三四里地，一看没人了，胡乱把自行车随地一放，脱得赤条条的小鬼一样跳进河里。现在的沘河不能叫河流，叫河沟恐怕还有几骨节是干涸的，那时候的沘河才真叫河流，水草丰茂，鱼虾成群。我们躺在水草里，虽然看不见河水如何分解身体里的酒精，但可以明晰地感到成群的大鱼从光屁股下钻过去吸吮脚指头，成群的小鱼游过胸膛啄食我们毛还没变黑的小鸡鸡。各位兄弟，你知道我们有多么惬意吗，尽管现在有数不清的各种服务项目，虽然没有全部经历过，但我也敢肯定，没有一项服务能比得上我们那时候的这种享受，而且还要花他妈的钱，真够缺根筋的。

不过，就像在一些娱乐场所大把花钱买享受一样，这种在大自然中的享受有时候也不安全。有一次，我们躺在水里，正细细体味着大鱼吸吮脚指头，小鱼啄食小鸡鸡，突然小神童文化大叫一声，被鳖咬住小鸡鸡一样，被龙王爷拽住脚脖子一样，好像河水开锅了一样，他叫了一声就往岸上跑。我们大家一怔，赶紧一看，才发现有人偷我们的自行车。我们李庄的人真是托大惯了，平常去外庄看电影听戏，自行车都不锁，扎堆一放就得，外庄人一看是李庄"飞虎队"的，借给他仁胆子也不敢动一下。这下好，那个人不仅敢偷我们的自行车，而且还敢迈腿上车骑上就跑。

就像高老庄唱大鼓的高麻雀，一大段戏词唱得正好，他突然夹了一句道白："说时迟那时快"——我们二三十个浪里白条，飞似的冲上岸来，顺着柏油路追了上去。那个蝙蝠日的小偷，一看这群追客，光景非凡，蹬得更快了。正所谓天网恢恢，正所谓忙中出错，正所谓关键时刻掉链子——自行车掉了链子就不能叫自行车了，就像汽车没了油只是一堆废铁一样。那贼也是个笨货，链子掉了，你扔了车子跑你的就是了，可是这辆闪闪发光的新"永久"他如何舍得，一弯腰扛起自行车接着跑。我们一看，笑成一团，都负重了，还想和我们这帮轻装上阵的赛跑，我们连条裤衩都没穿，要是还跑不过一个扛自行车的，那我们集体吃屎算了。一个百米冲刺，追上那贼，哪里还有工夫三推六问，更不容他张口结舌，个个都像吃了壮筋丸，拳打脚踢，就是打出他一摊老屎，也解不了我们一腔火气，我们正被大鱼呓小鱼啄，活似神仙，你来偷我们的自行车也没事，主要不是时候，坏我们情绪，真是心肠歹毒，人品太差。小神童文化下手尤其狠毒，因为偷的正是他的自行车。那贼被打成了一摊稀泥，小神童文化还不解气，就让脬脸越南和我堂兄文兵架着那贼两膀，让我在后边推住贼的后背，他先是后退三步，冲上来一个飞脚，踢得贼后退不止，三个架贼的也跟着一溜踉跄。刚站稳下来，文化又冲了上去，这次没打贼，他扳着手指头给贼讲了一通物理原理，大声吭气地问那贼，负重奔跑与徒手奔跑之间的阻力有什么不同。古时候学生回答不了问题，私塾先生就是一顿板子，这个贼回答不了文化的问题，当然又是一阵子拳脚交加。

我们正打着老拳，突然一个大闺女骑辆摩托车过来了，而且大老远地就鸣笛不止。我们一看这个女的，这才意识到都光着腚沟子，小鸡鸡上都扎黑毛了，当时那境地，一时恨不得生出四只手，两手打贼，两手捂住小鸡鸡。当然这是不可能的。我们这一松懈，那贼爬起来就跑，跑得比火箭都快，刚才要不扛着自行车，就凭这速度，我们就是骑着自行车也追不上他。

这时候那个大块头的大闺女已经到了跟前，我们哪能走光给她观赏，恨不得十步并作一步往衣裳那儿窜。这次小神童文化落在了后边，因为他来不及挂链子，只好推着自行车跑。前边一个光腚露小鸡鸡的鸟孩子推着自行车奔跑，后边一个大块头的大闺女骑着摩托车追赶，估计没人见过这状况；前面一个偷自行车的贼骑车飞奔，后边一群光腚露小鸡鸡的鸟孩子穷追不舍，估计也没有人见过。反正自那以后，二十多年过去了，那番次第景象，我也没有再见过第二回。

骑摩托的大闺女黄飞虹

我们之所以狼狈逃窜,是因为骑摩托的这个大块头的大闺女,就是当年在我们那一带赫赫有名的黄飞虹,我们李庄的人都认识她。

不管啥时候,一提起黄飞虹,我脑海里就会噗的一声出现这段视频:黄飞虹站在李莲英身旁。高大魁梧的黄飞虹就像爱耍威风的亲娘,矮小干巴的李莲英就像惯受恶气的儿子。李莲英一用红领带擦汗,黄飞虹就用胳膊肘捣他,连捣两下,再掏出一块粉地带绿柳叶图案的手帕,一双金鱼眼一瞪李莲英,小个儿李莲英赶紧接过手帕,表情畏惧而羞涩地擦着汗。看到李莲英的乖样,黄飞虹慈祥地微笑了。

这出小戏,我们之所以一到烟叶站卖烟叶就能看到,是因为黄飞虹是个烟叶贩子。那时候,一到烤烟叶季节,不光我们沘河乡,哪个乡都有很多烟叶贩子。就像北京高级医院的号贩子,就像全国各地春运期间的票贩子,干的都是凡人干不成的事情,当时我们那儿的烟叶贩子也具有类似特异功能,他们在烟叶季节里走乡串户,收购的一等烟叶到了收购站就能卖个特等,收购的末等烟叶……当然,黄飞虹根本就不收购劣等烟叶,最差也得是二等的,但是到了收购站,我们眼看着二等的,她一卖就是个一等,要是我们看着是一等的,她保准卖个特等的,要是特等的——当然了,黄飞虹也不要特等的,因为花五块钱买的再卖五块钱,这个太辛苦了,也不赚钱,只是白出一脖子汗。

黄飞虹每次来卖烟叶,都是到李莲英所在的那个验质口,所以每次我们都能观赏到刚才那出含义丰富的小戏。其他庄的我不知道,反正我们李庄这帮子卖烟叶的,一看到黄飞虹和李莲英在验质口表演这出小戏,我们心里就千分羡慕黄飞虹,万分唾弃李莲英。我们非常纳闷,非常不满,非常憎恨这种带有流氓色彩的权钱交易——以我们当年的朴素头脑,从没想过他们之间会有权色交易,因为,黄飞虹长得太那个了,而且就凭李莲英的块头,就凭黄飞虹的块头,水缸里插根小棒槌,怎么可能会发生权色交易这等龌龊事呢!

说一个大闺女漂亮很容易比喻,丑八怪也容易描述,可是,要想说清楚黄飞虹的模样,尽管我在北京很多年了,也算见过好多外国人,但就像当年一样,仍然不知如何描绘黄飞虹那副尊容那副架框。就好像芹菜和韭菜都属于蔬菜一样,不管漂亮与否,反正黄飞虹都得算是个未出阁的大闺女,这一点谁都得承认。我们李庄的人以前相亲没啥讲究的，剜到篮里就是菜，蛤蜊难看，但掰开俩壳那块小肉儿还是很好吃的。现在卖烟叶有了钱，就要讲究黑白，讲究面相，讲究奶帮子和腚帮子，一般大闺女很难进入我们李庄人的法眼。那么，为啥我们李庄的老少爷们儿都是那么喜欢黄飞虹呢，她的所有器官从表面看上去都不符合我们李庄的审美要求，难道仅仅因为她是三关镇通背拳大家吴大通唯一的女徒弟吗，要是因为这个，那全庄老少爷们儿也应该喜欢我呀，因为我是……算了，我在师父面前发过誓，人前人后永远不说他的大名。

前面说过，我们李庄的烟叶烤得好，而且每一家都是骑着自行车驮着烟叶去收购站卖，但照样挡不住一些烟叶贩子经常来我们李庄逛荡一圈。就像你家的狗狗，明知道跑到屠夫家也很难吃到肉肉，但它还是照样围着人家门口打转转，它心想要是万一扔出一块肥的也说不准呀。黄飞虹也可能是这样想的，所以她也经常来我们李庄，她有时穿着一身天蓝色运动衣，袖子上和裤腿上都有两道白条子，脚蹬一双高靿白色回力鞋，有时候穿着一条大红裙子，脚蹬一双黑色高跟凉鞋，要命的是她一头短发还是烫的，烫的发型犹如鬼火燎过，就是外国电影里也未必能看到。我们李庄的妇女都觉得黄飞虹穿那身天蓝色运动衣好看，我们李庄的爷们儿都认为她穿裙子好看，因为裙子没有袖子，举手抬臂之间可使爷们儿们瞬间打鸡血——那时候我们这帮鸟孩子对浓密的腋毛还不感兴趣，令我们瞬间打鸡血的是，黄飞虹两条大壮腿间的那辆杏黄色的雅马哈。一看见那辆雅马哈，我就想叫一声老天爷：我们李庄这帮鸟孩子刚刚骑上自行车，黄飞虹就骑上摩托车了！据我们李庄的退伍军人李百林说，黄飞虹的这辆雅马哈125，是四冲程发动机，最高时速可达三百公里，这么一说，两个小时黄飞虹就可以到月亮上去了。李百林在南边打过仗，见过真枪真刀的热闹世面，我们李庄的人，尤其我们这帮鸟孩子，不仅对他说的话奉若神明，而且对他放的屁也奉若神明。

有一天，黄飞虹骑着她那辆杏黄色的雅马哈又到了我们李庄。当时，我们李庄一大群老少爷们儿正在打麦场上展示各家的自行车，比赛谁家牌子硬，比赛谁能把自行车骑得花样翻新。说起来真是荒唐透顶，那段时期我们李庄大事小事都离不开自行车，就是到对门邻居家借一根绿豆芽，也要骑自行车，人场里说个闲话也个个夹着自行车，很多牛×孩子，比如少帅李广，虽然是刚买的自行车，但他到村当央官井里打水也推着自行车，你妈的李广，浑身肉拆干净不够包顿饺子的，我们要看看你担一挑子水咋骑自行车！

反正那段时间,弄得自行车好像成了我们李庄的流行生活方式,成了大人小孩须臾也离不开的氧气,成了我们生命中的拐棍,成了我们肉体的一部分。所以,我们李庄的大人小孩得点空到打麦场上玩玩儿自行车,也是常态化的,何况正是烤烟叶季节,庄稼地里没活儿,打麦场也是又干净又光溜又利索的。当时在场的,不仅我们一帮鸟孩子个个裆里夹着自行车,像打架明星小攮子西娃和少帅李广他们那帮子年轻猴个个夹着自行车,更怪异的是在场的几十个老爷们儿也都夹着自行车,甚至几个老不死的也裆里夹着自行车,比如脖脸越南他爷龙头大太子,都七老八十了,按照古时候某朝的法律规定,早就超过了活埋的年龄,可以不算人了,但你要敢不让他裤裆里夹辆自行车,那他真敢死个好样的给你看看……我们正在比赛着,一看见黄飞虹来了,见她这回穿的是蓝色运动服,打不成鸡血了,大家也没啥热情了,所以接着比赛。只有小神童文化、脖脸越南、我堂兄文兵,还有我,反正参加过沘河里抹澡、柏油路上追打偷车贼的我们这帮鸟孩子,顿时停止呼吸僵在原地,谁都不敢正眼看她,因为大前天她刚刚见过我们就那么一点点小本钱,所以我们在心理上觉得自己的短处被这个块头硕大的大闺女抓住了。

就像往常来我们李庄一样,黄飞虹一进入场里,下了雅马哈停妥当了,给老少爷们儿打着招呼,左手从左边裤兜里掏出一包“大重九”,连盒送到嘴边叼出一支,右手从右边裤袋里掏出一个金灿灿的打火机,啪地一甩,只听噔啷一声,回过手来一团火就到了烟头上。我们顿时目不转睛,心里一个劲儿琢磨,她这一手是咋弄的呢?强梁汉子尿尿不用手扶,大块头的黄飞虹抽烟也不用手扶一下,两只手把香烟和打火机送回原处后停在裤袋里,就那么嘴角叼着烟吸了一口,慢悠悠吐着烟雾,面带神秘的微笑,透过烟雾扫了我们这帮鸟孩子一眼。我们这帮有短处的鸟孩子,顿时全身酥软,活像三根大筋六根小筋都被抽干净了一样。

想当年,黄飞虹这一套抽烟的动作几乎让我们李庄老少大开眼界,甚为迷醉。我们李庄也有几个伶牙俐齿的大闺女(比如长脖子所喜他姐玉巧),也有几个专门挑战传统的妇女(比如花狗腚文启他娘柴秀荣),包括几个永远也不服输的老婆子(比如越南他奶奶都小八十岁了,一颗牙也没有了),她们这些女神经常悄悄地模仿黄飞虹抽烟的动作和架势,但我现在一想起来她们那种东施效颦的臭样子,就笑得肚子疼。我现在一想起黄飞虹抽烟的样子,就恨不得把她请来北京再当面抽支烟让我好好看看,完了我请她吃烤鸭。哦,对了,我现在已经搞清楚了，黄飞虹的打火机是正版都彭朗声的，当年不知道值多少钱，现在那正版玩意儿配置最低的也得五千多。

当然了，我们李庄的老少爷们儿，吃的是软的，屙的是硬的，怎么会被一个大闺女的区区抽烟动作镇住了？比赛继续进行。黄飞虹，多她一个观众也无所谓。车技比较好的几个就不说了，比如小攮子西娃，比如退伍兵李百林，比如我堂兄文兵——他家的大"永久"买得早，大梁都撞弯过三四次，要是再练不好车技，说人笨他自尊心受不了，最起码自行车也是山寨版的。骑得不好的也大有人在，比如越南他爷，比如少帅李广。越南他爷骑得不好是因为他超过了活埋的年龄，而且打圈一转到黄飞虹面前他还对人家抛媚眼，一抛媚眼他就得东扭西晃好几把。少帅李广骑得不好，是因为他家的自行车是大前天刚买的，大梁还没有来得及撞弯过，尽管他骑到黄飞虹面前时目不转睛小心翼翼，但还是一到人家面前就鬼使神差地摔倒，连着摔倒三四次。最后一次黄飞虹实在是急红眼了，她像抓一条瘦狗似的拎着少帅李广的脖领子，把他拎起来搡到一边去，然后拽起地上的自行车，脚蹬子也不踩，一个凌空展翅，就飞到车座上了。我们还没反应过来，她已经超过我们了，而且第二圈起她就没再扶过车把，自行车好像有了生命，有了主心骨，驮着黄飞虹飞似的转圆圈飞跑。当时我们这帮鸟孩子，赶紧停下来傻呆呆立在一边观看；小攮子西娃他们几个年轻猴，跟了几圈也停下来，站在我们旁边，纷纷赞叹黄飞虹裆里功夫厉害，不仅可以驾驭自行车，还会命令它自动调整方向。黄飞虹大撒把独自跑了两圈，突然一个镫里藏身，从三脚架里钻出来又稳稳骑在车座上，动作快得如同电光火石。我们还没搞明白她那么胖大的身体是怎样钻过三脚架的，她已经变花样了，只有小肚子贴在车座上，两手展开，如同燕子衔水展翅飞翔。我们嘴里念念有词，正咒她摔下来，结果她又亭亭玉立站在车座上了。我们李庄的人顿时失去了理智，失去了矜持，大鼓其掌，嗷嗷叫好。众声喧哗之间，黄飞虹回到车座上，紧蹬了几下脚蹬子，加快了速度。我们正不知她又要变啥花样，忽然眼前一花，她双手抓着车座一个倒立犹如旗杆从我们眼前飒然而过……我们李庄的老少，顿时打消吃屎的念头，因为事实已经证明，吃屎已经失去了意义，我们只有不活了，死了算了。

黄飞虹精湛的车技让我们全庄老少长时间地沉浸在回味当中。我现在一想起来，就得赶紧倒杯酒喝，不然难以平复激荡的情绪。不过，我至今依旧感到万分遗憾，要是当年有录像机或者相机就好了，那么，就会给我们李庄自行车故事留下一份珍贵的影像资料。我们李庄当时也有很多人感到遗憾,尤其小攮子西娃他们那帮年轻猴,他们咂嘴再三,说黄飞虹在飞驰的自行车上倒立时,要是穿着那条大红裙子,就没啥遗憾的了。尽管他们那帮年轻猴为了这个愿望做好了一系列的策划,甚至都有了明确的分工,但是,没有机会了,因为黄飞虹很快嫁给了李莲英。这不仅打破了我们李庄人认为的他们之间不会产生权色交易的陈腐观念,而且黄飞虹很快就大肚子了。有很多次,我们这帮鸟孩子赶沘河集,一看到两个体形迥异的人走在一起,并且一个大肚子,我们就会讨论半天,到底是李莲英主动搞大了黄飞虹的肚子,还是黄飞虹命令李莲英把自己的肚子搞大的?这个本来不太严肃的问题,竟让我们迷茫了很久。后来,我和堂兄文兵虽然到双沟上高中了,但路过沘河集时,我们还见过几次黄飞虹和李莲英这小两口。印象深刻的有两次:一次是在沘河烟叶站大门口,黄飞虹,这个甜蜜的女神,把李莲英的头夹在裤裆里,挥舞着火热的粉拳,打得李莲英杀猪般的号叫。另一次是一个雨天,也是在沘河集,我们和这小两口迎面相逢,黄飞虹居然没抬眼看我们,她打着一把伞,把李莲英扛在右肩膀上,李莲英瘦小的尖屁股都没有黄飞虹的脸大,擦身而过之后,我们回头一看,原来李莲英喝醉了,手里还拎着一只古井贡酒的空瓶子,脸庞像死狗的脸庞,双眼紧闭,活像不再挂念骨头的死狗,嘴角挂着幸福的涎水,悬垂的蛛丝一样。

老少爷们儿苦练骑技

我现在回忆一遍又一遍,还是确定了自己记忆没有出错——我可以肯定地说,从那以后黄飞虹好像就没再来过我们李庄,好像她来我们李庄根本不是为了收购烟叶,而是老天爷专门派她来教会我们如何提高自行车骑技的。说实话,黄飞虹的飞车绝技对我们李庄的人来说,不啻当头一棒,弄得我们李庄千把口子老少想死都死不了——主要是我们李庄的人都不愿意死,即便早已超过活埋岁数的越南他爷龙头大太子,也是非常留恋这个美好的人间。当然我们也不想吃屎,更不想丢了千把口子老少的脸面,所以,我们天天苦练自行车骑技。更有意思的是,我们李庄还准备举办一次自行车比赛,目的就是通过比赛来促进我们李庄大人小孩学成绝技,以防再有人来李庄骑自行车耍牛×,让下辈子小孩丢人。我们的目的就是这么单纯。所以,在很长一段时间里,我们李庄老少苦练自行车绝技几近癫狂状态,每天打麦场上都是熙熙攘攘,喧声震天。

脬脸越南,小神童文化,我堂兄文兵,我们这帮大小差不多的鸟孩子都是很下功夫的,多少也都是挂过彩的,也是值得表扬的。但尤其值得表扬的是少帅李广,每天不管我们到打麦场有多早,他都已经练得满头大汗了。为啥他每天都是第一,这个我们当然都能理解,为啥他每天都练得那么刻苦,这个我们也能理解,因为只有他的"永久"牌自行车是黄飞虹裤裆夹过的,要是练不成黄飞虹那样的绝技,那他李广还想在我们李庄混吗,还有在这个世界上存在的必要吗?少帅李广当然明白这个道理,因此,他是白天练,夜里练,刮风练,下雨就不练了。我们都是眼看着的,少帅李广浑身上下都摔得伤痕累累,甚至一颗门牙也磕掉半截,但这些丝毫没有影响他苦练绝技,当然更没有动摇他要在我们李庄自行车大赛中夺得第一名的信念。

这里既然说到少帅李广,他的故事很多,我不妨多说几句。

据我们的《李庄野史》记载,少帅李广"出厂"时,他爹歪嘴子李得昌没在现场,被大队抽去为公社垒院墙去了,垒完了院墙,剩了半桶水泥浆,李得昌想着家里土坯锅台,左右一看没人注意,就用个草袋子把半桶水泥浆悄悄背走了,走了一二十里地,天气又热死驴,结果背到家里水泥凝固了,用棒槌都敲不出来,当然抹不成锅台了。农民嘛,没有物理知识,真可怜。李得昌气愤地刚把半桶凝固的水泥扔到河里,少帅李广就来到了我们李庄。少帅李广小名鸡屎,这个孬种名字是他爹起的还是他娘起的说不清了,反正他生下来就是个倔强的小孩,也许因为像猴似的瘦,肚子里没有润滑油,所以他天天屙干屎,而且学习城里的老干部时常便秘。刚开始,我们李庄的人都说送子娘娘把他送过来时,路上把他大肠弄丢了,所以才天天屙干屎。后来知道了水泥的事,全李庄的人都沉不住气了,一看见鸡屎在大门口蹲半天就是屙不出来,就成群结队地围过去观看,还嬉皮笑脸说水泥,说凝固的水泥。智多星李得昌对此很气愤,他一赌气就跪在鸡屎面前,勾着脑袋一边观看鸡屎的屁眼,一边诱骗鸡屎:"鸡屎呀,咱李庄老少千把口子,都没见过金条,你就给爹争口气,屙两根金条给大家看看吧!"他嘴上这么说,但心里也想着水泥。于是,在智多星李得昌聪明的大脑里,鬼世界的法则,神世界的逻辑,都与现实生活有了隐勾暗连的诡秘关系,所以他当天上午赶王桥集听了一场大鼓书,书里唱到汉朝的李广,回家就把鸡屎改名为少帅李广了。

当然这些都是《李庄野史》所记载的,与我们这帮鸟孩子眼中的少帅李广基本上对不上号。当然了,等到我们这帮鸟孩子长到一进电影场里就敢和外庄的鸟孩子打架时，少帅李广和我们李庄的打架明星小攘子西娃都快二十岁了，他们已经比较成功地进入了年轻猴的行列。我们这帮鸟孩子都没见过少帅李广屙干屎，我们看到的是他打架很勇敢。尽管他瘦狗似的，但练过几年功夫，好歹也算个打家子，每到电影场里必定打架，而且总是他先动手，虽然人家一碰他就倒，但这只是个技术和力量的问题，与勇敢没有关系，下次他还是照样先动手。反正不管挨多狠，即便鼻青脸肿，只要电影场一恢复秩序接着放电影，少帅李广依然眉开眼笑。尤其是看到旁边有外庄的大闺女，我们的少帅李广就会左顾右盼，高谈阔论，谁也没有他的俏皮话儿出彩。

后来让少帅李广不愉快的是我们李庄有了自行车，并且很快，大部分人家都有了自行车，我都有了自行车，但少帅李广还没有自行车。平常赶集呀看电影呀，尤其是看电影，我们李庄"飞虎队"的好汉们铃声震耳、笑声一团骑着自行车在前边飞奔，后边就一个步兵李广跑得满头大汗地追赶人家，那心里是个啥滋味，植物人都受不了。少帅李广为了自行车跟他爹娘闹了好几场，但他爹歪嘴子李得昌就是不买，因为智多星歪嘴子认为盖几间瓦房才是正经事，所以他把卖烟叶的钱都拿到宋庄三喜的砖窑上交了预付金。少帅李广简直气得天天都想死，也不分场合，自行车的念头一起来就讽刺他爹。那一天，我们李庄几百口子都坐在庄西头池塘边的柳树下钓鱼，几个好心眼的孬种一见少帅李广父子都在场，马上大说自行车。一开始这对父子谁也不说话，只管钓鱼，但架不住孬种们说个不停，少帅李广就沉不住气了，他啪一下扔了钓鱼竿，三步跨到他爹面前，我们都以为少帅李广抬腿一脚将其父踢到河里，结果他只是轻蔑地说了三个字："咬铁钉！"

这三个字真是画龙点睛，真是神来之笔，具有石破天惊的效果，我们围在池塘边钓鱼的老少当场笑得气绝身亡。只剩下智多星李得昌一个人还活着，他先是歪着嘴迷惘地望着少帅李广悲愤的眼神，发昏了好一阵，如水的往事才慢慢渗透他板结的大脑，接着他慢慢拿出腋下的鞋子，像个皮球似的猛地跳起，和少帅李广拼起命来。本来少帅李广武功在身，虽然三脚猫，虽然在电影场里就像靠墙竖的一根竹竿，外人一碰就倒，但要和他爹李得昌对打，三招之内格毙其父也是有绝对把握的。可是，少帅李广不仅不还手，而且连躲也不躲，我们眼睁睁看着他爹李得昌一脚还没踢着他，他居然一个趔趄倒地了！在缓慢的匍匐前进中又中了他爹好几脚，可怜的少帅李广才伏地号啕起来。当时我们这群钓鱼的老少只是觉得蹊跷，根本没想到这是少帅李广的苦肉计。果然，智多星李得昌这老家伙上当了。他一看小孩的可怜样，心里一酸，脑门儿上迸起一团火来，一冲动，魔鬼来了，于是，魔鬼支使着智多星马上回家，赶着一头老母猪带着一窝小猪崽，到沘河集卖了，推回来一辆崭新的"永久"。请注意，智多星李得昌不会骑自行车，他硬是从遥远的沘河集推着回到我们李庄的。

少帅李广有了自行车，就像当了二十五年鳏夫的知识分子，突然娶了一个十八岁的新媳妇，一下子不知道应该咋样对待人家了，仅仅肉体上的激烈交流是不够的，长久了也是力不从心的，他还必须和人家进行心灵上的沟通，用知识与智慧消弭年龄的悬殊，让灵魂尽快而彻底地合二为一，最后达到永恒。少帅李广也是这样的，在心爱的自行车没和他分手的这段时间里，每天东边才出现鱼肚白，公鸡母鸡还都没下架，他就把自行车推到大门外，蹲在自行车面前和这宝贝谈心，就像浪漫的鳏夫和新婚小老婆饮着朝露面对朝霞谈论《关雎》——这是我对少帅李广有了自行车以后的种种失态状况给予的美化和讥笑，但是，他每天刚拢明就把自行车推到大门外边进行亲切交谈却是真实可信的。这个秘闻是李得印说的，李得印是我们李庄著名的农学家，他在全庄老少爷们儿面前说话一贯是光腚做板凳，有板儿有眼儿，我们相信他都是相信惯了的。别看李得印长得活像蝙蝠似的，但他每天睡得比蝙蝠都晚，起得比公鸡都要早，因为他每天黎明时分都要到地里观察庄稼的生长与变化。也不是偶尔的事，他连续三天路过少帅李广家大门口，都看见了少帅李广坐在小板凳上和他的新自行车窃窃私语喋喋不休，三天都是东边才鱼肚白。当然了，农学家李得印也不知道少帅李广和他的自行车都说了些啥，他听不懂，要是能听懂，咋能还在我们李庄当农学家，早到北京外语学院当教授了。

因此，为啥每天都是少帅李广第一个到打麦场上，这个问题就难不住我们了。

俗话说，一分汗水一分收获。少帅李广的勤奋与刻苦获得了丰厚的回报，他不仅是第一个学会大撒把的，而且是第一个学会燕子衔水的。更让我们羡慕的是，他展示这两个绝技时还唱歌，大撒把唱《爱江山更爱美人》，燕子衔水唱《童年》，这两首歌都是正当红的流行歌曲。按说，我们应当嫉妒他，但一看他浑身上下活像遭过酷刑一样，一数他细胳膊细腿上的伤疤，我们心里自然就平静了。当然，要是我的堂兄文兵取得了这样的牛圈圈成绩，那尾巴就会像勃起的小鸡鸡一样，砰一下，翘多高。但是，人家少帅李广不仅不勃起，而且练得更刻苦，甚至在最酷热的中午——就是在越南他爷龙头大太子在训练场中暑那天中午，这个老不死的，八十多岁了，非要凑这个热闹，结果把自己搞中暑了——少帅李广依旧苦练黄飞虹演示的另一招绝技：镫里藏身。而我们，特别是我们这帮鸟孩子，没有理想，也没有追求，都纷纷跑到树影里。当时几个大人在树影里欢天喜地抢救龙头大太子，杀猪似的，几只手一按老不死的胸膛，老不死的先是喉咙里一阵乱响，接着裤裆里就打一阵子机关枪，我们一边笑嘻嘻地围观这个，一边观看少帅李广是如何从三脚架里钻出来的。很遗憾，少帅李广第一次试验没有成功……只见他加速，加速，再加速，右腿迈下来，慢慢从三脚架里伸过腿去，踏上脚蹬子，继续加速，蹲下，右手离把从大梁下伸过去，抓住车把，再探头钻过大梁，哎呀呀呀……一溜跟头一溜屁，叽里咕噜，连车带人滚成一团，刹那间，少帅李广和自行车纠缠一团，趴在地上好像死了。刚好，这边龙头大太子哎呀一声醒过来了。这个老不死的活神仙，一看我们这帮鸟孩子往打麦场里跑，他也一跟头一栽地跟过来。结果我们大家一看，少帅李广根本没死，除了磕掉半截门牙——对一个伤痕累累的年轻猴来说，半截门牙还提个啥。尤其是对我们李庄的人来说，少帅李广一嘴牙都磕掉了又咋着，我们李庄以前又不是没发生过一嘴牙都磕掉的事，已经发生多次了，细说起来，少帅李广排队都进不了前十六名。我们这帮鸟孩子当时高兴得不得了，心想仅仅摔掉半截门牙是不够的，要是他两只胳膊都摔断就好了，要是他摔成植物人就更好了，那我们在比赛中就会少一个有很大威胁的竞争对手。

我们李庄举办自行车比赛

我们李庄举办自行车比赛这个高级主意，包括整个策划与实施过程，现在我也说不清都是谁搞的了，当时争得很厉害，有人说是退伍军人李百林最先出的主意，有人说是茅根草李风潮搞的策划，还有人说是小攮子西娃……这么一说，你就知道我们李庄聪明人还是有几个的吧。反正，在我们李庄，不管啥事，说简单就简单，说复杂就复杂。尽管我们李庄的人啥事都喜欢搞简单的，但这场自行车比赛要是能说清楚，那就不是我们李庄举办的了，而是伦敦举办的。好多事都说不清楚也没有关系，我们李庄举办的那次自行车比赛，也照样可以载入我们李庄自行车历史，就像清史记载的许多大事件，又有几件事能说得清楚呢，即便载入史册，也有存疑之处。当然了，我们李庄的自行车历史与清史大事相比，只能算根鸟毛。当然了，对我们李庄人来说，清史大事与我们李庄的自行车历史相比,连根鸟毛也算不上。

按照我们李庄的历史经验,说不清楚的先打个包吊在梁头上,等后世哪个孙子好奇了,爬上梁头打开包看看,咋解决随便他好了。

我们李庄首届自行车比赛如期进行。

我记得很清楚,比赛那天离开学还有整整三天,因为组委会考虑到我们这帮鸟孩子要是一上学,就不便参加,虽然不影响热闹,但是,要是没有我们这帮鸟孩子,到哪儿找垫底的几个蠢货呢——这是组委会副主任茅根草在饭场里说的。小神童文化,胖脸越南,我堂兄文兵,我们这一帮鸟孩子听说后,一个个气得大骂一通公蛤蟆日的母蛤蟆养的茅根草!

做事情虎头蛇尾是我们李庄人的最爱,所以,在我们李庄千把口子老少看来,比赛结果是根鸟毛又咋的,反正比赛开始那天一定要搞得隆重之隆重。主席台就设在我们天天练习骑技的打麦场上,从我们李庄小学借的三张条桌拼在一起,上面铺着退伍军人李百林提供的绿军毯,这条毯子来到我们李庄也有好多年了,他老婆巧玲喜欢铺它睡觉,现在已经磨出了很多透明的小窟窿,还有很多斑点,很多片状渍迹,不知是尿的还是别的啥东西……在一阵鞭炮声中,掌声有请评委们进场。首先请评委会主席退伍军人李百林入席。李百林这个鸵鸟日的故事也很多,如果从他出生说起,估计我这辈子就不用干别的了,而且可以肯定,就是说到我油尽灯灭,至多也只能说到这场自行车比赛。李百林提着自家的录放机,就是南京无线电二厂生产的"熊猫"牌录放机,每次都要装上八节大号电池,唱上三四盘带子就没电了。他上了主席台,录放机放在毯子上,啪地一按按钮,先是几声唢呐独奏《百鸟朝凤》,这显然不是他所想要的,于是又按,咏啦啦,咔吧,一阵子忸怩的声音之后,越调《白奶奶醉酒》就没头没尾地唱起来了。第二请评委会副主席李风潮入席。李风潮外号茅根草,以前我在讲我们李庄的故事里多次提到他,现在他的身份是我们大队前治安主任,已被免职,这两年比较寂寞,此次被邀参加我们李庄自行车比赛这项隆重活动,其激动心情可想而知。大家请看,台上摆的所有奖品都是他赞助的。这些奖品来之不易,茅根草李风潮顶住了他老婆子的三天斥骂和四顿殴打,还是自掏腰包购买了这些奖品。他老婆子外号叫曹踉跄,别看一条腿长,一条腿稍短一些,走起路来一步一个踉跄,但是,照样把茅根草俩腮帮子抓得鹰爪搂的一样……茅根草李风潮坐在主席台上,脸上伤痕还没定疤,还渗着红的血丝、白的血清。录放机里越调皇后毛爱莲唱道:"怪不得清晨乌鸦叫,事到临头我好心焦……"

茅根草面前的桌子上，整整齐齐地摆放着六条"亳州"牌香烟，六瓶古井贡酒，六斤糖果，六双黑袜子，六条白毛巾，六袋子洗衣粉——望着被自己命名"六六大顺"的奖品，茅根草兴奋之情溢于言表，一直举着的自制的纸喇叭停在嘴边，时刻准备宣布比赛开始。

我们全庄的所有选手，总共五百三十八辆自行车，摆成十条纵队，纵横都很整齐，场面宏大，从打麦场一直排到我们李庄东头的流粉河桥头。也就是说，流粉河桥头就是出发点，一上河东岸的大路，一直向南骑一点五公里，右拐，拐向我们李庄南地的田间小路，一直向西骑一点五公里，再右拐，上了我们李庄西头的大路，向北一点五公里，继续右拐，直奔打麦场。按照组委会指定的比赛场地和规则，这个曲里拐弯的"回"字形路线，就算是自行车比赛项目里的公路赛了。本来，按照茅根草的意思是，在通往沘河集的公路上用麻绳拦一骨节当作公路赛场地的，但考虑到公路不是我们李庄的，也没法实行交通管制，车来车往的，万一撞死几个，不管撞死谁，对我们李庄来说都是个损失，更主要的是不符合我们李庄举办这次比赛的精神。就像评委会主席李百林说的："靠你娘，掏腰包归掏腰包，也不能乱出败国点子呀！"

说到底，我们李庄的自行车比赛是不可能按照国际比赛标准进行的。组委会只能借鉴国际比赛标准，结合自身实际，专门制定了一个李庄自行车比赛章程。这个章程，不仅使公路赛变了形，还取消了越野赛，因为我们那儿没有丘陵山地之类的场地。同时取消的还有BMX赛，因为包括见多识广的李百林主席也搞不清这个项目到底都有哪些内容。不过，公路赛结束之后，回到打麦场上，我们要进行正规的花式表演赛，这个，应该可以说和国际比赛没啥大的差别了吧。

一下子有了这么热闹而不犯法的事情，我们李庄的人有多么高兴就不用说了。尤其是我们这帮鸟孩子，简直喜极而泣，无法形容。前排不说了，后排也不说了，就说我们这条横队的小神童文化，本来长得猪头猪脸，他还特意剃了个板板整整的平头，这个发型基本上可以让他和外星人成为堂兄弟。我堂兄文兵历来喜欢长发过耳，刘海儿垂到鼻尖，这时候为了视线开阔，也弄了一根皮筋把头发紧紧扎在头顶，两鬓还用两个粉色发卡夹得光溜溜的。我们这一横队的排头兵降脸越南，把自行车擦得尤其锃亮，也不知用的啥油，散发着一股恼人的气味。我们正在猜测，就听越南他娘在观众群里指手画脚大骂一瓶香油，我们马上大笑起来，恨不得赶紧回家拿出香油瓶，把自行车擦拭一下。降脸越南不仅给自行车搽油抹粉,他本人更是精心打扮了一番,尽管他脸大如盆,身瘦如猴,但他照样更往瘦里装扮,上身是杏黄色紧身褂子,下身是一条碧绿的裹腿裤,弄得俩腿活像两根蒜薹似的。有了这辆抹香油的自行车,再有了这身空前绝后的装扮,胖脸越南更是得意忘形,那模样活像刚被奄奄一息的父皇立为太子,只消他爹上边一挤眼,下边一漏气,天下就是他的了。但是,很不幸,他这身醒目的打扮不是唯一的,因为少帅李广的装束和他一模一样,也是杏黄色紧身褂子,碧绿的裹腿裤。

不过,少帅李广更不幸,因为他的自行车三天前被人家拐走了,他无法作为选手参赛,只能作为一个维持秩序的人员参加赛事。本来,我们都以为少帅李广是我们在这次比赛中的劲敌,谁料到,半个月前,他们那帮年轻猴去三十里外的高公庙看电影,别人看完电影都是空手回来的,少帅李广却驮回个花不溜秋的大闺女。这个大闺女也没啥好说的,小鼻子小眼小耳朵,一笑一嘴老鼠牙,小脚小手小身板,别的还有哪儿小我们就看不见了。反正,夏天嘛,她最惹人注目的是奶子太小了,胸膛上安两个杏核一样。所以,刚到我们李庄,脚步还没站稳,马上就有了个外号叫杏核。我们李庄的人算是聪明的吧,但我们都没看出杏核人小鬼大。也就是三天前,才吃罢早饭,杏核就要给少帅李广抽骨髓,我们李庄的大人都知道啥是抽骨髓,抽完了,少帅李广俩腿软了,她就自己骑着自行车去古城集烫头发,结果,结果,脑残的蚂蚁都知道只剩下两个字:没了。当时我们李庄的人还傻乎乎的,几百辆自行车全部出动,东西庄,南北集,方圆五十里都找遍了,连流粉河万把个螃蟹洞都掏了一遍,结果没有找到。也就像那句老话说的,所有的智慧用光了,剩下的就只有愚蠢了。一开始,少帅李广还不相信这个颠扑不破的真理,当我们一大群人徒劳无益地回到他家门口时,他两只鸡爪般的细手叉着麻秆似的腰肢,乌紫的嘴唇直打哆嗦:"找不着人不要紧,把自行车找回来了吗?"他说完这句话就意识到这句话里漏洞很大,接着一屁股坐在地上,两手攥着细脚脖子,龇着半截新镶的洁白门牙,放声大哭:"我的人啊,不,我的自行车呀,亲爹呀,你在哪里呀,赶紧回来吧!"哭得异常凄惨,声音诡异之至,好像他的大肠真的找不到了。

是苹果就会在风雨飘摇中生虫坠落,是爱情就会在上当受骗中凋零萎缩。这是我们李庄一百多年来的座右铭,居然对少帅李广没起一点儿警示作用,所以呀,他上当受骗了。当然,少帅李广的自行车被骗,在我们李庄自行车故事里只能算个小点缀,不管是悲剧还是喜剧,可以肯定,都不会起到啥教育意义。因为我们李庄历来就是这样，吃一次亏上两次当，如果马上形成经验教训，那也不符合我们李庄的习俗，尤其不符合我们李庄人的性格和智商。我们李庄的人要是干完一件蠢事马上就明白自己做了一件蠢事，那是不成熟的表现，要是干完一件蠢事仍然认为自己干了一件漂亮事儿，那才能展现我们李庄人的英雄本色。少帅李广明白了这个道理，就等于自己给自己做通了思想工作，把自己的思想都搞通了，就等于把大家的思想都搞通了，那在我们李庄就好混了，在我们李庄好混，就代表在整个地球上都好混。因此，我们李庄搞自行车比赛时，虽然少帅李广没有自行车了，但组委会主任李百林打破陈规陋习，专门带着两瓶啤酒去请他，请他当维护秩序的工作人员……唉，不说了，都是三天以前的事情了，按照我们李庄人的性格，一秒钟之前的事情都是历史，三天以前的事情早就埋进历史垃圾堆下边第十六层了。所以，少帅李广当时就痛快地答应了李百林的邀请，而且这会儿他还异常负责，胳膊上勒的红袖箍也不知道从哪儿弄的，嘴角叼着香烟，手里一根竹竿，在自行车队伍边上前前后后踱着步子，观察着队伍秩序。我们的排头兵胖脸越南脖子上落个蠓虫儿，刚挠挠，少帅李广马上夹下烟头，竹竿一指，扯着嗓子叫唤："站好！站好！靠你娘，有个自行车你就是人才了？奶奶个熊，有啥了不起的？！说你呢，就那个穿绿不莹莹瘦腿裤的，跟我一样的那个，俩细腿蒜薹似的，站好了！"

虽然比赛即将开始，但有一个人我必须得先说一下，因为这个人不仅使这次比赛充满了喜剧效果，还充满了诡谲的气氛。

这个人小名叫双喜，比我们这帮鸟孩子大五六岁，外号稀毛太郎，我们李庄的人从来没人叫过他双喜，一律叫他稀毛太郎。他爹就是我们李庄著名的农学家李得印，他娘在饭场里动不动就扯着衣襟擦嘴，大夏天的，俩咪咪耷拉多长，也不白，紫茄子一样，没啥看头，又是个啰唆嘴子……我就不说她了。

在我们李庄人眼里，农学家李得印整天研读《麦茬红芋的栽培和护理》之类的农业科技书籍，具有高深的科学知识，谁家的庄稼都没他家的庄稼长得好，但是，再渊博的人也有知识盲区，李得印就是这样的——双喜自从出生头发就是东一根西一根，一直到了二十岁出头，也就是到了眼前自行车大赛，李得印还用蒜汁和猫屎等世间稀缺奇品研制了无数种生发剂，但双喜的头上毛囊依然堵塞严重，风景依然如画。不管何时何地，只要我们从稀毛太郎面前走过，或者他从我们面前走过，我们都能闻到一股说不清的气味，后来我们这帮鸟孩子长大了，才知道这种传奇般的气味叫作傻气。尽管我们李庄人忍受着这种气味,怀疑着种子的问题,但还是给双喜起了个外号:稀毛太郎。因为在我们李庄活着不容易,没有个外号咋能行呢!但也必须承认,农学家李得印在科研方面的遗传基因还是很强大的,双喜,不,稀毛太郎从小就酷爱钻研,十多岁就会骟鸡,也没见他跟谁学过,但我们李庄的人都见过,他把半大的小公鸡两个翅膀交叉一别,塞在脚下,用大洋钉制作的小刀在鸡屁眼下边划个指头大的口,然后用细如头发的铜丝打个活扣,往刀口里一伸一搲,公鸡两个腰子就出来了。公鸡那点东西被掏出来了,公鸡也就没有公鸡的功能了,公鸡也就没啥秘密可言了,但科研工作还要继续,稀毛太郎进一步就想掏出狗的秘密。但是,狗哪是那么好欺负的,尽管是他自己家的大黄狗,也不会同意主人用大洋钉制作的小刀划自己蛋皮呀,只听大黄狗一声惨叫,好似魔音贯脑,活像魑魅魍魉一晃眼神,就见大黄狗一口咬住了稀毛太郎的脖子,要不是他爹李得印赶紧拿来一个炖鸡腿哄大黄狗半天,稀毛太郎肯定毙命狗嘴里。在很长一段时间里,稀毛太郎脖子里包扎了一圈又一圈纱布,坐在自家门口养伤。正巧当时我们那地方刚兴起泗州戏,稀毛太郎就在养伤期间学会了几段唱腔,农学家李得印手里有几个钱,一听小孩唱得不错,居然鬼使神差给他买了一把胡琴。这下好了,我们李庄千把口子老少,几乎天天都能听上一出两出免费的。要说稀毛太郎唱得最好的,也就两出戏——要是有月亮的晚上,我们就能听到《西厢记》:"一轮明月照西厢,二八佳人巧梳妆,三更张生来相会,四顾无人跳粉墙,五鼓夫人知道了,六花板拷打小红娘……"这出戏稀毛太郎唱得津津有味,自身也深入戏里,常常忘了自己的姓名。要是没月亮的晚上,我们就能听到《风波亭》全本。稀毛太郎唱这出戏时,都是眼含热泪,怒目圆睁,好像神通万里思接千载,一场冤屈事就发生在他眼前,直哭得鼻涕一把泪一把。后来我当兵走时,正好稀毛太郎在地里撒粪,也就是相当于撒化肥,一听说我当上兵这就要开拔,非要唱段《风波亭》送我,好像我从军路上也会遇到秦桧这只狒狒,要害我于非命。当时我那驴脾气,真想没头没脸抽他十几二十个响的,但一看他头上也没有半根新毛,就算了,对他摆摆手,义无反顾地上了大路。

又说走嘴了。

说自行车比赛的事。

在我们李庄自行车大繁荣时期,几乎家家都买了自行车,但稀毛太郎家就是不买,也不是买不起,农学家李得印也想买,但稀毛太郎就是拦着不让买。这秃驴日的,还掷捋胳膊,振振有词:"我要问问老天爷,你老人家让人长两条腿干啥用的？要是买了自行车，两条腿就没啥用了。有买自行车的钱，再添几个，买头骡子多好，又能拉车又能犁，又能拉磨又能骑。"看看，面对这种千古奇才，我们李庄人还有啥好说的。就这样，我们李庄大家都买自行车，只有稀毛太郎家买了头骡子，一头花脸骡子。不过，说实在的，他家买的这头花脸骡子，长相漂亮，可谓风度翩翩，经常在人前昂首挺胸，引吭高歌，而且清高无比，眼神睥睨世界，活像Z国那个诗人。平时，稀毛太郎对这头骡子爱护备至，每天都喂一块豆饼，长得膘肥体壮，有时候我们骑自行车赶集，稀毛太郎就骑着这头花脸骡子赶集，要是一跑起来，不管我们骑多快，都会被撇得远远的。前段时间我们都在打麦场里苦练自行车绝技，稀毛太郎就骑着这头花脸骡子在田间小道上溜达，还在夕阳西照时刻高声大唱泗州戏，好像世外高人，好像深山隐士；一旦唱到高兴处，这秃驴日的，他还纵骡狂奔，快如找死，气势汹汹，活像绿林响马。

但是，我们全庄人都没有想到，这个没几根头发的奇才，这个秃驴日的，这个骑骡子的，非要参加我们的自行车大赛。当然了，别说我们这帮鸟孩子不同意，就是组委会也坚决不同意，尽管组委会副主任茅根草一贯爱搞裙带关系，尽管论辈分他和稀毛太郎是没出五服的堂兄弟，但这时候他坚决反对稀毛太郎捣乱，破坏我们李庄的体育运动，"靠你娘，把杨乡长的放大镜借来，检查一下脑壳子上有几根毛，简直，纯粹，纯粹给我们这个运动会丢人！"但是，一眨眼之间，全李庄的人都同意稀毛太郎参加了，因为他当着大家的面说了，要是拿不到前三名，他马上就把骡子杀了，大家老爷们儿分一疙瘩肉吃。在我们李庄，只要当着三个人说过的话，那就比法律还具有法律效力，更何况当着全庄老少的面说的话呢！再说，我们李庄的人吃过猪肉羊肉，吃过驴肉狗肉兔子肉，吃过鸡肉鸭肉鹅肉，还都没吃过骡子肉，不能拒绝，大家谁不想吃块骡子肉呀，何况，他那头花脸骡子的平时德行，平时他骑着花脸骡子的德行，让人看在眼眶里，气在心坎上！于是，骑骡子的稀毛太郎参加了我们的自行车大赛，而且排在最后一列横队里——由此可见，组委会那几条鬣狗多想吃骡子肉。

当时我们这帮鸟孩子排在中间，前边看不到带头的小攘子西娃——小攘子西娃之所以排在第一，因为他说了，如果不让他排第一，那这次比赛在安全方面就会存在许多隐患——后边看不见骑骡子的稀毛太郎。闹嚷嚷中，只听见又是一阵子鞭炮声，之后，我们也没听到茅根草用纸喇叭宣布比赛开始，就见前边车队松动了，活像风吹流沙那样快，活像雨打蚁群那样忙。我们这帮鸟孩子赶紧裆下一紧，骑上自行车就跑。一上自行车我们才知道，在五百多辆自行车队伍里,你给人家磕响头都跑不快,平时练的绝技根本无法施展。还没到流粉河桥头,就有百十辆自行车相互撞击摔到路边,鬼哭狼嚎破口大骂声此起彼伏。刚拐上大路,才发现平时宽阔的人生道路有多么狭窄,十辆自行车想齐头并进简直是做他娘的春秋大梦。大路东边是一条半丈深的土沟,沟东边是一望无际的秋庄稼,有绿有黄,绿的是红芋秧子,黄的是秋芝麻,一垄红芋秧子上有几十只蚂蚱跳跃,一株秋芝麻上有一队蚂蚁上下奔忙,还有一群乌鸦,大约五六十只,在庄稼上空飞徊不止。大路西边是流粉河,当时河水清澈,水草茂密,水深过丈,沿河岸都是蹿天杨树行子。本来向南一点五公里就向右拐了,但还没跑一公里,至少就有一百八十辆自行车被撞进流粉河里,还有一百多辆掉到路东土沟里了。骑手们的痛苦尖叫与丧命般的号啕就别提了,主要是很多人的宝贝自行车也在尖叫和号啕,可以想象骑手们心里比油煎刀攮还要难受。

我们这帮鸟孩子凭着累月的苦练摔打,凭着自己的机灵,正在庆幸还没有掉进河里,也没有掉进沟里,坏事了,稀毛太郎的骡子追上来了。我们这些骑自行车的选手是有思想的,骑骡子的选手有没有思想我们不知道,但骡子肯定是没有思想的,我们想躲,驾驭骡子的骑手也想躲,但骡子不知道躲,结果,很惨啊兄弟,有思想的我们干不过没有思想的畜生啊——只见一片乌云遮日,活像雷公从头上飞过,骡子响亮的蹄声刚到身后,我就看见它蓝汪汪的大眼睛和又弯又长的眼睫毛,接着,我还看到这畜生睥睨群雄的眼神……我一把抱住了一棵杨树,但我的自行车投河自尽了。小神童文化水性差一些,自行车沉水底了,但他不想也跟着沉下去,两臂猛烈击打水面,高声呼叫文兵:"文兵大哥快救我狗命啊!"我堂兄文兵一把没有抱住杨树,索性直接骑河里了。不过我堂兄文兵确实了得,他不仅很快把自己的自行车捞上来了,还把文化狗命连带自行车也救上来了,更重要的是,他居然一点条件都没提,就把我的自行车也捞上来了。这真让我刮目相看,要是平时,我就是给他一块钱再请他连看三场电影,他也绝对不会给我捞自行车的,看样子在河里骑一次自行车医疗作用还是不小的,至少把他贪婪的脑袋洗干净了,当然也可能把智商洗没了。脬脸越南一贯喜欢魔术,眼看着他是骑着自行车下河的,就见水面上很快漂了一道子油花,但过了好大一会儿,油花散尽了,他才露头,他居然是扛着自行车上来的,好个鸟孩子,真有能耐,简直是东海龙王日下的!只是,他那碧绿的裹腿裤两条裤腿都被小龙女拽炸线了,水淋淋的一上来,走动间两条腿滴溜耷拉,活像青蛙两条后腿被剥了皮。

我们几个鸟孩子上岸后站在杨树边傻傻想了半天,才忽然明白过来,组委会把骑骡子的稀毛太郎放到最后一排,一心一意想吃骡子肉,好像如意算盘,其实压根儿就没想想,这样安排简直猪脑子,简直骡子脑子,简直就是在全世界做了一件最缺德的事。没有多大一会儿,差一点就跑第一的小攮子西娃也明白了这个道理,因为他快要拐向打麦场时,也遭到骡子的袭击,两位骑手并行时,骡子想并道,突然一尥蹶子,嘎啦一蹄子正中他大腿,"我咋办好呢,靠他二大娘,只好拐沟里了……"英雄盖世的小攮子西娃右颧骨上擦破了一层皮,就像一片腐烂的树叶耷拉在脸上,伤口里还渗着血丝,渗着黄油般的液体。

　　本来,我们李庄举办的这次自行车大赛,可以成为我们李庄自行车历史上的华彩乐章,但是,一头花脸骡子不仅搅黄了我们的妙事,还造成了巨大的损失。后来统计,损坏的自行车有一百多辆,落水人员与受伤人员,在一片哭声与叫骂声中也没法统计。虽然原定的花式表演赛被迫取消,但第一名的奖品照样发给了秃驴日的稀毛太郎。因为没有别的名次,也不会再有别的比赛项目,茅根草李风潮当即擅自做主,一下子把"六六大顺"全奖给了稀毛太郎一个人。你们是堂兄弟,这简直乱搞裙带关系;你掏腰包买的奖品不假,可你这简直就是监守自盗,就是肥水不流外人田!靠你娘!当时气得评委会主席李百林差一点把桌子掀翻,一把拽下布满洞洞和不明痕迹的绿军毯,雨披似的往肩上一裹,拎着录放机闷着头回家了。录放机里还在唱着:"胡大孬真马虎,昨夜抬回一个二百五,到嘴的仙桃没咬住,啃了一口坏红薯,唉,吐也吐不出!"

　　一切都不消说了,只有冠军稀毛太郎得意扬扬,比头上长满乌发还要兴奋,天天裤腿挽多高,露着黑袜子,戴着白手套,嘴角叼着"亳州"牌香烟,坐在门口,也不管清早晌午,更不管有没有月亮,只管拉着胡琴大唱《西厢记》。那头立了战功的花脸骡子就拴在大门口的椿树上,一听稀毛太郎唱道"四顾无人跳粉墙",又是打响鼻又是刨蹄子,好像它的前身就是那位在戏里得了手的张生。

我们哥儿俩与自行车设计师卓玛

　　我们,也就是我和堂兄文兵,终于从乱哄哄闹嚷嚷的自行车里抽出身来,背上书包,驮着被褥,骑上自行车上学去了。本来我们李庄有四个人考上了高中,三男一女,女的叫小凤,她考上的是亳州一中,我们三个男的考上的是双沟高中,一个是我,一个是我堂兄文兵,还有一个就是小神童文化。但是,我们三个男的一起送小凤去亳州一中报到时，小神童文化趴在铁轨上听火车，结果脑壳子被火车轧掉找不着了……阿弥陀佛！我以前说过这个故事了，这里就不再说了。祈祷老天爷保佑他早日托生成人，还来我们李庄，一块儿尿尿和泥，一块儿捏一堆刀枪剑戟，一块儿苦练自行车绝技，一块儿考上双沟高中，一块儿送小凤去亳州一中。当然，依照文化的德行，到时候他还会趴在铁轨上听火车的。

双沟集是我们沘河乡通往亳州必经的重镇之一，虽然离我们李庄有三十八里地，但一想到我们要在那儿上三年高中，感觉上就像在我们李庄旁边。我们过了沘河集，一拐上柏油路，我堂兄文兵就非常严肃地对我说："收收心吧，老帮兄弟，有的人死了，有的人上亳州一中了，我们也不要再和李庄那帮鸟孩子玩儿自行车了，咱哥儿俩得好好上学了。"

那时候双沟高中大门不像现在这样牛×烘烘放光辉，也就是一圈围墙，大门是两扇铁栅栏门，大门两边有两个高大的电线杆子，两条电线连向哪里看不见了，只能看见两条电线上落满了叽叽喳喳的麻雀。到了双沟高中门口，我堂兄文兵，这位相公，望着两根粗大的电线杆子，良久，才把目光落在两队麻雀上，信誓旦旦地说："老帮，我的好兄弟，咱哥儿俩要好好学习，考上大学，毕业后死活都要到上海，都要到第一自行车制造厂工作去！我们要制造会腾云驾雾的大'永久'！"

有了这个誓言，那我们的学习劲头还用多说，就像小时候吃药，虽然不全是自愿的，但是心里明白不吃药身上的病就不会好，头上的疮疤就不会掉，大人们手里的棍子也不会同意的。当然了，双沟高中的教学方法还是比较有吸引力的，别的不说，仅仅在上课方面，就不光是本校老师，有时候会来一个肩膀上搭条白毛巾的农民老大爷给我们上一堂农业课，有时候税务所的李所长身着制服也来给我们讲一堂工商税务课，李所长是个女的，四十多岁，是个麻子，一说话脸上麻子活像蛆虫蠕动，而且屁股肥大，我们都叫她沙发腚；派出所的赵所长也全副武装地来给我们上过一堂法制课，他先把手枪啪的一下拍在讲台上，然后，一说话就横眉怒目，龇着几颗大黄牙要滴黄浆似的，简直令人作呕三日……

我们最喜欢的是文化馆馆长卓别林的作文课——

其实，双沟文化馆馆长名叫卓大林，为啥叫他卓别林，当然也有历史原因，但有些历史原因根本就不是我这样的鼠辈所能了解的。卓别林老家是沙土集的，因为我爹在沙土集培训过种烟烤烟，所以这一点我不仅记得很清楚，而且不由自主地觉得在感情上和卓别林比较亲近。我记得更清楚的是，卓别林口才无敌，肚里很有学问，还经常在《亳州文艺》上发表大块文章，所以我们学校动不动就请他给我们上一次作文课。论说起来，当年卓别林也有五十多岁了，但他打扮得比较妖怪，头发很长，还打了头油，前边梳得明溜溜纹丝不乱，后边扎个翘翘的马尾小辫，从后边看活像个骚娘儿们。想当年，卓别林这个年纪还留着这个发型，可以说在我们全亳州都是独一无二的。他每次来给我们讲作文课，都是穿着那件蓝地走红线的圆领毛线衣，长及膝盖，好像裹一件道袍，我们李庄的人把这种线衣叫作狗套头。卓别林要求我们写作文不要墨守成规，要有想象力，要敢于联想，敢于夸张，敢于讽刺，敢于装疯卖傻，敢于糊里糊涂，而且还要善于触景生情。正说到这儿，忽然雷声大作，暴雨倾盆。卓别林马上满脸喜悦，一指窗外，信口开河："同学们，各位同学们！请看窗外大雨啊！我们，我们是不是马上就可以来它短赋一篇《雨好大哉》——那雷耶，那雨耶，那雨下得箭杆耶，瓢泼耶，筲倒耶，一点一个雨泡耶；下得麻雀不敢飞，黄鹂不敢叫，泥鳅钻入稀泥兮，鲤鱼不敢跃，何况老鳖乎？"我们听得哄堂大笑，敬佩不已。说实话，这么多年过去了，这学那学我也上过很多，但从来就没遇到过如此才华如此口才的老师。

有卓别林这么一堂课，其他老师的课还有个啥听头，也就像吃药，甜的吃完就行了，哪个龟孙还愿意吃苦的，要是连苦药也吃，我们李庄的人知道了，笑话我们不说，还会开除我们哥儿俩的庄籍。所以，只要不是主课，我和文兵一看哪个老师好欺负就逃课，就骑着自行车上街旅游。所谓旅游，对我们哥儿俩而言，也就是到处窜、到处转的意思。那时候双沟集虽然曲里拐弯，但也有八九条街，据说唐朝武则天横行的时候，老亳县也就是这样的。这么一说，我和文兵都觉得自己是在城里混的人物了，虽然兜里也没有几块钱，但照样骑着自行车在大街小巷参观旅游。啊呀，现在，到了这个岁数，我也就不保密了，当年我们参观旅游的目的就是看大闺女——我们没有别的意思，各位也不要往那里面分析推理，我们就是看一看，因为我们毕竟不大，刚刚到了就是喜欢看一看的年龄。像我们在家时经常赶的淝河集、古城集、王桥集，我们已经看过数百次了，看到的基本上都是菜花，从来没有发现过奇葩，这让我们对早就憧憬的双沟集充满想象，满心以为总有些秘密等待我们去探索一下。结果，就像在家门口三个集上一样，基本上都是天天上当：从背后一看，是个美丽有型的好身条儿，裆里顿时架起高射炮，马上飞车过去，结果追上了回头一看，呕呀，屙屎屙到鞋尾巴上，没法提了。但是，刚看见人家背影那会儿哪有理智可言——你想呀，发情时刻的公狒狒奔向母狒狒时，你给它讲一下理智试试就知道理智是个啥玩意儿了。所以呀，别的事上当了还要再上当虽然是恶性循环，但就像人拉稀一吃药就能止住，而我们这个上当是良性循环，吃多少药是没有意义的。当然，我们那时候正值美好的青春期，哥儿俩都扎黑毛了，文兵比我的浓十倍，我们都喜欢在"看一看"这方面再三上当。现在想来，这些不仅符合青少年的青春期特征，尤其彰显了我们李庄人的禀性与风格。我们在双沟集上高中时，别的方面暂且不说，仅仅在参观旅游方面上当受骗的故事，就可以写一本六百二十页的《双沟寓言》，就像《伊索寓言》那种款式，看一辈子都看不够……唉，我现在一想起来在双沟集上连续上当的种种往事，心里边比喝了蜜水还要甜。

就这样，有很长一段时间我们哥儿俩沉醉在上当受骗里边，尽管虚假敌情频频，但要是有一天不上几次当，我们的学习成绩就会急速下滑。有一天，也就是说到了腊月里的那一天，我们哥儿俩又一次逃课，历史课，又是满街乱转，连上十好几次当，就像跑了十八圈没有遇到热屎的狗，哪里能甘心，怀着碰运气的念头又去文化馆看电影，就像一些古典文艺评论中所说的那样，在现实生活中满足不了的，人们就会到艺术世界里去寻找安慰。结果，也就像俗话说的那样，东里不着西里着，我们刚到电影院门口，又看到一个美丽的背影，她上身穿着鹅黄色鸭绒衣，烫的短头发，围着深红色大围脖，下身是黑色宽腿裤，屁股下边是一辆白色"木兰"牌摩托车。一看到这个背影，我的堂兄文兵，这位相公，马上胸有成竹地说："这次，我要是再看走眼了，靠，我就把俩眼珠子抠出来喂鸡！"话音未落，我堂兄文兵，比我大七天，速度比我快七百倍，已经到了人家面前，自行车啪的一个大摆尾，像座雕塑似的在人家面前僵住了，就像一个长跑健将正飞速奔跑着，突然看到一个天仙，他不仅顿时站住，还瞬间变成了眼含热泪的人化石。

这个情景在我脑海里从来没有改变过——我们和卓玛第一次见面，就是这样的，这个镜头在我心里一直播放，放了二十多年了。这个卓玛，就是文化馆馆长卓别林的闺女。我和堂兄文兵与卓玛从认识到烂熟，也是轻而易举的，根本就不像现在的少男少女，又是博呀又是微呀等等一大堆玩意儿，一下就搞熟了，两下就搞出事了。那时候我们那儿当然还没有这些玩意儿，所以我们少男少女从认识到熟悉，靠的就是我们的气味。这个体验，从理论上说，凭一般知识分子的智商，也未必明白，既然说到了我和堂兄文兵遭遇了卓玛，也不妨做个例子,简单讲一讲当年我们农村的少男少女是咋样靠气味熟悉起来的。

我们到了卓玛面前,一看她面目俏丽,气质迥异,顿时耸了几下鼻子,先闻一闻气味打不打鼻子,也就是说空气里有没有一股气味扑面而来,直冲鼻腔。我和堂兄文兵也有气味,卓玛也能闻到我们的气味。我们六束目光交接互动,气味东流西淌,鼻子耸动,面带微笑,就像猎犬闻到猎物的气味,就像狐狸闻到母鸡的气味,就像山羊闻到绵羊的气味,就像我们闻到卓玛的气味,就像卓玛闻到我们的气味。我们双方似乎还闻到了爱情的香味,爱情的香味和烧鸡的香味差不多——这是我们当年对爱情的理解。各种气味如同各种天体在空中来回碰撞,只听叮叮当当一阵子乱响,于是,我们就和卓玛熟悉了。这就是说,气味对了就可以跟你走遍天涯海角,气味不对咱就棒打鸳鸯散伙去他娘的。卓玛身上的气味让我们着迷,好像断肠散,好像蒙汗药,好像迷魂香,我和文兵哪里能经受得了,恨不得当场化成一汪水消失在空气里。事实上,没过几天我和文兵都明白了,卓玛使用的是一种清淡的香水,只是,这么多年过去了,我再也没有闻到过那种怀旧版的香水气息。

没有几天,或者说紧接着,我们知道了卓玛已经大学毕业,现在上海工作,就在生产"永久"牌的那个自行车制造厂,是工程师,她的主要工作就是设计自行车,她目前主攻的方向就是设计适合农村实用的新款自行车,并且想趁这次休假回来,做一番实地调研工作。

这么一说,难道我们还没有共同话题吗?

我堂兄文兵,也长了个驴桩个子,高大,但不英俊,而且脸上表情相当复杂,最突出的不是几粒青春痘,而是色情和蛮不讲理之类的元素,活像苍蝇屎一样布满了面颊——多少年过去了,我才明白,我堂兄文兵脸上的这些元素,无论从前还是现在,即便到了将来,都是特别讨女人喜欢的。他依仗着驴桩个子,看卓玛时老有些俯视的感觉,这感觉让他尤其得意忘形,因此,他的眼光只要和卓玛的眼光一碰上,他的驴脸一下子变得慈祥起来,真变态。他大讲我们李庄的自行车发展史,讲我们李庄的少帅李广为了拥有自行车说他爹咬铁钉,说我爹把新买的自行车大卸八块,说他自己的自行车大梁撞弯过六回,说我们李庄的飞虎队,说卖烟叶,说体重整整一吨的黄飞虹展示骑车绝技,说到我们李庄的自行车大赛时,他的舌头提溜奔拉差点儿从嘴里掉下来。我要是纠正一下他哪一句话说过了头,他马上一招鹰爪锁嗓,狠狠掐着我的脖子,满脸通红,大声呵斥:"闭嘴!卓馆长给我们上作文课时咋说的,要敢于夸张,要敢于联想!

人说话,狗插嘴,风口里站着去!"

本来在我们李庄自行车故事里笑得直不起腰的卓玛,被他这几句话逗得更是乐不可支,再三表示以后有了机会一定要到我们李庄去看看。卓玛欢笑的样子宛如随风摇曳的芍药花,简直成了我们这两个孽障的克星,在临放假的那个星期里,我们这两个无耻之尤,几乎天天都要到文化馆去找卓玛,我们也没有别的奢望,就是想和她说说话,就是想看看她那好看的嘴唇。好笑的是,那时候我们居然还磨不开面子,每次都要避开卓别林,只要一看见他后脑勺儿上的马尾辫,赶紧骑上自行车出去转一圈再回来。

我的堂兄文兵,这位好口才的相公,不光给卓玛讲我们李庄的自行车,他还大讲春天里的李庄,夏天里的李庄,秋天里的李庄,说得最多的是冬天里的李庄,白雪皑皑,炊烟袅袅,鸡鸣狗吠之声不绝于耳……这不是神话,不是田园诗,那时候的李庄在冬天里真的就是这样的,只不过被我用古色古香的文字美化了。当然了,文兵这位相公的原话是这样的:一到下雪,我们李庄一片洁白,白得就像林海雪原,我们李庄的狗都馋得很,都想吃鸡肉,一天到晚在雪地上撵鸡,公鸡吓得像男鬼叫,母鸡吓得像女鬼叫,三里地都听得见。要不信,你哪天到我们李庄去看看,我们哥儿俩,率领我们李庄的鸟孩子,给你表演自行车绝技,还要请你吃火烧糖疙瘩——真是个无耻到极点,我们李庄几辈子有过火烧糖疙瘩!

但是,卓玛居然相信了我堂兄文兵的鬼吹灯,在寒假的第二天就到了我们李庄,确切地说,是到了我们李庄西边的大路上。当然了,这是和我们哥儿俩说好的,主要是和我堂兄文兵说好的,所以刚吃过早饭,我堂兄文兵就召集了一帮鸟孩子在我们李庄西边的大路上展示自行车骑技。那时候,就不说我和文兵在电影场里打起架来是把狠手,就凭我们哥儿俩是李庄有史以来的高中生,说话在一帮鸟孩子里还是很有号召力的。当时我们百十个鸟孩子,在大路上熙熙攘攘,好像是迎亲的车队,好像马上就要去攻打哪庄。我们正各自展示着骑技,卓玛就带着一股仙气,带着一股清香,来到了我们面前。她的面颊还是那样俏丽,她的嘴唇还是那么好看,她的上身还是鹅黄色鸭绒衣,烫的短头发没有变,围的还是那条深红色大围脖,下身还是黑色宽腿裤,骑的还是那辆白色"木兰"牌摩托车,只是多了一副墨镜。我们李庄,像脬脸越南、蒋委员长小彪之流,哪里见过这样的大闺女,顿时静止在自行车上,好像严寒使他们一下子上冻了。只有我和文兵还是活的,赶紧迎了上去。

卓玛不愧是卓别林的闺女，不愧为上海"永久"自行车制造厂的工程师，她不仅亲自来到我们李庄，还给我们带了一大袋子高级水果糖，而且，她还摘下绿色线手套，挨个儿分发给我们。我和堂兄文兵，以前居然没有注意到卓玛的小手竟是如此白嫩，她刚摘下线手套时，活像啪的一声推上电闸，我们百十个鸟孩子的眼珠子顿时光芒万丈，眼巴巴地盯着她的小白手，眼睁睁地看着这只小白手往自己傻不拉叽的手掌里放了三颗高级水果糖！这袋子高级水果糖，活像迷魂药，又等同仙丹，我们李庄这帮鸟孩子，把三颗糖一含在嘴里，顿时改变了肉体凡胎，个个都成了神仙做出来的，一霎间，一个个言谈举止超乎异常，好像都觉得自己的智商眨眼间上升了一百倍，没有一个人意识到自己的智商如沙漏般正在流失，而且一会儿就流完了。你可以想象，接下来我们在卓玛面前表演骑车绝技该有多么卖力吧。我们都见过黄飞虹的绝技，都是经过残酷的训练，胳膊腿都有着几十处伤疤，我们的表演当然获得了卓玛的放声欢笑。当然了，也有几个失手的，比如脖脸越南，玩儿镫里藏身时差一点儿把脖子砸断；比如我堂兄文兵，这位相公，玩儿燕子衔水，叽里咣当，一下子摔得趴在地上滑出多远，鼻子就像橡皮擦一样，路面上划了一道沟，把鼻子都快磨没了。

　　卓玛饶有兴致地欣赏了我们的自行车表演，她不仅发誓要研制一种适合我们农村孩子表演骑技的自行车，还兴致勃勃地给我们上了一堂自行车知识普及课。她的口才堪比她爹卓别林，她说我们中国是一个自行车大国，比如上海，除了"永久"还有"凤凰"；比如天津，除了"飞鸽"还有"黑马"和"红旗"；还有，常州的"金狮"，青岛的"金鹿"，鞍山的"梅花"，沈阳的"白山"，深圳的"阿诗玛"，哈尔滨的"孔雀"，等等。但是，随着时代的发展，各地自行车厂的发展与竞争也日益凸显出来，有的自行车厂逐渐倒闭，有的品牌已经消失。说完了中国的，卓玛还给我们讲了外国的，比如英国的"汉堡"，法国的"标致"，德国的"凯耐斯特"，荷兰的"羚羊"，等等。我们哪里能听懂这些，一个个原本是张口结舌的表情，看起来恰恰好像心向往之。不过，卓玛最后讲了一个故事我们都记住了，她说到了撒切尔夫人，说这位夫人还是个妹妹的时候，曾在格兰瑟姆教书，那时撒妹妹就特别喜欢自己的"汉堡"牌自行车，每天穿着长裙，骑着她的"汉堡"，在绿荫遮蔽的校园里来来往往，像一只孔雀一样。

　　平时我们李庄的人眼里有过谁，但那一天卓玛真是叫我们这帮鸟孩子开了眼界，我们心里毫无保留地对她充满了崇敬，以至于她要走时我们都舍不得让她走。当然了，不让她走是不可能的，她也不会永远留在我们李庄的，我们李庄谁家能管得起她吃饭,谁家能管得起她睡觉?但我们这百十个鸟孩子坚决要送她到泚河集,等她上了柏油路,再依依挥手别过。这下,卓玛没有推辞。于是,卓玛骑着她的"木兰"摩托在前,我们这百十个鸟孩子骑着自行车紧随其后,一路上欢歌笑语向泚河集驶去。当时那阵势十分了得,简直浩浩荡荡,简直所向披靡,没人敢阻挡我们,就是我们泚河乡的杨乡长要敢阻挡我们,我们也会当场枪毙他。即便到了现在,我一想起当年我们送卓玛的情形,就恨不得用慢镜头再播放一遍,我要慢慢地欣赏它享受它,直到它化成崭新的细胞,重新植入我这日益愚蠢的肉体。

我记得非常清楚,在路上我的堂兄文兵居然傻乎乎地问卓玛:开了学我们还能见到你吗?卓玛说她明天就回老家沙土集,陪奶奶过完年就回上海上班了。我们哥儿俩,尤其堂兄文兵,顿时怅然若失,好像前途无望,嘴里哪还能说出半句好听的,只是在脸上挂着苦兮兮的笑容,一直把卓玛送到泚河集了,我们也没有想出一句俏皮话。卓玛骑着摩托车拐上柏油路,回头对我们这帮鸟孩子招手,招手,招手,又灿烂一笑,接着嗡的一声,俏丽的面颊,好看的嘴唇,鹅黄色鸭绒衣,深红色大围脖,黑色宽腿裤,永远不会让人上当的美丽背影,还有那副墨镜,这一团美好事物逶迤而去,如同仙女升入云端。我们这帮鸟孩子齐齐刹住自行车,目光眺望远方,舌头舔着嘴唇,仿佛嘴唇上还残留着水果糖的甜味儿。我堂兄文兵,这位鼻子渗着血清的相公,有些泪眼婆娑,那样子恨不得化作一支响箭飞速追去。

转了一圈又回到从前

依照我的意思,到了这里,篇幅基本上够了,我们李庄的自行车故事完全可以暂告一段落,但是,就这样结束不太符合我们李庄的做事风格。我们李庄的人做事虽然最爱虎头蛇尾,但讲究的是首尾照应,最喜欢的是转了一圈又回到从前。

从前,我们李庄的人都把自行车叫作洋车子,就像把学武术叫作学捶,就像把十八岁以下的小孩叫作鸟孩子,就像把自由恋爱叫作拍屁股一样,这都是我们李庄的方言,也都是我们李庄的习俗。我以前坐在街边拉着弦子说唱我们李庄的故事时,也专门讲解过这些怪癖的方言习俗。在今天这个故事里,我之所以把自行车依然称为自行车,因为一说起"洋车子"这三个字,我就会想起水汪汪的历史,想起一出出泪淋淋的悲情剧。而我们李庄的自行车故事,却是一部充满欢乐与智慧的简史,字里行间,从头至尾,无处不响彻着只有自行车才有的清脆铃声。

说着这话儿,就像电影里一样,随着一阵子清脆的自行车铃声,一辆自行车驶入我们李庄村当央。当时正是春末季节,槐花虽然刚刚落尽,但村子里还弥漫着薄雾一般的清香。在这境界里,我们李庄的一群鸟孩子,平时最多也就是推个铁圈玩玩儿,这时候听得一阵子悦耳的自行车铃响,哪里还沉得住气,顿时一下子蜂拥过去。

来者何人?

淝河集的屠户柴大西门是也。

淝河集在我们李庄西边,也就十八九里地,我们李庄的人逢双就赶淝河集,杀猪卖肉的柴大西门我们也都认得。在这里我要给各位提个醒,万不要错以为屠户都是胖脸油面的,这柴大西门却是个细条个子,头发很密,但他留个两半子汉奸发型,不过他长相标准,白白净净,天庭饱满,地阁方圆,一副贵人相。不巧的只是杀生久了,尽管和人说话时他挂满两腮帮子笑意,但两眼挤挤眨眨间还是露着凶光,叫人不由自主地对他心生畏惧。那时候这个人才三十多岁,小名叫柴枪,学名叫啥我忘了,为啥叫他柴大西门,当年我们还小,除了知道屎是不能吃的,别的哪还知道有啥奥妙,只是看见大人们叫他这个外号时,个个都像妖精吃了糖果一样,满脸诡异的笑容。当然了,现在我知道是啥意思了,估计各位也知道是咋回事了,所以我就不多诠释了。

再说柴大西门胯下的这辆自行车。

论说一辆鸟自行车有啥好说的,而且我敢肯定,只要一提这三个字,人人脑海里都会扑腾一下现出各种自行车的模样。但是,柴大西门的这辆自行车与我们脑海中的自行车大不一样,且不说车身框架比一般自行车要粗上一倍,镀铬轮圈也比一般自行车粗很多,即便前后轮的辐条,也跟筷子差不多粗。前挡泥板后挡泥板也可以不细说,但它的吊簧鞍座必须得说,因为现在几乎看不到那种吊簧鞍座了。它的全链罩也值得一说,因为那时候一般自行车都是半链罩或四分之一链罩。尤其引人注目的是,在前叉立管上还安装了一个鹅蛋大的前灯,后叉锁旁装了一个鸽子蛋大的后灯,这两盏灯都是一般自行车所没有的。它的发电机关装在哪儿我忘了,我现在只记得它前管上的商标是一只金光闪闪的梅花鹿,那活泼样子,好似奔腾在祥云之上。无须多说,上了几岁年纪并且喜欢自行车的人都知道,这就是当年青岛产的载重大"金鹿"。

当年,柴大西门就是骑着这辆通明锃亮的大"金鹿",经常到沘河集周边的村庄买生猪。我们李庄他也来过好多次了,每一回进了庄里边,他也不彻底下车子,而是把自行车夹在裤裆里,右腿支地,左腿好像断了似的,耷拉在自行车前梁上,就拉着这个狗撒尿的架势,左手夹下嘴上的半截烟卷,脖子抻得要老鸟喂的雏鸟一样,长一声短一声地吆喝:"上满膘的壳郎,上满膘的豚子,赶出来卖呀啦——切切切,切切不要一身虚膘的杨贵妃哦哦——"

这里有个说道,柴大西门吆喝的都是我们那一带的土话,我们李庄的人一听就明白。"壳郎"和"豚子",说的都是猪,至于"一身虚膘的杨贵妃",虽然我也忝列为《李庄词典》的编撰人之一,但我也不能准确解释这句话的全部含义。我只知道这句话的大意是,老母猪年纪大了,丧失了生殖能力以后,主人就用大把饲料催肥它,凭着毛光肉厚,估个论堆儿要个好价钱,专门卖给一些刚入行的屠子。但这种猪为啥称之为杨贵妃,这个我说不清楚,估计我们李庄也没人能说明白。

那时候我们李庄,谁家养头猪都金贵得不得了,恨不得当财神爷一样敬着,又不是马上到了年跟前,也不是赶着娶媳妇嫁闺女,春末里正是牛长骨头猪长肉的时节,谁家会舍得卖头猪当零钱花,来消遣日子。所以,柴大西门在庄里边白吆喝了几嗓子,连根猪毛也没买到,只好骑上自行车开路了。

就像每次他一进庄里我们这帮鸟孩子蜂拥而上一样,柴大西门骑上车一走,我们这帮鸟孩子马上簇拥相送,好像这个杀猪的屠户是我们庄的贵客一样。事实上,那时候我们李庄还没有自行车,我们就是想多看几眼他那辆金光闪烁银光灿烂的自行车罢了。

现在说起来也有点怪哉,那时候也不光是我们这帮鸟孩子尾随柴大西门,我们李庄的二十好几个泼辣娘儿们也好景事,一个个中邪似的能跟出二里半地去。比较显眼的是绵羊他娘王糖精,还有少帅李广他娘康弹簧,当时还没有包产到户,他们两家的自留地搭地边,种的都是春芝麻,两人本来准备一起下地松土锄草,这时候一个个荷锄在肩,就是说扛着锄头,也一直跟到田间小路上。柴大西门也是个擅长风情的,每次一见二十几个年轻娘儿们跟着,他就不骑快,就那么慢慢悠悠,时而捏几声铃响,而且,迎着小春风他还尖着嗓子唱:"小桥流水柳枝儿长,王二哥下乡去放账。走上了一座小石桥他就举目观望,只见那桥北头有个小茶摊儿真利爽。王二哥心尖儿一抖擞他就眯着眼儿细细观看,只见那摊后边坐了个呀,哦哦呀,坐了个花不溜秋的美娇娘……"

每次都是刚唱到这儿,柴大西门这个杀猪的,就会冷不丁地回头一笑,也不知道这个杀猪的是不是神经错乱了,更不知道这个杀猪的笑给谁看,反正笑得比较蹊跷,如同鬼魂附体,如同魑魅泣啼。然后这个花心肠的屠户加足马力,一溜烟地跑远了。

那时候,我们这帮鸟孩子,大的不过七八岁,都是乳臭未干,下边除了屎裤裆,半根毛也没有,哪里领略得柴大西门的孬种意思,反而一个个智障儿似的跟着傻笑一阵子。跟上来的十几个泼辣娘儿们活像魂儿被柴大西门勾走了,也一起跟着咻咻大笑一番。尤其是绵羊他娘王糖精,笑得前仰后合,直笑得赤红面子亚赛芍花一样灿烂。她那个浪兮兮的神情,她那个炝锅似的笑声,气得少帅李广他娘康弹簧嘴唇都白了,拉着脸,嘴撇得好像脬脸越南他奶奶的裤腰一般,她左脚一跳,右脚一跳,好似踩在弹簧上,她一边这样跳着,一边洋腔洋调地说,要是人家用自行车驮上王糖精跑上一阵子,就是跑到玉蜀黍地里和她压擦擦,她也没二话。

刚才说过了,我当年和一群鸟孩子大小差不多,下边除了屎裤裆也没长半根毛,哪里听得出康弹簧话里啥意思,即便到了今天,尽管大脑也聪明了几分,但思考了半天还是搞不懂这句鬼话。只是当年,柴大西门在田间小路上骑着自行车唱着小曲扬长而去的情景,给我留下了深刻的印象,即便到了现在,我在讲我们李庄的自行车故事时,他这一饱满形象时不时就会自动跑出来。所以,在讲了一大段我们李庄的自行车故事之后,我忍不住拿出这个杀猪的说上一番。虽然这段收场戏与我们李庄自行车故事关联不大,但正所谓斜枝方便旁逸,弯木也可治材,在这里且不妨把它当作个垫背的,好歹也算关上了我的话匣子。

【作者简介】李亚,男,安徽亳州人,1990年入伍,1996年毕业于解放军艺术学院文学系。1992年初开始文学创作,出版有长篇小说《金色大雨》《流芳记》,中短篇小说集《幸福的万花球》等。中篇小说《武人列传》获《小说月报》第十五届百花奖。现供职于海军政治部创作室,中国作家协会会员。

第四十圈

邵　丽

上部

一

　　我以一个作家的身份被下派到天中县挂职当副县长期间，很多人给我说起过一起曾经在这个县轰动一时的案件。是个杀人案，但也不完全是杀人案，案子里面套案子，挺复杂的。已经过去十来年了，现在大家还津津乐道。由于跟我讲述这个案件的人不同，案子的面目也不一样，对里面各色人等的评价更是千差万别，真像一出"罗生门"。这谁也别怪，我理解他们，案件不管多复杂，都是别人的。

　　第一个跟我说起这案子的是我的司机刘师傅。可从我到县里任职一直到离开，他始终也没把这个故事讲囫囵，其他人说的更是支离破碎。那次刘师傅送我回省城，在路上主动向我说起齐光禄——齐光禄是这个案件的主角。"赵县长，您是写小说的，那齐光禄的事儿，讲说起来比小说都好看。"我相信他从未看过小说，他生活中就两件事，开车和打牌。天中有俗谚：一怕孙书记做报告，二怕刘老四"推拖拉机"——孙书记是县委管宣传的副书记，他安排秘书写讲话稿就一个标准："今天是开大会，话不能说矬了，给我写够五十页！"刘师傅在家排行老四，据说他打牌可以三天三夜连轴转，眼睛都不带眨巴一下的，人在阵地在,不把对手熬趴下他决不下战场。

我说:"你说来听听。"

"他怎么就那么狠,眼睁睁地把一个派出所所长给剁了,"他一边吧嗒嘴,一边说,"这个所长我们早就认识,过去他没当所长之前,就在政府家属院住。挺内向的一个人,从农村考上的大学,第一个老婆跟别人好了,这第二个老婆也不是个正经货,名声不好,老大不小也找不到对象,最后不知怎么的就嫁给他了。"

凭我的职业敏感,我知道这可能就是我下来挂职所要体验的"生活"。就这短短的几句话,一篇好小说所需要的张力已经有了。我问他:"你说的这个齐光禄为什么杀所长?总有个前因后果吧!你能不能把这个事情详细说说?""哎哟!要说那真不是个事儿!那算个什么事儿啊?哎嗨!钱,人家该赔也赔了,政府该补也补了,所长该免也免了。"他左手开车,右手捏着指头算着这三个"了",好像这是一桩可以计算的买卖似的。

我坚持让他从头到尾说详细点。他寻思半天,说:"一时半会儿根本说不清,这得抽个时间好好说道说道。"我说:"我们路上有将近四个小时的时间呢!"

"四个小时?那不够,太复杂了!"他摇着头,又重重地叹了口气,"太复杂了,想想就够让人闹心的。"

二

汝河往南走了一大段,又调头往西去了。这样的走势在平原地区很罕见,属于倒流,所以当地人也把这条河叫作回头河。汝河河湾处夹着一个小镇,很像一个人的胳膊搂着个孩子。小镇与县城隔河相望,但是无路相通,只能坐船过去。别看这个镇子不起眼,名字却响亮得很,叫天中镇。也是因为有这个镇子,这个县叫天中县。据说这个地名是乾隆爷下江南路过此地时封的。但这种说法很值得怀疑,我从史书上看到关于天中的记载:"禹分天下为九州,豫为九州之中,汝又为豫州之中,故为天中。"后来,我又在县志上看到"天中"二字竟然是唐朝的颜真卿所书。可见,历史真是经不起认真端详。

天中镇镇东头住着一户人家,户主姓牛,绰号牛大坠子。"坠子"在当地土话里有两层意思,一层是对本地戏曲的统称,一层是指一挂鞭炮最后那几个最响的大炮仗。牛大坠子跟这两样都沾点边儿。先说唱戏这一出,从小他就喜欢,只要一出门口，小曲就挂在嘴上，咿咿呀呀，抑扬顿挫。如果碰上一群人扎堆儿在那里聊天，他便凑上去，禁不住人家一撺掇，他就会半推半就拉开架势。那么胖大的一个人，踩起场子来如风摆杨柳，左手撮成兰花指掐在后腰上，右手撮成兰花指挑在胸前，其势如凤凰展翅，便一唱三叹地开始了：

> 我不告天来也不告地
>
> 状告皇王御妹婿
>
> 我告的就是他强盗陈世美
>
> 秦香莲我本是
>
> 他的结发妻呀、呀、呀……

至于把他跟大炮仗联系在一起，一来是他嗓门儿大，说话跟过闷雷似的，震得人耳朵轰轰响半天；二来他好充大，说话办事总爱拣个高枝，好像凡事都比别人高明。

坠子爷爷过去曾经跟过袁世凯，专门做手擀面，说是祖传手艺。老袁这个人一直到死都爱这一口儿。老袁死后，爷爷背着太子袁克定送的一把日本刀解甲归田，刚好遇到兵荒马乱的年月，技艺无以相传。直到后来得了孙子坠子，他才将刀和做面手艺传给了孙子。

不管爷爷是不是跟过袁世凯，用这方法做出来的面真是好吃。刀看起来也是真的，像传说中的皇室用品。坠子当了金豫宾馆的经理之后，把做面的手艺给解密了。相当简单：小麦、红薯、绿豆三种面粉和在一起，磕几个鸡蛋，使劲儿搅和，待白黄绿三种颜色混为一色，用瓦盆盖在案板上醒半个时辰；然后擀成半韭菜叶那么厚的面皮，晾至半干，刀斜成四十五度，薄薄地片下去，便成了厚薄适中的面条。用猪油擦一下锅底，把葱姜煸熟，待水烧成大滚把面顺势摆进去，出锅前再放几棵小青菜，点几滴芝麻香油。吃的时候有一股说不出来的"年少的味道"（爷爷说是袁世凯语）。那时候，就靠着这"袁面"，金豫宾馆红火了好大一阵子，如果不是后来的几多变故，结局肯定不是现在这样子。

坠子原来在金豫宾馆当大厨，虽然有祖传的面点手艺，他却死活不听爷爷和爹爹的话，做了红案。他不喜欢白案的冷清，对着一堆面粉揉来搓去，让人一点儿都兴奋不起来。他喜欢红案的热闹，爹怎么打骂都改变不了他的志向，于是只好随了他。很快他就出师了，煎炒烹炸相当了得，那完全得益于戏曲给他的启示。他觉得炒菜跟唱戏十分相似,热锅凉油,一把作料撒下去,嗞啦一响,是过门儿;待主菜下锅,一出大戏便开始了,锅碗瓢盆叮当乱响,有韵律,有节奏,还有情趣。那是一门让人上瘾的艺术。

改革开放之初,国营金豫宾馆实在经营不下去了,学习外地经验搞起了承包。那时候的人都小胆儿,商管委开了几轮会议,没人敢接这个摊子。坠子一拍屁股站起来,签了为期五年的承包合同。当时的报纸电台当作是一个重大新闻,进行了广泛报道,说他是中原的马胜利步鑫生,他的壮举将会在中原大地掀起一轮改革大潮,云云。

后来的实践证明他这个决策是对头的,他以"袁面"打头,以周围鄂豫皖地方特色菜铺底,生意做得风生水起,远近闻名。那时候,他牛总经理梳着中分大背头,一套上海"响铃"牌大方格西服,脖子上吊着猩红领带,皮鞋擦得锃亮。不管他去哪里,都扎眼得厉害。一辆古董级的黑色上海牌轿车驶过,能听到收音机里传出的老包下陈州的唱腔:

久念陈州众百姓,
辞别王驾早登程,
紧催八抬忙走动……

三

机关干部下基层挂职锻炼,总有点儿不伦不类。有钱有势的部门下来还好,能给人家跑个项目批点资金什么的,至少能为当地干部提拔重用牵线搭桥。像我们这些文化部门下来的,两袖清风,手无缚鸡之力,很难融入。眼看着两年的挂职期限已经过半,我心里不免暗暗着急。一来,自己分管的文教卫属于慢工出细活的工作,干好干坏一时半会儿也看不出来;二来,有形的项目自己一个也没干。别人说起以往的挂职干部,往往是谁谁谁修了水库,谁谁谁盖了一所小学。如果我回去,在县里不会留下任何可资评说的东西。有一次,我给在发改委任职的一个学弟打电话,求他帮忙给弄个项目。"姐啊,"人前人后他都这么亲热地喊我,"不是我给你弄个项目,而是你得先编个项目,我负责给你点儿钱!"电话那头乱哄哄的,好像是在歌舞厅里,那时是下午四点多。"编个项目？是编制一个项目还是随便编一个项目？"我玩笑道。"哎呀！姐，你这作家都当呆了，那还不是一回事儿？小说是把真事往假里说，编项目是把假事往真里说！"他那边已经开始唱上了，吼了一句粤语歌又跟我说："就这么回事儿，年底快批项目了，正好今年钱多得花不出去。"说完又唱上了。估计他也喝得差不多了，不然不会这么跟我说话，他是一个知道分寸的人。

第二天，我带着办公室副主任赵伟中和秘书下乡搞调研。在县里，每个副县长都有一个办公室副主任跟着，其权力比秘书大，比办公室主任小，我的活动基本上都靠他安排。路上我问他，"编"个什么项目合适。赵伟中说："赵县长，您是真想办事还是想办真事？"——妈的，这都什么语言，跟江湖黑话似的！我不禁想起学弟"编项目"之说——我说："此话怎讲？""真想办个事出出政绩，县政府项目库里的项目多的是，拿一个就是了。想办真事，那就看您觉得事情办得有没有意义了。"我说："那还用说？我办事的风格你们又不是不知道！"刘师傅插话说："赵县长，我觉得咱们县最值得办的事情，就是修一座县城通往天中镇的桥。这事儿老百姓意见很大。""既然这事这么重要，过去怎么没人办？""哎哟！"他又吧嗒起嘴来，这个动作表示里面有戏，情况复杂，"您不知道，天中镇人不好惹！就齐光禄那个事儿，前前后后拉扯多少年，到现在都没扯掰清楚。"赵伟中连忙喝道："老四，别信口乱说！"

我想了一下，说："刘师傅，今天咱们就直奔天中镇！"刘师傅扭头看了一下赵伟中。赵伟中把前面摆着的"县人民政府"的牌子拿下来，也没看我，叹了口气说："走吧！"

虽然咫尺之隔，可刘师傅说要绕一个多小时的路程才能到。我想起他跟我说起的齐光禄的事情，心里隐隐约约有一种不安。也不完全是因为今天赵伟中的表现，很多人说起这个事情，都是这样一种态度。也不是避讳什么，好像谁都想躲开里面的麻烦，害怕会缠上自己似的。事情已经过去十多年了，现在说起来还如此讳莫如深，那么在这个案件背后，还有多少鲜为人知的东西？

四

牛大坠子承包金豫宾馆的第三年，来了一个南方女子。开始她是来推销报纸杂志的，养生、口才、营销、厚黑学，什么都有。女子一来二去，跟牛总就对上眼了。牛总不拘一格降人才，把她留下来做销售经理。这个女子不寻常，在销售上确实有一套,见人说人话见鬼说鬼话,不管什么人见面就熟,只要见过一面,下次一开口便能喊出人家的职务。再到后来,牛总是一步也离不开她,连自己的家都很少回了。

坠子的老婆也是天中镇人,在家就是个病秧子。身体弱的人,往往性格暴戾。有时候,坠子跟她说不了三句话,她就能拿头去撞墙。所以坠子平时也不敢招惹她,遇到什么事都是躲着让着。坠子当了老总之后,好话说尽,才把她和女儿搬进城里。屋漏偏遭连阴雨,坠子和那女子的传闻,不知怎么的就传到了她这里。她气不打一处来,抓不到坠子,便逮住自己的女儿暴打。有一次坠子回家刚好碰见,还没解释几句,母女俩合着伙歹毒他。女儿哭着怪他惹事,老婆拿着热水瓶朝他头上砸。老婆本来身子就弱,又遇到这事儿,气病交加,熬了不到一年就去世了。老婆死后,牛大坠子很快便跟这个女子结为夫妻。结了婚以后他才知道,女子还有一个儿子,比自己的女儿光荣小五岁。坠子心中暗喜,这是买一送一的好买卖,不费力气就儿女双全了。

坠子的女儿牛光荣长得既不像坠子那么肥硕,也不像他老婆那么柴,是个细皮嫩肉的美人坯子。个子细长,瓜子脸,一笑俩酒窝,羞怯中有一种质朴。娘还活着的时候,光荣已经寻到了对象,是自己谈的,只是年龄不到无法办结婚证。光荣的娘一死,光荣跟后娘之间像乌眼鸡似的,你啄我一口,我鸹你一下,没个消停的时候。后来光荣索性搬到男方家去住。再后来,光荣肚子里有了。男方的家长找到坠子,支支吾吾地把这事告诉他。坠子大手掌拍在老板台上,说,那还扭扭捏捏扯掰什么啊?让他们俩先上车再补票不就得啦!

婚礼是在金豫宾馆办的。坠子本来就爱排场,当上经理之后结交的酒肉朋友又多,再加上双方驴尾巴吊棒槌的亲戚和镇上的乡亲,前后开了二百多桌。光荣的后娘重装登场,浑身披挂得比继女都像新媳妇,在酒宴上撒着欢卖弄风骚。光荣看着她,当着人面笑也不是哭也不是,新仇旧恨窝成一肚子气,强撑一天,一口饭都没吃。

婚宴一直拉拉扯扯到晚上才结束,牛大坠子与亲家喝得昏天黑地。吃完喝完,一群晚辈闹哄哄地簇拥着小两口回去闹洞房。开始还算文明,交杯酒,咬苹果,亲嘴……闹着闹着就不像话了,一群人先把新郎围在中间"撞墙",把新郎撞得筋疲力尽瘫软如泥,拱到床底下再也不爬出来。他们随后又开始折腾新娘,拉着光荣的胳膊腿往上抛,说是放冲天炮。一下,两下,三下……光荣一天水米没打牙,浑身连四两力气都没有,被他们抛来抛去,开始还能挺着身子,到最后浑身就像一块面团一样绵软无力。最后一抛，面团从众人的手中滑脱。光荣四仰八叉朝水泥地上重重地砸去，像一列脱轨的列车，急速撞向一个未知的黑洞。

<h1 style="text-align:center">五</h1>

齐光禄原来并不是本地人，老家是东北的，父亲是军工厂的老工人。上世纪六七十年代，中国与苏联交恶，因为形势所迫，军工厂大部分迁往三线。他跟着父母来到了鄂豫皖交界的这个山旮旯里，初中没毕业，就回厂接了父亲的班，分到机修车间开叉车。父亲在喷漆车间工作了半辈子，退休之前就干不动了，退下来不久就因肺癌去世。家里剩下他和母亲，还有个患小儿麻痹症的小妹。

齐光禄先是开叉车搬运钢材的时候挤断了一条腿，虽然治疗得差不多了，但是走快了还能看出来跛脚。后来又遇到企业军转民，很快他就下了岗，成了一名待业青年。当时政府为了维护社会稳定，给待业青年开了口子，鼓励他们自谋职业，并且在税收、经营场所等方面给予照顾。他就在县城一处居民区的小蔬菜市场里摆了个猪肉摊子。

猪肉摊子离牛大坠子住的地方也不远，隔半条街，按理说他跟坠子沾不上边儿。坠子开饭店当经理，家里吃的用的根本用不着自己买。可是事有凑巧，有一次坠子下班回家早，在菜市场下了车。他看见齐光禄卖肉的时候，把半扇猪吊在横梁上，谁来买肉他就拿刀过去砍一块，不是多了就是少了，而且肉切下来卖相很难看。坠子一时技痒，快步过去，把猪肉从梁上卸下来横在案子上，横着剁四刀，竖着剁了两刀，整整齐齐一十五块猪肉码在案子上，煞是好看。

他把刀递给齐光禄说，要想卖好肉，先去换把好刀来！

齐光禄看得傻了，半天才缓过劲儿来，连忙递上烟，忙不迭地喊师傅。坠子把烟叼在嘴角，示意齐光禄点上，舒舒服服地吐了一口烟。齐光禄说，师傅……坠子也不搭话，哼着小曲走了。

旁边的人告诉齐光禄说，你今天算是走鸿运了。这个人你不知道是谁吧？他就是牛大坠子啊！

从此，每次看见坠子回来，齐光禄离老远就打招呼，两人慢慢熟络起来。女儿光荣结婚的时候，坠子也请了齐光禄去喝喜酒。齐光禄出手也不小，封了一百块钱，还添了一床当时算是奢侈品的鸭绒被子。

那天牛光荣被摔到地上，齐光禄就站在旁边。光荣这一下摔得真是不轻，当时就昏迷不醒，躺在地上动都没动一下。后来大家七手八脚把她抬起来，赶紧往医院送。肚子里的孩子没保住，光荣也昏睡了四十多天。光荣的婆家在她入院的时候交了两千块钱押金，后来再也不露面了。牛大坠子去找他们理论，婆家说，他们俩又没登记结婚，这婚姻不受法律保护。人是你们家的人，我们又没动她一指头，凭什么该我们管？

坠子气得回家喝了一斤二锅头，跳起脚在屋子里大骂，可是于事无补，毕竟他没能力拿住人家。让他万万没想到的是，这才是他倒霉的开始，要不怎么说祸不单行呢！饭店五年的承包期到了，他要跟商管委续签合同。商管委的头儿说，你来得正好，省得我们跑冤枉路了。赶紧交钥匙吧，这宾馆我们已经包给别人了！坠子一听如被雷击，站在门口跟人家嚷嚷道，金豫宾馆的门楼子没塌下来，到现在还这么红火，都是我牛大坠子一铲子一铲子炒出来的！你们把我一脚踢开，这不是卸磨杀驴吗？还讲不讲理？头儿说，我们不能讲理，只能讲法！现在是法制社会——简直跟光荣婆家一个口气——他急得跳脚撒泼，指着头儿说，我一把火把宾馆给你们点了，看你们还跟我讲法不讲！头儿根本没搭理他，从兜里摸出一个打火机，扔给他。看他没动静，又摸出一个，扔给他扭头走了。

一整天，他眼里心里净是打火机。晚上回来又灌了一斤二锅头，哭着骂道，这是什么鬼世道儿？对你们不利的事儿，你们就跟我讲理。对你们有利的事儿，你们就跟我讲法啊！

骂归骂，现实还要面对，末了还得乖乖听话。钥匙交了，车子也交了。当天晚上，他把齐光禄喊过来，两个人一人一瓶"汝水白干"对着吹，七十三度，一点水都没掺。喝到七八成熟，他从桌子底下拽出一个红木匣子。打开来看，里面是一个明黄色布包，搭眼一看就知道不是凡常人家的用品。坠子把黄布包小心翼翼地取出来摆在桌子上，轻轻打开。齐光禄只见寒光一闪，一阵凉风穿心而过，那把刀便顺在坠子手里。坠子放在眼前看了半天，双手捧着递给齐光禄。齐光禄接过来细细地看了，暗暗叫绝，真是一把好刀！青脊白肚，背厚刃薄，像一条鳞光闪闪的青鱼。在刀柄与刀身的接合处，刻着两行非常不起眼的小字：关孙六。大日本明治二十七年製。

六

那天我们去天中镇并没有遇到什么麻烦。为了防止意外，开始我们没到镇子里去,而是沿着河堤,一直走到与县城对面的码头上。镇上的书记镇长已经接到通知,带着一干人在河堤上列队迎接我们。简单寒暄几句,我们顺着河堤上的一条小路往下走。我从来没这么近距离地走近过这条河,来到河边我才发现,从这边看县城,简直是近在咫尺,好像伸手就可以碰到对岸的柳叶。

河边是一个来往摆渡用的小码头。离码头不远,几个船工模样的人围着一个用砖头水泥垒起来的小桌喝茶。看见我们过来,他们只拿眼睛斜愣着,没有一个人站起来。我回头问镇上的书记:"在这里干几年了?"书记说:"过来快半年了。"——怪不得老百姓都不认识他——他说着看了一下赵伟中,迟疑了一下,又补充说:"谁在这个镇子上干,也不会超过两年。"我问:"为什么?"书记笑了一下,说:"地球人都知道为什么。赵县长,很快您就知道为什么了。"

听他那语气,我心里咯噔一下,莫非又是因为齐光禄?

看完现场,我们正准备往回走,刘师傅问那几个人:"坠子他老婆现在干吗呢?"其中一个面皮青黑的中年人说:"不还是该干吗干吗!"又反问道,"你认识坠子他老婆啊?"刘师傅走过去,给他们每人散了一根烟,说:"不认识牛大坠子的老婆,不是在这里白混了吗?"一群人听罢此言,你看看我,我看看你。我觉得似乎刘师傅这话说得不是很合适,空气有点儿紧张。有个人问刘师傅:"你们是政府的吧?"刘师傅未置可否。那人又道:"别看了,赶紧回去吧!我还没结婚,你们就在这儿看来看去。现在我儿子都结婚了,你们连一块砖头都没埋下。"刘师傅跟他玩笑道:"吸人家的嘴短!你再乱说我让你赔我烟!"大伙儿一阵哄堂大笑。我感觉到现场情绪明显松动了很多。

晚上,我们在镇政府吃饭。赵伟中特别安排不在外面吃,就在他们的机关小食堂里吃。饭菜很有特色,都是当地土里刨的、河里捞的特产。开始大家都还很拘谨,按套路敬酒。酒过三巡,我站了起来,先用茶杯倒了一杯酒,准备一口干了。赵伟中见状赶紧夺过去,说:"赵县长,您这是办我的难堪!下面这酒要怎么喝,您只管吩咐就是了!"

我说:"我吩咐算吗?算了,我还是喝了吧!不然我这个挂职副县长,说什么都没人听!"我话音刚落地,赵伟中仰脖子把一茶杯酒喝了。书记镇长也赶忙站起来,学他的样子,一人喝了一茶杯。三个人都拿眼看着我,也不说话。我拿过杯子,往里倒了三分之一,说:"这是我这一辈子第一次喝这么多,我相信也是最后一次喝这么多。不管我在这里,还是离开,我仅仅是女作家赵芫,而不是一个副县长或者其他什么。如果你们觉得我还像那么回事儿,今天咱们就放开喝酒,放开说话。我希望好好听听你们天中镇,听听牛大坠子,听听齐光禄和牛光荣!"

"好好好!"他们一边说一边每人又倒了一杯喝下去。谁知几杯酒下肚,话便多得控制不住,七嘴八舌地胡乱插话,一会儿就搅和成了一锅粥。我的头也晕得像坐海轮,昏头涨脑地坐在那里,到末了也没听明白他们说的什么。

<h1 style="text-align:center">七</h1>

坠子被解职之后,在家待了有半年多时间,一直到光荣从医院出来。光荣说是痊愈了,其实只是保住了一条命,根本没有得到很好的治疗。刚回来那一段时间,跟个傻子差不多,既认不清人,也说不成话。养了一段时间,虽然有了很大改善,但跟正常人还是不一样,口齿不清,还经常不自觉地流口水。自己坐在那里,总是忍不住笑。问她以前的事情,婚礼之前一直到闹洞房她都记得清清楚楚。可是自那之后,包括现在的很多事情,她有的能记得,有的一点儿都记不得。不过,从外表看起来她还跟个正常人差不多,依然那么漂亮,而且家里的活计一点儿都不少干。

坠子新娶的老婆经过这两件事,倒也安分平和了不少,对待光荣也不似过去那般刻薄了,有时候看见光荣忙不过来或者有什么不方便,她也主动上前帮忙。仔细说来,过去两人掐架也不光是后妈的责任,按她自己的说法,她有追求幸福的权利。这话也不无道理,平心而论,她只是跟追求自己的男人结婚,何罪之有?

饭店开不成了,坠子老婆在家休息了一段时间,又捡起了自己的老本行,帮人家推销报纸杂志办公用品,每个月都有进项贴补家用。倒是坠子干了这几年经理,心大了,野了,手也软了,再也捏不住刀把勺子柄了。光荣出院后,他就开始跟着开饭店时结交的一个大老板跑业务。据说这个大老板很有后台,在北京凯宾斯基饭店包了一层楼,全国各地都有分公司。谁也说不清楚坠子到底跑的是什么,但见他每天进进出出,西装革履,拎着一个黑亮的大提包,忙得连喘气的工夫都没有。那时候物资短缺,而且每个机关单位都要办企业,所以皮包公司满天飞。江湖上都传说他根子硬,门路广,见过大世面,按当地的话说"是吃过大盘荆芥的人"。而他也从不隐讳自己的能耐,手里不是有一百吨钢材,就是有海关处理的走私电视机——"都是人家小日本国内生产的,塑料纸都没揭掉。"他对追在屁股后面的人说。生意做没做成没人说得清楚,反正看他的身材,肯定是每天都落个肚儿圆,还常常车接车送,前呼后拥,煞是风光。

后来,各地政府都有了招商引资任务,他按照大老板的安排,摇身一变成了外商投资的代理人。大项目多得没办法,眼睁睁看着他把皮包磨坏了好几个。皮包里除了合同、委托书,还有他跟各地领导的合影。最高级别的领导是某省的副省长,据说这个副省长的父亲是黄埔军校四期的高才生,和林彪刘志丹他们同是老三连的同学。"我们都是名门之后啊!"他拉着副省长的手这样说的时候,眼圈有点儿湿润,但也不全是装出来的,"要是你在沿海当省长分管招商引资,我可以帮你办成一件大事。遗憾!真是遗憾!"他一边摇着头,一边从提包里掏出一沓子花花绿绿的文件,是旅欧黄埔同学会的投资委托书。"他们想搞一个海水淡化项目,建成之后可以从根本上解决华北地区的缺水问题。可惜咱们这里是内陆,不靠海,我也帮不了您这个大忙!"

坊间关于坠子类似的传说很多。还有人造谣说,坠子事先知道副省长接见后,专门查阅了副省长的出身,然后自己去打印了这份委托书。但是,这样的说法明显缺乏其他证据支持,不足采信。况且还有那么大一个后台,一个副省长算什么呢?

全国各地招商引资的虚热症冷下去之后,坠子的门庭也冷落了一段时间。后来大老板又为他开辟了新的生财之道,但是已经不面对政府,而是面对企业和个人了——不是承包了一段高速公路,就是发现了一个稀土矿,现在只缺前期启动资金了。有一次,他喝得醉醺醺的,来找睡在肉铺子里的齐光禄。他坐在齐光禄的床头,从提包里掏出一沓子夹杂各种文字的复印材料,说是一份非常非常重要的合同。他的大老板,全家已经移民加拿大了,记念着与坠子的老交情,专门从国外回来找他,想帮助他先富起来。大老板与美国波音公司签订了五百套生产机舱门的供货协议,现在就差三万元启动资金了。坠子想让齐光禄"帮忙垫一脚,先登上去再说"。

"不管是机舱门还是机枪门,看在你过去看得起我的分儿上,这只三万块钱的脚,我先给你垫上。"齐光禄披衣坐在床上,上半身靠着墙,肋骨一根根地起伏着。他说:"可是,你拿什么担保呢?"

"光荣嘛!"坠子知道齐光禄痒在什么地方,他眼里燃着一把贼亮的火,眼珠油汪汪地转动着,"我拿光荣担保可以吧?"

齐光禄一脚把被子、合同和提包蹬到地上,跳下床来,一只手提着快滑脱的大裤衩子,一只手点着牛大坠子说:"你们家就光荣还值点儿钱!"

八

　　县城通往天中镇的新大桥开工并没有依惯例举行典礼，施工队悄悄进入了工地。县政府专门成立了一个"大桥建设指挥部"，我任指挥长，县公安局一名分管治安的副局长任副指挥长。后来我才弄明白，这样安排是为了好临时调动警力应付突发事件。用"突发事件"这个词，听起来怪瘆人的，其实就是指群众上访、围堵县领导、阻挠施工什么的。

　　在县政府常务会议上，当讨论到我这个项目时，除了主持会议的县长讲了几句话，其他没一个人发言。按理说这是一个重点项目，既关乎群众的切身利益，又有非常大的投资，应该由一个有实权的副县长当指挥长。可是在会上，没一个副县长主动揽这个活儿。县长问，这个项目怎么办？怎么办？大家的目光唰一下都打在我身上，好像这个项目是我认领的一个孤儿，就该我负责。我看了一圈没人表态，便说，这个指挥长我来担任！好好好！一圈人用侥幸的、因为卸下担子而松了一口气的态度看着我。

　　会议结束后，我刚回到自己的办公室坐下，副主任赵伟中就跟着过来了。我问他："天中镇的事情到底有多大麻烦，大家都这么回避它？"他说："多大麻烦啊，都是吓怕了！赵县，别看您平时不吭气，关键时候真能拿出来！不过，"他拉了一个凳子坐到我对面，"您来干这个事情，未必是坏事。其一，您是女同志，人家老百姓也不会真去为难您。这里虽然民风彪悍，但是不跟女同志较劲儿；其二，您是下来挂职的，能干则干，不能干则走，谁能怎么着您啊？其三，最危险的地方，其实最安全……""好了！我脑子里哪会有这么多弯儿？我问的不是这个，我问的是，这个天中镇，还有这个齐光禄什么的，到底有多大问题在里面？"

　　"我跟您说说有多大问题吧！"他拿起我面前的记事簿，用笔在上面划拉着，"光说结果吧，您看看麻不麻烦？因为这件事，撤了公安局的局长、政委，一名派出所所长被'双开'后，又被当事人砍死了！两名警察被免职，一直挂到现在，还没给人家个说法。这还不算，还有哪！县政府先后有五位分管信访的副县长受到了行政处分。到现在为止，这个案件还是国家信访局专门督办的重点案件。"

　　"这案件跟副县长有什么关系？"我问他。

　　"您来这么久了，这个您应该知道啊！"他对我问这个问题非常吃惊，"您没看，分管安全和信访的副县长都是一年一轮换。谁管这项工作的时候，只要下面出了问题,分管领导都要负连带责任,跟着受处理。比如吧,前年,安徽省的一辆客车和湖北省的一辆货车在咱们县境内撞上了,死了十几个人。您说这事儿跟咱们县有什么关系啊,到末了,不是还要处理咱们的县领导?郑副县长背了个处分。对了,那天天中镇的书记说,没有一个书记在这个镇干足过两年,也是这个道理——害怕群众上访,受牵连!"

我好像有点儿明白,但也不是真正的明白。

下午,我既没带赵伟中,也没带秘书,让刘师傅开车去了工地。到了工地上才发现,那里秩序非常正常。工人们正在整理场地,搭建帐篷,各种机械设备也正在忙碌着。几个船工还在那儿喝茶,看见刘师傅过来,他们老远就打招呼,喊着政府政府,过来喝碗茶!

没等刘师傅搭腔,我径直快步走过去。到了他们跟前,便像背书似的主动自我介绍说,我叫赵芫,是个作家,其实也就是个讲故事的。省里把我下派到这个县挂职当副县长。现在我又有了一个新职务,是建设咱们这个大桥的指挥长。今后我要经常来这里。不过我也是边学边干,有什么不懂的地方,希望大家多指点!

我双手合十,向他们鞠了一躬。

他们几个一下愣了,呆呆地看着我,忽然都站了起来。一个老者说:"赵县长,坐坐坐!您的事儿我们都听说了,这座桥就是您跑下来的!修桥铺路可是积德行善的事儿,咱们老百姓什么时候都不会忘了您!"

我坐了下来,这才发现两条腿都是哆嗦的。其实从下车的那一刻起,心里就紧张得要命,害怕遇到"突发事件"。这么一段时间以来,周围人营造的紧张气氛紧紧地压迫着我。刚才的镇定都是装出来的,现在更是感觉到虚脱得厉害。我让他们都坐下,转身跟刘师傅要了一盒烟,一边在心里数着一二三四让自己平静下来,一边控制着发抖的手把烟盒打开给他们分烟。其实我发现他们比我还紧张,也许不是紧张,是过分吃惊吧。看着我递给他们的烟,他们把手心手背在衣服上反复擦了好几遍,才伸着粗糙的双手接烟,并用羊一样潮湿而温良的眼睛歉疚地看着我。那时候,我觉得自己分裂成为两个人:一个忧虑万端地坐在他们中间,像一个被缚的飞蛾,在投入与逃脱之间痛苦地挣扎;一个脱身而出,站在我身边——不仅仅站在河边,而且是站在心灵的深处——静静地打量着我。说不上来什么原因,我有一种越来越委屈,也越来越别扭的感觉,真想痛痛快快地放声大哭一场。

九

　　牛大坠子红火的时候,尽管牛光荣落个那样的结局,齐光禄也没敢打过她的主意。在这个县城里,毕竟他只是个做小生意的外地人,手里没几个钱,背后也没什么人,而且还有残疾。坠子家道中落以后,他托了一个人让他说合说合他和光荣的事,这人先是找到坠子,坠子倒是一点儿都没犹豫,二话没说就点头同意了。可是给光荣说的时候,她只是摇头,也不吭气,一副决然的样子。

　　现在,她同不同意,已经无关大局了。只要坠子同意,只要坠子接了他的钱,什么事儿都得他齐光禄说了算。齐光禄恨恨地想。

　　要说他的恨也没有来由,不管他对牛大坠子怎么样,人家牛光荣也不欠他什么。况且这婚姻大事本来就是你情我愿,无论如何也勉强不得。可他不这样认为,他觉得牛光荣压根儿就看不起他。他把钱给了坠子没几天,就去找牛光荣。牛光荣见他进来,转身进里屋把门反锁了,把他撂在客厅里,走也不是,留也不是。牛光荣的弟弟坐在一个角落里抄写着什么,扭头看看他,连个招呼都没打。这孩子已经长成大人了,一点儿礼貌都没有。他站了一会儿,觉得没趣极了,摔上门就出来了。

　　妈的!我有残疾,你不也有残疾嘛!还跟我穷装什么大头蒜哪!他站在楼下,看着楼上,羞愤交加。

　　又过了几天,他趁坠子在家,买了三张戏票交给坠子,是省坠子戏剧团的拿手戏《双玉簪》。坠子知道他的意思,晚上好说歹说把老婆儿子拉出去海吃了一顿,然后带着他们去看戏,撂下光荣在家里看家。夜幕降临,家家户户边看新闻边吃晚饭,正是热闹的时候。齐光禄敲开牛光荣的门,这次没给她躲开的机会,老鹰抓小鸡一样把她按倒在地,然后提溜到光荣的床上,剥光了她的衣服。他翻身压在牛光荣白花花的身上,定睛一看光荣的身子下边,心里不禁一阵发酸。床上的被子还是她结婚时他送的那床鸭绒被。不管对她有多大恼怒,这样欺负她,是有点儿过头了。但是,他只是迟疑了半秒钟,一种更野的想法霸占了他:如果这时候不做一回男人,他将永远不会是男人了!

　　很快两人就成了婚。本来齐光禄想办个婚礼,坠子也同意,但牛光荣死活不同意。最后,两家人在一起不冷不热地吃了顿饭,就算结婚了。

　　齐光禄婚后没地方去,就住在牛光荣家。日子虽然平淡,过得倒也扎实。光荣在家洗衣做饭，齐光禄天天还是去市场上卖肉。据说这个市场很快就要搬迁了，县里创建文明城市，所有的马路市场要一律取缔。城东边新建的菜市场开张以后，这边的生意明显不行了，有时候两天还卖不完一头猪。齐光禄也正打算搬到新市场去。

有一次他早早收摊回来，看见牛光荣和弟弟一丝不挂地躺在床上。他和光荣，两个人都不意外，也没吃惊，只是互相看了看。他退回到客厅里坐下，招呼他们两人穿好衣服过来。他们过来后，齐光禄平静地说："牛光荣，我知道你忘不了那个男人，也知道你是想方设法报复我。所有这一切，我都一清二楚！但是，如果你还有一点儿记忆的话，你弟弟也不是你这一段时间找的唯一一个男人。"他递给弟弟一根烟。弟弟看了看他，哆哆嗦嗦接了过去。他打着火给他点上，然后自己点着。"这些，我都可以不管。但是，我跟你撂明白了，为了你爹，也为了你，当然也为了我，希望你老老实实给我生一个儿子。这是我唯一的要求！我们家几代单传，不能到我这里断了香火！否则——"他把烟在桌子上摁灭，手按在烟蒂上一直没松开，直到闻到一股桌布被烧焦的臭味，"你可别说我不君子！我相信你也听说过东北人的脾性，而且还是个曾经造过武器弹药的东北人！"

光荣听了这番话愣住了，盯着齐光禄的脸看了一会儿，眼泪突然流了出来。她已经记不得什么时候曾经哭过了。

这事过了没几天，齐光禄就把肉摊子搬进了新市场。他租了两个店面，签了十年期的合同。他有自己的打算，他不能让未来的儿子再这么穷下去。他要让儿子一生下来就有房子，有脸面。他得扩大经营规模，把生意一步一步做大。

牛光荣主动提出来，自己在家闲着没事，还不如跟着他出来打打下手。齐光禄迟疑了一下，说，把你弟弟也带上吧，这样我们就不用雇人了。

街坊邻居看到光荣的情形一天好似一天，话多了，说得也清楚了，有时候一天下楼好几趟，过去她很少出门。早上吃过饭，他们三个肩扛手提，一起往市场走去。光荣走在中间，齐光禄和弟弟一边一个。三个人边走边说，偶尔说点儿什么高兴事儿，光荣还会哧哧地笑个不停，肩膀抖得东倒西歪的。

十

那天我与几个船工师傅聊得甚是愉快。在他们的回忆里，沉没在岁月深处的某些东西慢慢显影了。那些影像虽然已经泛黄，模糊得像沉在水底，但已经被赋予了生命,在我心里慢慢鲜活起来。

他们嘴里的牛大坠子,是一个难得的好人。"像他这么好的富人已经绝种了,真是绝种了!"刚才跟我说话的那个老者摇着头对我说。我很吃惊,一般像他这样年龄的人,说话应该不会这么凌厉了,"只要他有一口饭吃,就不会让我们饿肚子。他自己宁愿啃窝头,也得让乡亲吃饱。他家天天跟过年一样,都是咱镇里的人。有一次我孩子患绞肠痧,疼得受不了,半夜去找他,他披着衣服就领着我往医院跑,所有花费没让我掏一分。"

还有一个船工回忆了另外一件事,那时候坠子还没当老总,他为孩子分配的事情去找他。女儿大学毕业,想留在县城教书,托不到合适的人,最后找到了坠子。坠子说,你谁也别找了,就在家等信吧! 不久女儿分到了县直二中。"后来听他们说,最少得花一个数,"他在我面前晃动着伸不直的食指,"您想想,那时候一个数值现在多少? 我就是把全身零件都拆下卖完,也不值这个数! 所以现在每到清明,我先去给他烧炷香,再去祭拜父母。人不能忘恩!"

有人对齐光禄的评价很有意思,"是个汉子,就是太拗,他认准的事儿,你就别想扳过来。不过,咱得承认出手太重了! 把人撂倒正好,仇也报了,气也消了,两不找,您看多合适是不是? 嘿! 这个偏种,何必再砍那么多刀? 明明是咱们有理的事儿,这几十刀下去,让人家看起来好像咱们就是杀人不眨眼。你这样,人家判的时候,咱们就吃大亏了不是?"话说得好像跟齐光禄是同案犯似的。

有人附和道:"赵县长,您得评评这理儿。虽然国家大法说杀人抵命,但也得考虑齐家的情况不是? 齐家单传,没有个后代,把他枪毙了不是让人家齐家断后吗?"

我们第一次来见到的那个黑青脸汉子不同意他们的看法:"那个派出所所长,他干的就不是人事儿! 光荣那闺女,见人不笑不说话,他说毁就给毁了,咱三千多口天中镇人会答应不? 都剁碎了也不解恨!"

趁他去旁边提开水瓶,有人小声提醒我说,他儿子因为赌博,被抓进去过好几次。

我想引导他们回忆一下,牛光荣没进城的时候在老家是什么样子。我总觉得在这些人的陈述里,她的形象是那么稀薄,像个符号,连喜怒哀乐都那么不真实。

他们只是说这个闺女好,真是太好了,但是连一件具体事也说不上来。她不大跟别的孩子玩儿,在学校也没听说成绩有多好。"她娘很厉害,除了上学,就不让孩子出门。打孩子手也狠,有时候满街筒子撵着她打。平时这孩子看见人就躲老远。"

我想想,他们刚说了牛光荣见人不笑不说话,怎么又这样躲着人?忍不住想提醒他们,后来看大家都没在意,就算了。已经过去那么多年了,有些细节哪能记那么准? 不过我又非常纠结,整个事件不都是靠细节串联起来的吗?

"光荣这个弟弟是个好样的,跟光荣比亲弟弟都亲!"一个船工说,"光荣她两口子出事之后,她弟弟带着母亲回咱们镇上就住下不走了。他在十字街口当街跪下,说,从今往后,我生是天中的人,死是天中的鬼! 要是不给姐姐姐夫报仇,大家就把我当成个畜生踩成肉泥,扔河里喂鳖!就这一点,我看比坠子还有血性!人家一个七不沾八不连的外人都这样对待坠子一家人,您说我们不跟着他们去讨个说法,还是天中的人吗? "

我想象着那个情景,蒙蒙细雨里,一个单薄而苍白的少年跪在十字街头,紧握双拳,心里默念着为亲人复仇。简直就是美国西部片里的一个经典桥段。

他们几乎异口同声地说,老百姓之所以闹事,是政府处理这个事件太没道理。不公平,也不能服众。当初公安抓牛光荣,逼迫她要么承认齐光禄强奸她,要么承认自己卖淫,必须二选一。最后光荣忍辱承认自己是卖淫,被劳教了小半年。这边光荣才出来,那边齐光禄又被抓进去了。他们怎么能出尔反尔?听说那个公安局局长,跟齐光禄杀的所长是老朋友,这不明显是报复老百姓吗?光荣除了以死相拼,还有什么活路?我们不去跟着上访,把这老理儿给捋直了,拿什么报答人家坠子?

十一

齐光禄他们的店面位置并不是很好,处于菜市场中间部位。新建的市场横穿半个城区,从东到西走一趟差不多要半个小时,所以除了闲得没事干的人,很少有买菜的到中间这个位置来。好在齐光禄有这么多年的销售经验,知道薄利多销,酒香不怕巷子深的道理,卖出的猪肉质量高,价钱也公道,生意还能勉强维持下去。而他旁边的商户,有的关门,有的则改成加工作坊了。

后来发生的一件事既改变了他的生意,也改变了他的人生。县政府基于创建卫生城市的需要,决定对老城棚户区进行改造,这样就需要开出一条新路纵穿市场。齐光禄的店面正好位于新路旁边,临着两条大街,从鸡肋变成了寸土寸金的黄金地段。

果然，道路打通以后，他们的生意好得不得了。牛大坠子听说之后，还带着光荣的后妈专门来看了一趟。坠子背着手，边看边点头，他看见肉案上是一把普通刀，问齐光禄："怎么用这么小的刀！我给你的那把大刀呢？"齐光禄说："大猪用大刀，小猪用小刀。现在还没碰见那么大的猪。"坠子哈哈笑了，说，操练操练，我看你手段如何？齐光禄扛过来半扇猪，平摊在案子上，横着四刀，竖着两刀，一十五块猪肉码在案子上甚是齐整。"好！"坠子左右挥着肉乎乎的大手，"今后啊，你们以这个为根据地，可以搞几家连锁店。一旦成气候了，咱就建自己的肉联厂、养猪场、冷冻厂，至于投资嘛……"后妈打断他的话，说，这么好的位置光卖猪肉真是太可惜了，建议他们增加牛羊肉，再搞深加工，做一些熟食、腊制品和肉馅之类的产品，也可以附带卖一些煮肉的大料、调味品之类，这样人家来的时候就不止买一样东西。既方便了顾客，也扩大了经营。

坠子说，就是！我就是这个意思嘛！

于是他们又雇了两个人，专门负责进货和加工熟食制品。齐光禄和弟弟在店内各负责一头。光荣负责收银，打理铺面。两间小店收拾得干干净净，温温馨馨，很有居家的感觉。光荣把生、熟、腊制品分成一个个大格子，像公用电话隔间那样隔开，一来看着好看，二来也方便顾客拣选，互不影响。两间房子的接合处是一根支撑梁，光荣让弟弟靠着梁柱摆了一个小茶儿，两边摆了几只小凳子。茶儿上摆着应时的茶饮，夏天是甘草二花，清凉解暑，冬天是枸杞黄芪，补气去浊。街坊邻居的大叔大婶买了菜，可以坐下来歇歇腿脚，聊会儿大天。还有些耐不住寂寞的老人，专门到这里来找人摆龙门阵，一坐就是大半天。外人看起来这里一天到晚都是热热闹闹的。这里还是保姆们接头的地方，一说到哪里碰头，便说十字街肉店。有的保姆想办点儿私事，也会把孩子托付给光荣。

光荣已经基本痊愈了，这一两年的时间里，她的病没再复发过。说话没障碍了，现在还喜欢上了唱歌。柜台里摆着一个小音响，一天到晚播放着流行歌曲。有什么新歌，那些保姆们会主动给她送过来。顾客少的时候，她们还会叽叽喳喳跟着唱一阵子。有一次，一家企业为了宣传自己的产品，在老体育场搞了一次卡拉OK大赛。光荣在弟弟的撺掇下，斗胆上去唱了一出。虽然没有获奖，还是让她兴奋了好长一段时间。

那天傍晚，他们正准备收拾东西打烊，一个戴金丝边眼镜的白面书生走了过来。他一脚门里一脚门外就开始问："谁是当家的？"齐光禄赶紧迎上去让座，递烟倒茶。那人先低头看了看凳子,然后又上上下下把齐光禄看了个遍,并没坐下来。他从兜里掏出一张名片递给齐光禄,哑着嗓子低声说:"小事儿,站着就说完了——这是我的名片。"齐光禄接过来看了,是县天宇电脑公司的经理,叫张鹤天。齐光禄一脸迷茫地看着张经理,他们的生意跟电脑怎么都扯不上关系。张经理见他诧异,用中指推了推鼻梁上的眼镜,还是压低声音不紧不慢地说:"是这样的,电脑生意我做烦了,想改一下行。看你这里生意不错,你开个价,我想把这个铺子盘下来。"

齐光禄的迷茫变成了惊愕,他张着嘴半天合不上,扭头看了一下光荣和弟弟。他们两人还在埋头收拾柜台里的东西,没听见他们在说什么。他又扭头看了一下大街上。街上车水马龙,市声喧嚣,丝毫没受他们谈话的影响。齐光禄下意识地咽了一口唾沫,说:"我可是签了十年的合同……"白面书生没等他说完,提高声音说:"合同是人签的,人也可以废!这事儿就这样吧,我还有事!一星期后我来接房子!"说罢扬长而去。

后面这句光荣和弟弟听到了,他们停下手里的活儿,疑惑地看着齐光禄,不知道刚才发生了什么。

十二

天中县的县域图看起来非常有意思,像个顽皮的孩子,细长的身子弯曲着,头扎在淮河里,顶着安徽。脚踩着大别山,蹬着湖北。屁股坐在平原上,拱着河南。不过,可不能小看她怀抱着的三条大河,条条都有说不完的故事,开国将军有一小半都是从这里蹚水杀出去的——这里是著名的鄂豫皖红色根据地。过去属于古中原的版图,人民一直到现在还保守着远古先民的遗风,性情彪悍,宁折不弯,认准的道儿一直走到黑,到死都不会改辙。据说周围几个县的暴力犯罪案件,按人口比例算,在全国都是最高的。这里的人性情暴烈,风景却是非常柔美,天蓝水清,一年至少有三百六十六天空气质量可以达到优良。

头天晚上学弟给我打电话,说要过来看看项目进展情况。我说,看项目是假,看风景是真吧?他笑了。我又说,不管别的项目是真是假,你姐可是从来不含糊的。然后,我问他过来之后怎么安排。他说:"公事公办,私事私办。我这一条小命喝醉之前交给党,喝醉之后交给我姐你。既然你说看风景,那我也不能枉担这个罪名。"

听说他过来了，书记县长都放下所有的工作陪他。虽然学弟职务不高，只是一个小小的副处长，但他是具体负责项目的，所以下面的人都很抬举。

说是看项目，其实大家都明白是怎么回事。基层对上面检查都有一套应对的程序，也知道所有的检查都是准备的时间长，看的时间短，只要把面子活儿做好看就行了。这个项目我专门安排赵伟中不能搞形式，是什么样就什么样。可书记县长知道后，连夜让办公室发了通知，要求提前把工地整理好，插上彩旗标语，看起来要热火朝天。

学弟过来后，我们一群人浩浩荡荡地从县城这边上了河堤，看了不到十分钟就下来了。学弟很满意。书记县长用赞许的眼光看着我，松了一口气。这么大一个工程，他们俩都是第一次来现场。

中午四大班子一把手全部出动宴请学弟。他喝了不少酒，但是看起来还很清醒。程序走完，时间也差不多了。他开始踩刹车，说，今天的公事到此为止，剩下的时间由我姐安排，你们都不要管了！

下午我安排学弟上大别山喝茶。那里远离尘嚣，是个说话休息的好地方，也知道他疲累的身心需要充充电。出了县城往南不远便是山区，我只带了秘书和司机，没让赵伟中跟着，主要是顾忌他的小聪明会让学弟嘲笑。学弟也只带了一个司机，路上他坐我的车，让司机在后面跟着。走到山脚下，发现还有一辆车等着我们。学弟说，站在车旁的人是在邻县挂职当副县长的一个校友，叫周友邦。我想起来了，刚下来挂职的时候，曾经与他通过几次电话，但是没见过面。

上得山来，心情大好。大别山绝对是一个天然氧吧，周围几个县新中国成立前穷，新中国成立后还穷，都是国家级贫困县。县里没什么工业，所以也没有污染。这些年山上种茶，老百姓刚刚过上了好日子。县政府在山上建了一座宾馆，条件达到四星级，专门用来接待上面的领导。

坐在山顶茶室，举目四望，可以看到鄂豫皖三个省的地界。斜阳夕照，山下红顶白墙的农舍历历在目，一时间似有恍若隔世之感。我们喝茶聊天，信马由缰。在省城的时候我就很喜欢这个学弟，他知分寸，懂进退，敏感和聪慧好像是与生俱来的，不管大小场合都能应付得滴水不漏，而且从来不让人感觉到不舒服。他有时世故得令人不可思议，据说有一次他们单位搞年终测评，一百八十多号人，有他一张反对票。他硬是用了半年多时间，把这个人筛出来，两人后来成为朋友。然而他又很善良，对下面跑项目的人不但从来不刁难，而且想尽办法帮人家把事弄成。但他也相当圆滑，有一个县的书记好大喜功，给了他几个项目,都做得不伦不类。后来他再来要项目,学弟把项目库的大门关得严丝合缝,一个都不给。不过,每次他走的时候,学弟总是亲自下楼把他送到车上,握着手不松开。书记说,处长,你只要一握我的手,我就知道这事儿又黄了。今年你已经跟我握八次手了,我连项目毛都没看见!

学弟在车旁点头赔不是,说,下次再说! 下次再说!

喝茶的时候,我和周友邦一屉一斗地抖搂他这些糗事。他只是抿着嘴笑,并不答言。后来说着说着,我不自觉地扯到了牛大坠子一家人身上。

我的故事还没怎么开始,周友邦就说:"你说的这个事情我也知道,据说那一家人很不好惹。到现在你们县屁股还没擦干净,每次市里开信访稳定会,总是点名批评你们。""这家人不好惹?"我有些诧异,在县里,还从来没人这样说过,"怎么个不好惹法?""据说这家人,父亲是个骗子,还是当地一霸。听说有一次差点儿把县政府的宾馆给点了。女儿女婿谁也不管谁,都在外面瞎胡混。只是可惜了被杀的那个派出所所长,死得有点儿太冤枉了!"

不知道这是我听说的第几个版本了,但我认为是最不靠谱的一个。我问他是从哪里听来的。他说:"我们县有好几个干部,是这个派出所所长的同学,对他的评价都相当高。每当他的忌日,他们都去看望他父母和留下的一个女儿。对了,你们县当时处理的那个公安局局长,就是从我们县调过去的。他也是个人才,可惜了! "

"你这是道听途说,不了解真实的案情。"我蛮有把握地说。其实说完就知道用词不当,我的信息不也是道听途说? 我说:"你真不知道这一家人有多可怜! "

"那是! 那是! "周友邦摇晃着杯子,看着杯中的茶叶在水中翻滚,"听来的东西毕竟不可靠,何况是很多年前的事情了。"

"姐啊,"学弟插话道,"你是一个小说家,而且过去的作品也都喜欢同情弱者,总认为弱者必对,强者必错。难道你忘了'可怜之人必有可恨之处'这句老话吗?你弟我——"他点着茶几,笑着看着我,"对下面的人来说是个爷,对上面的人来说是个孙子。你说我是强者还是弱者,该同情还是该批判啊? "

"也不是同情谁,"嘴里虽然犟着,心里还是有点虚,最近有几个评论家确实指出我这个缺点,"总要有人替他们说话吧? "

"这是两码事。就像我们上山喝茶,我们是奔着茶叶来的,可是喝到最后,把茶叶都扔掉了,因为茶叶不过是一个形式。我觉得——当然了,我这是顺嘴胡说,你别介意啊姐——一个小说家要有穿越情绪的能力,要找到苦涩背后真正的味道。是不是,姐?"

十三

在中国的社会结构中,县城是一个非常独立的单元。往下说,乡镇的人少而稀疏,很难形成一个共同的生活群体;往上说,省市的人多而分散,串联在一起也很难。唯独县城不一样,县城的人上下层层叠叠,左右盘根错节,牵一发而动全身。比如办公室副主任赵伟中,他是政协副主席的女婿,他妹子是人大主任的媳妇,妹子的小叔子娶的是组织部部长的小姨子……我相信,如果这样深挖下去,估计小半个县城都能拢在一起。

然而,这种盘根错节的关系,总会把一部分人排除在外。这些被排除在外的人,像碎屑一样散落在县城各种各样的罅隙里,成为这个区域灰色调的一部分。对于这些人而言,县城不管多小,都算是大得无边无际。齐光禄和牛光荣他们的感觉就是如此,他们认识的人很少,知道的事也很少,既没亲戚也没朋友。要说一个卖肉的,并不需要这样的关系,可那是没摊上事,如果摊上事,尤其是摊上大事就很不一样了。

天宇电脑公司的张鹤天来过没几天,又过来一个年轻人。这人戴着黑框眼镜,打一根红得像西瓜瓤一样的领带,看起来像账房先生。他过来直接点名找齐光禄说话。齐光禄把他让到门口的小茶几边,赶紧把烟掏出来让过去。那人接过烟放在茶几上,从包里掏出一沓纸看了看,又放回了包里。他把包放在眼前,两只手交叠着压住,问齐光禄道:"今天什么日子你知道吗?"齐光禄说:"天天睁开眼就是卖肉,哪看过日子?"那人说:"整整一个星期了,张总说的事情你考虑好没有?"齐光禄明白了此人的来意,想了一下说:"没考虑。这店我们不转让。"那人把两只手放在包上,交替着用力地握来握去,干咳了一声,提高了嗓门儿问道:"真的?"齐光禄笑了笑,眼皮都没抬,自己把烟点着,也没再让他。那人握了一阵子手,点着头说:"转让不转让,估计你说了不算!""那谁说了算?"齐光禄把烟屁股捏在手里来回转着,吐着烟圈。那人并不搭话,把包拿在手里,瞪了齐光禄一眼,出去了。

出了门口,齐光禄听到他低声嘟囔了一句,真不识抬举!齐光禄把吸剩下的烟蒂吐到门口,用脚跐灭,回到店里继续干活儿。

那人没走多久,房主就找上门来了。平时齐光禄和房主的关系不错,这人过去是开烟酒店的,赚了些钱,买了这几间门面房。他是个老实人,齐光禄有时房租一时不凑手,他从来没催促过。这次过来看见齐光禄,他现出一脸的为难。没待他开口,齐光禄心里已经明白了。齐光禄说:"刘大哥,到底怎么回事?"房主看看周围没人,附在他耳边低声说道:"你知道要这个房子的是谁吗?""谁?"齐光禄问。"城关派出所所长的小舅子,原来也在公安上干,因为喝酒伤人被开除了。这人百事不成,就是能混。他姐嫁给所长后,他现在成了县城的一霸,没人敢惹……"房主往外扫了一眼,突然恼怒地抬高声音,说:"这事就这样定了!你同意也好,不同意也好,反正月底前我是要用房子!"

　　齐光禄扭头看去,发现刚才那人在马路对面站着,一只手支在下巴颏上,正盯着他俩看。他一把把房主搡出门外,指着他高声骂道:"你别他妈的狗眼看人低!我一没伤你的房子,二不欠你的租金,凭什么说收就收?我跟你说,除非把我们三个劈碎当柴烧了,否则谁也别想从我手里把房子弄走!"

　　房主又怒气冲冲地跳到屋子里来,从怀里掏出一沓纸,拍到柜台上。光荣和弟弟也连忙从柜台里面跑了出来,站在齐光禄身后。齐光禄看到这沓子纸正是刚才那人拿出来的东西。"你老老实实规规矩矩把这个东西签了,咱们两清!否则,你走着瞧!"房主点着齐光禄的脑袋说。齐光禄低头看那纸上打印着"解除租赁合同书"几个黑体大字。趁齐光禄低头的当儿,房主捏了一下齐光禄的腿,小声说:"兄弟,胳膊拧不过大腿,赶紧撤了算了!"齐光禄闻听此言,抓起合同摔在身后剁肉的案板上,拿起切肉刀顺手一刀砍过去。合同牢牢地钉在刀下,立即被案板上的血渗透了,像一道血淋淋的伤口。

　　随后的一个多月,再也没人来打扰他们。齐光禄觉得事情已经过去了,所以店里又添了几个卤菜新品种,还与一家做"西安白吉馍"的谈妥,在他店铺门口设一个专卖点儿。

　　出事那天晚上六点多,齐光禄他们正在家里吃饭。下午他们很早就收工了,这天是光荣的生日。齐光禄让弟弟专门去买了几个熟菜,订了个大蛋糕,用大红的盒子装着,还没切开。齐光禄给光荣倒了一杯橘子汁,咬开一瓶老酒,跟弟弟两人一人一茶杯满上。正边说边喝热闹着,忽然听得有人敲门。打开门来,看见四个警察站在门外。打头的一个满脸胡楂儿的警察问:"齐光禄牛光荣是住在这里吗?"齐光禄点头说:"是。我就是齐光禄。"警察说:"你和牛光荣都出来,跟我们到派出所走一趟!"

下部

十四

这些年,牛大坠子的日子说不上好,也说不上不好,反正有吃有喝,也没消停过。两口子各忙各的。坠子的活动区域主要围绕着北京附近,按他大老板的说法,那里是天子脚下,遍地都是钱,就看你会捡不会捡了。坠子老婆的活动区域主要在长江以南,那里中小企业多,老百姓也富庶,产品相对好销得多。两人逢年过节回来聚聚,也互不打问对方的情况。反正坠子往家拿钱的时候少,往外拿钱的时候多。齐光禄私下里跟光荣弟弟开玩笑说,不知是他骗了人家还是人家骗了他,没见他富过,也没见他穷过。弟弟说,就他那心眼儿,跑个龙套还差不多。要搁事儿上,人家不把他零卖就算便宜他了!

要说现在的日子确实比以往好多了,也不需要他往家拿钱。齐光禄的店子兴旺,三个孩子意气风发,日子眼看着越来越往高坡上走,坠子心里暗自高兴。等过两年光荣生了孩子,再买一套房子,他就准备和老婆在家看孩子养老了。

不过,与过去拎着提包到处跑的日子比起来,他还是明显看出来老了。说话的嗓门儿低了,走路也比过去慢了半拍。腿脚不行,往哪个地方一坐,扑通一声,像扔一麻袋粮食。男怕穿靴,女怕戴帽,男人腿脚一不行,那就没几年好日子过了。

他这几年到底在外面干了些什么,光荣从来也没问过。从小到大,她跟父亲之间就没有说过正事。弟弟就更没法问,这个半路杀出来的爹,更多的时候就像个房客。齐光禄本来就是个话寡的人,他觉得现在和坠子谈这些,跟伸手向他要钱差不多,所以也不主动提及。管他干什么?他只要自己高兴就得了。每次回来,齐光禄就知道劝他喝酒。有时候喝大了,坠子会主动说起自己在外面的"工作":前几年,帮助南边的一个市政府跑核电厂项目。那个地方水多,山也多,就是人少,最适合发展核电;从去年开始,又帮助本地市政府跑一个水库项目。他对齐光禄说,这是他这一辈子最有意义的一件事,也是最靠谱的一件事。齐光禄并不当真,在坠子嘴里,哪一件事不是最靠谱的?他一直说,人这一辈子一定要干一件惊天动地的大事,谁见过?不过,为建水库这个事情,水利部还来过一个副司长,在县里住了好几天。坠子前后陪着他,忙得连回家看一眼的工夫都没有。

国庆节坠子回来，爷儿俩又坐在那里碰杯子。齐光禄问起这件事。坠子说，已经基本批下来了，咱们这里是淮河上游，连一座像样的水库都没有，只要周围下大雨，这里就像个"洪水招待所"。现在连国家领导人都意识到这个问题的严重性了，过去咱们这里收留红军，现在收留洪水，这哪儿成？所以国家下决心要修水库了。"先给二十个亿，移民！"坠子把筷子颠倒过来，蘸了点儿酒在桌子上写了一个"2"，然后数着往后面添"0"。"二十亿！"齐光禄默默念叨着，心都是花的，不知道这二十个亿摞起来该有多高多宽，估计他们这套房子连卫生间算上都装不下。

水库移民没开始，他们家的"移民"却已经迫在眉睫了。那天，坠子收拾好东西正准备离开家，被金豫宾馆一个姓孙的老职工堵在家里。坠子干厨师的时候，这个老职工跟着他打过下手。后来坠子当了经理，让他当采买，还给了顶供应科科长的帽子。两人交情不浅。

坠子把来人让进屋，倒了杯热茶，顺手把软盒中华烟拍在桌子上。来人倒也没客气，烟点上，茶饮上，便开门见山地把张鹤天要租齐光禄门面房的事和盘托出。这是坠子第一次听说，齐光禄没跟他讲过。听完之后，他沉吟了半天，问："光禄是什么意见？"

来人说："要是他同意，我还麻烦您干吗？看您天天忙得脚不沾地，我怎么忍心打搅嘛！"

"你的意见呢？"

"牛经理，您啥时候见过茶盅大过茶壶？现在这世道儿，就比谁的腕子粗啊！"来人一口把中华烟吸进去半截，闭着嘴看着坠子，烟柱半天才像瀑布一样喷出来。隔着瀑布，坠子觉得他的目光越来越远，也越来越陌生。"如果有一点儿可能，牛经理，我胳膊肘会往外拐吗？"

坠子的眼光落在自己手背上，那上面布满了一块一块黑青色的老年斑。他想起齐光禄红红火火的肉铺，想起他过去的金豫宾馆，眼里心里蓦地塞满了打火机。坠子的眼睛有点儿热，他忍了忍，仰头说道："三弟，咱们俩打小就没划过地界儿，我知道你也不会刨我的台根子。但你也清楚我的难处，你看我这一辈子是怎么过来的？年轻时对不起爹娘，到了中年对不起老婆闺女。现在我老了。老了老了，除了落个死还能落下什么？所以，我不能再对不起女婿了，否则就没脸披一张人皮在世上混了！你说呢，孙科长？"

十五

下了楼,牛光荣才发现下面停了两辆车。她被塞进一辆白色警车,齐光禄被塞进一辆黑色囚车。齐光禄那辆车不知道开哪里去了,她坐的车子直接开到了派出所。两个警察把她弄到一楼的值班室,只进行了简单讯问,便把她带到旁边的一个小房间。进去之后她发现房间里还套着个大铁笼子,她就被锁在铁笼子里了。这是一间囚室。

等眼睛适应了周围的一切,她发现笼子里还有两个人蜷缩在一个角落里,不认真看还以为是两个包裹堆在那儿。那两人把头埋在胳膊窝里,一动不动。光荣并不害怕,也没有多少紧张,只是觉得浑身冷,口也干得厉害。虽然她并不明白发生了什么,但是知道自己和齐光禄并没做过什么违法乱纪的事情,因此心里也就很坦然。她想着肯定是弄错了,等问清楚了很快就会把她放出去。

她靠着铁栏杆坐下来,一会儿便迷迷糊糊睡着了。刚要进入梦乡,一阵窸窸窣窣的声音又把她弄醒了。她看见那两个人在找东西吃,其中一个从身边脏兮兮的包里掏出两个馒头,递给另外一个。她这才看清楚那是一男一女,年龄都不小了。他们是什么人?捡破烂的盲流?拐卖妇女儿童的骗子?要么是小偷?反正不是好人,要不怎么会在这里面。

那两个人一边吃,一边瞪着她,眼睛里满是不屑和挑衅。那样的眼光让光荣特别受不了。他们为什么这样看我?她心里忽然泛上来一阵酸楚,她想,我在他们眼里是什么人呢? 肯定也会觉得我不是好人,好人怎么会关在这里面?

可是,谁有这么大的能力,说你不是好人,你立马就变得不像好人了,这到底是怎么回事?

光荣急出了一身冷汗,想得脑子都疼了。有很多东西在她的脑子里来回翻腾,一切都变得眉目不清了,迷迷糊糊,黏黏糊糊。她发现自己的口水又流出来,已经很久很久没有这样了。她想向他们解释一下自己目前的处境,发现自己的嘴一点儿都不听使唤。她努力使自己镇定,可是越急越烦躁。她这才明白,自己刚才的不怕都是装出来的。

估计那两个人对她也烦透了,挪动了一下位置,离她更远了。男人站起来,边打嗝边朝角落一只塑料桶里撒尿,丝毫也没顾忌她的存在。虽然都被关在笼子里,但是在他们眼里,她因为势单力薄而更软弱可欺。弱者对弱者的歧视是最张扬的,毫无顾忌。

第二天,派出所里人来人往,没人搭理她。快到吃晚饭的时候,才有一个穿便装的人给她送来一个鸡蛋、一个馒头和一瓶矿泉水。她仔细看看,认出这人是带她来的那个胡子。她饿坏了,也顾不得那么多,从胡子手里拿过东西就吃,谁知只吃了一个鸡蛋,就再也没有胃口了。胃里全是酸水,一打嗝整个鼻腔都是酸的。她不知道齐光禄在哪里,家里现在怎么样了。不知怎么的,她突然想到了爹,这个她从小就可有可无的人,对她来说意味着什么呢?从来没问过一句她怎么样,需要什么。她在外面挨了骂,磕破了脑袋,书包被人夺去,反正不管受了多大委屈,他从来没有安慰过她。现在就更不会管她的事了。

晚上十点多,胡子和另外一个警察进来,给她铐上手铐,把她带到二楼一间灯火通明的办公室。两个人一个坐进沙发椅,脚跷在办公桌上,一个斜靠着桌子,手里夹着一根烟。她不知道他们是什么身份,他们也没介绍自己是谁。

“牛光荣,”说话的时候胡子并没把烟从嘴上拿下来,“你知道我们为什么把你弄这里来吗?”

“不知道。”忍了几忍,牛光荣的口水还是流了出来。

“我们是来替你申冤的,只要你好好配合我们。”烟夹在嘴角,随着胡子一起一伏,好像是他身体的一部分,“你把齐光禄强奸你的事,好好说说!”

牛光荣觉得自己的头一下子大了。强奸?她在稀薄的记忆里,努力打捞着这个词语所包含的内容。那些事情即使残存在她的记忆里,也被她擦抹得差不多了。那个喧嚣的夜晚,她徒劳的挣扎,以及后来一次又一次的背叛,有多少个男人经过她的生活……她是被齐光禄的哪句话打动的?对了,孩子!他认真地告诉她说,他只想要个孩子!她更想要,这是她的病,也是她的药。她的孩子,曾经在肚子里孕育过的孩子,怎么说没有就没有了?她伤心得死去活来,可是再也没有了。现在,有一个男人要跟她一起生个孩子,这个想法让她感动得一塌糊涂。

“到底有没有这回事?”

“有,但是……”口水汹涌地流出来,她语不成句。

“你必须向我们说清楚,齐光禄是不是对你实施了强奸?”

“不、不是!”

“那好!”坐在办公桌后面的那个人突然站了起来,十指按在桌子上,“牛光荣,我再问你另外一件事,你坦白交代,你与多少男人发生了性关系?”

“……”

"牛光荣,对你和齐光禄的犯罪行为,我们已经掌握了足够的证据。事实是清楚的,证据也是确实充分的。你既不要抵赖,也不要试图蒙混过关。"那个人慢慢地逼近她,从他嘴里冒出的混合着酒精、烟草和其他他说不出来的怪味道喷在她脸上,"现在摆在你面前的只有两条出路:要想保住你自己,就必须承认是齐光禄强奸了你,而不是你自觉自愿地与他发生性关系;要想保住齐光禄,你就得承认自己是卖淫,包括与齐光禄和其他男人发生性关系,都是你自己主动勾引他们的。不过,为了体现我们的宽大政策,这两条路任你选。"

十六

不得不承认,办公室副主任赵伟中是个非常通透的人。我一直以为他是小聪明,可是,小聪明能办大事。我觉得他的敏感程度和处理实际问题的能力远远在我之上,也在很多副县长之上。遇到一件突如其来的事情,他很快就有几套解决方案,而且轻易就能从中找到一个最妥帖的。即使不能当下解决,他也能找到拖下去的办法。我脾气比较急,有时候对分管部门的局长们忍无可忍,会说几句难听话。他总能事后在私底下把事情摆平,而且不留后遗症。

对于与下属的关系怎么处理才合适,我曾经非常困惑,也多次征求过他的意见。他反复告诉我,不能着急,时间会解决一切。开始我觉得这不过是一句套话,可是下来待得久了,果然觉得时间的厉害。我刚来县里的时候,既不好参加下面的"活动",也不好跟无关的人员拉扯,有点儿空闲时间还想读书写作。可是到年终测评的时候,我的得分虽然不是最低,但是也不很高,挂在考核表上很不好看。我很苦恼,不知道问题出在什么地方。我把他喊过来,说了一句特别情绪化,也特别不着四六的话,我说:"赵伟中,你说说这在基层工作,想清静一点儿是不是也是一桩罪过?"他说:"赵县长,这事儿不用急。既然已经这样子了,千万千万不能再刻意改变自己。是什么样就是什么样!保持自己的本色,时间会解决问题的。"果然,大家和我相处一段时间,也认可我了,有很多人主动接近我,再也不用互相设防了。

有一次,他小舅子从美国回来,他问我可不可以一起吃个饭。我立即就答应了。这是他第一次跟我提个人要求,他时时刻刻都知道自己在什么位置上。据说他小舅子是个名人,中央台的《致富经》栏目还专门介绍过他,说他是中国的"竹编大王"。刘师傅也跟我说起过,这人上大学的时候就是个生意通,每逢假期,从省城图书市场上买些盗版书背回来,在县城卖,赚的钱够一学期用的。那时候他父亲还没当上县政协副主席,还有人说他父亲的这个职位,沾了他不少光。大学毕业后,他去了一家外贸公司,在广交会上当翻译,发现了竹编这门生意,于是就辞职跑回来办了一个竹编厂。大别山漫山遍野都是竹子,人手更不缺,厂子很快就成了气候。后来他跟一个美国人合作,把生意做到了美国,一家人也搬去了美国。

晚上的饭局安排在县城北部的农家饭庄,赵伟中知道我喜欢那里的清静。赶到的时候,我发现他的两个亲戚、人大主任和政协副主席都在,心里有点儿不舒服。但我还是像往常那样跟他们礼节性地寒暄过了。赵伟中的小舅子看起来很精神,穿了一身运动服,说话高声大嗓的,不像他爹那样唯唯诺诺蔫了吧唧的,一看就是个爽快人。

估计赵伟中也看出了我的不快。他先让我坐下,然后很自然地说道:"赵县长,本来我不想让主任和主席他们两个来,怕给您添麻烦。谁知他们一听说是请您,把所有的事情都推掉了,非来不可!我想了想,也没跟您请示就答应了。"他故意停顿一下,意味深长地笑着看了一下他们,"赵县长,在县里工作,最难得的就是能得到人大、政协这些老同志的认可啊!可见您的能力和人品了。"

这话说的!我突然觉出自己的小气,不就是吃个饭嘛!赵伟中的话滴水不漏,而且正在点子上,说实话我也爱听。我和主任主席推让了一番,坐了上座。他们俩坐我两边。赵伟中和小舅子坐对面。

喝了几杯酒,话匣子大开,话题自然转到了小舅子在美国的事业上。小舅子说,咱们国人在国内千般万般不如意,那是没出国。到世界各国看看,哪里有中国好?他突然转向我说:"赵县长,让我回来跟着您打个杂吧,在美国不管赚多少钱,都跟要饭差不多!"

我知道是个玩笑,可这个话头我没法接。我虽然跟着作家代表团去过几个国家,那都是走马观花,很难接触到别的国家真实的一面。美国我也去过,楼没有中国高,路没有中国宽,广场也没有中国大⋯⋯反正我也没觉得哪比中国好。

他的父亲——政协副主席一本正经道:"赵县长不跟人开玩笑。"

他拍了一下脑袋,像突然想起什么似的,问我:"赵县长,听说您对齐光禄的案件很关注?"

关注?我一下愣了。也说不上我比别人更关注吧。这事儿我确实问过,但是也确实有很多人主动跟我提起过。我真想不到他会从这里斜插下来。

"你怎么知道齐光禄？怎么知道我关注他的事儿？"我问。

"我给他介绍过。介绍您的时候，顺便说起这件事，说您很关注基层百姓的疾苦。"赵伟中插话道。

主席赶紧点头称是。

"我们俩是中学同学，齐光禄曾经找过我，那是在没出事之前。"小舅子侧着头，用指头在头上挠来挠去，"当时我没当回事，谁知道最后竟闹成个这！哎呀，不过他出这事一点儿也不让我意外，今天不出这事，明天也会出那事。"

"此话怎讲？"我突然来了精神。

"您知道他为什么中学没毕业就不上了？他跟我们班一个女同学谈恋爱，老师告诉了双方家长，这事儿就黄了。他身上揣着一把刀，跟了老师半个月。最后老师没办法调走了，他也被勒令退学了。"

"就事论事，"我说，"你对他这件事怎么看？"

"算了赵县长，咱们还是喝酒吧！这事说起来没个头儿，"人大主任插话道，"我们人大每次开会都会说到这个议题，可是能有个什么结果？"

赵伟中趁着倒茶的工夫，附在我耳边提醒道："县领导在公开场合都不提这个事儿。"

我没搭理他，扭头对人大主任说："你们可以监督法院嘛！"

"法院？"人大主任看着我笑了笑，"法院说了算吗？法院就是说了算，这里面的很多事情根本就进不了法院。"

"您问我对这件事怎么看，"小舅子好像没有听到我们刚才的对话，"我觉得齐光禄这个事情本不该这样处理，而且应该有比这好得多的结果——妈的！说起法院来我一肚子气！法律太滥了也没意思，我在美国，一次有急事超速行驶，结果第二天就收到法院的传票。如果在中国也这样，一个村民小组设一个法院也不够用——齐光禄太傻、太傻了！"

"那么，齐光禄怎么做才算不傻呢？"我问，其实我已经隐隐约约知道了答案。我认为他觉得齐光禄傻，是站在自己的角度看问题。站在齐光禄的角度呢？他哪有几条路好走？

"您看您看！赵县长，本来我是想来听听您对齐光禄的看法，您却把球踢给我了。您这一问，我这一肚子问题也没影儿了，"他站起来，夹了一个大鱼头放我盘子里，"有些话，要说我不该说啊，尤其是对着你们这些领导。要我说，齐光禄什么都别干，就往上跑，闹呗！路子不是现成的吗？县里经得起这样闹腾吗？

其实,在美国也有这样干的嘛!"

"可问题是,首先是齐光禄自己经不起这样闹腾,我估计。"

"那也不能这么傻!这个人也真是,从小就一根筋,跟人抬个杠也恨不得玩儿命!"他没喝多少酒,但是已经上头了,脸红得像鸡冠子,因此说起话来好像义愤填膺。"人啊,一定得多想一想冲动了之后怎么办。如果一个人杀了你父亲,你一辈子什么都不要了,就要执意为父报仇,最后终于如愿了,把那人杀了。且不说法律惩不惩罚你,你父亲一条命,再搭上你的一辈了,这生意划算吗——不不不,不算是生意吧,说大一点儿就是人生。这样的人生,划算吗?两个人换他一个人,有什么意思?"

我不得不同意他的观点,但是又觉得哪个地方错了。至于错在哪里,又说不出来。也许很多东西是无法一笔一笔算出来的,尤其是幸福和痛苦,还有——整个人生。

停顿了一会儿,小舅子又说:"齐光禄找我而我没帮助他,心里到底是不得安顿。我想着弥补一下,您看这样……"

"别净说这个了,还是喝酒吧!"人大主任已经明显带出情绪来了,估计今天的局面也出乎他的意料。我们相互看了看,终结了这个话题,不过也没再找到新话题,草草结束了这顿饭。

送我上车的时候,政协副主席拉着小舅子一只胳膊。小舅子用另外一只胳膊拉着我的车门,小声对我说:"赵县长,说实话我很少跟国内的人在一起喝酒。他们只要一有工夫就发牢骚,就骂娘,这最让人看不起。窝囊废才会到处埋怨,才会怨气冲天。有本事你先把自己的事儿弄好,再去骂人家才有底气嘛!"

他浑身乱摇晃,看起来喝得很醉,可是话一点儿也不醉。我想了半天,也不知道他跟我说这些是什么意思。而且这话套在齐光禄身上,怎么都不合身——齐光禄从来都不埋怨,也从不发牢骚。

十七

在办案人员的循循善诱下,牛光荣最终选择承认卖淫,以此把齐光禄保了出来。齐光禄出来的第一件事就是去找光荣,问她为什么这么傻,硬把屎盆子往自己头上扣。那时候牛光荣已经被送到了看守所,在等待处理结果。隔着铁栅栏,牛光荣对着齐光禄指指自己的肚子,说,为了我们的这个孩子,你必须出去。这个家可以没有我，但不能没有你。

齐光禄惊得两只耳朵都竖了起来，眼睛瞪得铜铃一般，很久才压制住内心的冲动，颤声问道："既然已经有了孩子，你这不是傻得不透气吗？"

牛光荣流着口水，反而笑了，说："我才不傻呢，你觉得还有比监狱更安全的地方吗？"

给牛光荣做思想工作的时候，两个办案人员确实很人性化，他们把刑法搬出来，帮助牛光荣认真分析了未来的形势。如果牛光荣不认罪，齐光禄就要以强奸的罪名入罪，而强奸罪的量刑幅度是三到十年。归结到本案来说，他强奸的是一个精神上有疾病、身体上也有疾病的受害人，属于情节恶劣，应该从重或者加重处罚。那就可以在十年以上量刑，直至无期徒刑或者死刑。正如牛光荣所言，这个家离开齐光禄，就成了个空架子，非塌下来不可。而如果牛光荣承认卖淫，这就构不成犯罪了，可以不受刑事处罚，最多劳教一两年。"什么都不影响，权当去上了两年大学，回来以后你们仍然可以好好地过日子。"办案人员微笑着告诉她说。

很快处理结果下来了，牛光荣以"长期卖淫，屡教不改"而被处以劳教两年。实际上，从进入劳教所的那一天起，牛光荣的心情便轻松了不少，更加觉得自己的选择是正确的。劳教所并不似想象的那么可怕，整个布局跟学校差不多，所以派出所干警的"大学"之说也不是诳语。有上课的地方，也有活动场所，每周还能洗洗澡。居住的房间也跟她上学时候的学生宿舍差不多，一个房间七八个人，出门不远就有卫生间，从环境上看还是比较舒适的。

刚到的那天晚上，一个白白净净的女管教干部找她谈话，告诉她这里的制度和要求。每周劳动六天，休息一天。都是很轻松的活儿，累不着人。劳教劳教，劳动是次要的，教育改造是主要的。白天劳动，晚上集中学习和讨论。生活上吃得不错，不但能吃饱，还能吃好，只要不是特别挑剔的人。"到这里是来改造的，又不是来享受的，有什么可挑剔的？"管教干部这样教育她。

这些道理不用说光荣都懂，况且她是苦孩子出身，什么苦都能受得了，到这里来早已在心里做下了吃苦受罪的准备。

第二天，光荣就跟着大家出工干活儿了。四个人一个小组，活儿确实不重，织毛衣片，工艺要求也不高。头一个星期是学徒，光荣跟着师傅——一个四十多岁的女人学习。师傅在外面是搞传销的，据说也曾经家资百万，后来弄得家破人亡。老公跟她离婚了，两个女儿跟着人家走了，到现在也没个音信。光荣的技术进步很快,不到三天就学会了。开始每天能织十来片,后来可以织三四十片。女人也不表扬她,只是提醒她说,不能光讲究数量,还得在质量上下功夫。她听不懂话里有话,只管往前赶。谁知做得越多,任务量就越大,最后给她下达每天一百片的任务。虽然有点儿吃力,她还是赶着完成了。一天晚上,在卫生间师傅偷偷告诉她说,在这里面不能当先进,也不能这样干下去,否则总有一天会累死:"累死也是白死,就跟死个苍蝇差不多,拿笤帚扫出去就完了!"

她们说这些的时候,以为没人听见。可是,第二天师傅就进了学习班,那里专门"修理"不听话的学员,据说里面苦得不可想象。从里面出来的人,一句话都不敢跟别人说。光荣也被调到第二道工序——缝盘,就是把第一道工序织成的毛衣片缝合起来,做成成衣。在针织行业,织毛衣片是最轻松的,而缝盘是最难的。要把上下两个毛衣片芝麻粒大小的针孔互相叠合起来缝在一起,一个针孔错了,整件毛衣就成废品了。这道工序都是二十来岁的人干的,眼要好,手要嫩,速度要快。像光荣这样年龄的只有两个人。但是,不管有多难,光荣咬着牙坚持着慢慢也学会了。但她的任务总是完不成,而且每天休工回来,眼前一片模糊,眼睛好像被谁抹了一层油,什么都看不清楚。这活儿确实太费眼睛了,据说眼神再好的人,干不了一年,眼睛也就完了。

开始只是组长提醒她加快进度,不能拖全组的后腿。她也着急,但是进度依然上不去。组长的话有时候就说得非常难听了。她理解组长的难处,知道她也得挨批评,所以从来也没跟她顶过嘴。但是,她们组完不成任务,除了组长在干部那里挨批评,改善生活也没有她们组的份儿,甚至连每个月的卫生纸、肥皂都不发给她们。拖了一两个月,组里面的其他人也开始找她的碴儿。当着她的面骂骂咧咧,背后毁她的东西,不是她的洗漱用品丢了,就是衣服鞋子找不到了。她都忍气吞声,没告诉过任何人。

一天晚上,她刚刚睡着,突然觉得有一坨湿黏湿黏的东西钻进被窝。她一骨碌坐了起来,吓出了一身冷汗,心都快要跳出来了。她看了一圈,寝室里开着灯,大家都在睡觉,一点儿动静都没有。她伸手去摸那坨东西,拽出来一看,是几块被水泡得白乎乎的肥皂,被谁捏在一起,趁她睡着塞她被窝里了。她收拾了一下,也没吭声,倒在床上再也睡不着了,早饭也没起来吃。女干警过来喊出工,她赶紧起来洗了一把脸,一边跟着大家下楼一边歪着头整理自己的头发。刚下到二楼楼梯中间,她听见后面哎哟一声,觉得好像有人踏空了楼梯,摔了下来。还没等她躲开,几个人冲下来砸在她身上。她身子一歪,从楼梯上滚了下去。当时自己还能站起来，觉得身上也没摔伤，于是就跟着大家到了车间。坐下不久，她觉得肚子痛，下身湿黏湿黏的，到卫生间解开裤子一看，整个内裤已经被鲜血浸透了。

十八

齐光禄事件中的派出所所长名叫查卫东，毕业于西北一所政法学院刑事侦查专业。大学毕业后，他一直在县局刑侦队当侦查员。后来，一起案件的侦破，使他名声大噪。乡镇一名出租车司机，被人杀害在离镇子不足两公里的河边。犯罪分子的作案手段极其残忍，司机的头颅被钝器所伤，血肉模糊，身上被洗劫一空。罪犯的作案手段非常老辣，现场没留下任何有价值的线索。看了现场后，大部分警员都认为这是一起流窜作案，像大多数发生在鄂豫皖交界处的过路抢劫案一样，可能是个无头案。

查卫东通过现场搜集到的一个不是很完整的脚印，认定这起案件是本地人所为，而且是少年作案。他的理由是，本地山区与大小河流交织的地貌特征，塑造了当地人独有的前脚掌和独特的行路方式。之所以现场没有留下更多的东西，很可能与司机没带什么东西，犯罪分子也没有做好充分的犯罪准备有关。他相信作案的人还在当地，于是不遗余力地进行暗中调查，终于在一所学校抓获了两名未成年罪犯——关于这个故事，我下来挂职的第一年所写的一篇小说里，曾经有过详细的讲述。此案是两个看上去似乎品学兼优的留守少年所为。

查卫东出身贫寒，在走出乡村之前，没坐过汽车，没见过火车，连楼房什么样都不知道。从小学一直到大学毕业，他始终是一个沉默寡言的人。据说他刚分到单位时也是如此，很少与人交往，基本没有社交活动。开始他住在办公室，后来分到了单人宿舍，来来往往也总是他一个人。没人见他买过菜，也没人见他在机关食堂吃过饭。他与同事之间除了工作基本没什么交往。很长一个时期，谁都不知道他过着什么样的生活。

再后来，有人给他介绍了一个女朋友，是早前一位老局长的千金。这位千金高不成低不就，快三十岁了也没找到合适人选。她比他大三岁，两人只见了一面，他就同意结婚了——甚至后来也有人说，即使当时不见面，他也可能跟她结婚。当时机关正分房子。

拿到结婚证,机关事务局给他分了一套县政府家属院的房子。两个人是旅行结婚,回来也没再举行什么仪式。平时,查卫东在刑警队忙得没头没尾,很少回家吃饭,有时候一出差就是三五天,所以妻子还是跟父母生活在一起,到他这里来倒像是串门子。

查卫东的妻子人长得漂亮,性格也很浪漫,经常写些诗歌、散文什么的,发表在地方文学刊物和报纸上。谁都想不到的是,她不仅仅会浪漫,而且竟然还敢在刑警队高手面前作案——查卫东是怎么在她放在娘家抽屉的笔记本里,发现她写给报社一个副总编热辣辣的情书,一直到现在还是一个谜。如果执意要把这个问题弄清楚,他前妻曾经的一番话提供了很有意思的线索。"简直像一场噩梦,"她跟朋友诉苦说,"从我们俩结婚,他就没把我当成个好人。我相信连我们家飞进来的每一只蚊子都会经过他私下调查,睡觉他都睁着一只眼。谁跟他在一起,要么被逼疯,要么被逼成个贼!"

但是,查卫东在第二任妻子眼里,却是一个很会生活的人——那时他已经小有成就,成为县里的一个名人了。电视上经常看到他,县里有很多重要的会议和活动他也参加。因为破案有功,他先被提拔为刑警队的副队长,不久又被任命为城关派出所的指导员。指导员干了不到一年,就升任这个城区唯一一个派出所的所长——他的前任所长莫明其妙地被免了职,据说有人偷拍到他跟当地黑社会头目在一起喝酒洗澡唱歌的场面。那时候查卫东正在几千里之外的中国刑警学院进修。学习还没结束,上级就把他召回来接任所长。派出所就在县委办公大楼的隔壁,后面有一个小门可以直通县委常委办公楼,可见其位置之重要。

很久以后,有传言说偷拍行为系他指使,他未置可否,一笑了之。

其实,对他后任妻子的议论从来都没有停止过。要说她出身并不算低微,父母都是商业系统的老职工。高中毕业,她没考上大学,接母亲的班进了糖烟酒公司当会计。国企改制,糖烟酒公司改成了股份制,很多人的身份都变了,唯独她还是一名会计——这是对她第一波议论的主要原因。因为这个岗位是公司核心的核心,掌握着公司的生命线。公司改制不久,大家的议论便有了具体的目标,她与公司经理的"什么什么事"被"什么什么人"撞见了——也都是传言。不久,她调入县第二人民医院办公室当后勤。在医院干了不久,与办公室主任拎不清的传言又甚嚣尘上。虽然这次没被人撞见,但毕竟无风不起浪,有风浪三丈。她也很难在医院再待下去。不得已,调入机关事务局专门负责接待——出一次事重用一次，大家切身感受到了她身后巨大的权力影子。但谁也没发现什么，更没抓住什么。也许正因为如此，对她的议论才会这么密集。她成为县城市民生活的一个符号，一个漂流瓶，过一段时间总有人打捞出来查看一下。如果平时大家在一起聊天，讲不了三件事，保准得说到她。

查卫东在受到县委县政府的嘉奖而上台领奖的时候，她在后台做会务工作。领奖前的几十分钟，两人在一起聊了几句，双方都有相见恨晚的意思。很快，查卫东找人撮合，两人就组成了一个新的家庭。新家庭很有新气象，查卫东像变了一个人，开朗多了，也开放多了。过了不久，他们有了一个可爱的女儿。当了父亲的查卫东，更加爱护自己的小家庭，对妻子俯首帖耳，对孩子有求必应。

谁都不看好的婚姻，能经营成这样，出乎所有人的意料，但也有人不以为然。有一次，查卫东的小舅子张鹤天喝多以后，在他们家发酒疯。张鹤天指着查卫东说，你别在我跟前装老实，你是没资本再离婚了！

查卫东仍然是一笑了之，不跟他计较。

查卫东的妻子就姐弟俩。弟弟张鹤天可不是盏省油的灯，家里不知道通过什么关系把他送到省警校，毕业后也不知道通过什么关系又给分到公安局办公室，给局长开车。一次下班后，他召集一群发小在街头喝酒。酒酣耳热之际与邻座发生纠纷，他一啤酒瓶子砸人家头上，把自己的制服砸丢不算，还赔了人家五万块钱——对方也不好惹，姑父是省报社的一个老总，占领着舆论制高点，一个小豆腐块都能把他砸成残废。

被公安机关开除之后，张鹤天开过饭店，修过高速公路，承包过电影院，干一行败一行。后来上级要求县直和乡镇各机关单位无纸化办公，姐姐得到消息后，让他成立电脑公司，估计全县将有几百台电脑的生意。于是，他东拼西凑，成立了"天宇电脑公司"，还在县城中心位置租了办公地点，买了两台车。开业那天姐夫没露头，由姐姐出面，请了几十桌头头脸脸的客人，闹得阵势很大。谁知无纸化办公只在口头上喊了一阵子，雨过地皮干，地方政府吃饭都没钱，哪有资金办这种事？国家的政策搁浅，一百多台电脑砸手里。后面天天跟着一群要账的，让他焦头烂额。

他看上齐光禄的生意，也是姐姐的一句话引起的。姐姐说，县政府要建第三招待所了。这个招待所规模很大，如果再加上另外两个，光肉菜供应就是一大笔生意。

他在菜市场趸摸了半天，发现齐光禄的店铺不仅位置佳，生意好，经营的商品也比较齐全。于是,摸清楚齐光禄的底细后他便下手了。他无论如何也不会想到,他与齐光禄之间这么一点点民事纠纷,会卷起那么大的风暴,搅得半个县都快翻了天——美国气象学家爱德华·罗伦兹在一次演讲中说道:"一只南美洲亚马孙河流域热带雨林中的蝴蝶,偶尔扇动几下翅膀,可以在两周以后引起美国得克萨斯州的一场龙卷风。"

这个大嘴巴的话终于在中国的一个小县城找到了注脚。

十九

在外人看来,牛光荣也算是因祸得福。她在劳教所只待了四个多月,就因为意外流产被提前释放了。释放之前,劳教所的领导轮番和她谈话,对这次"意外"表示同情,问她还有什么要求,劳教所会尽可能满足她。她能有什么要求?脑子一片空白,说话语无伦次,对走与不走都没意见。劳教所领导拿出一份材料。让她在"以上看过,没意见。牛光荣"这几个字上面按下自己的指印,告诉她可以回家了。

接她出去那天,齐光禄和弟弟两个人早早来到劳教所。两人一直等到快九点,劳教所的偏门才开了一条缝,牛光荣像一个游魂一样飘了出来。齐光禄和弟弟跑过去,一人抓住光荣一只胳膊,看着她,话都不知道该怎么说。光荣也是呆呆地看着他们,像陌生人一样。

齐光禄来时租了一辆面包车让光荣的弟弟开着,他在后座上铺了被子褥子。齐光禄把光荣放在座位上,头枕着他的腿。她骨瘦如柴,皮肤薄得透明,与被带走那天判若两人。看着她的样子,齐光禄后悔不迭,觉得当时无论如何不该让她到这个地方来。

齐光禄让弟弟把车子直接开到邻县的一家医院,给光荣做了常规检查。身体倒也没什么大问题,就是虚。虚是病,也不是病。医生告诉他们说。

齐光禄坚持给光荣做了妇科检查。医生给他说检查结果的时候,齐光禄眼前一黑,差点儿背过气去。光荣这样的身体条件,很可能再也怀不了孕了;即使能怀上,孩子也会因为习惯性流产而夭折。

坠子和老婆是半个月后才从外地赶回来的。坠子看起来比过去更老了,浑身上下一嘟噜一嘟噜的都是赘肉,坐在那里大喘气,好像是用旧零件组装起来的一台蒸汽机。光荣躺在床上,似个没有呼吸的纸人。坠子老婆过去拉着光荣的手,以往那么爱絮叨的她,一句话都没说,只是看着光荣一个劲儿地叹气。

下午,坠子安排齐光禄带弟弟去买了十来个菜和两瓶好酒。等他们回来,看见坠子擀好的面条整整齐齐地码在案板上,那是他最拿手的"袁面"。坠子边下面条边安排老婆把菜装好盘,摆上八仙桌,把光荣搀起来坐下,然后又在上手空了三个位置。喝酒之前,他在三个空位置上恭恭敬敬地各摆了一碗面一杯酒,双手擎起自己的酒杯,口中念念有词:"爹! 娘! 光荣娘! 坠子这里领罪了! 你们看我把一家人领成什么样了?"

坠子老婆和齐光禄连忙站起来,扶着他劝他坐下。坠子坐下来,热泪长流,眼泪噗嗒噗嗒落在面条碗里。一顿饭吃得像办丧事,打开的一瓶酒基本上没怎么动。

第二天一早,天还没亮,坠子就把老婆和孩子们都带走了,谁也不知道他们去了哪里。在此之前,两间铺面早已转给了张鹤天。据说这次张经理干得还不错,把周围几家店铺都盘了下来。三个招待所的肉菜供应全被他承包下来了,光这一项就是一笔不小的收入。

每年的四月初,正是长城边莺飞草长的季节。从城里来这里踏青的人如过江之鲫,找个停车的地方都很难。当地政府顺势而为,每年举办一次"风筝节"。头两届吸引了国内不少名家,后来越办越大,国外的风筝玩家也都来参加比赛,于是,就把这个活动扩大为"国际风筝节"。

这年的风筝节于四月六日开幕。当日一大早,国内外各家媒体早早来到现场,还有三家卫视台做现场直播。九时九分,锣鼓喧天,鞭炮齐鸣,各级领导鱼贯登上主席台。数百只信鸽振翅飞向蓝天。随后,八十多米长的巨龙风筝、婀娜多姿的蜈蚣风筝和众多各种造型的风筝翱翔翻飞,争奇斗艳。

突然,在放风筝的队伍里,出现了两个头勒白巾、身穿白衣黑裤的男子。两个人的前胸后背都绣着黑色的大大的"冤"字,他们奔跑着、呐喊着,放飞手里的风筝。那是一只巨大的黑得像墨汁一样的梅花风筝,尾巴上挂着九十九个白色小条幅,每个上面都写着"冤"字。霎时间,中外记者轰动了,纷纷站起来举起手中的长枪短炮。

二十

我安排赵伟中把齐光禄案件的卷宗材料调过来,想详细地查阅梳理一下,以便理清里面的脉络。赵伟中说，"齐光禄案件"不是一个单纯的案件，而是一个非常复杂、前后有很多人经手的"事件"。卷宗材料不止涉及一个单位，也不止涉及某个办案人员。如果把材料全部凑齐，估计要拉一板车。

后来他找到一份早前县委县政府呈报给上级的综合报告给我。我看过之后，觉得情况委实太复杂了，任谁也不好拿出一个彻底解决问题的办法。

天中县委、县人民政府
关于齐光禄事件的经过及处理意见的报告

…………

一、从整个事件的调查结果看，并没有任何证据证明查卫东参与或者放纵事件的发生，因而对其做出"双开"的处分于法无据，明显失当。鉴于查卫东被齐光禄砍死后，其妻改嫁，父母及女儿的生活没有保障，建议一次性给予其家庭十万元经济补助。

二、县公安局根据齐光禄涉嫌犯强奸罪的有关事实，对其采取刑事拘留强制措施，是根据群众举报和刑警队采集到的线索依法做出的，并非如当事人和上访人所言是报复行为。但是，鉴于该局在处理此事时采取的方法粗暴，对群众及当事人宣传法律政策不到位，引起群众较大抵触情绪和一系列恶劣后果，经县委常委会研究决定，公安局现任局长、政委予以调离公安机关并给予行政记大过处分。

三、牛光荣之死有多种原因。虽然构成对牛光荣劳教的违法事实并不充分，但其与多名男子发生性行为的事实是客观存在的，也是应予矫正的。经查明，在牛光荣劳教期间，造成其流产的行为系意外事故。所方发现其身体不适后，所采取的施救及提前释放措施是得当的、及时的。当事人牛光荣及其家人并未表示异议。

四、牛卫国(别名牛坠子)及其家人在权益受到侵害时，不是通过正当的法律和信访途径解决问题，而是采取极端措施，在"风筝事件"中的行为严重损害了党和政府的声誉以及国家形象，本应给予行政制裁。鉴于主要责任人牛卫国已经亡故，而且有国家机关工作人员损害事实在先的特殊原因，对其事件中的其他参与人员不再追究责任。

五、齐光禄犯杀人罪，已被市中级人民法院依法判处死刑。被告人未提出上诉,现案件已经进入死刑复核程序,等待最高人民法院的最终裁定核准。

六、对事件所涉及的有关人员,已经依纪依规处理到位。因此事件造成的群众上访尚未彻底平息,县委县政府仍然负有劝解和维稳的责任,我们将尽全力做好防范和化解工作,不使事态进一步扩大。

七、痛定思痛,通过这个事件使我们深刻认识到……时刻把群众利益无小事放在首位……以稳定促发展……努力开创……新局面。

…………

我把报告推给赵伟中,仰靠在椅背上,久久没有说话。他一页一页地翻看着,做出非常认真的样子。我知道他一个字都没看进去,他在等着我发话。不管处理任何问题,他总是这么能把握分寸。果然,我刚一坐直,他立即放下手里的文件,认真地看着我。

"牛大坠子,不,牛卫国死后,他老婆没再改嫁吗?"我问。

"没。毕竟她年龄偏大了,村里人给她介绍过几个村民,您知道她怎么说?"他咧开嘴笑了起来,摇了摇头,"'切!勤劳善良的贫下中农,我还真看不上眼呢!'其实,她也不是个省油的灯,村民一直上访闹事,就是她和儿子两个人在背后指使的。"

"他们能够鼓动村民上访闹事,而且持续这么长时间,说明还是有合理的诉求在里面。"我拿起笔,在文件第"六"项下面重重地画了一道。"从我了解的情况,再加上我刚才看到的这个材料,我觉得事情的麻烦之处就在于,看起来谁都有责任,但是论到法律上,又都没有责任。这么重大的事件,最后查找不出具体的原因,也没有应该承担责任的人,你不觉得更可怕吗?"

"那当然!照您这么说是很可怕。"也许他听出了我的意思,随即调整了态度,重重地点了点头。"老百姓来上访说明还信任咱们,如果有事都不上访了,像齐光禄这样干,那麻烦就大了!"

"齐光禄也不是一步跨到杀人者的位置上,"我把报告重新递给他,"除了这份报告,你再仔细想想,他无处诉说,说了也没人听,听了也不会有人管——如果要讲痛定思痛,这才是痛中之痛!"

"那可一点儿都不假!"他有点儿忘形,一巴掌拍自己腿上,"就是因为没管他的事,我小舅子心里一直过不去。上次他回来找您,本来是想让您安排县医院把齐光禄的妹子收治了,所有的费用由他来出,结果主任把这事给搅黄了。都怪我不会办事!"

二十一

对"风筝事件"的处理非常迅速,而且也很到位。国家有关部门成立了联合调查组进驻天中县,找多名当事人和知情者询问情况。虽然不能彻底查清楚,而且对事件性质的认识也有分歧,但调查组要求省市县三级迅速拿出处理意见以平息民怨,并保证无论如何不得再发生类似事件。

派出所所长、张鹤天的姐夫查卫东被开除党籍、开除公职,一夜之间从一个警界新星变成一介平民。与案件有关的派出所的两个干警被免去职务,有关部门就其涉及的违法问题展开调查,是否涉及犯罪俟调查结束再做处理。县委县政府对此事件负有监管不严、控制不力的领导责任,分管副县长被行政记过。县委宣传部新闻发言人在回答记者的提问时明确表示,"人民群众的合法利益必须得到充分有效保护,绝不允许任何人假借公权力谋取一己之私!"

对此次事件涉及的赔偿问题,县委县政府也迅速拿出了处理意见:张鹤天立即退还店铺并负费恢复原状,赔偿受害人每月两万元共计十一个月二十二万元的财产损失。为了体现政府勇于承担责任的宗旨,县政府从信访专用资金中拨出十万元,补偿给齐光禄和牛光荣。

处理结果与当事人见面那天,县委一名副书记、县政法委书记、县公安局局长、信访局局长都参加了。大部分当事人都表示同意,没有什么意见和要求。会议结束后,查卫东走过去拦住几位领导,提出自己在这个事件中不应该承担责任。他说:"我既不知情,更没与任何人打过招呼。如果要承担责任,也仅仅因为与张鹤天有亲戚关系——我是他的姐夫,仅此而已。所以,对我进行'双开'处理显然是不公平的,也没有任何法律和政策依据。"

调查组也确实没有掌握查卫东直接参与此次事件的有关证据。派出所的两名干警证实,他们的作为是因为"群众举报",跟查卫东无关。张鹤天和姐姐也证明,从来没与查卫东谈过此事。

县委副书记问:"查卫东,即使你没有明示或者暗示你的下属,你派出所的两个干警为什么这么'无私'帮助你而不帮助其他人,这你心里不清楚吗?"

"这个我说不清楚,"查卫东以立正的姿势回答,"我真说不清楚!"

"你是真说不清楚?小聪明是会害死人的!不处理你,怎么向上级交代?怎么跟老百姓解释?都什么时候了,还玩儿这种把戏?"看着查卫东复杂的表情,县委副书记不耐烦地摆了摆手。"先把主要问题解决了,你的问题随后再说!"

信访局局长要求齐光禄和牛光荣在"协议书"上签字。齐光禄拿过来看了看那份协议书,大致意思是两条:一是完全同意政府的处理意见,二是保证不再为此事上访。

齐光禄拿起笔就把自己和光荣的名字签上了。信访局局长不同意,坚持让牛光荣自己签。齐光禄让他看看牛光荣的样子。信访局局长看了看,指示齐光禄抓着牛光荣的手,在她的名字上面按了指印。

一切都恢复了原来的样子。齐光禄的铺子重新开张,生意虽然没过去红火了,但还是比别人的要好。工作之余,齐光禄带着牛光荣每天坚持体育锻炼,还找了县城一个老中医,给光荣开了半年的调养药。光荣的身体和精神在逐渐恢复之中,有时候还能听到她的笑声。对这样的结果,大家都觉得很妥帖。他们以为已经揉皱的生活可以伸展、拍平,重新恢复过去的纹路和形状,甚至不会留下一点儿褶痕。

第二年春天,坠子因为肺部感染回到县城住院治疗。开始也没怎么在意,以为像往常一样把炎症消下去就好了,谁知县医院检查的结果是肺癌晚期。坠子老婆不相信,坚持带他到北京确诊,结果与县医院的检查并无二致。坠子也知道了自己的病情,拒绝在北京治疗,他坚持回老家,说是自己调养,可是回来后一口药都不吃。到年底,一个胖大的汉子瘦得竟只有几十斤了。弥留之际,他让老婆把几个孩子喊到床前,向孩子们表达歉意,说,自己一直在努力,这一辈子都想为他们办一件大事,可是……光荣拉着他的手说,您办的事情还不够大吗?坠子摇摇头,不够,不够!泪水顺着他的老脸往下落,混浊得跟泔水似的。齐光禄说,爸,您永远都是我们敬重的爸爸!说罢拉着光荣和弟弟一起跪下了。这是他第一次喊他爸,也是最后一次了。

二十二

新上任的公安局局长郑毅,原来是周友邦挂职的那个县的一个乡镇党委书记,因为计划生育工作失误被免职。后来上级安排他到市公安局防暴大队任副队长,工作期间成绩突出,被提拔到天中县公安局任局长。据说他在市局工作时就和查卫东很熟悉,与查卫东的几个同学也过从甚密。但据后来的调查证明,他和查卫东也仅仅是正常的工作关系。他到这个县任局长时,查卫东已经被"双开",在家赋闲。也从来没人看到过他在县里跟查卫东接触过。

我来这个县挂职之前他就被调离了公安队伍。据熟悉他的同志讲,他是个非常正派也非常敬业的人,简直是个工作狂,从来没有星期天节假日。他所制定的"白天要让群众看到警察,晚上要让群众看到警灯"的工作目标,使这个位于鄂豫皖三省交界、社会治安非常混乱的县,变成公安部表彰的先进单位。所以,他在群众中的口碑非常好,一直到现在,大家说起他还交口称赞。

他到这个县任职之后,在对过往案件的梳理过程中,发现了齐光禄和牛光荣一案。他认为,就案件所涉及的事实,对牛光荣采取劳教措施显然是处罚过当。但是,这么轻易地放过齐光禄,就是对法律的亵渎,毕竟他的行为已经构成了强奸罪。而这个罪是暴力犯罪,公安机关不能与当事人进行协商私下处理。他将此案件批给刑侦队,并责成政委指导纪检监察部门督办此案。

政委是一个老公安,他比局长到这个县早,对此案件也比较熟悉。他给局长的建议是,这个事情已经处理完毕,里边的问题非常棘手,不能再触及矛盾,引发新的问题了。

局长说:"为什么棘手?为什么会形成矛盾?就是没依法办事嘛!事情要想简单,就只能坚持一条原则:正本清源,从根子上解决问题!"

政委没再坚持自己的意见,他要维护班子的团结。虽然政委和局长分别是公安局的党政一把手,但是真正的一把手只有局长一人。

刑侦队去抓齐光禄的时候,齐光禄正带着几个员工在店里忙活。最近他又代理了两家知名品牌的肉制品,坠子原来设想的开连锁店的目标眼看着就要变成现实。新店铺的地方已经找好,合同也已经签过,就差付款了。

后妈带着光荣和弟弟回老家给坠子上坟去了,今天是他的周年。他们回来时已经很晚了。光荣看到店员交给她的对齐光禄刑事拘留通知书,罪名是涉嫌强奸。她把通知书递给弟弟,呆呆地坐在床边,一句话也不说。后妈从弟弟手里接过通知书,看了看,跟光荣说,今天太晚了,有什么事等到明天再说吧。

光荣定定地看着桌上的一片灯光,始终没说一句话。

后妈做好饭给光荣端过来。光荣埋头就吃,吃完倒头便睡。后妈不放心,又过来看她,发现她躺在床上睁着眼睛直直地看着天花板,并没有睡的意思。后妈说:"想开点儿光荣,没有锯不倒的树,也没有蹚不过去的河。咱们留得青山在,不怕没柴烧。"

光荣这才开口说话,她说:"人要是想死就死多好!"后妈为她掖了掖被子,说:"别说傻话了,咱们慢慢来。人就是再没本事也不能被冤枉死。明天就去找他们说理去!"

"妈!"光荣瞪着眼睛,并没看后妈,好像是说给自己听,"他们要是再抓我,您无论如何得帮我拦着,给我留点儿死的时间!"

后妈的手停留在被子上,看着光荣,半天没说话。

光荣以为她没听清,抓住后妈的手,把刚才的话又重复了一遍。

第二天早上起来,后妈已经把早餐买回来了。今天光荣好像特别能吃,吃了两根油条两个鸡蛋,还喝了一碗豆浆。后妈让弟弟搀扶着光荣,三个人一起来到县公安局,问了半天人家才告诉他们刑侦队在五楼。他们在一间大办公室找到了办案人员。办案人员告诉他们说,齐光禄已经送交看守所拘押了,这个案件正在侦查之中,不能透露任何细节。

"那我们至少应该知道为什么抓人吧?"后妈说。

"不是已经把通知送达你们了?强奸!"办案人员斩钉截铁地说,后来想了想又补充道,"涉嫌强奸。"

"他强奸谁了?是这个孩子吗?"后妈用手指着光荣,"他们都过成夫妻这么多年了,这还算强奸吗?"

"照你说这么简单,如果杀个人,一百年后就不是杀人犯了!"办案人员不耐烦地看着他们。

"当时你们劳教光荣的时候是怎么说的?难道连你们公安说话也不算话了吗?"

"滚出去!"办案人员怒不可遏,一拍桌子站了起来。弟弟赶紧过去护住母亲。

"老天爷还不睁开眼吗?"光荣突然仰头大叫一声,边喊边朝通往阳台的门口走去。后妈见状,失声尖叫:"光荣——"话音未落,牛光荣已经从阳台上一头扎了下去。

<h1 style="text-align:center">二十三</h1>

县城东南角有一个老体育场,早年曾经是开批斗大会和枪毙人的地方。那

时谁要是诅咒某个人,总爱说"早晚非把你送到体育场去不可"。现在它已经是城中心了,平时县里的重大活动或者展销会,偶尔还会用一下。因为进出不方便,几届人代会都提议建新体育场。新体育场拖拖拉拉建了两年多,还没正式交付使用,所以市民们早晚活动还是到这里来。

每天早上,查卫东来得都比较早。他一般五点多钟就出门了,这是他多年来养成的职业习惯。到了体育场,简单热一下身,便围着跑道跑起来。他每天都坚持跑四十圈,十六公里。如果没有意外情况,比如极端天气或大型活动占了跑道,即使一般的刮风下雨天气,他都不会停下来。他有这种韧劲,一直都有。

被"双开"之后,查卫东一直在家赋闲。对于自己的处分,他再也没有提起过。肉铺子还给齐光禄之后,小舅子张鹤天开了一家出租车公司,让他去管业务,开始他不想去,后来经不住老婆左右央求,去跑了几个月,又回来了。他和小舅子性格合不来,他也知道小舅子从骨子里看不起他。而且平时他不爱说话,什么事情喜欢做了再说,甚至只做不说,更不爱跟人抬杠。小舅子是个嘴巴比脸还大的家伙,什么事情八字还没一撇,已经广播得满城风雨了。再一个,他特爱抬杠,查卫东觉得他是世界上最爱抬杠的人。不管你说什么,他先插上一句,谁告诉你是这样?你还没与他争辩,他手一挥打断你,你知不知道啊?到最后,反正就他知道,谁都不能知道。

可是,在查卫东心里,小舅子也不是个坏人。跟他姐的性格一样,四肢发达头脑简单,讲义气,够朋友,对人从来也不知道提防,不管自己吃多大苦受多大罪,也得先把朋友打发舒坦。被公安局清退之后,他在局里比查卫东的人脉都广,办事能力也比他强。查卫东之所以不想跟他在一起搅和,主要是害怕性格不合,到最后会伤害相互之间的感情,进而影响到家庭关系。老婆不管过去怎么样,现在对他不错,什么事情都由着他的性子来。尤其是出事之后,处处想着他的感受,总害怕他再受到什么伤害。他觉得自己没看错人。

在家闲着没事干,查卫东就练练书法,教教孩子功课,偶尔回老家陪老人住几天,其余时间都用来锻炼身体。这几天天气一直不好,没一点儿风,一天到晚雾气腾腾的,对面看不见人。老体育场因为裹在城内,被各种油烟、灰尘、雾霾包围着,像一锅浑汤,根本没法跑步。于是,他就独自跑到新体育场。那里的跑道基本完工了,运动场正在植草皮,围墙还没拉起来。

到新体育场的第一天,他发现只有自己一个人在这里跑。这里毕竟离城区较远,而且交通也不是很方便,城里到这里的主路还没修好。第二天,四十圈快跑完的时候，他发现多了一个人。那人是相对着他的方向跑的，跑起来很慢，好像腿脚不是很方便。跑近了，两人打了个照面。虽然没有灯光，看不清楚，但他还是觉得这人有点儿面熟，想不起来在哪里见过。他想主动打个招呼，后来想想怕人家认出自己，就算了。

牛光荣跳楼之后，县委害怕事情闹大，要求公安局立即撤销齐光禄案件，先把人放了，听候处理。其实也没什么好处理的，只要当事人不上访闹事，上级不追查责任，事情就会慢慢稀释，无非是政府赔几个钱，大事化小小事化了。齐光禄释放出来之后，确实没闹一点儿动静，也很少出门。倒是光荣的后妈和弟弟到县委县政府闹过几次，都被工作人员劝阻回去了。

齐光禄把铺子交给弟弟，什么事情都不想费心劳神了。每天早上，他背着一个羽毛球拍袋，待在查卫东楼下等他下楼，再跟在他后面去体育场。到体育场，他就把袋子放在身边，看着查卫东跑步。一般情况下，他都是在查卫东跑到第三十七八圈的时候跟上去。那时候查卫东的体力已经消耗得差不多了，而且快达到目标的时候，人也比较容易松劲。但是，在老体育场活动的人太多，他几次试着靠近查卫东，都没有下手的机会。他等着雨雪天气的到来，可是这个冬天特别干燥，一直无雨。

后来查卫东转移到新体育场，他在后面跟不上，就没去。

第二天，他骑着自行车，老早就到了这里。走在路上他就感觉起风了，但风还不太大。过了一会儿，风刮得越来越大，他担心查卫东不会来了。正在踌躇间，查卫东已经过来了。他看着查卫东热了热身，开始跑起来。他就坐在旁边等着他。查卫东跑到第三十八圈，他把球拍袋打开，里面是一个亮黄的绸布包。再打开布包，包里裹着银光闪闪的日本刀，関孫六。他把刀别到身后的腰带上，逆着查卫东的方向跑起来。那已经是查卫东的第三十九圈了。由于两个人离得比较远，他的腿脚又不方便，所以没来得及靠上去。最后一圈，第四十圈，他跑得很慢。等查卫东跑过来的时候，他捂着腰站住了，哎哟哎哟地喊叫着。查卫东一边喘着粗气一边靠过来，伸手扶他。他猛地一转身，手里一道寒光划过，刀子在风中发出嗖的一声鸣响。查卫东没来得及躲避，刀已经到了脖子上，划出一个大口子，鲜血喷涌而出。查卫东往后闪了一下，惊恐地瞪了他一眼，双手像要拥抱似的伸向他。齐光禄又举起刀扑上去。谁知查卫东却仰面朝后倒去。齐光禄骑到查卫东的身子上。这把刀出人意料的锋利，那种利索和痛快，给了他极大的满足。愤怒和悲哀已经脱壳而出，离他而去。

二十四

两年的挂职说结束就结束了,回头想想几乎是眨眼之间。时间虽然很短,但在这片历史层层沉积的土地上,我还是感受到了一种厚重、柔韧而又沉闷的东西。这东西莫可名状,黏糊糊的,又是若即若离的。但是我知道,从此之后,这些黏糊糊的东西就像学弟说的苦涩之后的味道一样,将灌注进我的作品里,成为我思想的一部分。

我在想,当地人把汝河喊作回头河,除了地理因素,有没有文化或历史因素?离开天中县的前一天,我站在刚刚通车不久的汝河大桥上久久不愿离去。我顺着桥面,把两边的栏杆拍了个遍,好像这是自己的孩子似的。河面上升腾着雾气,很稀薄,但也很执着,一旦升到与河堤平行的位置,便被风吹散,瞬间就了无踪影。

人类与河流的关系甚是密切,我们说起是哪里人,总是喜欢说靠近哪条河,好像我们的根子就扎在水里。谁说不是呢,我们逐水而居,人生路上遭遇大喜大悲,还老想着要不要回头,心里总是湿漉漉的。

我忽然想起他们讲的坠子的一个笑话。有一次他唱完戏,跟村里人聊天说(那时他还没当上经理),等我哪天成功了,非到"局部"去看看不可!人家问,"局部"在哪里?他说,"局部"你们都不知道啊?中央气象台天气预报,不是说局部有雨,就是说局部干旱,那儿肯定不是个小地方!

对于我们来说,这个笑话既很可笑,也很可怜。而对于常年生活在偏僻山区里的人们来说,也许局部就是他们的整个世界,或者一生的梦想。坠子离开宾馆并再次"成功"之后,村里人进城找他,只听说他今天在这里,明天在那里,神龙见首不见尾。大家便在私下里议论,弄不好他真是到"局部"去了。

【作者简介】邵丽,女,河南西华人,毕业于河南财经学院经济管理系。1999年末开始写作,出版有长篇小说《我们的生活质量》,小说集《纸灯笼》《你能走多远》,散文集《纸裙子》等。短篇小说《明惠的圣诞》获第四届鲁迅文学奖。中篇小说《刘万福案件》获《小说月报》第十五届百花奖。现任职于河南省作家协会,中国作家协会全委会委员。

惟妙惟肖的爱情

方　方

引子

我很早写过一个短篇小说叫《禾呈》。这是一位大学教授的姓：程。我将他的姓拆开，变成小说题目。类似这样的小说我写了好几篇。有一篇叫《言午》，是我拆开了"许"字，还有一篇叫《金中》，我拆开了"钟"字。这一组小说发表了许多年，我本已忘却。却不料忽有一天，我在路上遇到禾呈先生。于是驻足闲聊了几句。我看着他的眼睛，蓦然发现其中的疑惑和茫然，比之以前似乎更深更浓。再往下聊，又发现后面的事情越发有意思起来。隐忍不住，我要将禾呈家的故事续写下去。

一切还是从头说起吧。

一、有关禾呈的故事

禾呈是一个尖下巴的人。尖到小时候外祖母做鞋一旦找不到锥子，他的表姐雪青就说，用禾呈的下巴吧。禾呈而且还是个招风耳，中学体育课一逢跑步，禾呈便跟不上队伍。他的同学则笑道，关键是禾呈的耳朵阻力太大。禾呈的眼睛偏还近视，几乎小学一年级起他就戴了眼镜，为此"四眼狗"的绰号几乎伴随了他的一生。

禾呈的父亲是个喜欢穿中式布衫的中学老师。虽然毕业于大都市的学校，可行为做派却十分老套。而禾呈的母亲却是个时髦女性，并且漂亮。她一辈子都梦想成为一个诗人。故而经常外出交游，与一些落拓的、自称才华逼人怀才不遇的真正诗人一唱一答。这使得老派的禾呈父亲始是边忍边劝，终是拂袖而去，从此再未露面。禾呈的母亲是生活在丈夫工资里的人，如此一来，就只能抛弃诗歌诗友而顾及温饱。禾呈的母亲也做了老师，她教的是小学。家里没男人，免不了被人欺负。那时刻，禾呈的母亲便在家摔花瓶、砸茶杯，以及披头散发地哭泣自己的不幸和悲哀。所有的这些场面，都只有一个观众，那就是她的儿子禾呈。

禾呈经常坐在墙角，透过他厚厚的镜片，面无表情地望着他的母亲纵情发泄。

慢慢地，禾呈就长大了。长大了的禾呈在人们的眼中成了一个寡言少语、性格古怪的人。既不像他的父亲，也不像他的母亲。他习惯眼睛盯着一处呆想，却永远没人知晓他究竟在想些什么。初识他的人都在暗地里说禾呈这个人很阴。这种印象主要根源于中国的一句老话，叫作"不叫的狗咬人"。而同禾呈相处长的人，却从未感到他阴出什么名堂。这意思便是说谁也没有吃过禾呈的亏，禾呈也从未比别人多占过什么便宜。既然如此，这样的"阴"也就没有多大的意义。

其实，禾呈究竟在想什么，他自己也不知道。可以说他想的东西实在太少。他大约只有一个愿望，就是想过一种很安静也很安全的日子。他对他的表姐雪青说过这个愿望。表姐雪青那时就用一种十分怜惜的口气对他说，那是你小时候从未有过的日子。

表姐雪青的聪明，为禾呈整个家族所公认。外祖母说，如果雪青没有大出息，那么天下就没人能有大出息了。

只是很奇怪的，表姐雪青没有考上大学，而禾呈却考上了。

禾呈在大学里读书的时候，表姐雪青嫁了人。表姐夫是个中学校长，表姐雪青也就进了那所中学教语文。表姐雪青像她的姑妈也就是禾呈的母亲一样，很想当个诗人。

禾呈比表姐雪青晚结婚几年。禾呈的老婆是他的大学同学。她初始追求禾呈时，令禾呈茫然不知所措。禾呈其貌不扬言语木讷，人多之地从不露面，学习成绩在班上也是平平。如此平庸之辈竟然吸引女孩奋而追之，委实令大众不解。好在禾呈习惯顺从天意，心想既有人愿与他相好，又何必坚拂其意，令大家都不愉快呢? 便顺水推舟, 与之成了一对情人。直到毕业前夕, 才有风声传出, 说那女孩之追禾呈, 乃是她在少年时期被其继父奸污过数次, 否则犯得着跟禾呈? 禾呈听后有几分懊丧, 但也未浮于脸上。缘故是假期之中, 禾呈糊里糊涂地同她过了夜。禾呈被女人温热的鼻息和芬芳的体香所震惊, 他觉得世界上再也没有比这更好的去处。所以他想他将来不能没有女人而活, 而他又没有胆量和能力去追求别的女人, 那么眼前这一个现成的, 也该满足了。于是他就真的满足了。

禾呈老婆的个子比禾呈高出一头, 这不能怪她。主要是禾呈自己太矮的错误。大学的同学有了点文化, 喜欢追逐风雅, 便戏称禾呈的老婆为"明月", 称禾呈为"故乡"。禾呈所学专业为历史, 对文学素无兴趣, 领悟力颇差, 一时间也猜不透同学们为何如此而叫。直到有一天表姐雪青来看他, 禾呈方才解开绰号之谜。表姐雪青是语文老师, 又极喜欢诗, 自然懂得其间奥妙。她说这是李白的诗呀。"举头望明月, 低头思故乡"。说罢便捂嘴自笑。禾呈怔了怔, 抬头望望老婆, 恰在那一刻, 老婆也正低头顾他, 不觉恍然。两人皆感叹"明月"、"故乡"一称, 还真神似。

禾呈大学毕业后, 留了校, 隔年便登台讲课。禾呈专讲魏晋南北朝。这是一段非常热闹的历史。原来为禾呈他们讲这段历史的老师是一个极爱冲动的老先生。讲到战乱惨状他声泪俱下, 讲到权力争斗他感慨万千, 讲到帝王的荒淫无道他咬牙切齿, 而讲到贪官污吏鱼肉百姓时, 他更是按捺不住跺脚拍桌地大骂出声, 如那贪官就在眼前。所有的学生都爱听他的课, 仿佛在课堂, 能真切地感受到历史上一幕幕真实的场景。只是老先生在为禾呈这个年级开完课后, 忽有一天死在了自家的饭桌上, 死时手上还拿了一壶酒。

禾呈留校后便接替了这老先生的课。禾呈几次试着像老先生这般将历史的情绪带到讲台上。但怎么都不行。禾呈不是个能将内心东西尽兴表述出来的人, 他只能以史料的翔实、推论的严谨和资料的丰富一节节往下讲。禾呈很热爱教书这一行。每往讲台一站, 便想起他的母亲是教小学的, 他的父亲是教中学的, 而他们的儿子禾呈, 教的却是大学。由此, 一股自豪之感便由腹内直冲头顶。禾呈千万遍想过, 这一生, 他一定要对得起自己的职业。他要好好地干, 争取尽早地当上教授。有了如此的思想基础, 禾呈便极其认真地备好每一次的课。纵然所有的史料都烂熟于心, 但在每次的课前, 他仍然要把教案从头至尾温习一遍。他老婆常嘲笑他, 说他做人做事做到这样一个笨的地步, 必然不会有什么好结果。禾呈的老婆毕业后分配到了政府机关。在那里, 她渐渐将她学的历史忘了个一干二净,而学会了喝茶看报织毛衣以及写总结报告和领导讲话。

系里领导对禾呈的教学态度早有所闻,故经常大会小会加以鼓励。每逢此时,青年教师皆撇撇嘴,以示不屑,有刻薄的甚至还脱口一句"书呆子"。当然,不屑和议论不会传递到禾呈耳朵里。他对领导的表扬总是心存感激。只是他永远也不知道学生们对他的讲课充满牢骚。其症结不在于禾呈的水平,而在于禾呈一口浓重的地方口音。学生们牢骚说禾呈讲话像鸟语,每堂课都令耳朵劳累不堪,甚至知其在言却不知其所言。尤其女生,一听说禾呈上课,便纷纷称头疼肚子疼。禾呈言语难懂,外貌又毫无英俊潇洒可言,实在是没有一点魅力去吸引那些虚荣心十足的女学生。至于禾呈,少有女生听课,他觉得极其自然。按他的思路,女人懂什么历史?女人有什么必要去懂历史?中国的历史是男人的历史,女人在其间只是少有的几个丑角而已。禾呈虽然怕老婆,心里却十分大男子主义。

有一回一帮学生在一起议论,说像禾呈这样的老师怎么会留校任教呢?当年留他的领导可是具有非凡的听力?其中某一父母均在大学工作的学生深谙其故,说他家成分肯定是贫农,那时候留校就看这个而不介意是否说得好普通话。于是这一伙学生便毫无顾忌并且不知天高地厚地抨击了一通当年若何若何。其实,他们也没有经过当年,他们对当年的了解和认识也是许多因贫农而留校做先生的人在课堂上讲述给他们听的。他们在讲述者的语言笼罩下遥想当年,又哪里真能看清当年到底是什么样子?所以现今的人好说学生娃儿狂妄,委实是一点也不冤枉。

禾呈的家显然不是贫农。否则他的母亲就不会去写诗和交际,而是去喂猪或是以不让肚皮空闲的速度去生孩子了。禾呈的父亲也不会为了女人的风骚背井离乡。他多半会把老婆打得半死然后在夜里继续压她在自己的身下。正因为不是贫农,禾呈的父亲不会伸手揍人,可又脸皮薄得忍受不了他人的耻笑,便只好一走了之。而今他或许业已黄泉作古,或许仍怀着曾有过的羞耻远居他乡不愿回来。这一切都不得而知。总之,禾呈留校肯定不是因为贫农。

禾呈留校说到底还得归功于他的老婆。他老婆的伯伯多少有一点职务,觉得上天待他的侄女太不公道。小小年纪丧了父亲,又遭人蹂躏,实在是不幸。为此他动了怜爱之心决意帮她一把。其实他这个帮忙也不费多大劲,只稍加活动,便将禾呈留了校。这是他问侄女需要什么帮助时,侄女提出的唯一一个要求。侄女说我将来只要做个教授夫人就什么都满足了。

禾呈的老婆在公布分配方案的头三天告知了禾呈他将留校。禾呈欣喜若狂。因为像禾呈这样成分不硬、学业又一般的人总是只能去人人都不想去的地方。那天夜里禾呈便留在了他老婆家里。当时他们没结婚，一切都是秘密地进行。这主要是禾呈老婆的胆子大，毕竟她比禾呈多一些经历。禾呈因为兴奋而显得激情万丈。那夜，他有些放纵，致使次日一整天都疲惫不堪。

禾呈上班一个月后，他的老婆，准确地说还应该是女朋友，慌慌张张来找禾呈。说月经该来没来。禾呈说这有什么好紧张的，等它来就是了。禾呈老婆说哎呀你真笨，可能是有孩子了。禾呈这才大吃一惊，不知如何是好。于是两人一道去找表姐雪青。

表姐雪青那时业已生养了两个女儿。她不断地打量禾呈老婆的肚子，说办法只有一个，就是赶紧结婚，越快越好。

禾呈也就如此照办了。一个星期后，他们开始了家庭生活。像许多小说里写的那样，他们是将两张小窄床拼起来做的婚床。蜜月之中，禾呈不敢欢情做爱，他的老婆不准他放肆，说是怕小孩没站住脚，一下子流产了。掉了孩子是小，脸面却必将丢尽。禾呈一想到后者，不寒而栗，便只能拼命压抑自己的欲望。每夜与老婆皮肉相贴，却不能释放，心中的痛苦自不必说。好在久之成习惯，欲望渐渐随梦而去。

禾呈的老婆为禾呈生的是双胞胎，一对儿子。这俩小东西占去了禾呈大部分的时间和精力。光是起名，禾呈便三天三夜没顾上别的。禾呈是有学问的人，自是不会给儿子起名大宝二宝或大双小双之类，否则就显得禾呈俗了。长考之后，禾呈终于想出两组名字，以供老婆选择。一为"惟妙惟肖"，一为"亦步亦趋"。那时正是半夜，隔壁人家有隆隆的鼾声传来。禾呈摇醒老婆，以他少有的冲动之情说，起了两个，你看哪个更好些？老婆睡意正浓，懒得搭理他，就说前一个即可。其实老婆早已提出一组名字，其为"有权有势"，遭到了禾呈强烈的抨击，老婆遂有些怄气，放弃取名权。最后小孩的名字终究还是按禾呈起的，叫了"惟妙"和"惟肖"。

小孩到了三岁之后，禾呈方感到两个小孩相貌是惟妙惟肖，性格却完全两样。惟妙好静，喜读书，惟肖好动，爱打架，仿佛一文一武两大将。禾呈的老婆便常讥笑禾呈起的名字，说何苦想几天几夜叫惟妙惟肖，不如叫南辕北辙来得形象。禾呈哑口无言，只能任由老婆取笑。

禾呈家住一楼，这是结婚三年后分到的一个十四平方米的房间外加一个小厅。一楼的门窗正对着马路。为此除了蚂蚁、毛虫易入外,各种惊人的消息亦频频光顾。有一阵子路上总是匆匆行走着面孔惶恐不安的人。忽传张家教授自尽,李家老先生放牛,又忽传王家讲师批判老婆"白专",邓家助教捆了其老师一个大耳光。禾呈听得头皮发麻,日夜担心有一天什么事会轮到他头上。几次提出要把门窗改向,另从屋后开孔。禾呈的老婆严厉地叱责了他一番,依然令门窗如旧。幸而没多久,禾呈即去了干校。走时,表姐雪青去送了他。表姐雪青说去了那里还是要好好改造自己,争取脱胎换骨。禾呈连连点头,但却不知自己应改掉什么再换上什么。

表姐雪青那时已不在中学了。她因有一回批判稿写得漂亮被登了报纸,于是进了一个什么写作班子。经常住进宾馆为公家写社论以及其他具有什么指导意义的理论文章。据说各级领导都十分赏识她重用她。她的文章总是再三再四被人琢磨,力图从中悟出新意。至于竞相模仿者那更是不胜枚举。这使禾呈想起当年外祖母所说的关于大出息的话。禾呈想外祖母果然是有眼力的人。

禾呈从干校回来没多久,时局便产生他意料不到的变化。这倒让禾呈常去回味《三国演义》开篇第一句话:"话说天下大事,合久必分,分久必合。"

学校又开始热闹起来,禾呈又屡屡登台讲课,纵然他的口音仍使学生们耳累,但学生们还是喜欢听他的课,因为他们已经太久太久没坐课堂了。禾呈很快就做了讲师。

禾呈当讲师的那天,心情特好,两个儿子为之庆祝,买了些许酒肉。儿子举杯与之相撞时,禾呈才感到儿子已经长大了,而且从背后看,全然与大人无二。

这一年禾呈的大儿子惟妙考入了大学,子承父业,学的亦是历史。小儿子惟肖则参加了工作,在学校车队里开车。禾呈的心便明显地偏到了惟妙一边。但实际上,能给家里解决问题的却全是惟肖。于是惟肖总说,幸亏我跟惟妙长得一模一样,要不然我真怀疑爸爸是不是我亲爸爸。惟肖的话令禾呈一愣一愣。

过年的时候,禾呈例外地同老婆一起去看表姐雪青。他听说表姐雪青停职反省了好几个月。禾呈想她现在倒了霉,可她到底还是亲戚呀。去的那天,突然飘起了雪,惟肖就说一定要去的话,我用车送。禾呈说公家的车,怎么可以!惟肖说副院长的媳妇回娘家,要了我的车接,我顺路捎你们一脚就是了。禾呈坐惟肖的车几十分钟就到了表姐雪青的家。若不如此,他们在路上至少得耗两个小时。

表姐雪青出乎禾呈意料地意气风发。她面色红润，眼睛发亮，眉毛上且着了点淡妆。向她拜年的人络绎不绝。人人手上提的礼物都令禾呈带去的两盒点心猥琐不堪。但表姐雪青还是只留了禾呈而没留别人用饭。表姐雪青说，血浓于水，自家人当然不可同一对待。

　　表姐雪青见禾呈一脸疑惑不堪的样子，便宽容地笑说，你以为我正苦着，是不? 禾呈点点头。表姐雪青看人心思的确是不同寻常。表姐雪青说，现在已不是一朝天子一朝臣的时代啦。禾呈还是不明白，问为什么不是。他知道历史从来都是一朝人马替换一朝人马地往前走的。表姐雪青笑，就你还活在历史里头。

　　禾呈品不出她的话音，连一向自恃聪明的禾呈老婆也不明白表姐雪青为什么总是比他们活得好，而且净说些谜语似的话。

　　惟肖后来告说，表姑雪青办了家公司，名叫"新世纪"，人少而精，满天下赚钱。生意已经做出了国境线。禾呈听得目瞪口呆，他不由得又想起外祖母当年的话，心里暗叹表姐雪青真真是个人才。

　　春天的时候，表姐雪青来禾呈这儿。一想到表姐雪青已经是什么公司的总经理，禾呈连手足都不晓得该往何处放。

　　表姐雪青是来请惟肖做她的私人司机的。虽说是私车，但也是公司出钱专门为总经理雪青所买。许多公司小车司机常因与老板关系不睦或因比老板赚钱要少而起心谋害老板。表姐雪青说这样的事既有发生便应早早预防。惟肖是自己亲戚，自然可靠得多，每月的工资按学校工资的三倍支付，另外还有奖金。惟肖听罢一蹦三尺高，他早就在学校车队憋不住了，又穷又累不说，还不顺气，动辄要看院领导的老婆、闺女以及儿媳妇的脸色。表姐雪青说，我是你表姑，自然亏待不了你，但你也别指望赚得同我一样多。惟肖说我明白。

　　禾呈说惟肖你是公家的人，怎么能走呢? 领导不准假怎么办? 惟肖神气地一仰头说，辞他妈的职! 禾呈甩甩耳朵，似没听清。惟肖便又重复了一句。禾呈说，你这样胡来，领导会不高兴的。惟肖说，我辞了职，他就不是我的领导了。我的领导就是表姑，她高兴我就行。表姐雪青又像当年送禾呈去干校那样，谆谆教导禾呈。表姐雪青说你不能老是去为领导着想，你得集中精力想自己。天重要地重要都不如自己重要。禾呈想起当年去干校前她的教导，怀疑自己是否听错，便追问一句，是不是自己善变重要? 表姐雪青笑，说真是夫子，也算是吧。中国第一本书，叫《易》，易者变也。中国人全都善变。

　　禾呈又一次对表姐雪青产生钦佩之情。

惟肖一下子成了家里顶神气的人物。原先这份神气是他的哥哥惟妙的。惟妙已读到博士这一档,每回家便与禾呈谈历史上的什么什么。惟肖便叼着一支洋烟在他们眼前晃来晃去。他的衣装已经都换成名牌了。有一次拿回一个打火机说是好几百一个,不过,是一个老板送的,那老板想通过他与表姑雪青沾上关系。禾呈和惟妙听之都如天方夜谭。惟妙在惟肖面前渐渐地变得谦卑起来,而且不得不放下架子捡着惟肖淘汰的旧衣来穿。穿去了学校,同学还都道时髦。

在惟妙毕业的那年,禾呈参加了评职称。他申报了副教授,以为把握很大,可到了高评委那儿却第一个被刷下。禾呈一听傻了眼,忙跑去找系主任。系主任说以你的资历是应当做副教授的,可你的科研成果太少,比那些青年教师少得多,我们无法为你据理力争,如果明年你还无专著,弄不好仍上不去。

禾呈辩解不了什么,扫兴归去。见他的学生以及学生的学生皆趾高气扬地做了副教授,心里的滋味委实难受。禾呈再淡泊也有些按捺不住。三十五岁以下的破格,四十岁以下的也破格,而禾呈五十岁以上了,什么都轮不到他。原先想着好好教书,顺着走也总会有一天做教授的,现在却又不讲这个。易就是变,表姐雪青说的还真是。

禾呈想,看来他只有去写一部专著了。因为即令他不想去争做副教授,他的老婆儿子也不允许。老婆天天没完没了唠叨屋子窄小潮湿,乃非人住地。这是讲师级别的房子,不改变地位就没得搬家的机会。惟妙惟肖亦牢骚满腹。惟妙说家里放不下一张安静的书桌,惟肖说交了女朋友都不好意思往家里带。矛头一致对准了禾呈。禾呈第一次感到了自己的无能和渺小,于是他决心写一部专著。

实际上禾呈是一个很适宜做学问的人。一旦咬紧了牙齿,伏案操作,焉有写不出来的道理?更何况魏晋南北朝一段历史,他了如指掌,光是史料和引证丰富的教案就足可以修正成一本巨著。如此想想,禾呈便心头松快了许多。禾呈老婆说,书嘛,好写。不都是你蒙我,我蒙你的,哪有什么真才实学,你要写了半点也不比别人差。禾呈遭此一打气,多出许多信心。于是将他的教案重新归纳、调整以及充实。禾呈埋头笔耕时,只觉得自己才思如泉,汩汩而出。大有言语妙天下、理论惊四座之感觉,心里无端地自得起来。洗了十几年的碗,例外地甩给了老婆;买了十几年的菜,也例外地由惟肖代劳。一时间弄得邻居皆纷纷打探,说禾呈老师怎么了,也不见他买菜,可是在生病?老婆响亮地回答,没病!

在写书。老婆的语气从来没有这样充满自豪感，这叫禾呈感动万分。

禾呈用去了五个月零七天，终于完稿。给书取名为《魏晋风云》。禾呈用一张硬纸壳，很精致地做了封面，而后挟了它去出版社。

令禾呈百思不得其解的是出版社连看都不看一遍书中内容，即答复说这绝对不能出。干脆得禾呈讨价还价央求说情的余地都没有。

返回时的禾呈恰如一只遭雨打过的蔫鸡，一瘸三拐去乘车。糊涂中竟坐反了方向，下车后四顾茫然，全然不知自家身在何处。研究了半天站牌，方知去表姐雪青家已经很方便了，于是便索性到了那里。

表姐雪青差不多什么书都出过，比方《乐府诗研究》《宋人小说艺术研究》，又比方《经济改革与企业家》《企业文化论》，还有传记《将军的一生》，畅销小说《玫瑰不该凋谢》，女性读本《女人心态与眼态》，而最受欢迎的一本乃为《钓鱼十八法》。禾呈不明白出版社每次是怎么给她答复的，或说是不明白她是怎么同出版社交涉的。

禾呈到表姐雪青家时，她尚未归家。问及表姐夫，表姐夫说她那些书全都是些狗屁胡扯。表姐夫一直都在教中学，现已退休在家。表姐雪青想让他去公司兼个职，赚点外快。表姐夫拒绝了。表示宁可没钱，也不行商。他天天泡在围棋书里，一个人打谱，显得其乐无穷。禾呈心想，表姐夫此言当属实。只是他不明白出版社为何一而再、再而三地出版这些狗屁。

后来表姐雪青回来了。一张粉脸差点叫禾呈没认出。表姐雪青说，拿钱买书号呀。禾呈说得多少钱。表姐雪青说至少三千吧。禾呈大惊，说这么贵？表姐雪青说还不一定弄得到哩。禾呈想起老婆的唠叨和老婆的自豪，心一横，便托表姐雪青帮忙。表姐雪青说帮你弄书号，我答应，但我不能再借钱给你。我们要向美国人学习，经济账分清。而且我也晓得你的偿还能力。禾呈有几分尴尬。他心里正欲找表姐雪青借钱，不料却叫她一语点破。禾呈忙说，我自己筹钱，自己筹。哪能叫你又出力又出钱呢？表姐雪青淡淡一笑，说这就好。

禾呈将此言说与老婆听，老婆先骂了几声表姐雪青狐狸精之类的话，而后便坐在床边叹气。睡觉前，从抽屉找出存折，跟禾呈说全取出来吧。禾呈见上面是两千一百块钱。禾呈说还是不够哇。禾呈老婆说找惟肖再借九百块钱好了。

三千块钱凑齐了，还没来得及给表姐雪青送去，就接到惟肖捎来的表姐雪青的信。信中就一个内容，即买书号的钱已经涨至五千。禾呈拿了信发呆，缓过劲来方想，也不一定非得去做那个副教授。

禾呈老婆激烈地抨击了他的倒退思想,并说教授夫人是她的一个梦,她一定要实现。次日一早,禾呈老婆找来几个人,把电冰箱拖走了。那时候,禾呈还在早市上买菜。回家见电冰箱不翼而飞,急得如热锅之蚁。中午,老婆回来,又给了他两千块,说是卖了电冰箱,还卖了录音机。禾呈这才发现不翼而飞的还有录音机。禾呈有几分激动亦有几分感慨,却什么也没说。拿了钱,下午即送去了表姐雪青家。

入夏之后,书便出来了。装帧得还挺漂亮,着实令禾呈一阵振奋,老婆儿子也都翻阅得爱不释手。出版社不管销售,亦不付稿酬,只是将所印的几百册书一并发给了禾呈,算是两清。

禾呈叫惟肖将书拖回。因尚不知何人何处会买他的书,便只能将几百册书皆堆在小客厅里。这个结果是使原先很窄的屋子更窄了。惟妙惟肖牢骚更大且不说,连禾呈老婆都开始怀疑,这事干得值不值。

书堆在屋角的第一天,禾呈仍处在激动中,不时地去翻几下他的专著。晚上十一点多,仍无睡意。半夜起来如厕,经过客厅,见一堆黑乎乎的影子,一想此乃自家所著之书,油然而生自豪。

便是在那时,禾呈发现书上有东西。他取了手电筒,弯下腰仔细照了照,却见书堆上爬了两条鼻涕虫。禾呈不觉浑身汗毛一耸。倘书上显示出那样一些痕迹,谁还肯买他的书呢?

禾呈战战兢兢用火钳和草纸弄走了那俩家伙。但他知道,不会没有后续部队。他住一楼,阴暗潮湿,实乃鼻涕虫世界的大本营。想到这个,他所有的自豪和做副教授的自信,通通被焦虑和忧愁所替代。

打那之后,禾呈每天夜里打着电筒抓鼻涕虫。

打那之后,禾呈也就再也没有睡过一个安稳觉。

而评定职称的日子还遥遥无期。

二、惟妙和惟肖

先前的小说是短篇,到上面就截止了。那是二十世纪九十年代,后面的故事还没发生。这十几年,世界变化之剧烈,令日常生活也成传奇。现在我要把它续上来。

禾呈过了大约半年的尴尬日子,到底还是评上了副教授。当然,那本五千块钱换来的专著功不可没。尽管他根本也没卖出几本,更多的是让惟肖带到公司送了人。惟肖说,我差不多是求着送人家哩。送走一点,家里至少宽敞一点。禾呈听这话时,满心委屈。觉得非但斯文扫地,简直就是把斯文扔进了茅坑。可是,他也不得不承认,惟肖说的是事实。他自己也觉得那堆书放在客厅实在碍手碍脚。

时间倏忽而过,一晃便是几年。大学的日子渐渐好过起来,仿佛每个月都在涨工资。但禾呈却在好过的日子里到了退休的年龄。退休前,他老婆奋勇地找到校长家,陈述了禾呈教授在学校里的事迹种种,要求只有一个,退休前必须评上教授,不然,分房子都比别人小许多。——这时候的大学,新盖的宿舍楼已经开始变得漂亮。如果不给评,禾呈老婆说,她会以上吊的方式抗议这种不公平。

此一招还是管用。对于这样一批"文革"前留校的教师,学校终于网开一面,让诸多如禾呈教授类同的夫子,回家赋闲时有了教授这块金牌装点门面。但禾呈心里却不好受,觉得仿佛是校方的施舍。他想,以自己的学问水平以及教学态度,为什么就不能名正言顺当教授呢?所以,他并不高兴。

不高兴的还有研究古汉语的马教授。马教授的学问精,书教得好,但也没有多少专著。马教授委屈万分,说述而不作呀。我的先生们,以及先生的先生们,也都没有多少专著,谁又说他们不是大家呢?

这些话,谁会去听。

回家赋闲就赋闲吧。好在三室一厅的房子分到了手。禾呈到底有了一间像样的书房。搬进新居,他在自己书房里来来回回踱步,长叹复长叹。说好容易有了一间可以认真做学问的书房,却退休回家不必做学问了。

惟妙一直住在家里,所以他在家占有一间房。惟肖在公司分了宿舍,他只是偶尔回家一下。如想留家过夜,只需在禾呈书房里搭一张折叠床即可。惟肖已经升任为办公室主任。既然公司能有专门的办公室管理内务后勤,说明表姐雪青的公司显然还不小。

其实岂止是不小,简直可说是非常之大。表姐雪青早就先百万后千万再过亿而成为这座城市的第一代富豪。禾呈闻知她赚钱的速度,咂舌得厉害。表姐雪青却笑,说你是夫子,自然不知道钱有多么好赚。社会主义到处是空子,随便钻一个便财源滚滚。禾呈更是不解,说难不成你赚钱是靠钻空子钻出来的?表姐雪青说,当然呀。只有像我这样钻空子的人多了,国家才会想起来去堵。如果我们不钻,那些空子永远都会存在。所以,我们钻这些空子对国家来说,是有利无害的。

禾呈听此一说,舌头更是咂得叭叭响。事情做到这种投机的地步,不拼命隐藏,却还自豪无比。禾呈的老婆更是为此气了好几天,说我们省吃俭用社会主义了一场,倒是特意让他们这号人来吃胜利果实似的。空子若放在那里没有人钻,不等于没有空子吗?

惟肖的立场永远站在表姐雪青一边。他觉得表姑雪青跟他的父母相比,简直就是智者与傻瓜相比。他就不明白,读书把人读得一个个都像木头,何故国家还在成天叫嚷读书读书。为此惟肖每逢他们唠叨,便会出头反击。惟肖说,嘁,就你们书呆子不懂社会。打社会主义墙洞的人遍地都是,现成有空子还会没人钻?表姑钻空不打洞,这就是帮社会主义忙了。

这理论让禾呈听得一愣一愣。他以前就不太懂社会,现在似乎更加看不懂了。

可惟肖依然不屈不挠。惟肖说,这算什么。年轻人不照样看不懂你们的以前?不晓得你们怎么可以蠢到那种地步。凭什么让人搜家?凭什么让人打耳光?凭什么拿着一本小红书天天表忠心?凭什么没事天天写检查?还到街上跳忠字舞,多丢人呀。禾呈被惟肖问得目瞪口呆。他完全不知道应该怎么回答他才是。

夜晚,禾呈躺在床上想,凭什么?难道还需要凭什么?他怎么从来也没有想过凭什么这件事?而惟肖自自然然就想到?是了,这时代真是变了。我已垂垂老矣,退休也是应该。

惟妙获知惟肖对禾呈的诘问,便说,爸爸你不要理他。他没文化。他哪里懂历史,哪里懂得你们那代人经历过什么样的灾难,哪里懂得那时的人们几乎没有自己选择人生方式的权利。禾呈嗯了一声,觉得惟妙说得也是。

惟妙在研究中国知识分子的发展史。惟妙一直说,知识分子的历史就是一部倒退史。无论从人格、能力还是思想,一段段历史看过来,看到的全是退步。禾呈有点赞同他的这个观点。但他没说。禾呈只是说,你还是要小心点,话不要说得太狠。现在虽不是"文革",可用"文革"思维的人还很多。惟妙说,看,爸爸就是一个证明。禾呈正色道,你要晓得,哪朝哪代都有我这样的人。你研究历史,不可以偏概全。

惟肖最烦惟妙在他面前说文化。惟肖觉得自己唯一比不上惟妙的就是少一张文凭,而其他的,惟妙却哪样都不如他。就算是给家里解决问题,惟妙也一点插不上手。惟肖常一边忙碌，一边不满道，难怪老话讲，百无一用是书生。禾呈则替惟妙帮腔说，书生本就不是用来做这些事的。

禾呈的老婆却一屁股坐在惟肖一边，说难不成就光用来读书？禾呈说，书生是给历史作记录和总结的，书生还要给社会树一个榜样。禾呈的老婆指着禾呈和惟妙说，就你们两个?还榜样?你们两个的榜样就是让大家明白了,最好都别读书,越读书越没用。禾呈的老婆自打以死相拼为禾呈争得一个教授金牌后,就对教授再也不屑。她觉得,读书读这么多,结果读得一点用都没有,把人都读废掉了。

禾呈家分成两派大概就是有过许多次这样的争执而始。禾呈和惟妙是读书永乐派,禾呈的老婆和惟肖则是读书臭屁派。永乐派在家明显处弱势。因为家里所有大事,都是由禾呈老婆做主,而所有的小事都是由惟肖操办。禾呈和惟妙除了读书备课写文章,其他方面经常呈束手无策状。但他们并不觉得是自己无能。惟妙喜欢说,这些杂碎,何必让我来做。

然而无数不请自来的日子,却都是杂碎。在穿珠一样不断线的杂碎面前,惟肖有着何等强大的力量。禾呈的老婆倚在沙发上坐镇指挥,惟肖衣袖一挽,三下五除二,仿佛药到病除,一切就立即平安无事。所以,禾呈和惟妙虽然高谈着读书永乐,可是离开两个骂着读书臭屁的人,他们就乐不起来。就连家里保险丝断了,都得打电话叫惟肖回家接上。设若惟肖出了差,学校的电工恰又不在,搭着板凳站在高处接保险丝的人也只会是禾呈的老婆。

有一天表姐雪青来找禾呈。见禾呈的老婆站在凳子上接保险丝,禾呈则在下面扶板凳,不觉大惊失色,说怎么能让女人做这样的事?禾呈说,为什么不行?不是说男女都一样了吗?表姐雪青说,到底还是有所不同呀。禾呈说,这又不是体力活,女人手指灵巧,换保险丝当然比男人行。表姐雪青觉得跟他无法争论,便打电话叫她的司机进来,替下禾呈的老婆。禾呈的老婆一下板凳,便对表姐雪青说,这就是读书读多的结果。

禾呈对这样的结论相当不悦,说这跟读书有什么关系?禾呈的老婆说,读多了,人傻。禾呈说,这只是我的个人素质问题,跟读书没关系呀。有的人读了很多书,同样会接保险丝。而我一本书不读,或许仍然不会。你这个逻辑大有问题。禾呈的老婆懒得跟他辩,只转身对表姐雪青说,你说是不是?不光人傻,还说疯话。

表姐雪青见状,忍不住哈哈大笑。她嘴上没表态,心里却着实觉得像禾呈这样的人，的确是读书读傻了。可是转念又想，这样的人，如果不读书，或许真的会更傻。傻到这世上没有合适他做的事情。

表姐雪青这次来家里，是来告诉禾呈两个喜讯。一是她的公司做得非常好，主业已改做房地产。眼下做了两个楼盘，公司的销售部一直不得力，她准备委任惟肖去做销售部的经理。禾呈惊得张大嘴，说，他哪能行？他一个高中生，没什么文化，成事不足，败事有余哩。

禾呈的老婆听禾呈如此一说，几乎发怒了，说，哪有这么贬自己孩子的？我们惟肖多能干？家里大大小小的事都靠他。他做事，靠得住，这跟读过多少书没什么关系。

表姐雪青说，是啊。我也是看着惟肖各方面能力还不错哩。再说了，他还年轻，还能成长嘛。禾呈一想，也是。惟肖年龄不大，诸事慢慢学也来得及。他教的学生，有的三十岁才上大学，不也一样有出息？想过便觉得自己刚才一番话的确该打嘴，若传到惟肖耳里，还不知道多伤他哩。于是忙知趣地岔开话说，还有一个喜讯是什么？表姐雪青说，还是跟惟肖有关。公司的生意红火，盖了几栋楼。惟肖现在是经理，新房子也有他的一套。说时她环视了一下禾呈的家。这是一套不错的三室一厅居室，学校对教授楼的面积还是很照顾。表姐雪青轻描淡写地说，嗯，比你们这套可能略大一点点。

这回不光禾呈惊愕，连他老婆也一样惊愕了。禾呈的老婆说，表姐已经够照顾我们惟肖了，提拔就可以，房子可不敢要。哪能得这么多好呢？会折寿的。禾呈觉得难得老婆跟他想的完全一样，忙顺着老婆的话说，是呀是呀。年轻人，不可一下子得到太多好处。

表姐雪青笑道，难怪惟肖要我亲自来告诉你们。说是如果他来跟你们讲，你们定会觉得他在外面抢劫发了横财。兄弟，时代变啦！你们也该醒醒。多劳多得，这是惟肖靠自己努力得来的。他堂堂一个销售经理，哪里能没有一套像样的住处？这岂不是显得我公司没有实力？再说一句你们爱听的，没这样的住处，老婆都找不到好的。

禾呈和老婆面面相觑，一时间不知道该说什么。表姐雪青走之前，又一次轻描淡写地说，怎么讲惟肖都是自家亲戚，我的事做大了，首先要用自己人，他的职位应该还会提拔，往后你们尽管享他的福好了。

禾呈和老婆唠唠叨叨着一起把表姐雪青送出门。他们根本不知自己在说些什么。

表姐雪青的车是一辆黑色的奔驰。表姐雪青虽已六十好几,属花甲系列,身材却依然苗条,头发染得油亮油亮,脸上涂着薄粉,细眉朱唇仿佛粉上的点缀,明亮而不艳俗。她穿着一条黑色连衣裙,大方典雅。抬腿跨上车时,轻盈得像个小姑娘。禾呈和他的老婆都看得发呆。

这天禾呈的老婆居然没有因惟肖的好运而高兴。她甚至有些愤然,说这个老妖精,跑我家来炫耀哩。我站在她面前,就好像她的妈似的。禾呈想起表姐雪青的面孔和她上车的轻盈,不觉想笑,觉得老婆形容得很准确。但他却没敢笑,因为一旦笑了,老婆心里一定不好受。便转了话题说,我最搞不懂,她怎么会这么有钱呢?禾呈的老婆说,削尖了脑袋,赚黑心钱呗。有什么了不起,摆阔摆到我家了,显得我家惟肖是靠了她才有好日子过。

禾呈不太赞同老婆的话,他自小同表姐雪青一起长大,虽然对她的做派颇是纳闷,但也不愿老婆这样说他的表姐。禾呈说,人家也是好心。得到实惠的还不是你儿子?禾呈的老婆说,何止惟肖?听听那口气,就连我们两个将来的好日子,也得靠她施舍似的。禾呈说,她就这性格,你也别计较了。惟肖过得好,我们自然也沾光。禾呈的老婆更加愤然,说我宁可饿死,也不沾她这个光。

晚间惟肖回来时,他们却没有表示一点不悦,一家人都恭喜惟肖。禾呈的老婆说,现在想来,人一辈子,图的还是个升官发财呀。我们惟肖一下子都得了。惟妙说,妈妈何必说得这么俗气。禾呈忙说,我就对升官发财没兴趣。还是教书育人最是了不起。禾呈的老婆嘴一撇说,你升得了官发得了财吗?

对于他们的拌嘴,惟肖没有理会。他正处在兴奋之中。他有了新房子,工资也相当不错。生活的美景很明朗地展开在他眼前,他甚至不需要用力抬腿,散着步即可成美景中人。于是,他说了一句话,这话让家里其他三人的表情有如受到惊吓。惟肖说,我准备去买辆汽车。

惟肖把车开到家门口时,惟妙正在跟学生讲课。他讲的是魏晋时代知识分子也就是士大夫仅有的出路。这个题目很深奥,尽管惟妙一口普通话还不错,声音也铿锵有力,全不似他父亲那样满嘴方言。但学生们还是没有听讲的兴趣。惟妙长得瘦高瘦高,大约是长年不晒太阳的缘故,脸显得很白。白面孔上挂了副与他父亲差不多的近视眼镜,黑粗粗的框架,一派旧式夫子的模样,与女学生们追逐的帅哥形象相距颇远。现在的学生,女生居多,一个青年教师如果不帅,说话又不风趣,且不抨击社会,不传达内部新闻,尤其不说艳情八卦或世俗段子,他的课就变成了混学分。女生们的呵欠一个接着一个,毫无忌讳地响在教室。有时一堂课下来,仿佛全世界都在打呵欠。

好在惟妙也无所谓。讲不讲在他,听不听在你。有些东西无法强求。你不想学,按着你的头你就学得进?东扯西拉迎合你胃口你就学得进?想通这个理,惟妙很坦然。再说了,他跟他父亲有一点想法很是接近,那就是女生嘛,懂点风花雪月就可以了,懂历史做什么呢? 他之所以在此认真讲课,只是尽自己的教职而已。

惟妙下课回家,见家门口的路边围了好多人,邻居看着一辆银色汽车。邻居见惟妙过来,都望他笑。惟妙有些不解,一邻居便说,你家买车了。惟妙指着那银车说,我家的?邻居说,是呀,你弟弟开回的。惟妙便没作声。惟肖要买车,在家里做过通报。尽管预先知晓,惟妙还是有吃惊感。他想此刻回家又得去领教惟肖得意。想罢念头一转,便决定去书店转转再说。让惟肖跟父母炫耀累了,再回家也不迟。

书店挨着宿舍区。店面虽不大,但书的品位还很不错,毕竟是大学书店,一点斯文总是要有,所以书架上倒也总有一二可让人津津有味翻看一通的书。这些书自是不对学生的胃口。惟妙不好出入商店,这地方便是他经常的去处。

学生的阅读水准降到惟妙已经不愿意与他们读同一类书的地步。记得自己上学时,同学与老师还经常交流读书心得,彼此提供好书信息。现在,他与学生的阅读完全是两条根本没有交叉点的路。学生们叽喳着想要买的书,他连看一眼的兴趣都没有。反过来也一样。现在的学生,自小光顾考试,全无读书时间,他们的阅读史尚在童年期,尽管他们身体都长得牛高马大,壮硕雄伟,脑子里的沟壑却未经书本打磨,粗糙不堪。他们的思想史也未能正常生长,一开口说话,幼稚得惟妙恨不能建议他们去重读幼儿园。惟妙想,如此四肢发达,又如此头脑简单,他们将来该怎么办?

惟妙显然有点杞人忧天。连禾呈都觉得他想得太多。这世界是年轻人的,他们该怎么办就怎么办。有什么样的人,就有什么样的世界。而有什么样的世界,就有什么样的人。他们永远都相互匹配,用不着他人操心。这一点,研究历史的人应该比他人更清楚。禾呈严肃地说,从这点上看,你的历史观也很幼稚。

惟妙走到书架前,他的眼光仔细逡巡着。一本钱穆的《中国历代政治得失》落在他眼里。他伸手准备抽出,恰这时,另一只手也伸了过来。惟妙缩回手,转脸一看,却是中文系教古汉语的马教授。惟妙一向所知,马教授学问做得好。学校一堆教授中,他父亲禾呈最佩服的人便是马教授。据说他们曾一起在五七干校放牛,天天绕着牛讨论学问,最后为了这些讨论两人还写了检查。

马教授见惟妙先开了口,说惟妙是你呀,我说现在哪里还有人读这类书哩。果然是你爸的儿子。惟妙亦说,马伯伯好。我爸爸一直说您的学问好。

马教授没有接惟妙的话,转身向一个女孩说,马小珍,过来一下。我来给你介绍个好老师。接着又对惟妙说,这是我老家的远房亲戚,准备考研。她爸妈让我来辅导,我还真不知道从哪里辅导起。惟妙,你帮我这个忙如何?你的学问好,这我太知道了。

惟妙瞥了一眼女孩,觉得她尽管穿得时尚,不过,脸色和眼睛里都还透着乡下姑娘的气息。看来在乡下待的时间长。大学三年都没换过气味,这样的女孩,多是老实人。惟妙说,好的。马伯伯瞧得起哩。只是不知是否对路数。马教授说,没问题,她正犹豫是考历史系还是经济系。这下好了,也不用再犹豫,考历史系岂不正好。

惟妙奇怪了,望那女孩,心想,她本科读的什么?马教授似看出惟妙的不解,忙又说,她的本科就是历史。可她觉得学历史的人毕业后一个个都穷哈哈的,学经济的却发了财,所以想改行。瞧瞧,现在年轻人,多么荒唐的想法。想赚钱还上大学做什么?考研更是不必。一个人只要会识字,就能赚到钱,小学毕业差不多就够用了。惟妙说,是呀,史上最会赚钱的人都没读多少书。

叫马小珍的女孩望了望他们,用一种奇怪的语气说,可是我现在并不是活在历史上,而且历史也会改变是不是?

惟妙回去便有不悦,心想既然不爱自己的专业,又何苦考研。这种学生,又有什么好教头,不如早点嫁人算了。

到家惟肖果然还在得瑟。见惟妙,非拉他过去看车。强让惟妙坐他车上,载着他兜了一圈风才回来。车是新的,里面还有浓重的气味,熏得惟妙头晕眼花,嘴上连说好好好,心里却只想赶紧结束这场罪。

晚饭后,惟肖准备回他的住所,未及出门,马教授夫妇竟不请自来。两人身后还跟着那个马小珍。马教授进门便打着哈哈,说是登门拜师的。禾呈虽觉奇怪,但也热情不过地接待。退休数年,来访者少到令他已有寂寞之感。

从一坐下, 茶尚未及喝到嘴, 禾呈便和马教授紧锣密鼓地谈起魏晋南北朝。马教授说外来文字的侵入,禾呈则说佛道二教的登堂入室,仿佛延续他们当年在干校的讨论。马教授夫人坐听三分钟,便显烦意,起身拉着禾呈老婆到厨房嘀咕去了。

惟妙奉命陪马小珍说话。惟妙本来话就不多，与马小珍又不相熟，便不知谈何是好。幸得惟肖端茶过来，见俩老头聊得热火朝天，俩青年却相对无言，于是上前助阵。

惟肖一向巧舌如簧，开口说话便能吸引听客。惟肖问马小珍，你打算考研？马小珍说，不然怎么办？惟肖说，这话说得！人家没考研的都不活了？马小珍说，我们是师范哩，本科回去只能当中学老师。惟妙说，当老师不好吗？马小珍说，到目前为止没想出一个好来。惟肖笑了，说没错没错。我们车队有个司机以前就是中学老师。说是每天伺候那些小畜生，比在村里养猪都要累。

马小珍捂着嘴笑了起来。这一笑，让惟肖来了劲。他索性坐下来开聊。惟肖说有一回，他的同事——就是那个不想伺候小畜生的司机，这老兄喝多了，回家时上了出租车，东指西指，就是找不到自己的家。司机说，你家到底在哪呀？同事说，我要知道我家在哪，我犯得着花钱坐你的车吗？

马小珍又笑，捂着嘴的手刚放下又捂了上去。惟肖继续又说，还是那个同事，有一次，又喝多了，从酒店出来，坐上车，发现自己的车怎么看都不对劲。定神瞧了瞧，原来是方向盘不见了。他立马报警，说他汽车的方向盘被盗。警察火速赶到现场。一看，发现他老兄坐在小车的第二排。见警察来了，他还指着前排的椅背说，看看看，偷个方向盘也就算了，居然连仪表盘也偷走了。把几个警察笑得几乎跌倒。

马小珍更加大笑，笑得也险些从板凳上跌下去。连不苟言笑的惟妙也忍不住笑出了声。惟妙说，难怪他觉得教书比喂猪累，自己就是猪智商呀。

他们的阵阵笑声令禾呈和马教授中止了谈历史，不禁侧目。而在厨房里嘀咕的马教授夫人和禾呈的老婆也都被笑声引出来看究竟。

马教授叹道，还是年轻的好呀，有放声大笑的心气。禾呈说，我家惟妙还从来没这样笑过哩。马教授夫人和禾呈的老婆脸上也都堆出了笑意，相互说，笑得好笑得好，家里就是要多几个女人，笑声才会没个完。

惟肖与马教授一行三人一起出的门。惟肖说，我正好回去，顺便送你们吧。马教授说，我们才几步路，散着步就到了。你送我们小珍吧，她的学校远，免得去搭车。惟肖说，没问题。禾呈老婆说，不然惟妙跟惟肖一起去送小马？惟妙说，要这么多人送干吗，她又不是小孩子。惟肖亦说，我就代表了吧。不然我还得把惟妙送回来哩。禾呈老婆见如此，也就没再多说。

客走如退潮，家里一下就清冷了，气氛立即回到从前。安静并且沉闷，仿佛笑声从未来过。

禾呈老婆不等惟妙回到自己房间，便把马教授夫人跟她在厨房嘀咕的话一揽子抛了出来。禾呈老婆说，马教授想给惟妙做个大媒哩。禾呈说，就是这个小马？好像还不错呀。惟妙说，都瞎忙个什么啊。禾呈老婆说，惟妙你也不小了，早该成家了。当年你爸结婚时，比你年轻了快十岁。禾呈说，其实我也不想这么早，是不结不行呀。禾呈老婆眼睛一瞪，说你什么意思？禾呈一看，知道自己有错，忙改口说，是是是，惟妙也是该成家了。禾呈老婆说，惟肖有女朋友都几年了，他是弟弟，想等你先结婚，他再结。人家双胞胎都心息相通，你们俩怎么一点都不通呢？惟妙说，要不您怎么说当初该叫南辕北辙的哩。

三、马小珍的选择

周末的那天，马小珍大大方方地到禾呈家来了。她带着书本，说是马教授让她来跟着惟妙复习功课。禾呈虽然有点讶异，觉得现在的女孩太大方了。可一想到自己老婆当初亦是大方如此，便也坦然接受了。禾呈老婆却持喜出望外的态度。忙不迭地叫惟妙，还亲自倒水递送点心什么的。

惟妙心里清楚缘故，别扭中倒也客气。见她真还带着书本，便也一本正经地辅导起来。这事似乎就这样了，各方都有点心照不宣的意味。

因是周末，惟肖多半也会晃回来看看父母，顺便混餐饭吃。自小在家吃惯了口味，外面再多山珍海味，还是要回来吃一顿妈妈的菜，胃里才会舒服。

惟肖进门见到马小珍，有些惊异，却也没表现出来。想起那晚的笑，便立马逗起了乐子。于是马小珍银铃一样的笑声又开始出现在禾呈的家里。

从那时起，禾呈家所有人的笑点都变低了，一家人经常就会大笑出声。禾呈和禾呈老婆也都开始喜欢这个女孩子。觉得有她在，他们家的惟妙也会变成一个快乐的人。而实际上，笑声都因惟肖而起，惟妙与马小珍之间，永远停留在一个老师辅导一个学生复习功课的程度上。

马小珍复习的地方是禾呈的书房，这是禾呈老婆的主意。禾呈老婆说，你老都老了，还占着书房做什么？禾呈有些不服气，觉得活到老学到老是他做人的信条。没有书房就仿佛没有了生活。禾呈老婆撇嘴说，大半辈子都没有书房，那时候的生活未必就不是生活？禾呈嘀咕说，那只是活着。禾呈老婆并没有听到这句话,而禾呈也不敢让她听到。

好在书房是暂借给一个年轻人学习,不是坏事。何况也不是天天来,又何况考完即退还,就算破坏了生活,时间也不是太长。这样想过,禾呈也就坦然。马小珍一副心安理得的神态在这里复习。有问题就窜到隔壁惟妙的房间讨教。每次她跑过去,禾呈老婆都会跟禾呈说,你说他们两个是在讲功课还是在谈恋爱?会不会在那里亲热?禾呈此时多是说,你老太婆了,管他们做什么?

惟肖有了车,回家来方便,回来的次数也增多。除了蹭饭,也送脏衣服回家洗。当然,还会送点公司的福利用品以讨禾呈老婆欢喜,像电饭煲呀电磁炉呀什么的。这些新鲜玩意儿,大受禾呈老婆的热爱,夸惟肖孝顺的次数也就越来越多。禾呈每每不以为然,觉得像惟妙这样会读书,并且读到了博士,那才是真正的孝顺。

惟肖心知父母的态度,也不介意。他从小就习惯了。父亲嫌他读书差,母亲却喜欢他能干。他心想,读了你们这些破历史,还不跟没读一样。这世界有什么改变?

每次来见到马小珍,惟肖都会前去打趣一番。惟肖说,这历史哪有必要这么下气力去读。马小珍说,学问深着哩,你不懂。惟肖说,我不是不懂,我是觉得不需要懂。马小珍说,不懂的人才会觉得不需要懂。惟肖说,我妈是历史本科毕业的,你看她这辈子需要历史了吗?再说了,所有的历史是人写的,它就是小丑,谁都可以按自己的设想去写它,你还能当真?马小珍说,你胡说哩,我们一上学老师就说过,以史为鉴。懂得历史,才能理解现在。惟肖说,怎么是胡说?我爸是六十年代的大学生,他的历史是在无产阶级领导下学习的,我哥的历史是我爸这代人教的,你的老师就是惟妙这代人。都三手货了,到你手上的历史早就被改编得跟真正的历史不搭界,哪里鉴得起来?学这种假东西,还不如到外面摆小摊卖点假名牌哩。

马小珍把这话说给禾呈听。禾呈有些发怔,心虚得仿佛被人揭了老底。又想惟肖这家伙没文化,怎么说得出这样刻薄的话来?当下问惟肖,惟肖说,我手下几个员工,不是硕士就是博士,都很愤青,哪天不发牢骚?我听了一耳朵,回来逗马小珍的。爸你别当真,你该怎么学还怎么学。禾呈怔得更厉害,心想你高中都是个混,怎么有博士硕士当手下?禾呈很不懂这是怎么回事。

马小珍也把惟肖关于历史的话说给惟妙听了。惟妙嗤了一鼻子,说他懂什么,没文化不学历史,才只会看到那些畅销书上说什么就是什么。听人几句话,见风就是雨。真正学历史的,会通读万卷,从古读到今,读多了,就会自己思考:历史到底是什么样子,它怎么会被写成这个样子。真以为老师说什么是什么吗?

马小珍觉得惟肖和惟妙都说得有理,也不知该听谁的。心思一乱,学习起来便懈怠很多。

有一天,马小珍在商场购物,下楼梯时,不慎崴脚。打电话给惟妙,要惟妙陪她去医院。惟妙却告诉她自己有课,绝不可能扔下学生去陪她。让她自己想办法。马小珍便挂了电话。

上完课回家,惟妙说起此事,禾呈老婆骂道,你那个课有什么好上头。她又不是让你陪她逛街,是上医院! 惟妙说,她只是崴了脚,又不是严重的病。上课是我的工作,我不能不讲职业操守。临时脱课,算是事故。禾呈老婆说,你以为你那些学生真想听你那狗屁课?你请假走了,他们恐怕还巴不得哩。惟妙说,他们想不想上是他们的事。但我必须讲,这是我的事。

禾呈一向怕老婆,当时没说话。待老婆一离开,便忙对惟妙说,别听你妈的。她大学白上了,说话比白丁都不如。你做得对。怎么可以不上课去陪女朋友呢? 学生浅薄,但老师却不能去配合。做好自己的事,是最重要的。惟妙说,我知道。

这时候的马小珍却正和惟肖坐在酒吧里聊天。她去商场其实是想买条领带送给惟妙。答谢复习指导是次,心里有小算盘是主:就算考不上,嫁给惟妙,至少留在城里生活要轻松得多。运气好在大学里找份工作也有可能,学校总归要照顾家属。但电话打后,惟妙却不来。马小珍倒也坦然,另一个电话便打给了惟肖。一听她受了伤,惟肖立即说你等着,我半小时内到。放下电话,立马就开车过去。送了马小珍到医院敷药,见时间还早,两人便坐到酒吧聊上了。领带也就转手送给了惟肖。这些,禾呈夫妇和惟妙都不知道。再去惟妙那里复习,马小珍没说什么,而惟妙也没有问,就好像马小珍根本没有崴脚一样。

马小珍的研究生到底没考上。但她一点也不心慌。她坐着惟肖的车到了禾呈家里,坦然地告诉他们自己落败的消息。禾呈和他的老婆正想安慰她一番,不料惟肖却突然开口,说我和小珍准备去拿结婚证。

一句话,惊得禾呈的眼镜险些砸到脚背,而禾呈老婆一嘴的假牙也几乎落到地上。他们半天没说出话来。惟肖说,我们现在已经住在一起,我答应了小珍尽快结婚。

禾呈老婆这时候才顿悟:原来说给惟妙当老婆的马小珍,现在改兄易弟,变成了惟肖的老婆。禾呈老婆说,那那那……你以前的女朋友呢?惟肖说,掰了呀。她一个当出纳的,初中毕业,没文化,跟我实在没有共同语言。禾呈有点奇怪了,说你有文化?

禾呈老婆对马小珍弃兄选弟之举颇是不满,可又不好当面指责。到底上过大学,又是教授夫人,修养还是要有。一口气便只有撒在儿子头上,禾呈老婆说,你有文化怎么可以做这样的事?女朋友谈了几年,说吹就吹,这岂不是玩弄人家姑娘? 惟肖说,这都什么时代了呀! 结了婚还可以离,何况现在还没结婚哩。马小珍一边帮腔说,说这种话才真没文化。历史上抛妻弃子的尽是有文化的人哩。何况我们两个,一个未娶,一个未嫁,怎么着比他们还强吧。爸爸妈妈,你们就同意吧。

禾呈两口子一时哑口。何况马小珍这一声爸爸妈妈,喊得他们也不好说什么。是儿子选老婆,又不归他选媳妇。惟肖说,你们总嫌我没文化,现在我找一个本科生当老婆,要说也是进步呀。

禾呈还想问,那你怎么面对你哥哥呢? 话还没说出口,被老婆扯着衣袖到了卧室。禾呈老婆说,肥水不流外人田,惟妙那里我来说。小珍这姑娘,好歹也上过大学,到底比惟肖原先那个强。以后有了孩子,智商也会高一点。禾呈想想也是,便也不再多说。

惟妙回来时,家里已经是一派喜气洋洋。他还没弄清怎么回事,便被禾呈拉到了书房。禾呈期期艾艾把惟肖要和马小珍结婚的话说出口时,头上竟冒出一层汗。惟妙听罢,淡然一笑,没有半点不悦。惟妙说,没关系呀,跟他去好了。我不会在乎的。大丈夫何患无妻。何况这事本来也不是我的主意,是马教授乱点的鸳鸯谱。我对他家马小珍兴趣也不大哩。禾呈这才松下一口大气,忙打电话告知马教授这个喜讯。

马教授电话里什么都没有说,带着老婆直接冲到禾呈家来。马教授当着惟肖的面对马小珍说,你脑袋灌浆了? 你一个大学本科生,怎么还要找个没文凭的司机?这种人满大街都是,何苦让你爸妈求我来帮你?好容易挑到惟妙,博士毕业又是大学老师不说,人稳重,学问又好,生个孩子将来智商都会高。你凭什么看不上?马小珍说,博士又怎么样?博士强在哪里?他们两个长得差不多,一个是书呆子,穷得跟爹妈住在一起。一个有钱又好玩儿,我为什么不选择这个?再说了,博士智商高情商低,不解风情,除了能满足虚荣心,但其他的一概都满足不了。到头来,虚荣心不也都没了?

惟肖一旁冷笑了,说不就是个文凭吗?这东西就那么了不得?我是不想要,想要的话,十个八个都不缺。

马教授被他们俩顶得一句话说不出来,而禾呈的眼镜却终于还是被惟肖所说惊得落下来砸到了脚背。禾呈乃本科毕业,博士这文凭何其神圣,那是他想都不敢想的东西。

夜晚,躺在床上,禾呈和老婆两人议论此事。禾呈老婆虽然一向偏爱惟肖,倒也觉得这事有点不可思议。她叹息道,女人还是虚荣,小珍要的是实惠。禾呈则说,一点小聪明,就只会图眼前。现在惟妙比惟肖钱少,将来呢?禾呈老婆多少还是偏心惟肖,说将来怎么了?将来惟肖也不会比惟妙差。禾呈说,咄!

四、我愿意帮她这个忙

惟肖到底还是比惟妙先结婚,因为马小珍很快就怀孕了。未婚先孕,禾呈和他老婆都没说什么,当年他们也是如此。私底下两人竟是十分的开心,马上要当爷爷奶奶,那种兴奋,比之做父亲母亲来得更猛。禾呈老婆说,如果也是双胞胎怎么办?这回该叫南辕北辙了。禾呈说,按你原先起的,叫有钱有势吧。禾呈老婆笑了起来,去你的!老两口儿不苟言笑地过了大半辈子,到这时候,竟然开始相互打起趣来。禾呈蓦然有一种幸福感,觉得这感受年轻时反而从未有过。

惟肖把房子重新装修了一遍。婚前特意开车接爹妈和惟妙前去参观。途中表姐雪青的秘书打来电话,说董事长也会前去,她要亲自陪她的表弟看新房。

禾呈夫妇先到,惟肖没让他们先上楼,说是等董事长来了一起上去。惟肖已经不喊表姐雪青叫姑了,而是像所有员工一样,只喊董事长。随表姐雪青的车一起到来的还有另外两辆,一辆开道,一辆殿后。她的车一停,前后两辆车下来几个跟班,清一色的黑西服,鞍前马后地伺候她的出场。

表姐雪青头发业已全白,她不再染黑,而是漂得更白。她的衣着明亮典雅,脖子上系着一条丝巾,衬着一头白发,反而更有气度,更加俏丽。见到禾呈夫妇,满面笑容,倒比以前越发亲热。一个跟班说,我好感动呀,董事长这样高贵的人对自己的穷亲戚一点架子都没有。说得禾呈老婆一脸的不悦,心想她算什么!她有资格在我们面前摆架子?想完便说,是呀,我们家的人都是这样。我先生是大学教授,看到商人,也都是不会摆架子的。说得那个跟班一脸茫然,不知这两个寒碜的老家伙是何方神圣。

电梯的门开着,早有跟班抢在一行人到来之前,呼来电梯,守候在此。一跟班拦着别人,请表姐雪青先上。禾呈也心生厌恶,觉得这些下人颇是犯贱。电梯上升时,禾呈老婆忍不住说,怎么有这么多拍马屁的。这话说到了禾呈的心里。表姐雪青莞尔一笑,说别介意,企业是这样。等级森严,为的是便于管理。这些服务也都是他们的工作。一番话,倒说得禾呈暗生惭愧。

惟肖的房子经过精致装修,自是与禾呈家不同。吊灯壁纸窗帘还有卫生设备,无处不散发着温馨气息。禾呈老婆不由得叹道,难怪小珍要找惟肖,换了我,也会这样选择呀。禾呈对她这番议论十分不满,说你们女人,就是讲虚荣,图实惠。

表姐雪青知道马小珍择偶的来龙去脉。于是说,话还真不能这么说。按世俗的眼光,小珍应该选惟妙,他是博士毕业的大学老师,文凭高又有地位,而惟肖不过早先当司机现在卖房子,并且连本科文凭都没有。但马小珍却选择了惟肖。这是为什么?这是因为惟肖虽没文凭,但却有钱。在今天这个社会,文凭和钱摆在一起,孰轻孰重,各人自知。

禾呈说,嗯,文凭不值钱了。表姐雪青说,错。文凭是金招牌,它很重要,但它换不来钱。而钱却可以买来一切,包括这个金招牌。禾呈说,拿博士靠的是学问,要做论文,要答辩,要过导师的这一关哩。表姐雪青笑得哈哈响,与她一身的优雅不太匹配。她说,从小到大我都说你跟不上时代,到老了,你还是这样。禾呈老婆说,你确定不是在说笑话?博士也能用钱买到?大学校长不怕下台呀。表姐雪青笑了笑,说我这把年龄,博士我倒是不屑于了。

在一干人的称赞和羡慕中,房子参观完了。表姐雪青得先走,她还要去工商联开会。走前说,当个工商联副主席,平白要开许多会。今天的会,副省长亲自点名要我参加,真是没办法呀。禾呈和他老婆,便是呀是呀地点着头送她到电梯门口。

电梯门刚关,一个跟班又说,董事长这么忙还亲自陪你们看新房,这得是多大的荣幸呀。禾呈老婆终于忍不住了,大声说了一句,放屁!我让她在我面前显摆,已经给她天大的面子了。吼得那跟班脸色煞白。禾呈说,你这又是何必。

回家还是惟肖开车,一路上禾呈老婆都不高兴。惟肖说,妈你别这样,表姑这个人,就是这毛病,喜欢在亲戚面前炫耀,你又不是不知道。再说了,公司做得这么大,她也有资本呀。禾呈老婆说,耍威风也别在我们面前耍呀,又不是没见过她过去什么样子。你看看她那些跟班说了些什么话。就算这是企业的习惯,可马屁话说到这份儿上是不是也无耻了?而且怎么可以不顾及我们的自尊呢?真是没文化的一帮东西!惟肖说,妈,这就是你不懂了,我们这叫企业文化。企业文化最大的目的就是消灭你的自尊,让你除了顺从就是顺从。禾呈老婆说,这也叫文化?这叫奴隶制。禾呈老婆离开专业无数年了,这一刻突然想起了她早年学过的概念。

从踏进新房就没怎么说话的惟妙这时候开了口,他说:无知者无畏,无畏者无识,无识者无信,无信者无德。

惟妙出言凶狠,二十个字比禾呈老婆啰唆一百句都狠得多。换了平常,惟肖非大声武气与惟妙论战一场不可。但这回,他忍了。他以很大度的方式做了退让。因他觉得自己到底亏欠了惟妙,惟妙有气也是应该,自己少说几句权当是弥补。有了这念头,惟肖决定无论惟妙怎么说,他都不还击。实力不是靠嘴巴,是看真家伙。看你住什么屋,拿多少钱,用什么车。惟肖觉得他即使不说,跟惟妙比,他哪头都是赢家。既是赢家,又何必跟输家计较?惟肖心想,他们除了有文凭,什么都没有;而他自己,除了少张文凭,却什么都有。文凭这东西,却不过一张薄纸而已。惟肖有满心的优越感垫底,所以惟妙的话根本不影响他的心情。

而惟妙却也根本不会介意惟肖的心情若何。他满脑子只有自己的想法。惟妙说,企业就是企业,文化就是文化。没文化才会扯出个什么企业文化。几个二百五凑在一起,胡编点东西,蒙那些啥也不懂的官员和老百姓,说这是企业文化。企业屁话差不多! 训练出一帮奴才和马屁精,比没文化还不如。

禾呈没有插言,但他心里却是完全站在惟妙一边。他也觉得企业文化这东西基本上是一个笑话。这东西就是表姐雪青这类文化半桶水瞎编出来的。禾呈一向所受教育是看不起商人。商人重利轻义,商人薄情寡义,商人唯利是图,商人利益心重,如此等等,他在书里读得太多了。并非说凡商人本性皆如此,而是他们所做的商事使他们只能如此。既然这样,他们在书里被诅咒和蔑视,也就是活该了。赚大钱而失名声,可谓得失相抵,好歹都得自己扛。禾呈一向这样理解那些自认为活得风生水起的企业家。何况,所谓企业家这些人,就是他所知根知底的表姐雪青们。文化是什么? 他们哪里明白。

禾呈心里已经准备好了,如果惟肖反击惟妙,他就站出来支持惟妙。就算老婆反过来又维护惟肖,他也要坚定地帮惟妙理论。因这问题已触及他历史观的底线:设若企业文化用来培养奴才,要它做甚?

然而惟肖却不作声,一边开车一边倒自得其乐地吹起口哨。这架势令禾呈和禾呈老婆面面相觑,不知他心里有什么更厉害的底牌。

其实什么都没有，惟肖把他们送到家，继续吹着他的口哨又开车回家去了。望着小车后的尘土飞扬，他们三人都强烈地感觉到惟肖对他们的不屑。

惟肖和马小珍结婚没多久，惟妙也结了婚。女朋友还是马教授介绍的，长得颇有几分姿色。马教授深深觉得在马小珍一事上对不起惟妙，几次发誓，一定要帮惟妙介绍一个更好的女孩。结果他老婆当年下乡时所居农家房东的女儿即将大学毕业，不想回老家，托了马教授看看能不能在大学找个对象，以方便留城。马教授见过女孩，觉得她长得不错，便立即将惟妙隆重推出。对方一听就同意了。虽然惟妙比女孩子大了近十岁，但女方一心想留城，并且渴望在城里有一份安定生活，也就不介意这个。

马教授倒也如实说了女孩心思，禾呈和他的老婆颇有点不情愿，觉得女孩目的太清楚，这样的结果一定不会太好。

但惟妙却同意了。惟妙说，能踏踏实实生活就行，何必介意她有无目的？禾呈老婆说，她找你不过是为了在城里找个下家落脚哩。禾呈也说，是呀，她的目的是为了改变自己的命运。跟你我这种安心过平常日子的想法会不一样。惟妙说，这有什么不好？他们这类人，一生下来就知道自己的使命，那就是改变自己的穷苦命运。所以他们一直负重而行。我们呢，一生下来就觉得自己过得还行，所以就很愿意一直还行的活着。如果能提升，自然好，如果提升不了，也无所谓。这就是我们和他们的差别。这样的人，未见得不珍惜自己的生活。再说了，历史是靠他们这些人强烈的使命感来推动的，而社会却是靠我们这些人平淡的无所谓来稳定的。我愿意帮她这个忙。

禾呈听惟妙这番话，有些目瞪口呆。马教授却一拍大腿说，有理有理。历史就是在一代一代穷人的奋斗和推动中前进的，你们就算帮助历史吧。

禾呈回味一下，觉得惟妙的话不太对味，却又驳不出来，便说，你如果这样想，我也没得说。婚姻像是小裤衩，贴身不贴身，只你自己说了算。禾呈老婆却哭笑不得，找个媳妇，儿子说当是帮忙，两个教授，一个说是帮助历史，另一个说是小裤衩。她表态都不知道如何去表，只好咬着牙说，听来听去，都是些疯话。我懒得管你们了。

就这样，从见面到认识，大约不到半年，女孩也怀孕了。禾呈与他老婆又一次面面相觑。夜晚躺在床上，禾呈老婆突然说，俩小子还都像你。禾呈说，我正想说俩媳妇都像你哩。说完，两人竟都笑起来，情不自禁回忆当年。回忆中，似

117

乎身心也回到那时，又情不自禁小小亲热了一番。老夫老妻，这样的事已经很少见了。

惟妙很快就结了婚。禾呈和他老婆对这个新媳妇也算满意，虽然觉得她来者不善，但来了之后，各处表现倒也大善。特别惟妙对她的热情，竟远超过以前对马小珍的。禾呈老婆见到马教授便嘀咕说，缘分这事，真是说不清楚。

惟妙婚后便搬出家，他也分到了一室一厅。于是独立门户，过起了自己的小日子。

五、她要的也是你想要的？

和平时期，校园经常是波澜不惊的。学生流水一样来了又去，变无止境。可在上课老师的眼里，这却是永远固定的风景：大体相似的面孔和几乎一致的神情，年轻，率真，还有点稚气。惟妙以不变应万变，每一学期都按照他的排课表，定时出现在讲台。无论学生听与不听，他都永远从容而耐心地讲述那些自己早已滚瓜烂熟的历史，仿佛定格，不觉时光之流逝。

但是每天早晚出门散步的禾呈，却清晰地看到日子一天天在改变。校内的旧校舍开始拆除，建筑工地如雨后春笋。新的教学楼日渐气派和豪华。校领导已不再骑自行车，走在路上与校长偶遇的事亦不会再有。他们的小汽车在校区和员工宿舍来来回回地穿梭。房子一律改革成自家的。教授们的钱也明显多了起来。尤其能接科研项目的理工科教授和眼下时髦的经济金融教授，一个个吹气似的变得肥胖肥胖。太阳下满脸油光，倒让历史系瘦骨嶙峋的一干人马，与之相撞，多少显出些萧瑟。最让禾呈觉得时间如飞的是他当了爷爷。有了一个孙男一个孙女。两个小东西一年一变样，仿佛眨眼之间，便已满地乱跑。

表姐雪青但凡年节，还会过来小坐。毕竟两人自小一起长大，更兼表姐雪青集荣华富贵于一身，也需有亲人欣赏和羡慕。禾呈便是最好的人选。他总是安静地听讲，间或引用历史上某某某如何了。他的搭话不过是表姐雪青高谈阔论的花边。禾呈老婆每逢她离开后，都要牢骚一通，说她是特意来炫给咱们看的。禾呈此时多不接话，因为无论表姐雪青来的目的为何，见她依然与自己亲近，心里还是十分高兴。上了年纪，所有的话都是废话。聊东或聊西，聊名或聊利，不过是给时间填空。所以，姑妄炫之和姑且听之两者之间是等号。如此而已。

与学校的变化相比，雪青的公司更是一日千里。用这样凶猛的词汇形容都觉得不足以尽兴。在禾呈尚不知房地产这一概念时,雪青的贸易公司就改做了房地产;在他刚弄清怎么回事时,雪青的公司又已上市。为这"上市"二字,禾呈询问了许久,把表姐雪青都问得不耐烦了,说算我知道你是个书呆子,不然还以为你在审讯我。

上市后的表姐雪青,据说钱多到她自己已然不知有多少钱的地步。她有阔气的办公大楼,有数不清的汽车,有豪华的别墅。她已涉足各行业,无论南方或是北方,都有她的分公司。她在全世界到处谈判,跟那些著名得令禾呈觉得与自己相距十万八千里的世界名流一起喝咖啡以及饮酒。电视里也常有她的身影,领导或名人都朝她满脸堆笑。而表姐雪青举手投足之间,无一不显示出高贵得体以及心满意足。

禾呈始终不明白表姐雪青怎么就能赚到这么多钱。有一次当着面问她,说我就是不明白,你既非权贵,又非家族遗产,怎么能在这么短时间赚到这么多钱呢?表姐雪青说,跟你这书呆子说不清,这叫市场经济。禾呈更不解,说市场经济就可以空手赚钱?表姐雪青说,当然也得要本事。惟妙一边插嘴说,这时代,哪要什么本事,跟领导关系好,他老人家一拍大腿说,行。你就可以赚到钱了。表姐雪青笑了,说能让领导拍大腿,难道不是本事? 禾呈说,这叫什么本事?!

表姐雪青还是笑,说我跟你们这种人还真是说不清。你就记住毛主席的一句话,与人斗,其乐无穷。我就是与人斗,斗赢了,就有了今天。禾呈听得更是一头雾水,心想你一个弱女子,怎么跟人斗? 难不成你还打架? 问惟妙,惟妙也听得糊涂,说表姑的话玄机太深,我参不透。

等惟肖回家时,又问惟肖关于与人斗的玄机,惟肖大大咧咧地说,连这都不明白? 把那帮人搞定,什么事做不成? 禾呈说,哪帮人? 惟肖说,有权的呗。你只要想搞定,就都能搞得定。禾呈说,搞定了呢? 惟肖说,给你政策呀,给你土地呀,给你一系列好处,你不就赚钱了? 讲老实话,这几年我们做房地产,卖房子像卖豆腐,每天都有几百上千万进账,让我觉得钱就跟草纸似的,太不值钱了。

禾呈还是有困惑,说所谓搞定,是指什么? 惟肖压低嗓音,说简单。请他们吃饭喝酒,送礼、出国、送女人,还有塞钱。禾呈大惊,说这像什么话? 这哪是社会主义,这岂不是黑社会吗?你表姑怎么可以这么做?惟肖不屑道,爸你也别大惊小怪,都是这么干的。你以为就只表姑一家?你还教历史哩,历史上这样的事少吗? 禾呈说,这么做,是要杀头的。惟肖说,谁杀? 杀谁? 连这都杀,那满街都是没头的人。说罢自己觉得很形象,竟哈哈大笑起来。

禾呈这天的夜晚没有睡好觉。他的心一直咚咚咚地跳。他十分不安,担心他的表姐哪天出大事,又担心跟她做事的惟肖受到连累。次日跟惟妙说到这事,惟妙说,爸你这真正是杞人忧天。看看表姑,她经过多少风浪?哪次不是比别人活得更好?这世界就是为表姑这种人准备的。正人君子都是悲剧人物。你就好好养你的老吧。

惟妙说的是大实话。从小到大,禾呈屡次为表姐雪青担心,没有一次担对了。这世界就仿佛一塘水,而表姐雪青就是那里最自如的鱼。

有一天,校长给他打来电话。禾呈吓了一大跳。他自进入这所大学起,就从没跟任何校长有过直接联系。在此教了一辈子书,也从未被校长注意过一分钟。现在校长居然亲自给他打来电话。禾呈接听电话的声音都有些发抖。他心里首先想到的是:自己哪里出了问题?

校长说,学校今晚有一个重要宴请,想邀请您和您的夫人参加。禾呈更是吃惊,说邀请我?还有我老婆?校长说,是的。学校要接待一位重要贵宾。贵宾点名希望你们能前去作陪。禾呈觉得一定有某个人在暗中开他的玩笑,脱口道,不会吧?我不认识什么贵宾呀?校长说,请您一定不要拒绝,晚上六点有车过来接您二老。

校长挂了电话好半天,禾呈还拿着话筒发怔。放下电话后,来来回回在家踱步,嘴上叨叨自语。他想不透这是怎么一回事。

禾呈老婆问清缘故,说瞧你这出息,不就是吃顿饭吗?吃就吃,何苦紧张成这样。禾呈说,我不是紧张,我只是不明白,是什么贵宾会非要我们作陪呢?

禾呈和老婆最先想到的是他们的大学同学。但这代人一直在运动中打滚,好容易运动结束,可年龄也到了尾声。所以他们中运气好的并不多。当官的少,做生意的更少,就连专家也没几个。两个人坐在沙发上掰着指头一个一个算。数了一下午,都觉得不像。最后禾呈老婆说,管他娘的什么贵宾!吃就吃,不吃白不吃。今晚我不做饭!禾呈老婆这么豪气地一宣布,禾呈倒也心定了,心想,也是。吃了再说。

禾呈被老婆用西装革履打扮起来,禾呈老婆虽然老了,但也把自己的当家旗袍找出来套在身上。两人出门时,互为镜子。老婆说,你衣服大了,好像人往回长似的。禾呈说,你旗袍紧了,老都老了,还长这么胖。虽是嘲笑对方,却也都有一种满心欢喜之情。毕竟是去吃宴请,毕竟还有人记着他们。

接禾呈夫妇的车准点抵达,上车一路,两人都还怀有喜悦。但见到贵宾,却齐齐地咧开了嘴。

禾呈的吃惊程度恰似有人告诉他你父亲回来了。而禾呈的父亲若还活着，至少已满一百岁。禾呈的老婆更是如此，脸色当场就挂不住。因为他们见到的贵宾不是别人，正是经常去他家炫耀自己的表姐雪青。

表姐雪青浓妆艳抹，看上去不像老人，倒有风姿绰约之态。见到他俩，异常不过地表达着热情。表姐雪青说，今天学校请我当特聘教授兼博士生导师。校长还要亲自为我发聘书。这样的喜事，必须至亲的人一同分享。所以我要校长务必请到你们两人。

禾呈更加吃惊，说博导？你当博导？你能当个什么博导？表姐雪青说，学校再三邀请，我也不能过于推辞。校长一边也忙说，是呀是呀，经管学院能请到雪青女士，真是学校的荣幸。表姐雪青便莞尔一笑，说这也是我的荣幸哩。以我多年从事经济管理的经验，的确可以指导学生们将来少走弯路。禾呈老婆有些冷冷地说，他们不走弯路，但会走斜路。

这话校长和表姐雪青都没听见，他们已谈笑风生地跟别的来宾握手寒暄去了。这顿晚宴，据说专门请了五星酒店的大厨过来掌勺，菜肴丰盛得禾呈这辈子没有见过。但坐在席间的禾呈却味同嚼蜡。校领导们和表姐雪青来来去去地敬酒，相互恭维着对方，语言甜腻到肉麻。细心的表姐雪青偶尔也会兼及禾呈夫妇，且轻拍着禾呈的肩说，你要放松一点，社交场所，不必这么拘谨。

禾呈淡淡地应付着，于这一桌人，他像个局外人。他也不是不放松，只是不知道自己要去跟这些人说什么。他心里的话是不能在这里说出来的。况且，他心里也确有满心的不舒服。他不明白，为什么表姐雪青什么都想要，而且什么都能要到。你赚到大钱了，你享受荣华富贵了，你成为权贵名流了，你在这城里呼风唤雨了，这些也罢，你怎么连属于他禾呈这种书生的教授位置也不放过呢？博导是什么角色？他需要什么文凭和水平？他得有怎样的科研成就？你雪青一个高中生，无非钻体制的空子赚了大钱，你怎么就可以跻身博导的队列呢？

而禾呈攻读多年，刻苦地做了多少学问，做到退休都还没有博导资格，甚至教授职称还是老婆以死要挟才得到，眼下，他的连大学校门都没进过的表姐雪青却轻易就博导了。

这天的夜晚，禾呈没有睡着，这种睡不着的缘由他找不到。躺在床上，心里似乎乱七八糟，无数念头窜来窜去，像飞蚊一样飞舞无绪，却一只也抓不着。类似状况，似乎只在"文革"期间有过。禾呈一向是随遇而安者。如果有世道的拳头朝他伸去,他所做的只是退缩,拳头伸多远,他便退多远,一直退到他认为拳头够不着的地方。他的幸运在于退到了墙角,拳头就果然没有再挥过来。这样,他便安然地待在这个角落里。平静地看书,间或做做学问。那样的时候,倒也并非学问还需要他,而是他需要学问。把自己从茫然失措中解脱出来的最好办法,就是走进魏晋的历史。去东林寺跟和尚慧远谈谈轮回,或到金鸡峰找道士陆静修探究简寂,再或寻得陶渊明乡下,听他吟诗以及被他叱一声:我醉欲眠君且去。禾呈都是用这样的方式,让自己得以静心。倘有一晚他睡不着,这件事就应该有点大了。

夜半三更,月明星稀,禾呈想得最多也最不解的就是:为什么他这辈子踏踏实实做学问,认认真真教学生,却从未得到过尊重。而表姐雪青既无文凭,又不学无术,全靠交际,却能如鱼得水。甚至还被学校高薪聘请为博导。她要风得风,要雨得雨。先前还觉得她就算有钱又算什么?她永远都没有教授学者得人尊重。现在却在突然之间发现,人们,甚至校长尊重的人都是她,轻视的却是自以为有崇高地位的自己。自己学富五车,有本事仿佛没本事一样,雪青八面玲珑,却成了最有本事的人。莫非真的三十年河东三十年河西? 斗转星移,沧海桑田?

禾呈的老婆自然也是相当的愤怒。回家来便直截了当地骂了半天娘,生生是一口气硬咽不下去。嘴里反复叨着,凭什么? 这老妖精凭什么? 但咽不下也得咽,她不过一个退了休且无人搭理的白发老太太。这一晚,禾呈的老婆也没有睡好。早起一看禾呈的脸色,发现受伤更重的原来是禾呈。禾呈一生看重什么,何处最为脆弱,她了然于心。禾呈看重的,也是她所看重,而禾呈脆弱的,却不是她的软肋。她不由得对禾呈多出几分担心,立马打电话叫惟妙回来一趟。

惟妙赶回家里,获悉此事根由,便用平淡的口气对禾呈说,这世上有无数诱人的东西摆在那里,有人要这,有人要那。难道表姑所要也是爸爸的所要?

禾呈心里轰了一下,胸中块垒,瞬间破碎。他想,就是了。他这辈子跟表姐雪青所要的东西都不曾一样。到老没跟她同道,难道还想不开?想罢有点惭愧。心道自己其实也并非嫉妒表姐雪青,只是有些悲凉这世道。如此而已。

惟妙不知禾呈心事,继续说,连表姑都想要的东西,爸爸应该不屑才是。遁世无闷,不见是而无闷。爸爸我印象你是这种人。禾呈便释然,说你妈当回事了,其实没什么事。过眼烟云,不足谈不足谈。

禾呈又复归淡然。毕竟郁闷牢骚烦恼诸如此类,于他都没有意义。表姐雪青所得这些,其愉悦程度,也抵不过看孙子捣蛋陪孙女撒娇。

表姐雪青却在三天后来到禾呈家。她坐的是经管学院院长的小车。她自己的车空着,跟在那小车之后。经管学院院长当着禾呈的面,哈腰点头地跟她握手别去,留下表姐雪青在这里走亲戚。

此刻的禾呈家里,正坐着马教授。

马教授是来发脾气的。中文系一青年教授,几乎每节课都要爆粗口。其粗口直指生殖器。马教授得知此况,便去院长处投诉。马教授说,怎么能在课堂上爆粗口呢?一个大学教授,还讲不讲文明?叫下面坐着的女学生怎么听讲?院长非但不重视,反倒劝他说,算啦,这年代都这样。电影明星电视台主持人不论男女,大多也说下流话,报纸标题都带脏字哩。这是他们的个性。马教授不服,当面去指正那位青年教授,青年教授满脸带笑,说我们不就是活在一个肮脏的时代吗?加我一个,也干净不了。让它脏透了,或许会有人想起来打扫。

马教授对禾呈说,这这这,这都是些什么话?禾呈说,我也不明白呀。

两人正说时,表姐雪青娉婷而来。禾呈忙介绍马教授与之相识。马教授面带怒气,握手时也没有缓冲。表姐雪青便笑道,我来了马教授不高兴?

禾呈忙说,不不不。然后把马教授先前一番话说给表姐雪青听。马教授不等表姐雪青开口,便又继续自己刚才的话题。马教授说,这叫什么个性?要个性的话回家要呀,对老婆对朋友都可以,怎么能在课堂上要个性?要要你也要得雅一点呀艺术一点呀有智商含量对不对?要得这么粗痞,跟街骂有什么差别?算什么大学教授?

马教授一通激辩,倒让表姐雪青在一边朗声笑起,笑完说,你们这些教授呀,一辈子都不肯变。这世道是变化的,你们怎么总也不明白呢?马教授毫不示弱,回辩道,看朝哪方面变。如果是朝毁灭方向去变呢?

表姐雪青抬手到胸前,做十分之优雅态说,实事求是地讲,这世界还真是朝着毁灭方向在变。但毁灭的过程很长呀,现在离毁灭的底部远着哩。等落到底了,你我的骨头都打鼓了,毁不毁灭跟你有什么关系呢?如果这个毁灭在中途减了速呢?那时怕连你所有亲人都已出了五服,你们何苦替那些不相干的人操心?一个时代有一个时代的定数,一代人有一代人的宿命。时代和人,他们彼此相互欣赏,不就够了?我们都老了,一边看看就行啦。不用管他们的事,更不用跟他们生气。像马教授所说那位爆粗口的年轻教授,很可能他的学生特别愿意听他爆粗口哩。他们会觉得男人脱口而出说脏话是性感的象征。换一个文雅而不爆粗的,没准他们根本不想听讲。为什么呢?他们是一个时代的人,并且他们都是同类。

禾呈和马教授一时间都听傻了。马教授说，这这这……他这了半天没这出后面的话来。便转头对禾呈说，这就是经管学院新聘的博导？学校真是疯了！说罢，也没对表姐雪青打声招呼，便调头而去。

禾呈有些不好意思，忙对表姐雪青说，他就是这样的个性。表姐雪青依然一脸笑容，说老派教授的个性是耍傲慢，新派教授的个性是爆粗口。叫我看，文明程度也是旗鼓相当呀。

禾呈的老婆听清了表姐雪青的每一个字。她这回才明白，这位她一直看不上眼的表姐原来眼光很毒，看事情看得是这样通透。而禾呈和马教授这些读书读僵化的老东西早已过时，实在不配评价这时代这社会如何如何。她心里高兴起来，忙不迭地起身为表姐雪青续茶。她的脸上洋溢起热情，这是表姐雪青很少见的表情。表姐雪青说，弟妹想必会赞同我的说法。因为弟妹没有读这么多的死书。禾呈老婆说是是是，我觉得你说得非常对。

禾呈的老婆主动留下表姐雪青吃饭。表姐雪青又让她的司机去酒店买了几份精致的大菜，有鲍鱼和雪花牛肉什么的。笑着说都是亲戚，别介意我叫菜，主要是怕弟妹累着了。禾呈自小听由她指挥惯了，自然也懒得在乎，吃就是了。这天的菜比那晚学校的宴请好吃得太多。禾呈觉得，他是真的把曾经困扰他一夜睡不着觉的事放下了。

像年轻时一样，走之前，表姐雪青又给禾呈以赠言。她说，你没有拿到博导，是你人太老实。而这个时代根本不是让老实人好好活下去的时代。所以，人不能跟时代拧着干，要跟它合作，要顺着它的水流走。它在弯曲，你却偏走直线，这怎么能走顺？你可能不赞同我的说法。当然，时代可能改变不了你，但它能淘汰你贱看你无视你。就这么简单。你要跟惟妙说，他不能像你这样过一辈子。

禾呈和他老婆都觉得表姐雪青的话诚恳在理，果然在惟妙回家时，把这番话转述给他。惟妙冷笑了一声，反问道，你这样的一辈子有什么不好？表姑这辈子又好在了哪里？钱多？还是那句话，你想要的和表姑想要的，是一样的东西吗？

六、惟妙离婚了

惟肖在家里一听到这些玄机重重的话就烦躁。心道读了几本书，总是炫自己深奥，算个什么。还不如表姑炫名牌和钱财哩。

表姐雪青已毫无疑问地成为省里最赫赫有名的大老板。惟肖是表姐雪青的亲信,靠一张嘴,倒也把他的销售经理做得风生水起,几年下来,又被提拔成公司执行总裁。他的工资以年薪而计。算下来一个月拿到的钱比他爹妈以及哥哥三个人一年的薪水总和还要多。他除了那套曾经被禾呈夫妇盛赞不已的房子外,又在湖边买了别墅。那里推窗即能见辽阔湖面,空气干净得仿佛天天被水冲洗。最要紧的是那别墅装了水暖。冬天时节,别人冻得打寒战,他那里亦温暖如春。置放在屋里的植物,绿茵茵的,永远以春天的姿态生长。

惟肖也算是孝子,寒风一起,便将爹妈接来别墅过冬。惟肖自小就被惟妙瞧不起。非但惟妙,还有父母和邻居。因为无论惟肖怎么用功学习,总也敌不过惟妙。他后来懒得读书,相当程度就是自己用了心费了劲,仍然挨骂,便索性破罐子破摔。一个高中都是混过去的。考大学第一天,走到考场门口,突然说准考证丢了,于是从头到尾就没有去考。禾呈和他老婆后来获知惟肖把准考证撕碎丢进马桶里冲掉了,气得发抖。其实冲不冲准考证对于惟肖没有意义。他心知自己横直都考不上,便懒得去考场装一番模样。他心想,不上大学就不能活了?现在,他不光活下来了,而且活得很好。甚至比家里那些上过大学的人活得更好。他有钱有房有车,手下还有马仔,门里门外都得人尊敬。他觉得自己现在完全可以在惟妙面前扬眉吐气。出于如此心理,惟肖便也经常豪气地说,惟妙,天冷的时候,你一家就住到我这儿来吧。整个二楼都给你们住。反正我们全家都会出国度假,也不会吵你做学问。

惟妙多是笑笑地应酬,却是一次都没去。他不想这样被施舍,尤其是被惟肖施舍。小的时候,他一直都是惟肖的榜样,惟肖在他的面前,除了自卑还是自卑。因为惟肖的成绩永远都敌不过他。现在,他已是大学教授,自认为社会地位高出惟肖一头,他怎能让惟肖看低?惟肖比他多的不过是钱而已。任何一个朝代,商人都比读书人有钱,但他们永远也敌不过读书人在这世上被尊敬的程度。正是有这份尊敬,惟妙面对惟肖的慷慨大方以及挥金如土时,还能保持着清高和自信。

惟肖知道惟妙这点小小的自尊,他对这些虚头巴脑的东西向来无所谓。他只要自己过得自在,根本不介意惟妙怎么看。

惟妙没有料到的是,随着时间推进,惟肖的气派越来越大。他非但经常接父母去住别墅,还常带他们住高级会所,更要命的是他出去度假也开始邀请父母了。初始还只是冬去海南夏去青岛,偶尔转到东南亚香港消遣一番。再后来,他们竟开始游走欧洲，飞印度逛埃及玩土耳其。

惟肖每次都热情地邀请全家人同行。禾呈和他老婆，最早还懒得跟他走。后来到地中海坐了一趟游轮，天天跟洋人搅在一起闲逛以及在甲板上晒太阳，方觉得人生原来可以这么洒脱美好地过。于是便配合惟肖的邀请，跟着他到处旅行。他们在国外拍的照片，惟妙自然也看到。他心里痒痒的，却又放不下架子。终于有一次寒假，惟肖要去非洲肯尼亚野生动物园玩儿。他又一次大张旗鼓地邀请全家同行，惟妙心里在活动，嘴上却仍然吞吞吐吐地找些不着调的理由。

惟肖烦了，说你别扯这些不靠谱的由头。你以为我愿意多花钱吗？我还不是想让爸妈开心？一家人在一起，乐乐呵呵，他们多有幸福感呀。每次留你一个人在家，爸妈一路都不爽，嘴上老是唠叨，说要是惟妙一家来了该多好呀。

禾呈和老婆听惟肖如此说，感动得老泪都差点流了出来。禾呈老婆对禾呈说，看我儿子看我儿子！跟爹妈多贴心呀！你以为做人就光看他会不会读书？

这一回家里的读书臭屁派显然胜过了读书永乐派。因为连禾呈都摇晃着有倒戈之嫌疑。他一直因为惟妙会读书并且好读书而偏爱之，这一回却也觉得没读书的惟肖真是太懂事了。于是对惟妙说，我知道你心里怎么想。可是自己一家人，有什么好计较的？禾呈的老婆甚至有些不悦，说难道陪陪爸妈还得让爸妈求吗？

话都说到这个份儿上，惟妙不去都不好意思，于是只好答应。惟妙的老婆好几次都想去，一直抱怨惟妙死要面子。可这回，惟妙答应去了，她却因老家拆迁房屋，被自家爹妈招回去处理，白白失掉机会。

非洲的景色跟国内自是大不一般。禾呈的老婆走到哪里都大呼小叫。惟肖以照顾母亲为主，而惟妙自然以照顾父亲为主，惟肖的老婆马小珍则主要负责看护两个孩子。一家人玩得倒也其乐融融。尤其禾呈，以前出游，他都有孤单感。儿子陪他妈，媳妇带孩子，独他一人看景想事，颇有几分落落寡合。这次却多出一个惟妙，他大松一口气。惟妙也闲，需要人说话，两人便一路聊天。主题仍然是历史，从政治制度之得失到文化趋势之演进，从纵向的变异到横向波动，仿佛天下事，尽在他俩的掌控之中。那种畅快和愉悦，超过看世上任何的风景。禾呈的老婆见他们如此，忍不住低骂了一句，狗行千里，改不了吃屎。禾呈和惟妙都没听到，惟肖听到了，捂着嘴笑，暗中朝母亲伸了个大拇指。

旅行途中，还发生一件事。在肯尼亚野生公园里，动物们自由地奔跑，参观者却被关在镶有钢铁栅栏的吉普车上。吉普车慢慢地行驶，人在车内能近距离看到匍匐于树下的老虎或是沿路散步的狮子。一只老虎打了个呵欠，气息仿佛都扑到了脸上。禾呈老婆激动得像少女一样尖叫，然后不停地拍着惟肖说，儿子，我养你真是值呀！这话说得禾呈一肚子不悦，心想，难道惟妙有学问就不值？平常他这样想过，但不会说。这次不知道何故，他竟脱口而出，说亏你自己还上过大学。儿子有钱就值，儿子是博士就不值了吗？

禾呈老婆从未遭遇过禾呈顶嘴的经历，瞬间大怒，吼道，博士能让你来非洲吗？能让你这样看狮子老虎吗？禾呈老婆的嗓音有些大，车外散步的狮子似乎听得振起了身体。

惟妙习惯母亲如此这般，懒得多说，只淡淡一笑，说我回家能带妈去动物园看各国动物。惟肖虽然觉得母亲说得是，却也不想父母斗气而致使场面尴尬。便也笑道，妈你厉害，养两个长得一样的儿子。一个负责把你关进笼子，让动物看；一个负责带你回家去动物园看关进笼子的动物。方向不同，结果一样。

一番话，说得大家都笑了起来，这事才算过去。

惟妙同父母从非洲回来后，他老婆却还没回。打来电话说，事情有些麻烦。整个村子变成开发区，全村人都要迁到镇子附近。惟妙老婆家的房子刚盖不到两年，拆迁费却也跟别家的破房子一样。这笔钱，甚至不够他们再盖同样的一栋屋。所以，她的爹妈气病了，哥哥木讷，见政府来人就急得说不出话。只有她一个人上下奔波周旋。老婆说，你好像有个学生在我们县当领导吧？要不你给他打个电话？惟妙对这一类的事，一向嫌烦，他甚至连听的愿望都没有，更别说帮老婆去找人。他想都没想，便说，这种事别找我，你自己慢慢处理吧。

老婆回来时，已是一周之后。她脸色平静，没有高兴，也没有不高兴，仿佛什么事都不曾有过。惟妙向来不察言观色，故也没问她家里事处理得如何。倒是周末去禾呈家吃饭，禾呈的老婆提了一句。惟妙的老婆淡然道，解决了。正好开发商是以前高中同学，就多给了一些钱。也只能这样了。

吃饭时大家也都只是"哦"了一声，并未多言其他。

有一天，惟肖去一家高档会所跟朋友洽谈商事。饭间出来上厕所，突然见惟妙的老婆在旁边的包间里。他没在意，扬手便打招呼。惟妙老婆见到他立马不自在，脸红得如同醉酒。这时惟肖才发现，只有一个男人与她一起吃饭。惟肖当即挂了脸色。他头一摆说，你出来。

惟妙的老婆走出包间，吭吭巴巴解释说，只是一个老同学，好久没见，约我出来吃个饭。惟肖说,我不管你们是什么关系,我哥是个老实人,这事你最好回家跟他吱一声。你要让他戴绿帽子,不要怪我给你难看,我连他都不会放过。惟肖说着,大拇指朝那男人方向一指。

惟妙老婆见他如此,也挂了脸色。她说,这是我自己的事,好像不需要你管。说罢拂袖而去,继续与那男人吃饭,甚至发出阵阵笑声。笑声清脆愉悦,惟肖不记得她在家里也曾这般笑过,倒一时发蒙,不知到底怎么回事。

回家跟老婆马小珍说起,马小珍冷笑,人家有野男人,关你屁事?你看你哥那要死不活的样子,他根本不把女人当女人,也从来不关心自己的老婆,谁受得了他?惟肖便笑,说我倒是觉得你有点后悔当初嫁我,不然你就有充分理由在外面找相好了。马小珍说,那是。只可惜比你有钱的男人少了一点,要去找,大海捞针似的。惟肖说,瞧瞧,我就知道你们俩是一种人,你们的爱情就是爱钱。

便是在惟肖和马小珍说笑的当晚,惟妙的老婆跟惟妙提出离婚。惟妙似乎并未有吃惊感,只是说,为什么?给个理由。

惟妙老婆便说了她这次回家处理房子的事情。那个开发商,正是她高中的初恋男友。当年他没考上大学,所以两人分了手。现在,他靠自己打拼,发了财,回乡投资做房地产。他们重新相遇,感情复燃。惟妙说,哦,难怪他会多给你家房子钱。惟妙老婆说,当然。惟妙便说,那好吧,我成全你们。

惟妙老婆原以为会与惟妙大闹一场,却不料惟妙竟如此爽快。倒让她觉得自己原本准备主演一场大戏,结果却只跑了个龙套,心里便有无数的不悦。于是愤然道,你是不是从来就没有爱过我?你对我离开你是不是反而有几分高兴?

惟妙波澜不惊,仍以他惯有的平静说,高兴也谈不上。只是,当初你嫁给我,并不是因为爱情,而是为改变命运。而我娶你回家,也不是因为爱你,而是帮你改变命运。现在,你觉得跟我在一起,命运并未改变完,还想要继续努力,我当然也愿意继续帮你。只是……孩子要留在家里。

惟妙的老婆听此一说,越发生气,说到底我也跟你过了这么多年,你难道对我一点感情都没有?我说走你就让我走,而且还这么从容。惟妙说,我既然能让你从容地来我家,自然也会让你从容地离开我家。至于感情,这就不用谈了吧?你决定跟那个男人时,你也只想过跟他的感情,并没有想过你家里的感情是不是?

惟妙的老婆无话可说,结果她第二天离开家时,就像平常出门买菜一样,平平淡淡,似乎跟这个家没什么关系。

禾呈和他的老婆听说此事，大惊失色，既不知惟妙老婆何故如此，亦不知惟妙何故如此。问惟妙，惟妙只淡然说了一句，有钱能使鬼推磨，天涯何处无芳草。禾呈隔了五分钟，方说，你的诗词功底太差！

马小珍闻讯则一番庆幸，说得亏没有找个博士老公，真是太冷漠绝情了，过日子没劲不说，连离婚都离得没劲。惟肖忍不住训她道，是惟妙冷漠绝情还是他老婆冷漠绝情？为一个初恋情人，老公小孩都不要，未必她这就是多情？马小珍说，她摆着一个博士教授的老公不要，要跟老相好走，难道没有其他原因？惟妙如果对她好，关心她，她会去找别人？惟肖说，不就是那初恋情人当了老板赚大钱了吗？真是爱情，当初为什么不一直好到底？甩了人家，不管不顾地要跟惟妙结婚？马小珍冷笑一声说，你们这些城里人，哪里懂得？她心里的疼，这辈子下辈子再过几辈子你们都理解不了。惟肖说，既然如此，就别说惟妙绝情。为了当城里人去嫁一个自己不爱的人，光想着自己有天大的委屈，有想过对方的感受吗？我家惟妙学问大，看得透，心里明白她要做什么。换一个没看透的呢？就活该上当受骗？你当是给你们提供过渡房呀？

结果，惟妙夫妇离婚倒是风平浪静，惟肖两口子却吵了一顿大架。一连几天惟肖都到父母家来蹭饭。禾呈老婆心疼儿子，不由得骂道，这个马小珍跟惟妙老婆是一路货色。惟肖信口回答一句，说可不是？连找老公都要图个实惠。

惟妙离婚离得从容，但心下却觉索然。孩子送爷爷奶奶家了，轻松倒是轻松，但屋里却似没了人间气息。尤其晚上，除了敲击键盘或书页翻动的声音外，几乎就只剩了他自己的呼吸。爸妈倒是说还是回家住吧。但他却不肯。觉得成年人本该自立门户，赖在爸妈家里，再有理也说不过去。便依然坚持独居在外。

有一天大学同学相约聚会。先前这类活动，惟妙嫌无聊，多是找理由推却，他觉得时间不能这么浪费。而现在，时间似乎天天堆放在眼前，一如多余产品，令他产生必须消费的念头。于是便应邀前往。

所谓同学聚会，不过大吃一顿。有钱或有权的同学请无钱或无权的同学。饭桌上聊聊闲话，今天天气哈哈哈，昨天某某又被抓。如此而已。

一切场景都在惟妙的预料之中。吃罢出门，谢绝了有车同学热情相送的邀请，独自沿街往回走。街边的小店铺都还开着门，门内放射出明亮的灯光。一片一片，密集地落在路上，形成璀璨。很多的笑声在灯火璀璨中波动，尖细与粗犷交织，把一个寂寥夜晚搅动得活色生香。但惟妙并未受此感染。他索然的心情，似乎更加索然。

走到大路的十字路口,有红灯亮起。惟妙忽然看到车流中竟有惟肖的车,看方向像是回家。便想招呼一声,顺便搭坐。正扬手时,却又见惟肖跟车上一女孩头碰头亲昵地说着什么。这是个陌生女郎。惟妙立即咽回了自己的声音。心道,原来惟肖竟有这一手。这恐怕会吓坏爸妈哩。

惟妙突然间心情转变,他有了点愉快,走在路上,脸上竟浮出几丝笑意。

七、惟肖也离婚了

周末,惟肖打了个电话,询问惟妙是否回家。禾呈老婆有点奇怪,说你什么时候关注起他来?惟肖说,我有事求他。禾呈老婆越发吃惊,心想惟肖居然有事求惟妙了? 这世道又在变吗? 便急忙跟禾呈说。

禾呈哼了一声。心道惟肖本是一高中生,惟妙乃博士,两人中间隔了好几级。高中生求博士差不多就跟高攀一样。要吃惊得朝这方面吃惊才是。可他没敢说,因为他刚哼出声,老婆便翻着白眼望着他,一副知道他想说什么的神情,仿佛回击他的话都想好了。禾呈心口一缩,不仅将嘴里的话咽了回去,连脑子里的想法也差不多压了个没影。

惟肖回来时,带了一堆吃的。且送给惟妙一部新款手机。惟妙翻来覆去地看手机,说我拿了这手机便是只鸡了。惟肖说,什么意思呀? 惟妙笑道,你黄鼠狼给鸡拜年,能有什么好心? 惟肖也哈哈地笑起来,说我最烦跟你们这种拿大牌的知识分子说话,好像不拐个弯表达就跟没学问似的。

说笑间,他拉了惟妙到禾呈书房。低语道,帮我找个博士写篇论文怎么样? 惟妙说,你要干什么?惟肖说,找人帮我写就行了,随便哪方面的。我付三万元,如果不够,五万也行。惟妙说,该不是像表姑,到学校去混个文凭吧?惟肖说,这你就别管了,反正不到你们学校去就行了吧?难得找你帮忙,千万别告诉爸爸,我懒得听他唠叨。

尽管惟妙一脸瞧不起惟肖的做派,但兄弟情深,他还是答应了。惟肖谢罢正欲出去跟爸妈应酬,惟妙突然说,坦白一下,你可是有了外遇? 惟肖吃了一惊,说你怎么会知道? 马小珍找过你? 惟妙说,没有。是我在路上看到的。本想搭你便车,结果看到车里的女人不是马小珍。惟肖说,你一百年不出门,一出门居然就撞上这个。我这个运气也差得太狠了。惟妙笑道,若要人不知,除非己莫为。惟肖说,先别告诉爸妈,等我把马小珍搞定再说。说罢又低声对惟妙道,那个主儿是个明星,一公开,会成爆炸性新闻。惟妙说,这个我得警告你,你别让爸妈挨着炸。惟肖说,爸妈倒是炸不着。但你要小心哦。惟肖说完大笑着出门。惟妙心道,懒得理你,关我什么事。

惟妙自然不是多嘴之人。但女明星有新相好,却是狗仔队们关注的。似乎没过多久,报纸上便有消息说某某女星与某企业男相好。报上还赫然登有两人约会的照片。隐约的背影,别人看不出,惟妙却一眼认出那人就是惟肖。对于他来说,认惟肖就跟认自己一样。

明星的八卦最让人们兴奋。一连多日,人们都在猜测女明星的相好、那位企业男到底是何人。惟肖得意之余,也有些紧张。他不怕马小珍,也不怕爸妈,但他却怕他的表姑雪青。因她是老板,万一她为此而发怒,炒了他的鱿鱼,他除了会开车,便一文不名了。老婆明星或许一夜间全都会消失。于是惟肖紧急向马小珍摊牌,提出离婚。

马小珍先是惊愕,正欲大闹时,惟肖开出了大价。惟肖让马小珍仔细想想,是拿了这笔钱另外找男人相爱,还是守着一个根本不爱她的老公。马小珍想了一夜,想明白了。如果选择前者,她有钱照样也会有人,但若选择后者,她非但没人连钱也不会有。马小珍想通这层理,连眼泪都没有流一滴。早上起来,早饭没做,便提出别墅和车也要归她。惟肖同意了,条件是:孩子暂时跟她。她一旦找了男人,孩子就得回来。

马小珍当天就搬去了别墅。人生是自己的。况自己眼下不老,姿色文凭也还不错,更兼有钱有车有豪宅,她想,愿意找她的男人得排多长的队呀?

禾呈和他的老婆是在马教授夫妇上门质问时,才听说这事。他们目瞪口呆,不知道怎会有如此变故。禾呈的老婆便打电话紧急召了惟肖回家。

同惟肖一起回来的还有马小珍。他们两人笑盈盈进门时,四个焦急不安的老人家都傻瓜一样看着他们。马教授问马小珍,说你你你,你们不是离婚了吗?马小珍说,是呀。马教授说,那那那……他说不出来了。马小珍说,你们以为我会哭天喊地?

马小珍的话还真说到四个老的心里。禾呈想,男人不要你了,难道你不该哭?但他天生不习惯把这样的话说出口,便没说。可禾呈老婆却不会忍。她说,这么说,你离了婚还挺高兴?

禾呈老婆说话时,竟有点为惟肖愤愤不平。心想,你把老婆甩了,人家居然这样开心。天知道是不是人家要甩你。禾呈老婆心里正琢磨是否儿子吃了亏,马小珍却干脆地回答说,为什么不高兴?他得美人我得钱。我俩各有所得,当然都很高兴。

马教授不明白,说这话怎么讲?惟肖洒脱一笑,说马老师,很简单呀。我花一笔钱给她买了份自由。她现在腰缠万贯,可以放眼挑尽天下男人了。马教授夫人望着马小珍不悦道,没有丈夫,拿点钱就高兴成这样?如果不离婚,他的人他的钱还不都是你的?马小珍说,你以为有这么便宜的事呀!老公不爱我,就算他把天下的银子都挣回家,他会给我花?给我可怜兮兮的一点生活费就算不错了。我还不如现在拿钱走人。有钱还怕找不到好男人?

闲扯了半天,大家才弄清,惟肖给了马小珍一笔巨款外加一栋别墅和一辆轿车。马教授夫妇听她离婚竟发得如此大财,眼睛都直了。他们辛苦一辈子,财富加起来,还不及她的零头。

马教授半天才回过神,冷冷道,就怕你有钱也找不到好男人。马小珍指着惟肖说,可我现在的男人在外面吃喝嫖赌,难道是个好男人?我当我自己前几年的工作是高级保姆,现在合同期满,拿钱走人。如果干别的工作,还挣不到这么多哩。惟肖说,可不是?管吃喝管住宿,差不多一年净赚百万,抵了马老师一辈子的薪水。你也算是赚大发啦。禾呈老婆实在听不下去,不顾有客在家,脱口骂了一句,你两个都是在放臭屁!

这天的晚饭,便都在禾呈家吃的。就连马教授夫妇也被留了下来,算是亲戚一场,吃个散伙饭。上年龄的人都边吃边叹,说是搞不懂这世道怎么回事了。年轻人便笑,说正是因为你们搞不懂,才让你们回家养老呀。

晚间,马小珍自己开车回她的别墅,禾呈把惟肖留了下来,说是要跟他好好谈谈。禾呈老婆和惟妙也都在场。禾呈老婆心里一直不痛快。她倒不是因为惟肖的离婚,而是觉得这个马小珍要钱下手太狠。

惟肖说,她一向就是这么个人,比惟妙的老婆还讲实惠。当初她不要惟妙转过来追我,还不就是图我有车有房?惟妙说,你以为现在这个女明星不是图你这些?禾呈老婆说,可不是。你人到中年,还拖个孩子。她大姑娘一个,都当了明星,追着要嫁你,恐怕比马小珍更讲实惠呢。惟肖说,她讲实惠,我也讲得啊。瞧她多年轻漂亮呀,皮肤比马小珍白一百倍。如果再给家里生个孩子,还能替我家改变人种哩。惟妙冷笑道,你想得还真够长远。禾呈的老婆却仿佛一下子被点醒,脸上竟浮出笑容,说这个理倒真是个好理。

本来要跟惟肖谈话的人是禾呈,结果他闷了半天一直没吭气。禾呈老婆说,事情都这样了,惟肖的婚也离了,你就由他去吧。禾呈板着面孔,半天才冒出一句:我家的人不能找戏子。

惟肖听这话,几乎从板凳上跳了起来。他大声道,这都什么时代了?爸,你还是学历史的,有没有一点进步历史观呀?你的平等意识呢?你的民本思想呢?前几年去印度,你不是还说你对印度的等级制极其反感?怎么轮到自己就不行了?这只不过是职业不同而已。她是艺术家,我是企业家,摆到历史书上,我们这是绝配。

惟妙一下子笑了起来,说还以为你只会赚钱哩,想不到一着急,连历史观都急出来了。惟妙这一说,禾呈也忍不住笑了。笑完想,自己的历史观一向是反等级的,现在居然情不自禁等级起来。惟肖虽没怎么读书,急智之间却也反击得当。想完气也顺了。觉得惟肖到底是自己的儿子,就算没上大学,但在工作实践中,也相当于读过大学了。

见禾呈脸色松弛下来,嘴角间还有了点笑意。禾呈的老婆知道没事了。惟肖也知道,他新的婚事,家里的这道关,已然安全通过。

这样,离异的惟肖与他的女明星开始有意无意地公开露面。这是轰动性新闻。惟肖似乎搭顺风车,瞬间也变得有如明星。报纸上隔三岔五就出现他的名字。不经意之间,他已然是个著名的企业家,风头甚至盖过表姑雪青。

好在雪青是个有胸怀的人。她对这事显示出格外的高兴。因惟肖的缘故,她的企业天天都曝光,知名度的飞涨超过她多少年花的广告费。表姐雪青给禾呈打了个电话,说看看看,当初我一眼看出惟肖前途无量。现在果然了,是不是?禾呈说,找了个……女明星……就前途无量了?他险些说出"戏子"二字,猛想到惟肖对他的批判,方迅速改了口。

遭殃的却是惟妙。有一天他坐公共汽车,几个女孩子突然朝他站的方向挤来,一个个因激动而脸庞通红,纷纷拿了纸笔要他签名。惟妙此刻才想起惟肖曾经说过他得小心的话。他长着和惟肖几乎相同的脸。惟妙忙不迭道,你们认错人了。那个是我弟弟。我不是企业家。女孩子们依然不放过他,叫喊着,哥哥的签名我们也要。急得惟妙只能提前下车,结果那天他要去参加的一个博士论文答辩也迟到了。要命的是,在答辩会上,竟不时有人过来找他签名,惹得他的历史同行们牙都要笑掉。

惟妙回家发脾气。却不料禾呈也一脸苦相。说是周末去幼儿园接孙子孙女回家,竟有好几个家长带着孩子托他找女明星签字。他拿着一摞纸说,这这这,这叫我怎么开得了口。这这这,这都是些什么事呀?

惟妙看着那摞纸,比较一下,觉得自己面对的窘况比禾呈的稍好一些,憋了半天的气便也消解了。自己脾气没发出来,反倒劝了禾呈几句。

惟肖和女明星的婚礼,何时何地举办,报上的八卦传得沸沸扬扬。有说他们会去三亚,也有说他们将到巴黎。小报记者甚至潜入学校,以猝不及防的方式向买菜的禾呈或是走路的惟妙提问,经常把两书呆子吓一大跳。得幸这两人是真呆,虽然没有约定,但回答却像商量好似的,一个说我退休在家,啥事不问;一个说我只知教书,诸事不管。

他们真还是一老一实地说的真话,因为惟肖到底要去哪里结婚以及怎么结这个婚,二人虽为父亲兄长,但也的确不知。据惟肖说,他自己也不知道。因为女明星有经纪人,有自己的策划班子,怎么结婚要听他们的安排。

这天,天已经很冷了,转眼新年将至。此间的校园,虽未放假,但出来沿路溜达以及坐在树林下做读书状的学生几乎都不见了踪影。校园便有几分冬季的萧瑟。

下午的时候,校园马路上突然横空拉出几道红色条幅。学生们也有沸腾状,说是著名企业家、某某大学的企业管理博士、某某影星的男友惟肖晚上要来学校作励志演讲,题目是:成功之路在于奋斗。晚餐时间刚过,便有学生前去教室抢占座位,结果远不到讲座开始时间,听讲者业已爆满。校方只得紧急通知,临时改在大礼堂。

惟肖是在校领导和学生干部的簇拥下走进礼堂的。这地方他很熟悉。小时候他常跟惟妙一起来看师生联欢。那时他喜欢在走道间奔跑喧闹,惹得老师们都指责说,这是谁家的孩子,这么痞?现在,他又踏上了这走道。他西装革履,英俊挺拔,领带打得有棱有角,头发也一丝不乱。他从后场脸带微笑穿过夹道的人群。他走过的身后仿佛山呼海啸,掌声几乎震垮屋顶。

声音也传到了附近的教室。这天的历史博士惟妙恰有辅导课。去到教室,发现听课的只有三人。惟妙问,都去哪儿了?一个戴着厚镜片的男生回答说,都去听你弟弟讲发财史了。

惟妙认识这个学生。他是经管系前来选修中古史的硕士。他曾将自己的硕士论文交给了惟妙,由此换得五万元生活费。接钱时他曾表示这钱太多,三万足够。惟妙说,只管拿了,你是花费了心力的,这种富人的钱,你不赚白不赚。

惟妙淡然一笑,纵是三人,他也依然从容地讲他的课。下课时,厚镜片的男生突然说,你弟弟现在已是某大的博士,而我的硕士却还没毕业。惟妙想起论文的事,不觉莞尔,说我们现在的生活正在构成未来的历史。这个你可以写。

晚课结束,惟妙多少有几分郁闷,便去了父母家,不料惟肖也回了家。他是特意回来跟父母炫耀的。禾呈和他老婆已闻知此事,正感慨万端。见两个儿子,一个未读大学的博士,趾高气扬;一个硕博连着读出来的真博士,却神情落寞。

惟肖说,今天礼堂的学生爆满,人气旺到校史上前所未有。惟妙说,今晚只有三个学生来听课。历史低迷到空前绝后。禾呈连忙称,看不懂,看不懂这世界是什么东西被颠覆了。就连一向支持惟肖的禾呈老婆也替惟妙打抱不平。她说,难不成真的不读书比读书管用了?

这话一出口,家里气氛便显异样。这个瞬间,家里的读书永乐派似乎占了读书臭屁派的上风。惟肖明显有点尴尬。惟妙忙说,其实也正常,而今这世界是他们的,不是我们的。

惟肖想了想,冷笑一声道,你们这些研究历史的人到死都不明白,历史它就是个戏子,给谁演戏就为谁化妆。这世界只属于当代,从来都不属于历史。

一番话,说得禾呈和惟妙无言以对。

这夜,禾呈坐在书房呆想了半天,想起一句古诗,便给惟妙打了一个电话。惟妙像禾呈一样,对古典诗词,很不熟悉。禾呈一字一句念出,他才得以记录下来。

禾呈念的是:啼得血流无用处,不如缄口度残春。

【作者简介】方方,女,本名汪芳,原籍江西,1955年生于南京。曾当过四年装卸工人。毕业于武汉大学中文系。著有长篇小说《乌泥湖年谱》《水在时间之下》《武昌城》及小说集、散文集数十种。中篇小说《风景》获全国优秀中篇小说奖,《琴断口》获第五届鲁迅文学奖。作品有英、法、日、意、葡、韩等多种文字译本。小说《十八岁进行曲》《桃花灿烂》《纸婚年》《埋伏》《过程》《在我的开始是我的结束》《奔跑的火光》《有爱无爱都铭心刻骨》《万箭穿心》《琴断口》《声音低回》分获《小说月报》第二、五、七、八、九、十、十一、十三、十四、十五届百花奖。现为湖北省作家协会主席,中国作家协会全国委员会委员。

月 亮 门

叶广芩

苏惠来电话说要跟我见面,将见面地点定在北海公园琼岛的月亮门里头,她说那儿有片假山,清静阴凉没干扰,还说她会自带香茶和小点心,她的玫瑰花茶较她母亲的更加炉火纯青了。我说,好久没喝你们家的玫瑰花茶了,几十年了,还没忘了呢。苏惠说,咱们快五十年没见了,有好些话要说。

"五十年"这个数字听着让我有些惊心,半个世纪哪!用现在时髦的话说,时间都去哪儿了?一转眼两人都六十多了,成老太太了。苏惠说的五十年,其实有点儿夸张,细细推算,从一九六八年年底我去陕西插队至今,满打满算应该是四十六年,苏惠采取的是四舍五入的说法,也没错。

一九六八年冬天,全班同学都响应号召下乡了,注销户口、置办行李,忙得不亦乐乎。苏惠却独留北京,进了工厂,优哉游哉地晃荡于大家的圈子之外。苏惠进的厂子是腌菜厂,是造大酱、腌小酱萝卜的街道小厂,小厂也是厂,是拿工资的、旱涝保收的地方。我们是什么呢,我们什么也不是,我们要在陕北当农民,得凭力气种地挣粮食吃。不可同日而语哪!

集体出发的时候,苏惠来北京站送站,同学们见了她感情都有些复杂,好像她是叛徒,我们都是即将"赴死"的壮士。有人怪声怪气地称赞她有福气,她不好意思地说,什么福气呀,一个月十八块五毛的学徒工,比你们广阔天地大有作为差远啦!

有人说她是得了便宜卖乖,故意装孙子,私下里也有人说她能留北京是她妈用身子给她换来的……

总之,苏惠在同学跟前显得有些尴尬,有些没面子。她站在月台上,隔着车窗不安地看着我,眼神闪烁不定。火车站的大钟奏响《东方红》乐曲,乐声中火车开始滑动,我们显得很悲壮,苏惠的眼圈和鼻子有些红,不知是冻的还是雪光映的。她追着火车跑,把两个橘子塞给我,叮嘱我一定照顾好自个儿,多给她写信。我明白,其实苏惠是专来送我的。别人都有家人来送站,只有我没有,她不来,我的离京仪式将是稀里哗啦的残缺,是没有祝福的凄凉。可是我偏偏不领情,不愿意让大家看出这一点,对她的做法,表现出了冷淡而不在意。我把头扭向了一边。

我不愿意大家知道我们是朋友,我们也根本不是朋友。

两个橘子从小桌滚到了地板上,在混杂的车厢里,不知去向。

也不找。

我走后,没有给她写过信,她也没有任何信息传递给我。

水米无交,相忘江湖。五十年——

现在联系上了。通过网络。

物非人非,我们已经不是我们,北京也不是北京了。对我来说,五十年变化太大,想必她也是。

在东直门交通枢纽站我登上107无轨电车,往北海后门赶。这是一条熟悉的路线,少年时候过队日,除了景山就是北海,我和苏惠不止一次,手拉着手出北海后门,过地安门、北新桥,回到戏楼胡同家中。她们家住1号,我们家住2号,门挨着门,是邻居。

小时候的苏惠是个中规中矩的孩子,长得比我漂亮,身条细溜,皮肤白皙,一双眼睛水灵灵的,唇下有颗痣,那颗痣长得很有名堂,叫美人痣。我母亲说苏惠是个美人坯子,说这丫头长大了是个了不得的人物。我希望母亲也说我是个美人坯子,可是母亲对我相貌的称赞永远十分吝啬。

学生时代的我和苏惠像是形影不离的一对,看见她就能看见我,看见我就能看见她。不是我们的关系有多么铁,我们的友谊有多么牢固,是人为因素硬把我们拴在了一起,想分也分不开。二十世纪五六十年代,学校里的学生都有学号,老师把我们按座位分成1号、2号、3号……在教师登记册上也依此顺序登记。上课老师提问不叫姓名,叫号,同学之间习惯了也多以号相称。我的座位和苏惠挨着,她是5号,我是6号。5号、6号,我们从小学一年级一直叫到六年级。

现在的孩子放学都有大人在门口等着接，学校门口在放学的时候人头攒动，爷爷奶奶站了一堆，翘首盼望，等待孩子出来。我上小学的时候没有家长接，老师将东西南北住得近的学生组成一个个队，谓之"路队"。我们先是在操场，在班主任的目光下"半臂看齐"，把队伍排整齐了，然后背着书包一队队走出校门，走出去的路队不能散，走到谁家门口了，谁自动撤出。常常是最远、最后的同学担任路队队长，谁住哪儿，在哪儿出队，队长心中有数。他要对路队的成员负责到底，不准哪个中途溜号。出校门往东的这支路队数我和苏惠住得最远，走到最后就剩了我们两个人，这时候，我就和苏惠走成了一横排，苏惠很严肃地让我"排后边去"，说还没到家呢，不许"乱队"！我不以为然，说横着也是队，谁能说横着排不行？苏惠说我这样捣乱队形，她明天要把我"告老师"。

　　那时候的孩子们有三怕，一怕"告老师"，二怕"留校"，三怕老师"请家长"。这三怕一怕比一怕厉害。"告老师"比较简单，顶多老师在全班批评一顿，脖子一缩头一低就扛过去了，脸都可以不红的。我被"告老师"的机会很多，我父亲下班回来见我的第一句话常常是"你今天又被禀先生了吧"，父亲是老派人，他把"告老师"叫"禀先生"，其实是一个意思。"留校"比较麻烦，放学大家都回家了，你得在教员办公室站着。这种情况老师先不理你。让你晾着，寒碜着你。别的老师进进出出，都得瞟你两眼，有的还得说几句风凉话，所以你得有足够的抗打击准备。出路有两个，或是把脸皮撕下来装书包里，做出死猪不怕开水烫的二皮脸相；或是号啕大哭，痛心疾首地彻底认错投降。最后一招"请家长"比较损，不到万不得已老师不会使这撒手锏，家长来了，老师简单说几句，让把孩子领回去教育，常常是刚出校门，大巴掌就扇上了，几乎所有的家长都等不得到家就开始动武，不怕街上的人看热闹。学校门口打孩子，再正常不过的事情，谁都能够理解。那时候的孩子，没有谁没挨过打，就是我这个小丫头，挨我妈的打也是无数。好在我们记吃不记打，心胸都很开阔。

　　女生一般轮不到"请家长"的份儿，男生就难说了。但是苏惠不同，她动辄就被老师"请家长"。我们的班主任老师姓郭，叫郭梓仁，男性，四十岁左右。平时爱找大个儿女生聊天，喜欢盯着女生的胸口使劲看，还借机会拉女生的手。按说老师喜欢学生无可厚非，但我却很讨厌他，嫌他恶心，给他取了外号叫"瓜子仁"。"瓜子仁"这个绰号在同学中被叫得很广泛，使用频率很高。

　　苏惠是乖孩子，乖孩子也会因为各种原因被"请家长"。比如上课说话，比如课间吃东西，比如听课走神儿……在我们身上是小小不言的事，到了苏惠身上就成了大错，就得"请家长"了。苏惠放学被留在教员办公室，向苏惠妈传达"到学校领人"的命令一般是我的责任。往1号捎话，对我是捎带脚儿的事儿，甚至连正门也不用走，从我们家后院穿东墙月亮门直接过去，就是1号后院。苏惠家住1号后院西屋，三间平房，当间儿是饭厅，摆着八仙桌、椅子，北边是苏惠妈的卧室，南边是苏惠的卧室，苏惠和她妈妈不住在一个屋。苏惠妈给街道缝纫厂的服装钉纽扣，把衣裳拿回家来做，所以她妈妈老在家，老是坐在窗户底下锁扣眼。苏惠妈接了老师"请家长"的信儿会扔下手里正干的活儿直接往学校跑，急赤白脸的好像她闺女受了多大的委屈。她护犊子的劲头比我妈大多了，苏惠就像老母鸡翅膀底下的小鸡雏，不是小鸟依人的模样，是小鸡依人的模样。为这个我常跟我妈掰扯较劲，说她不喜欢我，不是亲生的。我妈的回应是：你懂个屁！

苏惠妈比苏惠长得还漂亮，一个干干净净、利利落落的小媳妇。穿件麻纱的小碎花褂子，脸上扑着淡淡的粉，眉毛又细又弯，身上散发着"绿宝"香胰子味儿，脚上穿着白凉鞋，光脚的时候能看见她的脚指甲上涂着红艳艳的指甲油。苏惠妈很注意细节的修饰，看起来不显山露水，其实每一处无不是精心打理，像我七哥画的国画小品。苏惠妈会吹箫，偶尔也会把墙上的紫箫拿下来，给我们吹一段《苏武牧羊》。那得在我们都做完作业，表现得很乖，而且苏惠妈心情也好的时候，不过这样的时候实在不多。

苏惠妈一吹箫，苏惠就跟着唱，苏惠的嗓子很好，把小拐弯的地方都能唱出来，不似我，嗓子是直的。

每听到这首歌，我的心里都很难受，为那个吃毡饮雪的苏武担心。他太倒霉啦！人到了那份儿上还活着干吗呀，多没劲！我承认，箫是件很神奇的物件，深沉而不华丽，直扎到人的心里去了。没有苏惠妈箫的衬托，这首歌大概不会这样动人。我们一年级音乐课学的歌是"青天高，远树稀，西风起，雁群飞"，旋律也很美。我唱了一遍，第二遍苏惠妈就能随着我用箫吹出来了。苏惠说她妈有一颗玲珑心，顾名思义，我想起我们家多宝格上的摆设象牙球，玲珑剔透好几层，是工艺品。

初小四年我们实行的是半日制，上午上课，下午在家上学习小组。小组里是就近的同学，集中到一个同学家在一块儿做作业，互相督促，老师下来检查。我跟苏惠是一个小组的，我们组还有一个叫李立子的男生。李立子没有父亲，他父亲到台湾去了，他跟妈妈生活。他妈妈很摩登，是个烫着飞机头的演员。李立子本人结巴，长得难看，两只扇风耳朵很不知趣地朝两边挓挱着，像戏台上官员的纱帽翅。我和苏惠想气他的时候就说"两耳扇风，败家的祖宗"，李立子薄薄的耳朵立刻变得通红透明，真能忽闪忽闪地动弹。我们都奇怪他那当演员的美丽的妈怎么会生出个这么丑的儿子，用李立子自己的话解释说他是"串了秧儿"，没救了。苏惠悄悄跟我说，她要有个这么丑八怪的儿子，她一准把他掐死，绝容不得他长大，丢人死了。我和苏惠都不爱跟李立子说话，常欺负他，说他爸爸是反革命。李立子也不恼，慢条斯理地回应我们说，你们才是反革命。

我和苏惠达成共识，将来找对象绝不找李立子这样的，忒难看，影响心情。李立子一点儿也不为自己的长相发愁，平日一味傻闹，还爱说瞎话，告诉我们他妈是仙女下凡，每到夏日初七夜里都要穿上羽衣飞到天上去。对此我们压根儿不信，李立子信誓旦旦地说改日把他妈上天的衣裳拿来给我们瞧瞧。苏惠妈说她信李立子的话，因为李立子妈不是一般的妈，那样美的妈妈只有天上才有。李立子听了很得意，歪着脑袋看着我们说，怎么样，我没瞎说吧！

后来我们知道，李立子妈的确有上天的衣裳，那是演《槐荫记》穿的。每年七月初七，剧院都演的时令戏。李立子妈演织女，满台飞舞的彩云是由演员们举着画片组成的。

我们每天下午围着院里的石头桌做作业，石头凳子很凉，苏惠的屁股底下垫着她妈给缝的小棉垫，我和李立子身子底下什么都没有。我们的屁股隔着一层布裤子和石头接触，有时还真凉，不是自己家，我们也没有权利和苏惠妈要棉垫子。学习小组要在苏惠家整整待一个下午，老师规定不许提前散伙，主要是怕我们到街上去野。所以，我们下午的时间便十分宽裕。三个人叽叽喳喳，动笔的时候少，扯淡的时候多，动辄便打起来，二对一，把李立子揍得哇哇大哭。李立子的哭相很难看，大嘴咧着，鼻涕过河，使劲挤着眼，扯着嗓门儿号。他正在换牙，那张豁牙露齿的嘴很夸张地、毫不掩饰地暴露给所有的人，我真替他羞，一个男孩儿，比丫头还丫头。李立子哭的工夫大了，苏惠妈会端着一杯玫瑰花茶出来，拍拍李立子的脑袋，李立子立马就住了声，他就等着苏惠妈拍呢，他也喜欢苏惠妈。他自己的妈是仙女，仙女从来也不拍凡人的脑袋。那杯茶是专为号哭的李立子准备的，苏惠妈让他润润嗓子，想号就接着号，不想号了就做作业，通常在这种情况下，李立子就不号了。

苏惠妈说，小孩子爱上火，号是败火，玫瑰花茶也败火。

苏家在院子里种了许多玫瑰花，我们从来没见过那些玫瑰开花，因为玫瑰还是花骨朵儿的时候就被苏惠妈掐了,她把那些花骨朵儿晾干泡水喝,泡进水里的花骨朵儿自己慢慢就开了,十分的神奇,十分的美丽,喝在嘴里甜香甜香的,我们都爱喝。我和李立子从心里喜欢苏惠妈,我们觉得她干净又安静,美丽又淡雅,作为女人,她近乎神圣。李立子甚至说,将来他娶媳妇,就娶苏惠妈。

苏惠妈才是仙女。

李立子的妈比苏惠妈有派,她是名角儿,唱青衣的,北京城里大部分人都知道她。我父亲说,她只要往台上一站,不用扮相,立马能倾倒一片。什么是角儿啊,这就是角儿!能倾倒一片的妈却倾倒不了自己的儿子,李立子说他不爱他妈,他妈从来也不拿正眼瞧他一眼。他对他妈的感情淡之又淡,天就是塌了,他也想不起他还有个妈来。我说,那你就把苏惠妈当妈吧。

李立子说,他已经把苏惠妈当妈了。

有一天,李立子跟苏惠抢棉垫子,苏惠不给,两个人争起来,苏惠急了说,人家来"身上"了!

我问什么是身上,苏惠说"身上"就是好事。

李立子说,我也来"身上"了。

我说,我也来"身上"了。

苏惠说,啊——呸!

李立子说,你的"身上"在哪儿呢?让我们瞅瞅。

我说,是啊,让我们瞅瞅!

苏惠对我说,你不要跟着起哄,他爸爸是反革命,难道你爸爸也是?

李立子一下蔫了,他最怕人家提他爸爸。

那天从月亮门蹿回我们家后院,我看见七哥正坐着小马扎在水池子旁边洗涮他那些画笔。老七二十多了,还没娶媳妇。他不急,我妈急,托人介绍了一个又一个,都没成。妈说老七的条件太高,挑得花了眼。我说,他不就一个破画画的嘛,趴在桌子上描呀描,十天画不出一只猫。

老七洗得很专心,没想到会有人从月亮门钻过来,我凑过去搭讪说,老七呀,你也来"身上"了吗?

老七看着我,一脸莫名其妙。半天说,什么"身上"?

我说,没来"身上"你坐布马扎干什么?

老七说,这是我的马扎,我见天儿坐,干你什么事?哪儿凉快哪儿待着去,别没事找事!

突然地,老七脸色通红,用笔点着我脑门儿说,一肚子花花肠子,有没有正经?

我说我已经正经一天了,现在就不正经了。说着,我像鼻涕虫一样趴在老七的背上,勾着他的脖子晃悠。老七说,去去去!我今天特别讨厌你!

我学着苏惠的腔调说,啊——呸!

这时妈过来了,妈让老七别理我,说小孩子七八岁讨狗嫌。现在的我正是讨嫌的时候,家里的小狗玛丽见了我掉头就跑,猫黄黄儿也是听见我的脚步声就钻床底下。

我说,妈,我也要来"身上"!

我妈扇了我一脖拐。

我承认,苏惠年龄比我大,也就大一点儿,但是苏惠已经是大姑娘范儿了。有一天,李立子还没来,苏惠悄悄地解开衣扣让我看她的奶,我看不出什么,苏惠就拉着我的手让我摸,我摸不出所以然。苏惠说,你看是不是鼓了些?

我说,怕是有点儿吧。

苏惠说,怎么是"有点儿",已经很有模样了呢!

我说跟我的也差不多。苏惠很鄙视地看着我说,你——你那婆婆(读mēi mēi,方言乳房)平得像块板,没一点儿起色,我都怀疑你是个石女。

我问什么是石女,苏惠说石女是永远变不成女人的人。我说这极有可能,我妈老说我是野小子,小子不成,还得加个野字,把我定死了。

说这话的时候我脑袋顶着一个大中分,跟电影里的汉奸一个德行,是我妈嫌给我梳小辫麻烦,让串胡同的剃头挑子给我剪的。剃头的是走街串巷的天津宝坻人老郑,老郑属于"贴饼子熬小鱼儿"系列。他以当时宝坻的审美时尚,借助我那几根黄毛,为戏楼胡同打造了一个让人过目难忘的"女汉奸"。那天我理完发进家,恰逢老七在前院剪树,老七一见我这模样,差点儿没乐得背过气去。我不管,是老郑把我捯饬成这样的,又不是我自己的主意,我干吗要难堪?穿着花裤子红鞋,留着大中分,我这不伦不类的装扮在学校里没少受同学们的嘲弄。郭老师,那个"瓜子仁"对我不屑一顾,不拿正眼瞧我。谁愿意让他看,不看才好!

这天上学习小组去得有点儿早,苏惠妈去服装厂交活儿去了。苏惠拉着我进了她妈妈的屋,神神秘秘地说要给我看样东西。苏惠拉开她妈的衣柜,掏出两个圆圆的布碗。我问这是什么,苏惠说是奶罩。我问奶罩是干吗用的,苏惠说是罩奶用的。我说,奶还用罩吗?东门仓里那头拉磨的驴也用这个呢,是扣在眼睛上的。

苏惠说，你别露怯了！

苏惠让我帮着她把那个罩往她胸口上扣，比比画画地照镜子，舍不得拿下来，拍着自己那对微微鼓起的奶说，再长长就能用了。

我说，多累赘呀，夏天热不热？

苏惠说，夏天戴才最好。

我说，你妈妈戴它吗？

苏惠说当然。

李立子来了，在窗外大喊大叫，苏惠依依不舍地把奶罩放回柜子里。其实我也很喜欢那个碗一样的东西，它太精致了，上面有绣花，有和皮肤一样光滑的软缎，有优美的弧线，这东西应该是美人使用的，问题是藏在里头不让人看有点儿可惜。那时我们刚学了个成语"锦衣夜行"，"富贵不归故乡，如衣锦夜行"。我想，"锦衣内藏"大概能跟它划为一类。如果造句，把它用在这儿比较合适。

我上头有两个姐姐，五姐和六姐，她们都已经参加了工作，平日极少回家。顺便说一句，我们姐儿仨是一母同胞，其他哥哥姐姐都是已故的大娘二娘所生。跟我最铁的七哥就是二娘生的，其他哥哥姐姐我大多没见过。

姐姐们的穿着比妈讲究，比妈摩登。有一回，两个都回来了，我要求她们解开衣服，让我看看她们的奶罩。两个人一时目瞪口呆，见了鬼一样地看着我，警惕地说，你要干什么？

我说，什么也不干，看看而已。

一个说，你凭什么要看？

我说，就凭你是我姐。

另一个喊妈，说我在"耍流氓"！

妈进来拍打着我说，都是跟哪儿学的？怎么越来越坏！你真不是个"省油的灯"！

"耍流氓"我不懂，但我知道流氓不是好人。因为前不久街道在南馆公园公审了一个"九龙一凤"的流氓团伙，我跟着妈去参加了大会。那几个人低着脑袋，灰头土脸，一看就不是"省油的灯"。

我不过是想看看缎子质地的布碗，欣赏上头那美丽的绣花，却闹了个"耍流氓"的下场，很没面子，很沮丧。觉得偌大个家，竟寻不到知音，只好过月亮门去找苏惠。月亮门，是我探索各样秘密的门，在门那头，是个亲切的，撩人的，很有意思的世界。

小姑娘之间没有什么话不可以说，苏惠是我人体知识的启蒙，从她那儿我知道了好些原来压根儿不知道，甚至是被忽略的身体变化。她告诉我，到了一定年纪，胳肢窝就会长出毛来，以致我对我的胳肢窝一度很关心。我一天数次抬着胳膊观察胳肢窝，结果那里一点儿动静也没有。妈看了我的奇怪举动以为我身上长了什么东西，让做饭的莫姜老太太带着我到澡堂子去泡。莫姜拿个丝瓜瓤子抓着我死劲搓，她把我当成了泡在水池子里的碗。我死活不让她搓胳肢窝，一来怕痒痒，二来要让她搓坏了，我永远长不出毛怎么办，那可是一辈子的遗憾。

人要看清自己的胳肢窝不是太容易，我怕自己忽略了这个关键的过程，就让李立子帮我看，李立子很认真地瞅了半天说什么也没有。我让他再仔细看，李立子又看，还是说没有。我有些失望，大概真应了苏惠的话，我是个石女。

李立子看出我的情绪，劝我不要在意，说他爸爸的毛是长在胸口上的，又浓又密，小树林一样的，黑压压一片，将来我的毛长在胸口也未可知。尽管李立子使劲安慰我，我的思想负担还是很重，担心自己是个另类，与美丽女生苏惠相差太远。

有些嫉妒，还有些懊恼。恨铁不成钢。

我频繁地穿梭于1号和2号之间。两院之间的这个月亮门本属于不正常，是我的大伯父在袁世凯洪宪年的时候将它打通的。1号那边曾住着袁世凯的管家沈致善，大伯父拥戴袁世凯，跟沈家走动很勤，为了不引人注意，在后院开了这个门。我们家的人除了我以外，谁都不喜欢这个门。父亲说这个门不合格局，破了风水，门开不久，袁世凯就死了，沈家也急速破败，匆匆搬走。1号院谁住谁倒霉，不是破财就是丢官。后来成了大杂院，住进了二十多户各色人等，才相对消停了。开了月亮门，我们家也没落什么好，我的二姐姐就是通过这个门和沈家少爷勾搭上私奔的，跑了的二姐姐再也没回来过。

我爸爸为这个事伤透了心，用把大锁把门锁了，一锁就是二十年。二十世纪五十年代，街道检查消防，把门打开了。开了的锁再也锁不上，父亲也懒得再管，再说我们家也没谁会再通过月亮门私奔了。我还小，离私奔的岁月还差得远。

月亮门成了我的专用通道。我的许多喜怒哀乐都来自门的那边。

瞅准一个没人的机会我溜进苏惠妈的屋。苏惠妈坐在床上，就着窗户的光在锁一件粉褂子的扣眼。床上还堆着好几件粉褂子，鲜嫩的粉衬着苏惠妈好看的脸像香烟盒上的大美人。

苏惠妈看我进来，朝我点点头，没停下手里的活计，但是脸上却堆出了笑意。我知道，只要我在，那淡淡的笑脸就永远不会收敛，这是我和李立子都喜欢苏惠妈的原因之一。是一种习惯，其实苏惠妈对谁都是微笑的，并不是我们哪点特别招她喜欢。

窗外树影斑驳，屋里墙上的猫头鹰挂钟嘀嗒嘀嗒地摆，每摆一下，猫头鹰的眼睛就动弹一下，我看了一会儿猫头鹰，眼睛随着它的眼睛转，它动一下我动一下，很快我的头就开始发晕，有些站不稳。我坐在床边上，把视线转向苏惠妈那双细长灵动的手，凑到她跟前去看那针脚。对我闲极无聊的举动苏惠妈仍旧是微笑，出于北京人的礼数，她绝不会轻易说出让我走的话。有一回我在苏惠妈屋里待的时间太长了，为了打发我走，苏惠妈让苏惠到小铺去打酱油，也许人家根本就不缺酱油，支出苏惠自然就支出了我，我果然跟着苏惠一块儿到小铺去了，可是我又跟着苏惠回来了，让苏惠妈好气又好笑，就这，她也说不出让我走的话。

这会儿，苏惠妈说，这件粉褂你穿了一准好看。

我说，我不行，苏惠穿了才好看。

苏惠妈说，苏惠到学校画黑板报去了，你怎没去？

我说，好学生才有资格办板报，我不是好学生。

苏惠妈问还有谁在学校办板报，我说就苏惠一个。苏惠妈一听没一点儿犹豫伸腿就到床底下找鞋，她说她要到学校看看。看苏惠妈要出门，我想起来这儿的目的，赶紧问，您知道什么是石女吗？

苏惠妈说，石女……石女……就是……你干吗问这个？

我说我怀疑我是石女。苏惠妈笑了，说，怎么可能！

我说，可是我的婆婆不鼓，我的胳肢窝不长毛，我的脸皮也不变白。

苏惠妈说，这一定是苏惠跟你说的吧？她的话不一定全对。

我问到底什么是石女，我对这个很在乎。苏惠妈说，石女就是不能人道的女人。我问什么是人道，苏惠妈皱着眉头想了半天说，就是啊……不能和男人睡觉的……

我说我能和男人睡觉，跟老七睡，跟我爸爸睡，只要他们的床有我能挤的地方，我就能和他们睡。

苏惠妈咯儿咯儿地乐,锁门的时候回身对我说,你不是石女,绝对不是。

苏惠妈的肯定对我是莫大的鼓舞,我一溜烟地从月亮门跑回家,在甬路上一蹿一蹿地手舞足蹈。老七看见我说,看来你今天很高兴。

我说,我是可以跟你睡觉的,我自然高兴。

老七一把抓住我的脖领子,把我提拎起来就往妈屋里走。我踢他,啐他,往他身上抹鼻涕,都不能奏效,这厮不为所动。

我说,老七,你破坏了我的好心情。

老七说,我可没有什么好心情!

妈正在屋里剪鞋样子,见我和老七撕扯着进来问是怎么了。老七把我掼在砖地上说,您得管管了!

妈说,又上你画室捣乱去了?

老七说,她要跟我睡觉!

妈把剪子往桌上一拍,厉声说,了得!越来越不学好,给我跪下!

我本来在地上坐着,一听这话,顺势躺下了,像狗玛丽一样,四脚朝天。

妈说,甭来这一套,狗是狗,你是你,我分得清楚!

老七说,这孩子要成精。

妈到掸瓶里去抓鸡毛掸子,我趁机撒腿就跑,跑进莫姜的厨房,钻到灶后头的夹缝里。我们家的灶是砖砌的,灶和南墙之间有条很窄的缝隙,只能容得下猫黄黄儿和狗玛丽,但是它们从来不往那里头钻,因为太窄,不能调头,有进无出。莫姜低着头在择韭黄,我的闯入对她就像刮进一阵风,她连眼皮也没抬。妈追进来了,掸把子抡得呼呼响,妈问,那个小东西在哪儿?

莫姜说,四太太,我择韭黄呢……

妈在夹缝里找到了我,可是她没法儿把我弄出来,也打不到我,她要够到我除非站到灶台上,这对她来说是太出格的事儿。妈把掸把子在灶台上啪啪地拍,说,有本事你就待在这儿,这辈子别出来!

不出就不出,我说,谁出去谁是丫头养的。

妈把鸡毛掸子拽过来说,你再胡咧咧我撕烂了你的嘴!

妈出去了,莫姜扭过头吃惊地看着我说,您这话儿是打哪儿学来的?

我说跟李立子学的,我们班的男生都这么说。莫姜问我可懂这话的意思,我说懂。

其实我根本不懂。

我的拗脾气在这刻充分表现出来,我在夹缝里整整夹了四个钟头。期间,莫姜从上头递过来俩包子,冬笋鲜肉馅儿的,我吃得很美。我问有没有红小豆粥,莫姜说,您凑合了吧,四太太那儿还没消气儿呢。

我说老七忒不是东西,听不懂好赖话。莫姜说,您那话也实在算不上好话。

在灶后头,我喝了一碗米粥,又吃了莫姜焖的一大块酱肘子,撑得我直打嗝儿。缝隙里的生活并不如想的那样糟糕。

天黑了,家里人都吃了饭,父亲到厨房来找我,跟我说,出来吧,你妈说了,不打你了。

我说,您不能惯她这个习惯,想打就打,我也不是东门仓的驴。

父亲说,是不是驴你先出来,我真奇怪这么窄的缝儿你是怎么钻进去的。

是啊,怎么钻进来的呢?说真的,我现在最大的问题是出不去了,敢情人吃饱了和饿着时候的体形差别很大,再从原路出去已经成了绝不可能的事情。难道我要在这里头待一辈子?那可怎么得了!我害怕得哇哇大哭起来,哭声没招来狼,倒招来了妈和老七。妈让老七站到灶台上,揪着我两条胳膊把我从墙缝里提溜出来。一身的尘土,一脸的煤灰,一张油汪汪的嘴,我的模样真不淑女。

那晚我要求和父亲一起睡。躺在父亲和妈妈的中间,我使劲抱着父亲的胳膊不想撒开,妈说,这孩子怎么变得跟小月窠儿似的。

父亲说,她是天天的见不着我,想我了,跟我撒娇呢。

两人都没说对,我闭着眼睛偷偷地乐。

父亲的身上有股烟味儿,呼吸气息很重,半夜还打呼噜。那一宿我睡得很不踏实,感觉不好。

跟男人睡觉不如自个儿的小被窝儿舒坦。

有一天我问苏惠,小孩子是怎么来的。苏惠说是妈妈生出来的,我问从哪儿生出来,苏惠很神秘地点着自己的不便之处,小声告诉我是从这儿出来的。我说,怎么可能!

李立子在旁边支着耳朵听,大声嚷嚷,孩子都是从河里捞来的,这个我知道!

苏惠说,呸!你捞一个给我看看。

李立子说,我明天就到护城河去捞,捞回来你们家得养着,我妈是养不了的,我姥姥是"老不死的",也养不了。

李立子的妈每天半夜回来,睡到第二天下午。李立子是靠他姥姥照顾着。

苏惠说，你以为是捞小金鱼儿呢，满河里都是孩子。

我相信苏惠的话，但我感到这件事情有点儿恐怖，有点儿顺理成章又不可思议。因为我的五姐姐正在孕期中，她的肚子大得像个鼓，都快透明了，看着很可怕。妈说五姐的肚里装了两个孩子，是双棒儿，生起来怕是困难。想着将来两个孩子要从五姐姐的"那里"出来，我难过得想哭。妈在我眼里是万能的，连妈都说"困难了"，那就是相当困难了，万一大人、孩子都憋死了，怎么得了。这么一想，我立刻决定，自己这辈子也不要生孩子！我问苏惠怎么就能不生孩子，苏惠说，不结婚就不会生孩子。

我说，婚我还是要结的，比如戏台上的赵云、吕布，还有杨宗保，都是我的最爱，我很愿意跟他们在一块儿过日子，一块儿吃莫姜做的饭，一块儿上北海划船，看他们在台上翻跟头。

苏惠说，结婚就是个仪式，不跟男人睡觉就不会生孩子，这个问题再简单不过了。

我说，睡过了就会怀上孩子？

苏惠说，肯定。

我吓得魂飞魄散，天哪，我跟我爸爸睡过啊，从夹缝被提出来的那天，睡过几个晚上哪！我要是有了孩子他（她）在家里该算是谁呢？

这事儿麻烦。

我偷偷摸自己的肚子，暂时还没有膨胀的迹象，但我知道它会慢慢长大，五姐姐就是这个样子的。

每天都摸肚子，似乎都觉着它在慢慢隆起，害怕极了。我很忧郁，忧郁得有点儿茶饭无心，饭量大减。不敢跟妈说，也不想和苏惠说，小小的心思一天比一天重。那天在厨房，妈看我无精打采的模样问我怎么了，我想这事儿怎么也绕不过妈去，将来生了孩子还得靠她拉扯，藏是藏不住的。我告诉妈，我可能怀了小孩儿。妈说，真的呀？

莫姜正端笼屉，听这话扑哧乐了，一锅饭差点儿撒了手。

我说，那天我在您屋里，挨着爸爸睡过了，苏惠说了，男的女的在一块儿睡就会生小孩儿。

妈一点儿也不惊奇，她好像很高兴，说她快当姥姥了，一拨儿一拨儿的小外孙子们都奔她来了。听着妈妈那漫不经心的调侃，我心里难受极了，感到自己孤独又无助，趴在灶台上抽抽搭搭地哭起来。

妈在一旁乐,平日不动声色的莫姜也偷偷地乐,我觉得她们有幸灾乐祸之嫌,她们在欺负我。

没过两天,六姐姐回家来了,六姐是协和医院的妇科大夫,平时不在家住,老是值夜班。她说话利落,做事儿麻利,身上永远散发着药水味儿,离老远就能闻见。虽说是一母同胞的亲姐儿俩,可我不待见她,她也不待见我,我们俩缘分很浅。她回家是被妈叫回来的,回得挺不情愿的,对我也很不耐烦,嫌妈耽误了她医院的事儿。

在妈的安排下,她把我抓到我的小东屋里,按在床上,板着脸说,别没事儿找事儿啊,你这是闲的!

我说,我怎的没事儿找事儿了?你才是没事儿找事儿!我也没请你回来。

她说,谁都是打小时候过来的,怎就你过得花哨?就你事儿妈似的,没完没了?

我说,你才是事儿妈,我的事不要你管。你以为你是谁?你不过就是个爱给人开膛破肚的六丫头!

六姐说,我现在没工夫和你扯闲篇,我先给你说说什么叫荷尔蒙——

她那张脸本来就长得长,这一"荷尔蒙"就显得更长了。我看着她翻白眼,她说,你那鬼心思我什么都明白。

我说,"荷尔蒙"这名字很好听,很洋气,将来你有了孩子就叫"荷尔蒙",挺好。

六姐厉声道,把身子坐直了,听我说!

不苟言笑的六姐,一板一眼地给我说了什么是雌激素,什么是月经,什么是受精,什么是坐床,什么是产褥期,什么是哺乳期……

窗外西北风呜呜地刮,小雪粒儿拍在窗户纸上唰啦唰啦的,小屋里没有生火,把六姐的鼻尖都冻红了,拿手绢使劲儿擦鼻涕。我却燥热难耐,那些哺乳期什么的把我听得如坐针毡,浑身冒汗,敢情人有这么多内容啊,尤其是女人,她比男人的名堂要多多了,复杂多了。

六姐受不了东屋的冷,临走,扔给我一本《产科学》,那是她上学的教科书。书里有很多插图,有男人的也有女人的,画的都是一些不便让人看的地方,淋漓尽致,没遮没拦,很是直接。书归了我,名正言顺,没事儿我就抱着书看,应该说这本书是我对人体了解的入门之书,它太重要了。

我至今不承认六姐是个合格的人体启蒙者,她那刻板枯燥的荷尔蒙讲解,醍醐灌顶,一通猛浇,填鸭式的强灌对我的认知是个大颠覆,她似乎没考虑过我这个孩子能否接受得了,能否扛得住这突如其来的大科学的冲击。比起上中学以后生物教师(一般生理课由生物老师担当)对生理卫生一章轻描淡写"这章同学们自己看书吧,不属于考试内容"地一带而过来说,我的这场恶补当算是得天独厚。

一个小丫头,由妇科大夫来做启蒙教育,那是怎样的一种完全彻底!

十岁,我已经知道荷尔蒙,知道受精了。

《产科学》自然要拿给苏惠看。苏惠每次看书的时候都脸红,把书举得高高的,只开一道缝,把李立子引得很好奇,急赤白脸地抢,当然是抢不到。李立子买了一百个猴皮筋儿跟我们换,我们也没答应。后来,李立子把家里藏的一本画报偷出来跟我们交换着看,画报里头有光屁眼子的男人和女人,或坐或站,摆出各样姿势,长得也不好看,是外国人。我们拿着那些光屁股的人调侃,李立子说他们在"耍流氓",我说他们在开光腚会,苏惠笑而不言。

班主任"瓜子仁"时不常来检查学习小组,谁都看得出,他来的目的不是为了我们,是冲着苏惠妈来的。苏惠妈一见"瓜子仁"进院,马上抱着一包活计迎出来,也坐在石头凳子上,意思很明白,她是在看着孩子们做作业。"瓜子仁"见了苏惠妈,一副嬉皮笑脸的模样,很不庄重,用各种理由把苏惠妈往屋里引,苏惠妈嘴角挂着微笑,就是不挪窝儿。我们都低着头写作业,装得很傻很乖,其实谁心里都明白,在屋里,"瓜子仁"会动手动脚摸苏惠妈的奶。我们私下议论过摸奶的问题,觉不出有什么好,不当吃不当喝的,但是这个举动对"瓜子仁"来说就显得很迫切。苏惠妈总是避免和"瓜子仁"单独在一起,我们都支持苏惠妈。

"瓜子仁"在李立子的书包下头发现了画报,像发现了宝贝一样两眼直放光,他说这本书属于黄色范畴,不能出现在小孩子手里,得没收,说着拿眼睛扫了一下苏惠妈,苏惠妈脸上仍旧是淡淡的微笑,好像什么也没听见。"瓜子仁"有些无趣,他说他还要到扁担胡同检查另一个学习小组,改天要过来处理画报问题。这件事儿对学生包括家长都是个很严肃的问题。

"瓜子仁"走了,我们半天都没人说话,担心学校会因这个处分我们。苏惠妈没说什么,脸上依然是好看的微笑。

李立子告诉我,"瓜子仁"坐在那儿偷偷用指头尖挠苏惠妈的腿。我说苏惠妈才看不上"瓜子仁","瓜子仁"长得太猥琐,太恶心。李立子说,男人并不是长得都跟赵云、吕布似的,比"瓜子仁"还难看的人有的是,比如他爸爸,他爸爸长得像动物园的山魈,净打他妈,还骂人,骂他妈妈是婊子,骂苏惠妈也是婊子,骂天底下的女人都是婊子。

我说,那他就是婊子养的。

李立子点点头说,好在他去了台湾,要不我们都成了婊子。

被"瓜子仁"没收的画报如石沉大海,学校没有因为这个处分我们,我们很快就把它忘了。因为我们被"瓜子仁"没收的东西太多了,小人书、弹弓、洋画、玻璃球……都是在课堂上不应该出现的东西,谁还为一本画报操心呢。

每回都是我从月亮门去1号玩儿,极少见苏惠过到我们这院来。我们院里树多,可以把猴皮筋儿拴到树上随意调整高度。苏惠家院里就不行,得两个人举着。李立子对这项活动表现出了极大的不耐烦,坚持不了五分钟就撂挑子,说跳皮筋儿是丫头们的玩意儿,他的志向高远,要当科学家,让科学家举猴皮筋儿是大材小用。

也有苏惠过来的时候,那是老七在院子里画画时。老七喜欢拿着画夹子描摹院里的花草,喇叭花、含羞草、玫瑰花、西番莲,很普通的东西在老七的笔下个个儿变得精神抖擞,生机无限。苏惠爱看老七画画,有时候在老七旁边一站就是一两个钟点。我没那耐心,我喜欢看我爸爸的大写意,墨汁哗啦一泼,就是个大螃蟹,哗啦一泼又变出一条河……出人意料又让人惊心动魄。

那天老七在院里画喇叭花之余,顺手给苏惠画了一张肖像。苏惠很珍贵地举在手里,不敢折叠,说她长这么大还从来没人给她画过像,拿回去要挂在墙上。我缠着老七也给我画一张,老七说,去去去,锛儿头倭瓜眼的模样还要费我的纸,画你还不如画狗玛丽!

我说,老七你是说我长得没苏惠漂亮是吧?

老七说,你以为自个儿是朵花吗?

我说,老七,你让我的自尊心受到了极大伤害,你不能这样糟践我,连狗都不如,告诉你,在爸的眼里,我可是三春大牡丹!

老七看着我一脸苦笑,我不能容忍他的这副讥讽模样,一脚踢翻了他的画架子,吓得苏惠直往后退,嘴里不住地说,别价,你别价呀!

老七说,行行行,您是大牡丹行了吧? 我算是服了您了!

老七收拾他的画架子回屋了,苏惠不满地对我说,你这是干吗? 不讲理得厉害。

我说不是我不讲理,是老七窝囊,废物点心一个。

苏惠说，你是欺负老实人。以小卖小。

我说，随你怎么说。

我们混混沌沌地活着，不知有汉，无论魏晋。有一天，我们醒了，是饿醒的。那时候全国人民都为粮食而惶恐不安，见面"吃了吗"的问候变得实际而有内容。悠悠万事，唯此为大，吃饱肚子成了人们最迫切的理想。我们是学生，每月粮食定量是二十八斤半，按说不少，可总是不够吃。大家的饭量突然都变得很大，没有油水，每月二两油半斤肉，不定期凭购货本供应一斤咸带鱼。我们的腿都肿了，一按一个坑。学校实行了劳逸结合，半天上学，半天休息，体育课休课，因为常见有跑着跑着就昏倒在操场上的学生。我越长越细，细脖子顶着个大脑袋，晃晃悠悠的，模样越发不中看，连狗尾巴花的资格也达不到了。苏惠的脸色黯淡无光，青春美少女的模样恍惚成为过去。就像一个正长着的粉桃，突然落到了地上，发黄发黑，抽抽儿了，让人看了心疼又无奈。最差的是李立子，他老是饿，老是在寻找吃的东西、制造吃的东西，小球藻、人造肉，社会上流传什么，他就能折腾出什么。

学习小组已无法坚持，更多的时候是我们各自在家，慵懒地看书。学校为我们组织了松散的读书会，让我们定期谈学习心得，上交读书笔记。因祸得福，不知是哪个教育家出的这个好主意，使得我们有了大把大把的时间能躺在床上读闲书。我至今的读书习惯仍旧是躺着读，松软干燥的被窝儿里，昏黄的灯光下，读一本自己心仪的书，那是世界上最幸福的事情。难道不是吗？

我们的读书小组还是三个人，苏惠、李立子和我。其实除了饿，我们没什么不满足的。别的小组要到东四北大街的东城图书馆去借书，我们不用，我们家的书比图书馆多。同学来借书，我妈不阻挡，她自己不认字，却崇尚读书，认为只要是读书，就是正事儿，就应该支持。因此苏惠和李立子可以堂而皇之地进入我们家的书房，在书格子上任意翻腾，许多的书通过月亮门运出，有去无还。苏惠爱看的是《镜花缘》《西厢记》《死水微澜》；李立子钟爱的是《七侠五义》《施公案》《儿女英雄传》；我是杂食类，逮着哪本算哪本，《天工开物》《拍案惊奇》《神曲》，狗熊掰棒子，哪本也没读完过。我们最怕开班会，汇报读书心得。因为自家那些张生、红娘、安公子、十三妹实在没法儿和人家的保尔、刘胡兰抗衡。为此我们都很自觉地不举手，让人家去表现，让人家去大说特说。我们很低调，我们心怀鬼胎。

下午的时候苏惠在月亮门那边朝我招手，问她有什么事，她红着脸不言语，靠着月亮门的墙玩手指头。我让她快说，说我还很忙，西口粮站来了白薯，配给的，必须买，一斤粮票买五斤。我们家人口多，我和老七得借平板车帮着莫姜去拉。指望莫姜那个老太太，百多斤白薯她天黑也运不回来。

苏惠朝我们院里望，老七正站在他的房间门口等着我和苏惠磨蹭。老七性格内向，他明明着急，也不表现出来。老七住的房间是过去的花厅，大门、大玻璃窗，他待在里头跟动物园的猴似的，可以隔窗参观。老七画画讲究光线，房间不挂窗帘，他在屋里干什么外头都一览无余。妈跟我说过，北京夜里有夜游神在房舍间走动，夜游神极高大，房顶只能到他小腿肚子，倘若半夜你一睁眼，恰逢夜游神从你窗户跟前走过，不把你吓成稀屎瘳才怪。我怕撞见夜游神，所以天一黑我就赶紧拉窗帘，养成习惯了。

苏惠瞥了一眼院里的老七，把一个花纸信封塞到我手里，叮嘱我，直接交给舜铨哥哥，不能让别人知道，更不能让别人看。经苏惠一说，我才想起老七叫舜铨，这些年跟着妈老七、老七地叫，没大没小，几乎把他的名字忘了。

我问苏惠，我可不可以看？苏惠说不行，是专给舜铨哥哥的。我说，你自己交给他不是更直接，他就在那儿站着呢。

苏惠说不，说通过我的转交更能显出女孩儿的矜持，她苏惠不是什么都不论（读lìn。不论，北京方言，意为不管不顾，满不在乎之意）的丫头。我说也对，崔莺莺和张生之间还有个红娘呢，咱们三个是在唱《西厢记》。

接过苏惠的花信封，我迈着小台步边走边唱：叫张生你藏在棋盘之下，我步步行来你步步爬，放大胆忍气吞声休害怕，跟随着小红娘就能见着她……

一想不对，这回是崔莺莺给张生传书信，不是张生跳墙找崔莺莺，闹反了。

排队买白薯的时候我把信封交到老七手里，老七问是什么东西，我说是苏惠给的，让他自己看。老七撕开花纸，里面是三斤粮票。困难时期的三斤粮票，其贵重程度无法计算。老七一个大小伙子，每顿的主食只有三两，常常饿得他到莫姜的厨房去转，不好意思跟莫姜要吃的，只是说渴了，想喝凉米汤。害得莫姜摊着手眼泪汪汪说不出话来。

现在老七看着手里的三斤粮票闹不明白是怎么回事儿，他让我把粮票还给苏家，说家家粮票都很紧张，不要白占人家的便宜。我说，是苏惠特意给你的！

老七说，那更不能要。凭什么？还了去！

还?我还真舍不得。买白薯交钱的时候,我从身后莫姜手里接过粮票,连同手里那三张,一并递了进去。多买了十五斤白薯,老七没有感觉,莫姜一边推平板车一边算计,怎么多收了咱的钱哪?老七在前边蹬车,我在车上坐着,心里暗自发笑,前边的懵懂,后头的认真,中间的我蔫儿坏。

等于是我替老七受了苏惠的馈赠,老七蒙在鼓里,苏惠也蒙在鼓里。我承认,我把苏惠的信交给老七的时间、地点都欠考虑。要不,苏惠那颗少女的芳心下场不会那样糟糕。可我也不知道那里头是粮票呀,并且它是出现在我们买白薯的时候……

接下来是苏惠让我给老七送两个用花手绢兜着的米糕。大概是听了我说的老七到厨房找凉米汤的话,心里不落忍吧,看起来她是爱上我们家老七了。我不知道一棍子打不出个屁的老七有什么可招人喜欢的,反正我要是找爱人,绝不找他那样的。除了画画,别无长处,连灯泡也不会换。不会哭也不会笑,没有一点儿情趣,甚至连玛丽狗都不如。狗玛丽还知道作揖讨好,老七的脸老是一副死眉瞪眼的泥胎像。

苏惠看上他哪儿了? 我真不明白!

米糕的味道又香又甜,我把它拿进花厅,在老七的鼻子底下一晃,老七抬起头说,真香。

我把手绢当着老七的面儿打开,两个白胖松软的米糕立刻香飘四溢。老七从我的手里抢过去一个,三口两口填进嘴里,边吃边问,谁给你的?

我说,苏惠妈。

不知怎的,我回避了苏惠,我是不想让老七多心。

老七说,唔,南方人才会蒸这种糕,莫姜蒸的鸡蛋糕不是这种味儿。

我说莫姜的糕是面,这个是米,质地不一样。老七问苏家老家是哪里的,我说管她是哪儿的,吃!

我和老七谈论了半天米糕,平淡的话题,我的动作却很夸张,很大成分上带有表演性质。我知道,月亮门那头有一双眼睛在偷偷地看。

苏惠像受到什么鼓励,三天两头给老七送东西,玻璃丝编的一颗心啦,苏联的风景画片啦,几块高级牛奶糖啦,三五颗苏州话梅啦……百分之百都被我截了。傻苏惠开始给老七写信了,她大概认为老七也爱她。我才知道,一个女孩子一旦燃起爱的火焰,那就是奋不顾身,勇往直前,飞蛾扑火,全不在乎了。天下比老七精彩的大有人在,苏惠却是一条道要走到黑,把老七看成了天下第一。

从苏惠的言谈中我知道,每天晚上苏惠都站在月亮门东边朝花厅望,看老七弯着身子画画,看老七在屋里走动,看老七在廊子下洗头发,看老七脱衣服关灯睡觉。这个女夜游神对老七的一举一动都充满爱意,充满了想象,充满了憧憬。好像老七的举手投足都有着象征意义,都透出了某种范儿,让她到了痴迷的境地。她向我打听老七的一切,包括性情爱好,口味咸淡,朋友圈子,身体状况,让我烦不胜烦。不就是一个老七,至于嘛!敢情一个人暗恋一个人可以到这种程度,整个迷症了!

苏惠的信从几天一封到一天几封,频繁地传递过来。信封都是经过精心挑选的,散发出香粉的味道,字也是一笔一画写得很讲究,看来她是费了心思的。苏惠的信被我攒在抽屉里,打入冷宫。信的分量越来越重,她给老七的话越说越长。每回苏惠问我,给他了吗?我都说给了,接下来她就会问,"他说什么了?"我说,什么也没说。

苏惠紧接着追问,他是不是不高兴了? 我说,没有高兴也没有不高兴。

苏惠说,他是不愿意在你跟前表现出来,男的都这样,什么都兜着,不露声色。我真羡慕你,有这么一个儒雅俊秀的哥哥,我要是你,天天在他房里待着,跟他在一块儿。

我说,真庆幸你不是我,这个木讷的老七,真不是任谁都能接受的人。

苏惠说,我能接受他,他有种靠得住的深沉,安静的美,成熟的男子最难寻了。我妈妈当年就是跟了个小她十岁姓王的小白脸儿,两人一块儿过了不到三个月,姓王的就一拍屁股走人了,姓王的爹让他回去继续读高中……

从苏惠欲说还休的谈吐中,我总算了解了一点儿苏惠妈的过去。

我说,姓王的是你的父亲?

苏惠说不是。我说,老七比你大不少,你到了你妈这岁数他已经老了,成了一个连呵儿喽带喘的老棺材瓤子……

苏惠说,我情愿。

我想跟苏惠摊牌,将扣留信件的事情如实相告,让这单方恋情尽快结束。但是我怕伤害了苏惠,怕她知道真情经不住打击,毕竟她是个初中小女生。全盘向老七托出,也不妥。老七会认为我跟苏惠是一路货色,也是个给别人写情书的,对我的形象影响太大。我的原则是能拖就拖,过段时间,苏惠的热情冷了就好了。

还没容我处理,我抽屉里的信就被妈翻出来了。我妈老是偷偷翻我东西,这让我很讨厌,防不胜防。妈不识字,但是她很敏感,她知道这不是什么好东西。她把信拿到老七屋里,让老七给她读。随同信到达花厅的还有我本人,我知道待会儿老太太得炸窝,说不定又得动用鸡毛掸子。

老七看着那一堆喷香的信封直摇脑袋,说写这些信得花多少工夫哇!丫儿不好好念书,把心思用歪了……

妈说,全是歪门邪道。

我说,月亮门本来就不是正道。

妈说,跟月亮门有什么关系?

我讳莫如深地看着妈。

妈说,这孩子有病!

老七拿了一封,展开来,米黄信纸上有纯蓝墨水写就的小字。他读道:七哥哥——哦,还是写给我的呢。

我说,当然是写给你的!

他接着读:你是我的灵魂,我的亲人,是我身边的唯一……

妈对老七说,丫儿知道疼你了,长大了。说完了看着我又说,话都说到这份儿上了,老七是你唯一,你把我搁哪儿了呢? 你个白眼儿狼!

妈有点儿不高兴了。

老七的脸也渐渐变得严肃。

他又打开一封,这回换成粉信纸,他吭叽了几下,像是要咳嗽,看了看我,没出声。

妈说,念!

老七就念:……月光下,我在门这边看着你,你的一个迈步,一个转身,都引起我一阵阵心动。或许我很小,很不起眼,很卑微,但是我愿意为你而改变,为你而活着。千言万语也表达不了我对你的情,表达不了我对你的相思之苦……

妈没说话,她眨着眼睛没听明白。老七情商不高,他跟妈一样,也使劲儿眨着眼睛。妈说,你眨什么眨,往下念!

老七念道:……每每想到你的冷静,你的慎重,你的内在美,便让我感动得浑身战栗,不能自持。烈火炙烤着我,让我一刻也不能安宁,我的亲人,我盼望着将来我们能住到一间房里,睡在一张床上。不,其实我们已经在一起了!我天天晚上看着你,你在我的心里。——被你忽略的小月亮

156

妈对我说,什么时候你又变成了月亮? 你就不能让我省点儿心吗?

老七说,她能变月亮? 她顶多变个老马猴子。

妈说话已经有哭腔了。没眼色的老七又拈起了一张天蓝的,继续念着:……等着我呀,我的七哥哥,再过六年你就可以从月亮门把我娶过来,我会把我的温柔、贤淑,我的体贴和爱一并展现给你……

妈开始掏手绢了。

我张着嘴半天说不出一句话。天哪!这些文字难道就是出自那个作文永远上不了七十分、在人前极少言语的苏惠之手吗?这样温婉的言辞真是一顶一的棒,平时真是小看了她!

原来爱情可以让一个傻瓜加笨蛋变得如此有才华! 如此的不可超越!

我站在妈和老七对面,呈走神儿状态。妈使劲拧了我的脸一把说,说说吧,你打的什么主意?

我捂着腮帮子说:……没主意……妈,我很感动。

妈抄起画案上的镇尺就拍在我的屁股上,看来她动了真格的,这一下打得很重。我哇的一声,躲到了老七身后。

老七拦住妈说,"被忽略的小月亮"可能另有所指。人家话里说得明白,"从月亮门把我娶过来",您眼前这个就在门这边,一天恨不得往我屋里跑十回,踢门而入,直脖儿大嗓地嚷嚷,哪里有半点儿贤淑、温柔? 太阳就是从西边出来她也不能"为我而改变"。况且这娟秀的小字,也不是丫丫那伸胳膊尥腿的字能比的。

聪明的妈立刻猜出了"小月亮"是谁,盯着老七半天没说话。老七窘得满脸通红,结结巴巴地说,您老看着我干什么?

妈说,跟那丫头比,你是成年人了,你可不能……

老七话说不利落了。我……我干什么了?……我什么也没干……我就在屋里……在屋里。

妈说,这种事儿一般都是男的主动,你难道就没勾引人家? 信可以不回人家,比如送个眼神什么的大概是有的。

真服了妈的想象力,老太太编故事的能力远在我和老七之上!

老七急了,说,我送什么眼神啊? 我给谁送啊!

我说,妈,书里头不叫眼神叫"秋波",老七要会送"秋波"就好啦! 这会儿您连孙子都抱上啦!

妈说,去!

妈最终把事情闹明白了，敢情这里头就没我和老七什么事儿。为了下台阶，妈把不是都推在了我身上，说我不懂事，说我做事不走脑子，说我是个吃货，是傻大姐，是二百五……

我说，我怎么不懂事啦？我够懂事啦！这事处理得多么精彩！

精彩的结果是妈给老七的所有窗户都装上了窗帘。困难时期的布票每人每年二尺七，还是窄幅纯棉布，不够遮挡一扇窗户的。于是妈翻腾出家里所有没用的被褥，拆洗了，里儿面儿兼用，把老七的大玻璃窗罩护得严上加严，像挂了拼接的万国旗。

把老七搞得很沮丧，画画也没了心情。

为此，妈又给我派了任务，白天把老七的窗户帘拉开，晚上一定想着给他拉上。免得让"夜游神"瞅见，让"小月亮"照见，再动心思。

我说老七成了罐里养的王八，越养越抽抽儿，从大老爷们儿养成娇羞美少女了，怕让人看。不是金屋藏娇，是破布帘子藏猫。搞得人不是人，鬼不是鬼的。

苏惠是敏感的，从花厅挂起窗帘的那天起，便再不给我好脸，自然也没有美丽喷香的信传过来。我知道，我们家这个举动是把她彻底得罪了。几次想通过李立子把她约出来解释一下，都没能成功，因为李立子正热衷于组装矿石收音机。他戴着耳机，抱着个小木头匣子，拿着他姥姥捅炉子的铁通条，在墙根这儿扎一下，那儿扎一下，寻找最佳的地线位置。他见了我，不接苏惠的话题，让我戴上耳机听收音机里的声音：

　　　　鸡蛋皮小帽白光光，橘子皮做我的红衣裳，绿辣椒做我的灯笼裤，蚕豆皮鞋咔咔响。你要问我是哪一个，我是小木偶，名字就叫小叮当。

是少儿节目《小喇叭》。我把耳机还给他说，什么呀，沙啦啦响。

李立子说，调，再转转这根金属丝——

随着进入中学，李立子不太爱跟我们玩儿了。他的嗓子变成了难听的公鸡嗓，声音是劈的，模样更不招人待见。李立子让我自己找苏惠谈，他说，丫头们的事儿最好丫头们自己解决，不要让别人来掺和。

说着李立子又把耳机给我戴上，说这回清楚了。耳机里还是那个嗲嗲的声音在唱：

……我是小叮当，工作特别忙，小朋友来信我全管，我给《小喇叭》开信箱……叮当叮当叮叮当……

我说怎么老是小叮当，李立子说他只能收这个台。我看见李立子的喉头，有些凸出，我知道，那是荷尔蒙起作用了。眼前的李立子已经不是玫瑰茶就能哄乖的李立子了。

爱的心劲有多么高，跌落的伤害就有多么痛。近日苏惠的学习简直一塌糊涂，精神恍惚，动辄就眼泪汪汪，连最简单的一元二次方程也做不出了。我没想到老七的破窗帘对她的伤害会是这么严重，当然这也归结于我妈妈不动声色地拒人于千里之外。我那贫苦出身的妈在大宅门里历练得真够可以的了！

苏惠一直认为是我把那些信交出去了，她对我恨之入骨，从不拿正眼瞧我，这让我很冤枉。无法说清楚，索性不说，没必要再反复解释了。这时候，经妈张罗，有人给老七介绍了一个对象，东城织袜厂的女工。女工没文化，长得也很一般，初次见面就问老七每月工资多少钱。老七说他没工资，没工资是他没有单位，他在家画画，人家喜欢他的画会给他一笔润笔费。女工说，润笔，就是把毛笔蘸蘸水嘛，那能给多少？

老七说，是没多少。

女工说好在我们家家底厚，养得起老七这个老儿子，她也就不太计较了。老七心里不愿意，但是他实在没勇气驳妈的面子。妈过去也当过女工，她对穷家出身的女工有着偏爱。妈说，没文化怎么了，我大字不识不是也当了教授夫人，街上人照样称呼我"四太太"吗？再说人家还是小学毕业，比我有学问……

我在旁边听得直咧嘴。

老七低着头一声不吭。

结婚的头一天晚上，老七一个人在花厅里闷坐着。我给他拉窗帘，新房的窗帘已经换了钩花的网眼布，再不是五光十色的万国旗。老七自言自语，与其这个，还不如……

我怔怔地站在那里，不知该说些什么。

那晚，花厅的窗帘没拉，被明晃晃的月亮照着。老七在月光下一直坐到半夜。

很快，"文化大革命"运动如飓风刮来，戏楼胡同真如同一座颤巍巍的戏楼,支撑不了多少时候了,谁也不知哪根檩先折,哪块儿瓦先掉下来,风雨飘摇中的老楼什么时候彻底趴了架。

人人都是楼上的瓦,家家都是楼上的檩,整条胡同战战兢兢。

大浪拍来,首当其冲的是有台湾关系的李家。李立子的妈被穿上戏装,凤冠霞帔地站在敞篷大卡车上,由单位拉回来,接受批斗。她那张俊秀的脸被油彩和血渍污得看不出本来面目,十根手指头肿胀成了黑紫色,脖子上挂着的木牌上写着"戏霸美蒋女特务"。高雅细致的大美走向了极致,到了反面。造反派站在高处义愤填膺地宣读罪状,说李立子妈利用观众鼓掌的声音掩盖她向台湾传递大陆情报,说着郑重亮出从李家抄出的发报机,以证实"美蒋特务"的不虚。我发现,发报机就是李立子自己组装的矿石收音机,只能听到"小叮当,叮叮当"的矿石收音机。

我在人群中四处寻找李立子,才发现他紧贴着卡车车帮站着,伸手够着他妈妈的脚脖子,仰着脑袋一声一声叫着"妈!妈!"他的妈妈,那位我们平时极少在胡同里能见到的"角儿",在儿子不停歇的呼叫里,将紧闭的眼睛艰难地睁开了一条缝,又闭上了。

谁说李立子不爱他的妈!

谁说他的妈从不拿正眼瞧他!

亲情在此刻的流露让人心酸,让人永不能释怀。

几天后李立子的妈妈跳了什刹海,他的"老不死的"姥姥疯了,披散着白头发沿着海子边使劲跑,李立子每天得花很大精力追他姥姥。

我也注意到,大部分时间苏惠和她的妈妈都把自己关在房门里,极少露面。我敲她家的房门,也只是苏惠闪出门来,一脸惊恐。我问她们家有什么需要我帮忙做的,苏惠冷冷地说没有,她让我以后再别到她们家来。

我想大概还是因了信的缘故……

老北京人一般不说太决绝的话,"以后再别来"这样的硬话从苏惠嘴里说出来,让我吃惊。我不能相信对一段情感的拒绝能引出这样的结果,让一个人变得冷漠偏执、不近人情。比疯了的李立子姥姥还可怕。

其实我错了。

"瓜子仁"频繁在1号院的出现让我多少窥出了端倪。此时的"瓜子仁"是我们这片造反派的领导成员之一,他穿着红卫服,戴着宽大的造反派红袖章,在所辖各条胡同里耀武扬威地走来走去。他可以随意进入任何一家,没来由地指手画脚、吆五喝六;无限上纲上线,看什么都是"新动向";动辄便是"办学习班"、是"上批斗会"、是"遣返农村"。人们躲瘟神一样地躲着他。

在他的身上已经找不到教师的影子了。

这天傍晚,我扶着病中的父亲在后院遛弯儿,听到"瓜子仁"在1号院里训斥苏惠妈,你的内查外调由我亲自过手,我说你是好人你就是好人,说你是坏人也绝没冤枉你……

接下来是苏惠妈的低声细语。

"瓜子仁"说,柳枝胡同妓院挂牌接客的你是头一份儿!烂婊子一个你还装什么假正经……

…………

我惊奇地看着父亲,我相信那边的话他也听到了。父亲不动声色地说,凉了,丫儿咱们回屋吧。

柳枝胡同的妓院,挂牌接客,烂婊子,苏惠妈。

一个旧社会的妓女啊!

早知道这些我还会喜欢她吗? 李立子还想认她当妈吗?

我感觉到了,大人们的心里藏了太多的东西,在一张脸的背后还遮掩着许多张从不示人的面孔。包括我的父亲、母亲,他们对苏惠妈的出身应该是清楚的,但却表现出了沉默、冷淡和事不关己的"装"。在各种人情世故平静的水面下,涌动着一股股暗流,偶尔搅动起污泥浊水,旋成一个个旋涡,顶多在水面上冒个泡,而水波不兴的下头,腥臭、恶心,让人触目惊心。天底下并非是我接触的那样阳光灿烂,美丽娴静的苏惠妈如同《产科学》里所说的,她要经常地和各色男人产生"受精过程"……

不敢想象!

很是接受不了,但我知道,我必须接受,我已经不是满院疯跑的小丫丫了,我的心里开始装东西了。

再看苏惠妈,在月亮门那边进进出出,还是那么娴静,那么端庄,小碎花的褂子,齐耳的短发。

一个溽热难耐的下午,我坐在后院的水池边,望着那一池长满浮萍的死水,闷闷呆坐。我要把许多想不清楚的事情想清楚,再不想稀里糊涂地活着。

老七在他的花厅里待着,没有出来,他最近很烦。他工人阶级出身的媳妇提出要和我的父母划清界限,因为街道上有传言要揪斗我的父亲,说他是"封建社会残渣余孽",听说连纸糊的帽子都已经准备好了。李立子的妈,那个戏曲名角儿让人们认识了运动的残酷性和瓜蔓所及的牵连性。她一个"根红苗正"的织袜工人,犯不着因我们家而无辜受害,更何况她还有个在外省当造反派司令的弟弟。最终,织袜厂的女工回了娘家,什么时候回来不知道,还回不回来也不知道。把老七闹得去媳妇娘家找也不是,不找也不是。

"瓜子仁"来找老七了,他以造反派负责人的名义责令住在后院的老七必须在两天之内将月亮门封死。他说,1号、2号是两个院子,后头通着算怎么档子事儿呢?既不符合管理机制也给坏人造成了可乘之机,阶级斗争要年年讲,月月讲,天天讲,不可有一丝一毫的松懈。

老七放下手里的画笔怔怔地听着,他搞不清楚封门这样的事情跟他有什么关系,为什么这项工作要由他来承担。"瓜子仁"交代完封门的事情似乎也再没有其他的话语,他在屋里转了一圈,点着老七笔底下画的"鸢尾麻鸭"说,你这个属于"封资修",政治态度极不健康!

老七不明白他的画怎的"不健康"。"瓜子仁"说,什么都有阶级性,人是这样,花也是这样。牡丹、芍药代表了反动统治阶级,菊花代表了逍遥派,水仙、兰花是小资情调,喇叭花那就是保皇派吹鼓手……

老七不谙世故,问什么是无产阶级的花。"瓜子仁"大概是心情不错,没有计较老七的态度,说,无产阶级的代表是向日葵,是红梅……

老七看着画案上没填颜色的鸭子一脸不解。"瓜子仁"说,金舜铨你应该到大街上晒晒太阳,加入到"文化大革命"的洪流中去,不要老躲在阴暗的屋里画鸭子。你记住,革命的同路人好做,真正的革命者难当!你的屋里有一股霉烂腐朽的味道,你本人也在腐烂之中!

如果老七当时不接"瓜子仁"的话,也就没了后面的遭难,偏偏老七爱说实话,他说他对紫外线过敏,怕晒太阳。

让画家钉门,结果可想而知。老七找来几条破木板,经过一番挣扎,终于把木头"门"钉上了。不能叫门,只能称之为栅栏,门板子间隔的缝隙不但猫黄黄儿能钻过去,狗玛丽也能钻过去,我也能钻过去。我揶揄老七的门缝能过大车,老七拍拍身上的土说,不光缝大,还一推就倒呢,其实就是个象征而已。

象征的门隔断了两个院落的来往,也隔断了我幼时的懵懂和有关玫瑰花茶的美好记忆。

过去的一切都结束了。

真正的噩梦还在后面。

一句"怕晒太阳"，在一周后成为老七进入牛棚的实证。"红太阳"是谁啊？"红太阳"是伟大领袖，你害怕"红太阳"，明摆着是把自个儿搁到对立面了，街道正在清理阶级队伍，你不是牛鬼蛇神谁是牛鬼蛇神？是牛鬼蛇神就得进牛棚接受审查，抓你没商量！

老七是在下午晚饭前被带走的。妈凭着她的好出身还企图左拦右挡，说怎么也得让儿子吃了晚饭再走，结果未能奏效。老七被推推搡搡地带出大街门，直到走还不知道自己犯了什么过失。患胃癌的父亲着急，一口血从嘴里喷出来，彻底躺下了。母亲和我急着找车，拉父亲去医院。忙乱中父亲嘱咐我晚上赶紧把老七的房子收拾一下，该归整的要归整起来……父亲的意思我明白，于是整整一个晚上我都在老七的房间里忙活，不敢开灯，借着窗外的月光拾掇老七的藏画。从藏画的落款看，哪一件几乎都能置他于死地。至于老七本人，反动的牡丹有很多，小资的水仙也不少，最让人头痛的是那些旧诗词的墨迹，件件都能和反动思想挂上钩……

越收拾我越害怕，出了一身冷汗又一身冷汗。

我要到前院找口热水喝，出了花厅门，才发现外面一院的好月光。月光下，偌大的院落静悄悄的。妈陪着父亲留在了医院，莫姜"文革"一开始就回了家，现在老七又关进去了，家里就剩了我一个。头顶的月亮，温吞的夜风，混杂成一股莫名的气息，花香、墨香、饭香，抑或是什么其他。那是昔日北京的气息，家的气息，一切竟然有些陌生。黄黄儿不知从哪里钻出来，缠在我的脚下不肯离去，我才想到整整一天没喂过它了，至于狗玛丽早已跑得不见了踪影。我突然感到了无所依靠的孤独，感到了月空如洗的苍凉和命运难揣的不安。

月亮门那边有人声，是"瓜子仁"和苏惠妈。好像是"瓜子仁"让苏惠妈进屋，苏惠妈说，孩子在屋里睡着呢。

"瓜子仁"说，你的孩子什么没见识过，还在乎这点儿事儿。

苏惠妈说，那毕竟是孩子。

"瓜子仁"说，我早晚得把她收拾了！

苏惠妈说，您不能打孩子的主意！到时候我得完完整整地还给人家！

"瓜子仁"，完整不完整先得看你的态度……

门那边像是一通撕扯，听苏惠妈说，我一个半大老太太……值不得您这样！

"瓜子仁"说，我就喜欢半大老太太，四十多的老太太正熟到了火候。你姑娘倒是年轻，要不我进去睡她？

好个不要脸的"瓜子仁"，我不能走开了。侧过身朝门缝里看，"瓜子仁"和苏惠妈在暗处，我什么也看不见。接下来是低声的争执，后来"瓜子仁"恼了，他恨恨地大声说既然是这样，他要把手里掌握的证据拿出来，那东西他还收着……"瓜子仁"一边说一边朝大门那边走，从阴影里走到了明亮处。我看见苏惠妈紧追过来，拉住"瓜子仁"的衣裳不让走，有气无力地说，那本画报关系着几个孩子的前程，您不能这么做……我求您了……

"瓜子仁"的声调变得猥亵得意，捻着苏惠妈的脸说，这可是你求我……怎么求啊？

苏惠妈低下头不言语了，"瓜子仁"转过身将苏惠妈挤到墙上，一边剥自己的衣裳，一边剥苏惠妈的衣裳。月亮底下的"瓜子仁"变得暴烈、粗野、张扬，大口喘着粗气，他已经不是人了，是黑夜里一只为所欲为的恶鬼，一个毫无人性的畜生！在他们扭曲撕扯的过程中，让我不能理解的是，苏惠妈的裤子是她自己褪下来的。在"瓜子仁"对她一次次的撞击中，我看到了迎合，看到了投入，这让苏惠妈的形象在我的意念中彻底崩溃。崩成了一片破烂，再难拾掇。我已经没有力气使自己站立，我在月亮门这边蹲下来，将脸埋在掌心里，任着泪水涌出。

我庆幸这样的情景没有被苏惠看到，没有被李立子看到。

第二天，月亮门被我密集地钉死了，1号、2号将永无往来。

我来到了北海琼岛的月亮门，苏惠果然在假山旁边的石凳上坐着。见了我，先是犹豫了一下，轻轻地说，是丫丫吧……接着快步走过来，拉住了我的手说，这些年，人家到处找你……你哪儿去了……

说着有泪水在眼里打转。

我说我一直在陕西，一九六八年一走就没回来。苏惠说如果没有微博，她这辈子也联系不上我。现在好了，终于见上了。

我看着眼前的苏惠，变化不大，皮肤还是那么白皙，没有皱纹，美人痣还是那么清晰，一双眼睛依然是那么动人。相比较，我是老多了，平常人就是不能和美人相比呀！一种儿时的羡慕与嫉妒很自然地又冒出来，五十年被压缩成了一瞬，一切又回到了过去。

苏惠说她的丈夫到假山下头的仿膳饭庄去订晚饭，待会儿过来。她说，我们过队日那会儿,常隔着红大门往饭庄里窥探,做梦都想着能进去看看……这回,堂而皇之地进去吃一顿。

我说仿膳的饭价格贵极,很大程度是在摆谱儿。苏惠说,钱对现在的我们已经不成问题,我们走过了多少山山水水啊!你在陕北吃的那些苦头,一百顿仿膳也弥补不过来。

苏惠的话很有诗意,使我想到了她写给老七的那些信,香喷喷的信……随同诗意而来的是一杯玫瑰花茶,从她所携带的暖瓶里倒出的淡红液体。我喝了一口,寻不到小时候的味道,一股药味儿,苏惠解释说她加了西洋参,我们这个年纪喝点儿西洋参对身体有益。

我问她的妈妈可好,她说,苏妈妈吗?她住在养老院里,北京最好的养老院,九十多了,头脑清晰,把过去的事情记得真真切切。我们将来难得有这样的好头脑。

我想起了那个让我崩溃的月夜,那个在"最好养老院"中颐养天年的老人,也一定是真真切切地记着……

见我走神儿,苏惠说,苏妈妈不是我的亲生母亲。

我说,这个我知道。

苏惠说,我的名字也不叫苏惠。我的生母是北京解放前的地下党员,她离开北平的时候,把我交给了苏妈妈。

我说,这个我倒不知道,还是头次听说。

苏惠说,我现在的名字叫孙惠。我恢复这个名字有四十年了。

我说,你的生身母亲把你交给……交给……苏妈妈抚养……倒是很放心。

苏惠看着我,笑眯眯地说,知道吗,最危险的地方也是最安全的地方,最坏的地方往往也是最好的地方。我的生母很聪明呢,没有苏妈妈的抚养便没有我的今天。苏妈妈是我永远的妈妈。

苏惠说她的亲生母亲在山西牺牲了,她的父亲姓孙,一直就在到处找她。母亲的死,让她的父亲找起来很困难。我说,这么说你是革命烈士遗孤。

苏惠说,难道这个还很重要吗?

我说,要是放在四十年前,它太重要了。

我想起了那天晚上,苏惠妈说的"……到时候我得完完整整地还给人家"的话。

苏惠从包里拿出了一本画报,是那本被"瓜子仁"当年没收的"黄色画报",

几十年没见,那些光屁眼子的男女仍旧在里面松松散散地站立着,并没见老。见我对着画报露出惊奇,苏惠说,你还记得它……

我说,是的。

苏惠说,画报是苏妈妈从郭老师手里要来的。

我注意到了,苏惠说到那个魔鬼的时候将他叫为"郭老师",而不是"瓜子仁"。我问姓郭的下场如何,苏惠说谈不上"下场",他的结果还算不错,早早就退休了。前两年还抽空到养老院去看望苏妈妈,这两年坐上轮椅了,不去了。末了,苏惠总结了一句,其实郭老师对我们大家还算是不错的。

"不错"后面的内容太丰富了,一言难尽。

我看着手里的"黄色画报",其实就是国外印制的一本美术裸体写生画册,有真人,有素描,哪里有半点儿"黄"的色彩在其中?但在当时我们那些小男生、小女生眼里,竟然是脸红心跳的冲击,是秘不示人的隐晦。我们被"黄"了整整半个世纪!

苏惠说她和老伴儿都从国企管理层退休了,一年中大半时间在各地游走。儿子开着家公司,孙子正在成长中。苏惠拿出平板电脑,一张接一张地滑出照片,给我秀她的幸福生活:屋里的摆设、豪华的汽车、孙子的大头像、小汤山的别墅。我说想看看苏惠妈现在的影像,她的电脑里却没有。

苏惠跟我说她现在很幸福。

我们见面的谈话,除了她的幸福以外还应该有其他的内容,可总是深入不下去。我认为,苏惠最想问的应该是老七,那个曾经让她刻骨铭心的老七,但是她一直没有提及,不知是忘了还是不便提起。我有那么多历史的一二三,她怎的一点儿也没有?难道幸福中的女人都是健忘的?

我终于拐弯抹角说出了老七。苏惠像是突然想起似的说,啊,舜铨哥哥,从他那年进了……学习班,我就没再见过他。有几十年了……

苏惠很巧妙地把专政的"牛棚"说成了"学习班",是很小心地给我和老七留了面子。这个女人心很细,也很聪明。老七的话题由我来提出,显出了她的矜持和对以往事情的不在意,掩饰了某些尴尬。她对往事故意的轻描淡写让我有些不快,她这种小女人的做派也是以前我们成不了朋友,将来也不会成为朋友的主要障碍。

我告诉她,那次"瓜子仁"把老七关进牛棚,没有审问也没有让写检查,而是把他放在太阳地晒。从太阳出来就开始晒,一直晒到太阳落山。连着几天,把老七晒得红虾米一般,几乎昏了过去。没想到他的紫外线过敏,经这一晒再晒的恶治,竟然奇迹般见好了。以后被转移到河北砖厂烧砖也没有再犯。想来还是平时养得娇,缺少锻炼。

苏惠说,舜铨哥哥是个好人。他还好吗?

我说,老七两年前去世了。

苏惠半天没说话,眼神变得黯淡。

我说我在北京买了房子,退休了,企图给自己营造一个像模像样的家,营造一个"装"出来的北京市民。但是在我回到北京的第三天,老七走了,我回京的第一个活动是参加亲哥哥的葬礼……从此我在这座城市里没有一个亲人,没有一丝牵挂了。细想想,我回来干什么!

泪水夺眶而出。

苏惠轻轻拉起我的手,把我的手攥在她的手心里。苏惠说,舜铨哥哥是我一辈子忘不了的人……他性纯、心静,是世间难得的真人。

我说,可是他比你大了很多,至少有十几岁啊!

苏惠说,你别忘了,在那个时候我比你成熟多了,是个有主意的大姑娘了……相差十几岁,难道是个问题吗?放在今天是司空见惯……那将是另一种生活,像苏妈妈给我的生活,简单、安静、温馨,将满足深深地藏在心里。

我说,你现在不是也很幸福?

苏惠说,现在的幸福都装在照片里。我的丈夫与我年龄相当,同岁,他当然也是个好人。——看,他来了!

从假山西边的月亮门走进一个男人,花白头发,中等身材,啤酒肚,两只扇风耳。见了我,嘴立刻咧得很大,满嘴的牙毫无遮拦地露出来,俩耳朵变得通红。

——李立子!

【作者简介】叶广芩,女,满族,北京市人。著有长篇小说《乾清门内》《战争与孤儿》《采桑子》《青木川》《状元媒》,中短篇小说集《在清水町的单元里》《老虎大福》《日本故事》《黑鱼千岁》,长篇散文《老县城》等。曾获鲁迅文学奖、少数民族文学创作"骏马奖",中篇小说《黄连·厚朴》《醉也无聊》《豆汁记》《状元媒》分别获《小说月报》第八、九、十三、十四届百花奖。现为中国作家协会全委会委员。

滚　钩

陈应松

　　成骑麻把船停泊在芦苇洲头的一个小汊子里。他没想到，这五月，风乍起，浪接天。风如此寒厉，昨天还是单衣，今天要穿棉袄。江上的风本来就硬，加大到六七级了，雨也有随风而至之势，白呲呲的巨浪向滩头打来，不到人高的芦苇"咔咔"折断，江水陡然浑黄暴浊，浪渣密密层层漂来。这大气是不能打鱼了。拴好船，想赶快回家添衣服。走上滩头，看到几条野狗在"嗷嗷"乱叫撕扯什么，成骑麻拿着长钩就飞跑去驱赶野狗，那些疯狂的野狗也是吃红了眼，逐渐向野狼进化，尾巴"呼啦啦"地摇着，身架奇壮，牙齿尖突。等成骑麻将长钩向它们扫去，硬是几个回合，撵走那些野狗后，看到那个泡佬——溺水者——已经被啃去了半条胳膊一只脚。

　　是浪把这人送到滩上来的，成骑麻一个激灵，不由得往四下望望，是看有没有史壳子。这是条件反射。再看那泡佬，天！不是村里的成小安吗?! 小安找到了，小安浮起来了！

　　应当如何把这消息告诉村里呢?他必须守在这儿，不然小安的尸体会被啃得一点不剩。或者先埋人?但这不是无名野泡佬，无名是可以埋的。小安就不同了，是同族侄儿。你看成小安，夸着五个白森森的指头，似乎在召唤着他，也像是指着村里，眼睛鼓胀胀地望着天，分明是要成骑麻去喊他的亲人来。前三天，成小安的老婆腊月算是埋掉了，小安是要与老婆同坟的，他们是抱着一起跳江的。小安患了肝癌，治病欠了一屁股债，医院催款，病疼得也不行，就这样

168

两口子商量好,一起从成家村堤边的废弃趸船上跳进了江里。

打捞腊月,史壳子要了三千元,谁不说这史壳子黑心烂肝,咒他咋不得癌症,毒瘾犯了,让车一头撞死也行。这只是背地里说说,见了史壳子,一样点头哈腰。交三千,还说是乡里乡亲的特价。成骑麻没有参加,勾老倌、虫老倌和哑巴三水去了,非族人。刚开始成骑麻是要去的,小安的爹哭着来说让成骑麻帮忙去捞捞。这还用推托吗?钱是不会要的,本来就与小安爹是堂兄弟。再者成骑麻打捞了三十年,打鱼、捞尸。他准备好滚钩,史壳子却找上门来,甩给他一句话说:"麻老倌,您郎嘎不要断我的财路。"成骑麻当时还嘴的想法也没有。这一说,也是警告,以后他要断成骑麻的财路。这一带,水牛市两岸的捞泡佬,不知怎么就成了史壳子的一碗菜。

有想捞泡佬挣小钱的不是船被凿出个洞,就是半夜被扔石头,还有的不明不白船篷失火差点把人烧死。这还能是谁干的咧?当史壳子走出戒毒所时,一个因毒瘾快疯的人,连父亲都砍得下去,你还不谢他留了一手,让你不死?啥时候他打上了泡佬的主意?只有天知道。也许有一天他看到那些从水里钩出的泡佬,看到呼天抢地的人,阴阳相隔时,对着茫茫大江无助嘶喊时,那些歪歪倒倒的老渔民,成了他毒资的输送人。他自己,也许某一天照镜子,看到只剩下牙齿和鼻孔的一张脸,不就是具泡佬吗?他咋会捞?最后一次戒毒出来,饿得不行就成立了一个壳子打捞有限公司。大家都知道他的诨号,一张纸壳子样的人,或者这个打捞公司,就是个空壳子。他自己,叫史克治。壳子打捞公司,什么都不捞,就捞死人。前几年,捞一个五千,史壳子垄断后,涨到一万二,一口价。这里还有第二家吗?找政府,政府不管这事。没有公益捞尸队,连在江湾竖个警示牌子也小气死了。这水乡到处是水,伢子们咋能一天到晚读书而不会点扑泅呢?这狗日的教育!水牛市的观音湾,是观音河入江口,那儿表面平静,暗流汹涌,入江的水把江底淘空,深不可测,流沙在水下四处游弋,像一只只巨手拽着你。在这儿游玩的人不知深浅,几步往水里蹚去,以为是平滩,再几步就卷进深坑旋涡了,就会惊呼救命了,两只手乱抓乱打,几下就没顶了,只好去做泡佬。

有人说观音湾有冒充观音的水鬼,在水下拉人。水鬼都是屈死鬼,必须拉下两个人才能托生转世。这就造成了恶性循环,一个拉两个,两个拉四个,四个拉八个……史壳子的发财机会就来了,干不完的捞尸活,赚不完的泡佬钱。史壳子过去经过商,他注册了公司,就堂而皇之"正式"了。然后弄些小伢沿江发卡片、贴不干胶。上有他的手机号码,提供死人信息的,给一百元信息费。有了淹死人的信息,再打电话叫村里的渔民放滚钩捞泡佬。如他们捞不到人,也有两百元的收入。因为死者家属已经给了四千元押金,捞到捞不到,这押金是不退的。刨去其他的如每个渔民两包烟、一条毛巾、一双布鞋、一瓶二十元的白云边酒,加上给信息费等,史壳子还是赚大头。捞泡佬又不要发票,税也偷了。捞到了,成骑麻他们每人可得六七百元。一个月平均下来不止一笔,远比打鱼的收入多。这年头,三峡建坝,水小了,拦住了上游来的鱼,也没有下游来的鱼,如洄游类的鱼。加上污染,再加上前些年打鱼的多,且是电鱼,迷魂阵、矮围、地笼、陷阱网、抬网、光诱捕网,断子绝孙地炸鱼和电鱼,长江里哪还有什么活物?过去,成家村全部打鱼,成骑麻就是村长,领导两百多号船。还有村集体的机动大渔船,八十匹、一百二十匹马力的渔船就有好几条,在长江上下三千、五千米的滚钩,围捕春季和秋季鱼汛,围捕江上的腊子(中华鲟)和江猪子(江豚);那时没有保护一说,江上江猪子一群群几百只,腊子从东海游来去上游金沙江嘉陵江产卵,有时候夜里整条江上都挤满了巨大的腊子鱼群,一条大的有千把斤不稀奇。有"千斤腊子万斤象"之说。三层滚钩拦截,一次捕几万斤鱼太稀松平常。冬天也用围网,有一年一网捞上来二十万斤鱼。长江上的四大家鱼青草鲢鳙是大宗,过去天天都可打上几十斤重的鲢鱼、鲇鱼和鳡鱼。但现在四大家鱼全是人工繁殖了,没有了江里产卵之说。现在,村里的人全改行干别的了,或者到各地承包鱼塘,剩下没死的老家伙们,没事可干,就只好在江里打点小鱼小虾,聊以度日。

成骑麻习惯性地用手指去敲敲小安的手。每个捞起的泡佬他都敲一下,看有什么反应?当然不会再有反应,习惯而已,这是跟他的父亲学着做的。所有泡佬两手都是张开的,不会握着。他们已经把人世的一切全部放开了。看着小安的尸体,成骑麻想,我不能就这么守着。人又离不开,风又大。往后面看,野狗在芦苇荡里伸长猩红的舌头窥伺着。他用手机给家里打电话,拨了几次,无人接听。给儿子?儿子"失踪"了,只要是他成骑麻打,儿子不会接。儿子丢下老婆孩子,与义忠村小学校长的肥老婆私奔了。儿子从小瘦,渴望一身肉,这就找到了一身老肉,校长老婆大他整整二十岁。有一次接通了电话,他对儿子说,我都要叫她妈了,你奶奶呢!有时候也无可奈何地想,你小子也算争了口气,一个半文盲竟能勾引到校长的娘子,咱家祖坟上冒青烟啊。

他只好去船上,找了半截桨片,好在是沙土,拖着小安的腿放入一个沙坑,三把两下将他临时掩埋了,再抱了些浪渣树枝堆在上面防野狗扒拉,就赶快去村里报信。

这里,成家村在长江南岸的沼泽里浸泡着,芦苇、青蒿比房子高。巨大的蚊虹繁殖得很快,发出震耳欲聋的嗡嗡声,铺天盖地。许多人家的篱园里卧着恶狗和断砖,獾鼠在村子里大摇大摆。庄稼小块地成熟着,阳光有些偷偷摸摸,无精打采。但是从远处看,是绿水人家,鸡鸣狗吠。埠头有蒲柳,屋前有垂杨。旧船半沉水中,破网漂漂荡荡。两百年前的成姓人家在这里修了个土坑,就成了村庄,以后陆续有江苏、安徽打鱼人避风在此,赖着不走,成为村民。再以后水鸟也看上了此地长出的树和生活的牛。这些奇怪的水鸟,喜欢临风筑窝,平时蹲在牛背上缩着脖子发呆,不吃不喝,精瘦无肉,像一些白色的棍子到处弹动。到了冬天,北岸凶猛的大风直扑向这里,黄鼠狼到处挣扎跑动,沼泽里的青麂开始大哭。野鸭如云排空而来,它们以水里密密麻麻的蚂蟥为食,解了成家村人的心头之恨。干枯的长江蜿蜒东去,让对岸建筑丑陋的水牛市暴露在江水的倒影中——全是灰色的屋顶,杂乱无章。加上点小雾,倒影里对岸的城市就像梦中,与他们无关。至少狗没有心理压力,并不以自己是村狗而收敛,发狠地对着城市扭曲的倒影狂吠,以主人自居。这里的一切,依然是祖先带给他们的命运。现在正是五月,汛水携着长江上游的腥味下来,弥漫在村子里。沼泽深处有产卵的鲤鱼上蹿下跳,异常痛苦。到了深夜,听得到它们重重的扳籽摔打声。

说是叫成家村,但渔民忌讳太多,"成"与"沉"同音,只能叫浮家村,成骑麻过去大家都叫他浮村长,现在叫老浮。叫老浮的老倌子太多,就叫他麻老倌。史壳子也不能叫史壳子,"史"就是"死",只能叫活壳子,活总。

雨下来了。点子很大,但很稀。这时候,成骑麻抬脚进村时就看见了史壳子的爹,瞎着眼睛在门口摸索,雨点击打的灰尘溅跳上他宽大的裤腿。有一条狗的眼睛是他给戳瞎的。门口一排树上牵了根船绳子,他就顺着绳子每天摸索走路。这条绳子也是捆过尸的,只是史爹不知道罢了。即便史壳子是长江两岸的捞泡佬大老板,一月少说有一两万收入,可他的家却依然破旧,用水泥砌的矮两层楼房,差不多有三十年历史了,是史壳子他哥没被枪毙时用贩毒的钱修的。外墙是水磨石,已经长满了老年斑似的青苔,上面爬满阴险的蜥蜴和滑溜溜的蛞蝓。但在楼顶上还用蓝瓦搭了一间很高的小屋。有几次,在有月光的晚上,成骑麻看到史家这蓝瓦屋顶上躺着许多鼓胀胀的泡佬。那些泡佬一个个按照出水的样子,有男有女地整齐排列,男的从水中浮出是脸朝水底,女的浮出是脸朝天。老辈子的人说男的脸沉故屁股朝上，女的屁股重故脸朝上。有一天半夜出来小解，成骑麻看到他家屋顶的那些泡佬有的坐起来，有的女鬼在梳头——月光下的头发湿漉漉的；有老人，有年轻人，有小伢。成骑麻以为自己看花了眼，回到床上往窗外望，还是那样，鬼还在他们家屋顶上，影影绰绰，还在梳头。这事儿他跟谁都不能说，包括老伴。他到江边的大悲寺里偷偷化了斋，捐了钱，烧了纸，磕了三十六个响头。菩萨是要念及他成骑麻祖上三代没吃过泡佬的饭。从他父辈算起，都是渔民，也是水牛市民间慈善组织"义善堂"的成员，专门捞尸葬尸的，不收分文酬金。一九四九年后"义善堂"解散，政府接管，还是捞尸不收钱。"文革"时投江的多，那时政府瘫痪了，但成骑麻的老爹还是一如既往地带着他和村里渔民义务捞泡佬。一年捞过两百多个。后来，他九十岁的爹死了，这事儿好像就没人管了。

他可以埋着头走过去，不理会这个瞎子。但另一个成骑麻却停下来。这个成骑麻在那儿踟蹰了两三步，看了一眼天上的雨势便大声问：

"活爹，活总在家吗？"

他给了他一条鱼。这是惯例。即使没打到鱼也要买上别人的一条拿来给他，好让他给史壳子说麻老倌子又送鱼来了。现在，拿到鱼的瞎子一阵高兴，刚才像僵尸的脸变得喜笑颜开，边抖边走地说："我来给他打电话，我来打电话！"

瞎子过来往他身上一闻，瞎眼一翻，有话了："有泡佬味。"

他是怎么闻出来的？这老倌子年轻时吃喝嫖赌，也在渔船上做事，见到女人又无他人在场时就顺势按到船板上奸了。船家女人赤脚单裤腰里还是橡皮筋，非常容易得手。船板上又干净，好像到处都是婚床一样。村里渔妇意志稍有松懈的没有没被史老倌奸过的。好像还都愿意让他戳上一枪，没一个反抗报警。可见"男人不坏女人不爱"的宇宙真理有几十年了。但有一次在外村奸女人时被发现，让人戳瞎了眼睛，从此金盆洗手，改邪归正，在家教育出了两个吸毒儿子。

他帮他儿子拉生意咧。他是看不见他自家的屋顶上有那么多泡佬坐那儿了，但时常半夜会突发头疼，鬼喊鬼叫，说有人用绳子捆他。到了白天，没有事了。这屋里平时也就他住，史壳子四处游荡，居无定所。史老倌摸摸索索去拨电话，瞎眼狗夹着尾巴打着哈欠贴在他腿边。可怜这狗，一身在路边粘上的苍耳果没人摘，连蹲都不敢蹲。头上、瞎眼边都给粘上了，一颗挨着一颗。

"你死哪儿了？"然后把话筒给成骑麻。

那话筒又黑又脏,还散发出一股大蒜味。从桌子上拿过来时被桌下的一堆瓶子绊了一跤,成骑麻后悔莫及,从这儿走过去不就行了吗?

"……是这样的,我看到小安了,可不是我打捞上来的,他自己浮起来的,在芦苇滩那儿……风浪大,就漂到这儿了……还被狗啃了,我去给他爹说说……"

他这样说是什么意思?他要说服自己。他的意思是向史壳子解释,就是解释,解释后再去告诉小安的爹。绝不是我打捞上来的,我说的是这个意思。是解释,不是告诉。我谁都不想得罪,史壳子是得罪得起的吗?

"你没给他爹说唦?……好!我马上来,在打牌……"

他在江边麻将馆,离这儿不远。再怎么想办法都来不及了。如果他在对岸水牛市,再比如说是另有人发现的,他成骑麻不就撇清了,这就不与他相干了,他害怕什么呢?不就害怕以后史壳子不再给他派工,让他赚不到分文。唉,人贱了。

心里一塌糊涂。看着狗身上的苍耳。狗浑身抖动着,因不能卧,估计它站了一个月。可你这条狗在这屋里也就这个命运了。

不给他史壳子说,会有什么样的结果,都是知道的。常言说欺老不欺少,他再怎么坏,他年轻;我再怎么好,我老了。老村长算个卵,世界是他们的,也是他的同伙们的,他们狠,你只能认。这几年你成骑麻添置的沙发、手表、手机、太阳能清华阳光热水器,又修了瓷砖厕所,还补贴那不争气儿子孙子的钱,从哪儿来的?每个月总有千把两千块的收入是谁给的?到了夏天,一个月捞八九具尸是常事,最多一个月拿到一万是谁给你的?全是现金结算,史壳子从不拖欠,因为捞尸先付款。史壳子这里,一具一结,捞起来就有钱,捞不起来也有钱。肥皂、毛巾、烟酒,给亲戚的不少,用得完吗?亲家那边,割两块稻也是瓶装酒,白云边、关公坊,来这边提的。史壳子有规定,凡在他手下搞事,就是公司员工,不许接私活。有一个老倌子,私接了一单,捞个小伢,收了两千,好,从此史壳子这儿没你的事了。老倌子急呀,退他钱,提好烟好酒找史壳子求情,史壳子臭脸不理他。你干瞪眼。

可是成骑麻感到一阵阵的不舒服。等他回来,等他去给小安的爹说?小安媳妇腊月捞起来要了人家三千,还说是十年前的价,说他还要开工资交税,睡(税)你妈的个×!还不回来,小安被野狗刨出来啃完了!可他成骑麻为啥就迈不开腿呢?

史壳子摇摇晃晃地开着一辆无牌摩托出现了。这个鬼一样的人，三块骨头顶着个脑袋，两只寒风眼眨巴眨巴地闪，屁股像被人砍掉了似的，手像鸡爪，鼻孔萎缩，气若游丝。

成骑麻爬上他的摩托上了江堤，风越来越大，老远就听见野狗争食的撕咬声，史壳子驾驭不了这摩托，几次崴在沙子里，把成骑麻摔下来。成骑麻拾起掉地上的长钩就拼命往江边跑，几乎是怀着愤怒将长钩掷去，打着了一条狗，其他的狗才惨叫着逃之夭夭。但，小安已经被扯出来，残肉与沙子混合在一起，粗看大腿又遭噬啃，手指也残了。滩头上弥漫着一股烂洋葱的臭味，酸腐，尖锐。他呼呼地喘气，年纪大了，跑这一路力不从心。加上寒冷，脖子以上出现酸麻胀疼，心脏早搏，跳两下停一下。

"先把他洗干净，就说是鱼啃了的，把这里的耥平。再是，把您郎嘎的船划过来，把滚钩拿来，我们给小安挂些钩……"

他都懂。成骑麻做了二十多年的村长还不懂吗？这事能做吗？他极不情愿地去了船上拿滚钩。他回过头看到史壳子拽着小安的尸体往江里拖。

成骑麻钻进船舱，舱里有滚钩，是上了锁的，怕人偷。此外船板上什么也没有。问题是他冷，想加件衣裳，最好是棉袄，最好是睡进被窝里。小安，你咋让我撞上了哩，这真是天大的冤枉啊！

那边在喊："麻老倌快点哟！"

史壳子不耐烦了，他就是这么指使你的。就因为你老了。过去你个小狗日的和你参对我可是毕恭毕敬，浮村长不是开玩笑的。弄得不好，配合派出所去抓你家两兄弟的现行，你哥不是让政府毙了？这村里有你说话玩人的地方？风水轮流转，皇帝由他坐了……他去解船绳。是个死结吗？老子从来没拴过死结的，一急还解不开。风又大，这能划走？会翻船的！看到史壳子拖得很吃力。死人是很沉的，而且死人都会暗中使劲。成骑麻磨叽时间让他拖，让他搞去。然后我就说船坏了回家去。这想法很快让史壳子感觉出来了，史壳子高声在那边喊："您郎嘎是不是下不了手？那就回去嘛，把钩拿来我挂。"

成骑麻划不是，不划也不是。船从芦苇汊子里出来，风浪劈头朝他打来。船抛到苇梢，再咚咚地撞上汊岸。成骑麻哪还站得稳，五脏六腑都要颠簸掉，就像成小安无形中拿棍棒打他。死人是会发怒的，今晚只要船不翻，要在船头点一盏菜油灯。菜油还有，要洒点酒。他要哭起来，你他娘的只拉尸不拉船。全身湿透了，这事小安不会放过我啊。

"划不了咧，浪好大！"他说。

史壳子根本听不到，也没听。这时候，成骑麻看到几条狗与史壳子抢夺起小安的尸体来，狗看准了史壳子手无缚鸡之力，狗都瞧不上他。史壳子只好放下尸体，在沙洲上到处叱狗撵狗，可狗朝他狂扑，恫吓他。风又不顺，声音不达。成骑麻跌倒在船舱里，脑壳磕在船龙骨上，这一阵生疼！快哭起来。小安你莫使坏呀，我可没做什么咧。狗咋不咬住他，让这瘦猴精跟小安一起去了！便朝史壳子吼："划不过来咧！"他巴望史壳子手下留情算了，给小安爹一个顺水人情。

但史壳子撵走了狗跑过来，气吼吼的，给成骑麻导航。成骑麻年老体衰脚步不稳，史壳子要他甩绳子，他来拉船。拉船是可以，此时越拉越翻。

"就这儿了，就这儿了，后头下锚哟！……把滚钩拿上来！"史壳子这一说，等船碰到岸，成骑麻就跳下船，牵绳拿铁锚，把船固定。

滚钩很重，钩呀铅坠呀纲绳呀，都排好了。船上有六十米的、一百米的两种。如果打鱼，六十米就够了，上有倒挂须的粘钩上千个。在很久的过去，村民在长江里打江猪子、腊子的时候，用两三千米的滚钩，有两万个以上的钩子。现在，六十米、一百米的滚钩，是专门捞泡佬的，长江上没有了这大的鱼，用不着。政府也不让用。若是钩人，政府就没话可说了。你自己又不去组织打捞，咱是替政府分忧解难呢。社会上的大老板现在也没谁热心此事，没谁捐款，比过去的商会差得远啊。

"动手啦！"

成骑麻听从史壳子的，两个人一人拽一只小安的脚，往江里拖。是太重。这是让小安再投一次水。丢进江里，水溅上来，就像小安戽水，两个人都湿得像落汤鸡。

"活总，你挂钩，我去村里喊人？我老汉扛不住了，快熄火！"

可史壳子滑头，说："你不会骑摩托，我快些。"

不等成骑麻答应，史壳子就发动摩托走了，往后头甩给成骑麻半包烟。

这事怪谁呢，你就算不告诉小安他爹，埋了不也无事了吗？你这不是自讨苦吃？

点了支烟，看到小安张开的大嘴，把烟栽在了他嘴里。

"你可忍着点，小安。"他对小安说。

烟在小安的嘴上燃烧，就像他满不在乎地说："麻叔你挂，我不怕疼的。"

这就好。成骑麻用钩去挂小安的死肉。反正是死了，橡皮一块。这样想就挂了。人肉跟猪肉一样，好挂，皮还薄些，再多挂些在衣裳上。头上不挂。狗吃掉的地方多挂几个。小安呀小安，你咋走这条路呢？别怪麻叔不好，死了还要挂几十个钩。你麻叔老了，无用了咧……眼泪就出来了。冷出的泪。怎么想怎么伤心。心脏要出问题。

就少挂几个吧。把他往水里拖，摁进水里。就这样了。

由远而近的哭声一窝窝卷来。小安家的亲人和村里人来了一大群。喊号着小安的名字，咿咿呀呀好悲惨。小安爹眼泪眼屎糊了满脸，拉着成骑麻就敬烟，连连说："麻哥麻哥，感谢感谢呀！"

小安妈一过来见到挂满滚钩的小安尸体就哭昏过去了。各种人，各种哭。有人就给成骑麻递烟、酒、毛巾、肥皂。小安的两个小孩拉过来就在沙滩上给成骑麻磕头。这一下，成骑麻也哇哇地哭了，给两个小孩擦眼泪，却说不出话来。他赶快取钩。这钩大，不好取，拉出肉来。只是呜呜呃呃地哭。后来小安就放在板车上拉走了。

成骑麻浑身一点热量都没有，僵硬的手接过一千元，听史壳子说是"对半掰"。这不就是要了小安家两千吗？小安家哪还有钱？人已经被狗啃得七零八落，够凄惨了。就是因为没钱又疼得不行投江自尽的，肚子鼓胀，肝癌。天地良心，史壳子是要遭报应的。我只是想撇脱关系，不是想赚小安你的钱，你家谁不知道，我这不是黑了心敲骨吸髓？我就算缺这一千块钱，你史壳子缺这区区一千吗？

他是怎么回到家里的都忘了。村里到处是鞭炮，是乡亲们去小安家为小安放的，大家是同情这家人。成骑麻回到家里盖了三床被子还是冷，还是筛糠似的抖。让老伴煮姜汤。吃药。床都抖动。打牙磕。几颗仅剩的牙齿叮叮当当地响，就像发地震。在烧得迷糊中老是梦见儿子跟一个肥胖的女人抱着投江。

"你个婊子养的究竟要不要老婆儿子的？"

他在发烧中迷迷糊糊对着无人接听的电话大喊。儿子电话是通的，就是不说话。他在水牛市的哪个角落待着，与那个大他二十岁的校长娘子天天共度良宵？那一堆泡佬肉，有个什么嘲头？日你鬼娘的！

他把藏在枕头下的那一千块钱拿出一半，要老伴赶紧送到打丧鼓的小安家，交给他爹。老伴说："你哪来的钱？上这么多？成涛结婚时他们才上了一百呢。"

"拿去莫啰唆！"烧得满脸通红的他大吼。

两天的风息了。太阳一出,人也好了。晨雾蒙蒙的沼泽上,一群野鸳好似乌云卷来,落到随风起伏的新苇丛中,留下凄清的叫声。菖蒲绿得发亮,好像涂了一层蜡。天气突然热了,天空也更开朗,云彩慢悠悠地招摇。

村里走了一下,碰上了小安两个成孤儿的孩子,各塞了二十元,要他们不要给爷爷说。到了傍晚,成骑麻说是去看船和水的,买了些纸钱香火去了芦苇洲子。水是大了,水腥味更加浓重。江上的水拥挤成一片。暮色苍苍,沙洲上空旷无物。他在那个现场烧了纸点了香。又上船在船舷四周洒了酒,在船头点了盏菜油灯。他抽着烟坐在船头,望着漫漫江水。天黑后,他离开。船头的灯,燃了一夜。

送鱼的来了,让他不出船都不行了。

送鱼的送的是十来斤的鲇鱼,有大有小,充江鲇的。卖就说是野生江鲇。鲇鱼不会立马死去,加点水放前舱里,去水牛市卖。这事也已经惯了,多加不了多少钱,一斤加个一两块钱的价。如果鱼死了还赔本。但一般,不会全卖家养的鱼,杂着卖,总可以从江里打些鱼上来,一半对一半。

"麻老倌,昨天你又哼了一夜。"老伴说。老伴先将鱼要下来了。

"没有吧?"成骑麻穿着衣服说。

"不行就算了。"老伴说。

"你把鱼要了,不是赶我出门?！"他不耐烦。

打开鸡笼的事都是成骑麻做的。等他起来,刺耳的摩托声把送鱼人带走了。阳光把整个村庄照得通红,好像过去的悲痛是不存在的,一扫而空。蜿蜒的江堤和田野都铺展在早晨的白雾中, 黑色的叼鱼郎鸟,在沼泽上空无声地逡巡。他用长钩子系上装了鲇鱼的塑料桶,斜背到后背上出了门。

水涨得很快,前几日小安躺着的地方都快淹没了。淹了最好。沙洲子上,凡是低洼处,全是混浊的泡沫。一道道殷红的流霞在天空漫溢,江水像胀大了肚腹的巨蟒,鼓鼓囊囊地争挤着两岸江堤向远方爬去,发出低低的吼声。

洲子上早就等候着过江去的本村和邻村的妇女,她们是来搭乘免费船的。这些"叽叽喳喳"的农妇,从三十岁到五十岁不等,大都打扮得花枝招展,有的还穿着吊带内衣,衣上的亮片满身闪光,宽大的乳房在内衣里摇晃,手和脸都很粗糙。这些去城里卖菜的农妇,奇怪的是没有连提带挑,大担小包。每个竹篮里也没多少果蔬,几把白菜,几串要死不活的辣椒,一些歪歪扭扭、奇形怪状的黄瓜……她们不像是从菜地里择菜出来的,身上散发着廉价的化妆品的香味,没有劳动的肮脏和倦容,眼角里没有风霜凛冽和担忧生活的痕迹。

其实大家心照不宣。这些女人都不是正儿八经去卖菜的,卖菜不过是个幌子,都是早出晚归到对岸的解放公园里做皮肉生意去的。那里有很深的树林和冈坡,一些垂死挣扎的老倌子们花个二十三十的,价格低廉,便捷迅速,临死解解馋虫。这些年村里就一带二、二带三,姑姐带弟媳,嫂子带小姨,钻进了树林子。一张报纸,一个套子,一天少说可以赚个一两百元。再说,男人们也不在家,由她们去了;有的是默认了。挣钱总比闲着好,广开财路嘛。

"上我的床哟! 上我的床!"

勾老倌喝了早酒,声音像擦了锈的钢精锅,亮堂堂金灿灿的。他故意把"船"说成"床"。勾老倌七十多了,满面红光,精神抖擞,像从"五四"青年节出来的。他的船穿着百衲装,补过无数次了,丢在江边连拾柴人也不会要。他蹲在舱里用葫芦瓢舀着船舱的渗水,叩打着船帮向那些妇女吆喝着。

可是那些妇女不上他的船,这老倌子太呆气,喜欢摸妇女的奶,一路划过去要打情骂俏,吓你,让你抱着他。这老倌子死了来世变鱼。

"好啊,你们都到麻老倌村长的床上去了,不把他搞瘫的!"

可是,无论勾老倌怎样喊,妇女们还是要上成骑麻的船。船好,人正,你看他收拾得清清爽爽,多少年了,还是个干部做派。头发不乱,牙齿不黄,胡子干净,皮鞋闪光。上了船的妇女们就开始把带来的米往船舷四周撒,口里还念念有词。这些渔船,捞鱼捞尸,船头船尾堆的绳子都捆过死人的;船舷边上都系过死人的,这船阴气太重。捞上了死尸,又不能沾船板,只能拖在船舷边,否则船不吉利的。这也是祖上传下的规矩。

初夏的头河水早就过去了,那是桃花汛。现在是第二河第三河水了,水越来越大。船往江中心划去,就看到上游漂下来大量的漂木浮渣、死猪死狗。

"呀,泡佬啊!……"脑袋伸出舱外的妇女有人惊叫起来,同时手指着江中远远的地方。

"……该死的,该死的,猪啊!"

但见那江中心簸箕大一个个的旋涡里,旋转着一只只死猪,乱流像疯狂的水底巨兽拽着那些死猪浮上沉下,仿佛江里有无数电扇的大叶片在飞速转动。

"上游遭了猪瘟……可也不能这样往江里扔呀,真是的!"

"也许是发洪水把养猪场淹了……"

成骑麻也惊骇,一辈子在江上,从没看到过这么多死猪。他避开这些死猪,哪知死猪专往船边靠,就好像船舷有磁石一样。这种情况很奇怪,现在那些死猪向他直奔靠拢过来,以船为中心。勾老倌也在那儿咋咋呼呼,他也陷入了死猪的包围圈。碰到泡佬也是这样,有一次一个泡佬紧靠着成骑麻的船舷,用桨怎么也推不走。推开了又会流过来,甚至打几个旋还是到了他船边。这事不好解释,最好是捞起来埋到沙洲才完事,泡佬心里也是这么想的。

船从死猪阵里劈开一条缝往前划。一股恶臭弥漫在江面,苍蝇像蝗虫歇在死猪身上。桨杀过去,苍蝇轰的飞散,又向渔船和船上的人身上落下来。两片桨上都歇满了苍蝇。浪也越来越大,船一会儿上了浪巅,一会儿又跌进深渊。深渊是地狱的入口,是坟墓。那些妇女们此时不吭声了,脸色惨白,张着嘴闭着眼,好像被男人强奸一样。但他的船是向上游划的,不然到不了对岸的观音湾。要用劲划,否则会急速漂到下游。但是那些死猪不知为什么要惩罚他,他的船无论怎样躲闪,死猪依然"咚咚"地撞上船舷,就像它们要上船一样。船体被浪和死猪撕扯得吱呀乱响,要散架一般。嘎嘎的声音不知从哪里发出的。妇女们不时一阵尖叫,像船翻了一样。妇女的叫声,苍蝇的叫声,勾老倌喝多了几近绝望的叫声,他还听见了自己手机的叫声。他来不及看。他的两支桨就是一船人的性命,弄不好就变成一船泡佬……

他本想叫妇女们帮忙扒死猪开路,但又没工具,还怕她们出舱一晃掉进江里。这种水呛一口就没命了。与这么多死猪争路,莫非是谁暗中害我?有一股沉郁悲凉之气从脑门透出。手机响莫非是史壳子的电话?又有死人?算了算了,不再有死人最好,不再有淹死的人,特别是今天。如果要淹死,就在这几条破旧的小渔船上……他不由得往勾老倌的船那边看去,勾老倌在用桨猛劈着死猪,几个农妇伸出手来死死拽着勾老倌的腿,怕他晃进江里去。

成骑麻自己也感觉到力量渐渐没了,划了一辈子船的手臂,此刻蔫酸得像是断了,像是人说的中风,两只手麻杵杵的,抓不住这两支桨。真若是手臂一麻,脑溢血,半边瘫,一切不都没有了吗?这些搭便船为省钱的妇女,不晓得我们是些风烛残年的老人?她们一点也不怜惜,哪儿知道,咱也有渐渐划不动的一天……

冲出了死猪阵,一身的汗水还是江水?绕过离岸不远的、还没被上涨的江水淹没的几个龟背沙渚，终于，船靠岸了。观音河入江的河口观音湾，芳草萋萋，沙滩洁白，许多游玩的、锻炼的人。根本没注意到一只小渔船从风浪里垂死挣扎一个多小时才到这儿。但买鱼的爹爹婆婆们早候在那里了，他们相信这江上的鱼。

吓掉三魂六魄的农妇们也终于缓过神来，争先恐后地往岸上跳，挽着篮子作鸟兽散。买鱼的人爬上船，揭开前舱板抢鱼，然后让成骑麻称。就扒堆了，此刻他到哪儿找秤去，不想找。先看手机，是儿媳打的，三个未接电话。好嘛，他要喘口气儿。他要歇歇。他瘫坐在船上，像从噩梦中刚醒过来一样，大汗淋漓，张着嘴怔怔地发呆。

他先把船划到河口上面去，那儿有些汊湾，水势平稳一些。他还想下一次钩，因为挂过小安的滚钩，有一些晦气，要靠鱼和江水来冲一下。

接儿媳的电话是要有忍耐力的，他有时接，有时不接。这个女人是成骑麻见过的最恶躁的女人，整天没完了地骂人，当地叫噘人。儿媳是这一带的噘人王。当然喽，如果你老公跟另一个女人私奔了，你就算是千古淑女也坐不住，也会粗言秽语捅妈捣娘大闹一场。

长江在沉沉的汛水中奔腾翻滚。天气阴了，江水的轰隆声越发响亮，加上这里寂静，整个长江都在耳朵里轰轰喧嚣。江水像是山里蹿出来的野种，用浊重的土语骂闹着，向岸边的苇丛和荒蓼卷去，就像是动荡的怪兽要踏平这些在浅水里挣扎的柔弱生命。那里有挂滚钩先就打好的桩子。他稳好船，看准流向，慢慢让船向东北方向荡去，将六十米的滚钩放入激流。当然可以不全放，留一些。这里因是河口，洄游的鱼群会向上游逆行，越急的水越有鱼向前冲，鱼都是些拗脾气，大部分的鱼都是这种德行。

老伴本来是他的搭档。过去集体时不说，船是大船，人多。自己打鱼了，老伴划船，他下钩。有时也换个手。但老伴有严重的类风湿性关节炎，双手变形，抓不住桨了。在长江上与水搏斗是要身体的，成骑麻也强烈感到自己快结束这江里的营生了。但是，他不能放弃，为了生计。他想他得在风浪里生活，直到倒在船上，或者失足掉进江里，被江水吞噬，成为泡佬。常言说得对，会玩水的水上死，会玩刀的刀上亡嘛。这没有什么稀奇，这都是应该的。你一辈子在长江上耙耙捞捞的，都捞空了，你总得把自己填进去吧。

手上的滚钩顺着船舷一串串往水里溜下去。这不算什么。过去的滚钩那可是大征候了。几千米的干线都不算什么呀，村里的大渔船可以放到四五十米深的水域,一次放钩逮二三十头江猪子。想想那时夏秋捕捞江猪子的阵势,往往在风急浪高之时,它们会群体斗浪,排成一排,边斗浪边向空中喷出高高的水花。这就叫江猪子拜风。多么壮观的景象啊!这些黑漆漆的水下尤物,总是出现在大客轮和货轮的前面,它们斗浪拜风,玩水嬉戏,其实懂这个的才知道,这是江猪子在围猎鱼阵。它们什么鱼都吃。到了秋季,腊子开始向上游洄游时,江猪子一群几十头可以与上千斤的腊子对阵,并逮住它们。但是,这时候,真如老话说的,螳螂捕蝉,黄雀在后,鹬蚌相争,渔翁得利。捕捞队早就候在这儿了。只要江猪子开始围猎鱼阵,几条大马力的船顷刻出动,利剑出鞘,旌旗猎猎,立即分三层排开,下钩,下钩,下钩,三层的滚钩啊,一声令下,长城般的滚钩往江里滑去,铅坠、铁钩,沉闷地、激动人心地敲打着甲板……

"报告村长,前锋下钩完毕!"

"报告村长,中锋下钩完毕!"

"报告村长,尾锋下钩完毕!"

话音一落,整个江上就沸腾骚动起来,水里有大征候!几十头江猪子被围在了层层滚钩的歼灭中。悲惨的叫声从水里传来,江底下翻出鲜红的血水。滚钩被挣扎的水底怪兽扭成一团……鲜血泼红了江面……鱼群也被撞上了滚钩阵,鱼啊,猪啊……可怜的江猪子,肉特别嫩,就像豆腐一样的,挂上了容易挣脱,但挣扎时其他的钩就会像蚂蟥一样轰来,又挂上更多的钩;再挣脱,再挂上更密的钩……直至昏厥、疼死。一条江猪子拉上来,会有一百个钩挂在它身上,千疮百孔,体无完肤。整个江面一片赤红,犹如点燃了满江夕阳大火。而水底下的肉屑会引来更多的鱼。再有几条船来下钩,在红水里捕捞,又会是大鱼满舱……这样的好日子啊,没有啦,结束啦。

说起来,腊子是长江里味最鲜的。但也是最腥的,兼有海鱼和江鱼的双腥,必须放很多辣椒,还要煮火锅趁热吃,否则冷后的腥味惨不忍闻让人反胃。但是,当捕到了腊子在船上立马宰杀,立马煮上一锅,那个鲜呀!打开酒瓶痛饮,船上清风袅袅,水上风平浪静。享受这搏斗后的大啖与宁静,难道不是渔民最幸福的时刻?

就着保温杯里面的茶,吃了带上船来的两块米粑粑和一块腊鱼,加上一个咸蛋。没见儿媳再打电话来。而远处观音湾那儿,在正午又钻出的阳光下,已经出现了许多玩水的人。那儿总是很热闹,不管死多少人。而他和船这里,是一眼望不到边的滩洲,没有房舍,只有无边无际的芦苇和蒲草。整个长江被荒野包围着,仿佛你生活在很远的世界里,随波逐流。风扫过来的时候,呜呜的叫声是十分野蛮和放肆的。现在,虽然下了锚,船上因空无一物而颠簸得厉害。其他的几条船也都在这周围,没有走远。其实在这里,这一带游弋,这些老渔民不是为鱼,而是等待史壳子的召唤。说白了,打鱼是副业,捞尸才是主业。但今天,他感到肝一阵阵地疼,也许是与死猪搏斗后虚脱了,太阳也大,晒得人恹恹的。他治过三次血吸虫病。长江里有血吸虫,是一般人想不到的,以为只有湖区会有。殊不知,江滩的芦苇丛里,一样有血吸虫的宿主钉螺,有钉螺就有血吸虫的尾蚴。因为三峡建坝,下游水流相对平缓,长江多个故道成了大放牧区,血吸虫病正在蔓延为一种常见病。年轻时,吃副作用太大的吡喹酮,对肝脏伤害很大,后来呋喃丙胺与敌百虫双吃。几次诊治,加上抽烟喝酒,他有了肝硬化的病。使得看上去脸色灰暗,脖子精瘦,眼珠发黄。好在,他收拾得整整齐齐,不像个病入膏肓的老人。

但是收这几十米的滚钩是个力气活。纲绳被水中的枯枝败叶缠成一团乱麻。他坐在船舱里,身子伏在船沿上,一边拉纲绳一边调整好船的平衡。好在这观音河口的回湾中,这天放下去,取了几条鱼:一条草鱼,一条很少见的白鳝(江鳗),两条黄鲴。取下的黄鲴发出锯木头般的咯咕声。

手机的短信通知声响了。他赶快看,是儿媳发来的:

"你还要不要你孙子了?他读不成书了。"

这是什么意思?读不成书?他突然想去看看孙子小虎。小虎读一年级。究竟出了什么事?儿子有没有消息?是不是儿媳不想管孙子了?

他将船泊在观音滩边上,在那里扎好锚,就往不远的郊区义忠村赶去。通往郊区的公共汽车是这个城市的淘汰车,仿佛农民只配坐这种车。整个车体都是破旧的,无数次刮过涂料的,车里的座位更是糟糕,门快掉下来了,司机都是些上了年纪的瘦子。路当然不是行公共汽车的路,乡村的路窄,还破损严重。给颠得五昏六醒后,车到了,还得把麻木的双脚提起神来,去儿子承包的鱼塘那儿。

说起儿子成涛,算得是个倒霉货、灾麦子。他也曾是捕捞江猪子的好手,也曾经跟人贩过渔船,也曾去洪湖承包过养殖场,但不是被政府抓进去(如逃税)就是鱼塘翻塘。后来在义忠村教人养青鱼并在此找到现在的老婆。把别人的鱼塘转包过来,过上了几天安定的日子。他了解青鱼的习性,青鱼适合在沼泽地带生活,杂食性鱼类,以水底的螺蛳、蚌壳为食。儿子与老婆盘下的塘是别人不愿承包且会亏本的水面。水草太多，塘底不平。但自从儿子包下水面后，就投放青鱼苗。别人是生长快速的喜头、鳙、鲇鱼、鳝鱼，他的青鱼三年才长一斤，三年基本饿肚子无收入，全靠成骑麻补贴。过了三年，成涛的青鱼一年长三斤，而且鱼脊青罡罡的，煞是好看。已经卖出几千斤了。八斤、十斤的青鱼卖到二十多元一斤，全是超市去腌制腊鱼的。眼看儿子的好日子来了，可是儿子拿着两万块应该买鱼苗的钱，与一个中老年妇女私奔了……

成骑麻在一个小卖部给孙子买了些果冻提着，走过一些修整较好的鱼塘与鱼棚，过一个荒凉的冈坡，就可以看到儿子承包的鱼塘。

儿媳不在，只有七岁的孙子小虎在鱼塘埂上奔跑，用一根响棍扑打那些吃鱼的鹭鸟，大喊大叫。鸟们拍打着翅膀飞进青蒿和苇丛。小家伙忙得热汗涔涔，书包放在门前地上，果真没去学校。

小家伙没有喊他。这个可爱的孙子与他不亲，是他故意这样的。自从孙子出现，他就没抱过他。一定不让孙子靠近自己。因为他捞了太多的死尸，双手不干净，不能把脏东西带给下辈。他无数次阻止过孙子的亲近，这样祖孙俩慢慢也就习惯了。但是，他的心里，会有孙子，而且只有他。

孙子接过果冻，他问，你妈干什么去了？孙子说拿着菜刀和砧板去学校了。

成骑麻二话没说拔腿就往学校跑。

学校就在观音河边。这里离观音河口并不远，几里地。这里曾经是"义善堂"购买的义冢之地，大大小小的义冢有五百多个。几乎全是成骑麻父亲他们在江河里捞上来在此埋的。这块义冢地在"文革"时改为义忠大队，后来叫义忠村。学大寨那会儿所有坟冢推平了，建了学校和良田。

不让上学这肯定是校长的报复！一定的。报复儿子拐去了他的老婆。可儿子是个好孩子，只是娇惯了一些，可能是老伴的责任。儿子当然是他所爱。当儿媳在电话里骂这人与一个半老徐娘私奔时，他也会附和骂儿子浑蛋、嫖客、脏货、败家子。儿媳骂儿子是"牛鸡巴日的"时，他也会附和说是的是的。

在儿子上头还有两个姐姐一个哥哥。一个姐姐在船上玩耍时掉进长江淹死了；一个哥哥长得白白净净，一天半夜突然喊头疼，早上背到医院就断气了。前一天夜里听到有鬼魂喊这儿子的名字，不应还好，但这儿子应了，魂就被鬼撸走了。这个仅剩的儿子成涛，原是想，浮涛嘛，现在看来也真沉涛了。这么没出息让人指戳脊梁骨，跟沉在涛里有什么两样？

观音河边的学校虽然小，但红旗飘飘，写着"再穷不能穷教育，再苦不能苦孩子"什么的。操场里晒着菜籽，围一群人，老远就听见噘人王儿媳在骂人。挤进去，看到坐在地上的儿媳，赤着双脚，挥舞菜刀，猛剁砧板朗朗骂着校长。一边骂一边剁刀，剁刀的速度飞快，那刀上的寒光简直成了一条白线，根本看不到刀，就是江湖上说的一种神器。这矮校长哪还有还口之力，知识分子，只能相信君子动口不动手、好男不跟女斗的古训，在那儿抓耳挠腮，不知如何是好。

"我、我还是那、那句话，你老公不把我老婆还来，我就不让你小孩上学。我、我就是、是处分枪毙开除党籍也就、就是这个态度。"

"大家看哪，大家小心些哪！牛鸡巴日的校长好坏哪，全国的校长都不是好东西哪！跟小学生开房哪！"刀在砧板上急雨一样的响，木屑横飞。

"我干过什么坏、坏事你、你说说看，自己的老婆都跟别人跑了，人善被人欺，马、马善被人骑呀……"

"校长没一个鸡巴好的都是流氓坏蛋汉奸嫖客杂种打枪佬强奸犯！"

"你放心，你儿、儿子就是神童也放心好了，鄙人我不是同、同性恋，也没、没有娈童癖……"

"卵筒屁？你校长有几筒屁你的屁臊臭像糊狗屁公猪屁瘟糟屁红苕屁豌豆屁冷嗝饿屁稀屎屁黄豆屁苞谷屁大蒜屁……"

"什么？屁？嘿！我说的是、是娈童癖，是鸡奸！"矮校长头上青筋暴露地喊起来，"呃嘿嘿呀……"

校长突然捂着脸大哭起来，肩膀一抽一搐的好可怜。在场看热闹的乡亲先是在笑嘻嘻地看热闹，后被校长的哭声镇住了。听见他跺着脚仰天狂呼："斯文扫地！斯文扫地呀！"

校长往他河边的教室跑去，哚的一声，关上了那扇摇摇欲坠的门。

唉，大家抱怨地看着这个还在剁砧板骂人的女人，低声嘀咕指责，又跑去想看看校长是不是想不开一绳子在梁上挂了？

还好，大家接着听到老婆被拐还被人破口大骂的校长，又化悲痛为力量，擦干眼泪领着学生朗读课本去了。

"……山青青，水清清，鸟儿鸣叫一声声。树青青，草青青，山茶朵朵笑盈盈。苗青青，田青青，春风春雨绿蒙蒙……"

"狗日的，你回不回来？把校长老婆送回来！"

成骑麻在往城里回去的路上，碣磙大怒地对着接通了电话却不说话的儿子大吼道。

"你让不让你儿子读书了？让他跟你一样游手好闲当二流子？"

到哪儿去找他呢？就在这个城市。这儿子好傻呀，怎么被一个大他二十岁的老妇给迷上了咧？这世界出了啥鬼？人会傻到这步田地？我成骑麻不会是这样的苕货让他遗传了吧？

他在水牛市的大街小巷瞎串。他随便往那些破旧得不可再旧的巷子里走，往各个小店铺走。听说他拿卖青鱼的钱在这个城市里开了个小副食店。

"你有脸老子拿滚钩在江里等你！投水去哟！丢老子祖宗八代的脸！"虽然巷子里人来车往嘈杂无比，他还是在电话里大骂。

"给你送钱来。"

是儿子短信。

"老子在解放公园。"

不管，先回了再说。

因为他已不知不觉走到了这个公园里。

这是一个没有管理的公园。有垃圾和杂草，还有野狗和蛙声。是老人们聚集玩耍的地方，特别是些心术不正的老头们聚集的地方。因为有了包括成家村的妇女，这里也会有中年男人来寻腥，当然啰，都是些引车卖浆者流，要不就是民工。看她们的年龄、穿着，也就在草丛里、荒墙下干上一梭子的水平。都那个年纪了还来一条半露屁股的皮短裤，洒些酒精味太浓的香水，嘴里是臭的。至少在她们的前十年是不操这种皮肉生意的，是在太阳下田垄中摆弄农具和庄稼的安静规矩的农妇。但后来，哪一天，她们竟干上了这种活计。谁知道是怎么让她们某一天就拉下了脸皮，开了心窍，种上了那"一勺子地"呢？——村里还赖在土地上不走的老倌们就是这么说的：老子们每天汗湿水流一年上头种几亩地，没有她们种一勺子地赚钱。嗯哪，裆里的那一勺子地，到这个年纪了还能赚钱，这是谁发现的呢？

那些女的游荡在各个老头们下象棋、吹南风、扯闲白的地方。当然，她们中有认识成骑麻的会赶快躲避，不过也不要紧，都是公开的秘密，大家笑笑不说穿就是了。

他在门口等这个儿子，等得口干舌燥时，一个长得像个乞丐的半大小子在他面前晃动，来来去去。这孩子宽大的裤子上全是焊洞，手臂烫得鲜红，头发乍开像鸡毛掸子。

"你看我做什么？"他很奇怪。不是那些妇女派来揽生意的吧？又不像，是个劳动的小伙子，五金门窗店的学徒。

"您郎嘎是不是姓浮的麻爹？"那孩子就问了。

"啊？是啊，你是干什么的？"他很警觉，看着这个脏兮兮的小伙。

那孩子从兜里摸出几张一百元的钞票，就递了过来。"有个人要我将这钱给您郎嘎。"

"谁？"

"我不认识。"

"不认识会给钱你让你给我？"

"是呀。"

"这就蹊跷了，不认识你你不会拿钱跑了？"

"我哪敢哪，我的焊枪和手机还在他手里。"这孩子急得快哭起来。

"要他来！给钱的那个！"他听见自己的声音在自己的胸腔内嗡嗡直响。

"他欠您郎嘎的钱呀？"

"他欠我一百万！"

"那……"

"这个我收了……"成骑麻夺过那几张钞票就从中一撕两半，钞票还真难撕，加上激动，手有些发抖，但还是撕了。他没撕成碎片，他还是怜惜这钱，但他撕了。撕了就撕了，再塞回那孩子手里，"给他去，就说我与他两清了！"

他头也没回，走了，这时正好手机在腰里惊天动地地响起来，一定是狗日的儿子的电话，他才不会接。他准备永远不接这杂种的电话。他有一种决裂的畅快。他要同过去这些瘢瘢疖疖的东西一刀两断，要把生活中的一切像一团乱麻似的滚钩一样，扔进他娘的江里。心里谁不是一团麻瓢呀，谁不是缠得死死的？理不清的时候，你就切了丢了！他很轻松，大不了老子是个孤老，江里打鱼波上行，独往独来，风浪里了却一生，奔不动了，往江里一滚，成个泡佬，流哪埋哪，狗啃了也是自己的命。

可是，手机还是拼命地响起。二次。三次。四次。他气呼呼地涨红了眼看一眼，不是儿子的，是史壳子的。接。

"麻老倌您郎嘎蛮大的味咧，来不来的？捞货。"

不说捞尸，说捞货。而且是——三个。

成骑麻条件反射地就往江边跑。

一切都别想了,气也没什么生的了,现在赶紧去捞尸。

观音湾江滩上一片恸哭之声。这种情况是经常遇到的。但从来没见过这么大片的哭声和那么多雨前蚂蚁般的人。怎么啦,当然是三个人。电话里史壳子简短地说了,三个大学生。也没想那么多,正在气头上。大学生小学生都是死了,都要捞,而且中小学生居多,不会水。他也是在路上立马反应到脑中的,三个人,捞起来至少有近两千元进账。这事情很简单了。

爬上江堤,江滩上涌过来的痛哭声是那么年轻阔大,全是学生样的男男女女的哭,一层赶一层地从江里拍上来,那么大片的混乱和悲叫,就是绝望。许多人走到水边,许多人踩几脚水又转回来。恨不得扎进江底把人捞上来,可长江是不说话的,它太阴毒,把人吞了就吞了,可以吐出来,但那得等一会儿,等渔民来,等一万两千元到了史壳子手上。现在——至少现在的程序就是这样。人死了,就是这样见尸的。见了尸再哭上一会儿,拖走,成为火葬场的客户,再哭上一场,就是一撮灰了。不过成骑麻他们看不见了,他们还是在江上,干他们的活儿,冷冷清清的,没有哭声。但江上的风浪就像是永世的哭声,一波撵一波地囤积着人类的眼泪和悲伤。你如果长久地待在船上,长久地注视江面,你也会眼里含满悲伤,特别是当你老了,像成骑麻这样老了,像勾老倌、虫老倌这样老了,酒精中毒,眼泡松弛,骨头锈蚀,生命的火挣扎着快完了。

唉,就像搓板路上颠来的哭,肝都要让你颠掉似的惨,不是亲人,是一群来这儿游玩野炊的大学生,是同学。三个活蹦乱跳的生命说没就没啦。你不能去迎着听那些哭,要屏住气,把自己的心先弄麻木,让哭声把心捶麻。就当这儿是整天哭哭啼啼的火葬场,也差不离了,死的人太多,这儿。可火葬场大多是顺路的老人,绝症的病人,拖久了,有心理准备。这儿,刚才分分钟生龙活虎谈笑风生的一个人,马上就不见了,拖上来,一具死尸。这无论怎样都让人接受不了。玩水嘛,就是找个乐子,身强力壮的,天不怕地不怕,身上的腱子肉像石头,不像老年人,暗淡无光,那些玩水的肉全是光芒,比太阳还亮。女伢子细皮嫩肉,引得小伙子们口水直流的,可要是死了,就是一堆臭肉。男的也是。

这儿,等死的人无法制止,趋之若鹜,就像梦游。这究竟是什么原因呢?成骑麻没想清楚,三天两头就是在这儿捞呀,捞呀,仿佛这儿是个传说中的聚尸盆。

只有成骑麻他们知道,这个河口,太凶险了,那河里冲来的暗流把沙滩前的水域淘空了,看似平静,白晃晃的细沙滩,芦苇摇曳,水鸟飞翔,阳光耀眼,风花雪月似的,流行歌曲似的。往浅水里走几步,就是陡坎,水中悬崖,而且是大旋涡,一下子就把你拖住了,吸铁石一样的,你挣不脱,来不及喊叫就遭了灭顶之灾。水性好点的,加上运气,可以留条命,以后不去这儿了。水性不好或没水性的,就认命吧。有关部门在这儿好歹竖了块"观音湾,鬼门关。在此玩水,等于玩命。"的牌子,可惜早已生锈且不明显,牌子还在坡上,远离水边,有谁顾及这些,见水就亲,人之常情,你又没救生员在此巡查,管得住谁呢?加上这儿风景绝佳。这个江滩有假象!

全是些大学生,全是。成骑麻往里面走,他要到他的渔船上去。那些狂呼乱喊的人把他都转晕了。他好歹看到了自己的船。在一个角落,但船上被人踏得脏乱了,翻得一塌糊涂,晾晒在篙子上的滚钩弄成一团乱麻。舱板竟被撬开,但里面他没放东西。他的长钩,这可是重要的工具,不见了。他要找到。他还要找到史壳子。史壳子正向他跑来,还有旁边的船,两条。勾老倌向他打招呼。还有一些村里的人,虫老倌他们,都是老渔民。

人沉水了,他们咋没动静呢?船是没动,在等我?有几个每天玩水的冬泳队老倌子在水下捞着,好像时间不长,他们还有激情扎进水里。但成骑麻知道,这是徒劳的。没有人能捞上来且救活的。这江底下深坑旋涡,他们几个冬泳泡澡的老家伙能捞上来年轻人?不得把自己小命搭进去了?有的已经失去了信心,光着上身坐在水边,一脸无奈的表情。史壳子的身边,围着一群学生,在说话,求情。甚至可以看到是学校老师,领导。那可是大学的老师,都撑着史壳子。他们神色凝重,束手无策。被拦住了,扯住了,交钱。钱不够,就是这样。史壳子这样一个瘦骨嶙峋的人现在却这么重要,他代表生命救星。已经找了渔船,已经求了冬泳队的老倌子,最后到史壳子这里来了。

曾有几次冲动,成骑麻听到呼救就会驾船到达落水地点,赶快搭上一竿子,赶快下钩,捞上来兴许能来一口人工呼吸。过去有救出的溺水者,一两个小时的也可以救活。这只是听说。

面对那么多急切的求情,史壳子脸上的骨头毫无表情,两只眼睛空洞深陷,仿佛是个从水中爬出的饿死鬼。

老师模样的人正在把钱往史壳子手上递。史壳子收了却没动,因为钱没全部到位,他不发指令,成骑麻就不能发船。教授模样的人腰弯得很低,在说着,申诉着。要赶快捞人,已经有十多分钟了——从解放公园出来的时间也就这么多,也许更长一点。看来是生还无望了,再急也急不出个什么来。一个人在水里顶多就是五分钟,脑子进了水,再怎么高级的医疗设备也没用了。

"不会少一分钱,我们是国家的大学,我以一个大学教授的名义向你保证,我把身份证压你这儿行不行?"果然是教授,快哭起来。

凑的钱不到四千块,肯定是这个数,捞一个的押金四千块没凑齐史壳子都不开工,何况是三个。三个三万六,至少先交一万二,一个的钱。这学校里的事史壳子好像要求先交全款,不能少一分。这大的学校,收学生的学费那么狠,万人恨的,出这大的事,他们一定不会吝惜钱。这里他史壳子独家经营,他是有执照的,他不怕什么,说话硬。他是毒瘾发了揍他爹的人,他还讲感情?他就是个畜生你能把他咋样?那么多鬼在他家的屋顶上坐着,他还要个什么人味咧?

唉,哭号的人呀。江滩还有野火。这样欢天喜地的野炊是怎么变成悲剧的?一大堆女孩,女大学生,你搀我,我扶你,都哭晕了。原来是一个女同学在江边涉水玩耍掉下去了,那些学生手牵手去拉,拉起来女的,互牵着的手一松,全掉下去了,大伙帮救,三个男伢没救上来……江水荒芜无边,怎样喊也没人应了。

"……我们的会计在取钱的路上,史老板你要知道,是单位,取钱要审批要有很多程序,我们不会少你一分钱的。请赶快出船,多一分钟多一分希望……"

"活总有多少?"成骑麻过去低声问史壳子。

"……反正不够,那我不敢开工,捞起来你们跑了找哪个?大学的门我都不能进。"

史壳子已经被人拉扯昏了,说话时没看成骑麻,也许他根本不是在跟成骑麻说话。他在那儿虽然昏了头,袖子都快扯破,但就是不让步。那些人,学生老师们、市民们,其实忍着,恨不得甩这瘦猴几巴掌,把他扔进江里去。但是,还是得求着他。

"我们公司没有多要。全国都是这个价……"史壳子叼着烟摊着手说。很多人给他上烟。他手上的烟快拿不下了,不拿了。他被人挤得歪歪扭扭,站稳后还是被人暗中下了手脚,不是推他,也是推他。这么多活着的学生伢,生龙活虎的,不能捏死你吗?

"老板坚持说钱不到位不捞,大家再凑凑钱啊!各位在场的朋友们,各位大哥大姐叔叔伯伯阿姨们!谢谢你们的大恩大德!……"一个学生模样的小伙子在那里哭喊。

又一轮凑钱在人堆里展开。人们把身上的钱递到几个学生手里,十块五块的,也有百块的。钢镚子也拿出来了。

那些捐来的钱堆在沙滩上,几个学生清点,然后迅速交到了史壳子手上。那有几个钱呀,估计不到一千块钱。都没有啦,学生手上有几个钱,想拿出来的也都拿出来了,不想拿出来的就走开了。离史壳子的要求差得很远。大家都在看着史壳子这个人,可史壳子依然摇着头,很难办的样子。

"求求大哥啦,赶快呀! 先救人行不行呀?""都有二十分钟啦! ……"各种求情的话此起彼伏,嘈嘈杂杂。

"不是我不捞,我是不赊账的,公司的规矩。"史壳子依然这样讲。

这时那个收钱的大学生突然大声吼叫道:"喂,你这老板铁石心肠啊!究竟有没有一点同情心? 钱全给你了,不能见死不救呀! "

这学生伢头上青筋暴露,就像一头发了疯的斗牛,满脸愤恨,牙齿外露,眼睛里喷着血海深仇的大火,要跟史壳子拼命似的。气啊,不是他一个人,是在场的所有人。

这下,火点燃了,一个人领头,大伙就不怕了,刚才的求情一下子变成了谴责和痛斥。人群开始骚动并起哄,詈骂,情况急转直下,史壳子招架不住,即将被在场人们的唾沫淹没掉。

"你们没一点良心? 你们是农民吗? "

"你们咋这么无情,你们的良心被狗啃了? "

"……你们成家村出婊子,这下要敲诈死人,你们咋这么坏呀? "

史壳子反正是临危不乱,死猪不怕开水烫,成骑麻、勾老倌他们全都来了,静候消息和指令。在场的人也知道了他们大约就是这些船上准备捞尸的渔民,用眼睛向他们求救。但成骑麻能说什么? 勾老倌能说什么? 几个老倌你看我,我望你,还是要等史壳子发话。

史壳子嘶声哑气地争辩,解释,一副天大委屈模样,不退让。剑拔弩张,乱云飞渡。那个小伙子几乎是抢着拳头想要揍人,眼前有石头他也会擂上一拳。

这时候,就见几个女大学生挤上前来,显然是商量好了的,推开那个小伙子,一起向史壳子跪下了。

领头是一个浑身湿漉漉的女孩,是掉进江里的那个,为救她丢了三条性命的那个。这女孩已经浑身瘫软,被人扶着,身上发抖如筛糠,脸色像扑了漂白粉一样,嘴唇青紫,一个从冰棺里拖出来的女鬼,她的魂才从江里回来了一半。扶她的人都扶不住了,应该送医院去呀。

可这一跪，太突然，把现场的人全弄愣了。看到这群大学生们的遭罪相，看热闹的市民也出于同情，跟着跪下了。一会儿，几十个人就像被风刮倒似的，齐刷刷地全跪下了。

好吓人的场面。哪会一下子沉到江里这么多学生伢呢？也有，很多年前，一辆去武汉的大客车，在轮渡码头因为刹车失灵，滑进江里，死了五十多个。但那时候，一声令下，都去救人，也没有想过什么报酬。

现在这阵势真的太突然，让成骑麻的心一下子揪起来，心扯得疼了。这是些什么人哪，给他史壳子下跪的，全是光鲜亮堂的大学生伢子。你史壳子就接受人家的求情，让我们去下钩捞吧。再者，捞人的又不是你，你又不会捞。

他不点头，那么多的头就在地上叩着，一片咚咚声。

史壳子先是被这阵势吓傻了，没有反应，后来回过神还是没反应。大家不起来，看他如何收尾。他在等钱来。问题是大家都心存一线希望，死马当活马医，说不定水下的三个伢们能躲过一劫有活过来的。这三个水下的学生伢，跟眼前这些可怜兮兮的学生伢一样吧，年轻，红润，牛仔裤，打得死老虎的身体。想想一个大学生多不容易啊，虽然这水牛市的大学不是名牌大学，但一个农村家庭能出一个大学生该多难，总是荣耀的事。儿子成涛当年死不读书，高考时才得了两百分不到，什么学校也没的读，一些邪乎的野鸡学校倒发来了入学通知书，那全是骗钱的。再者现在家里大多一个伢儿，独生子女，这一下，三个伢儿家里还不知道伢早已人不在了，沉到江里没上来，如果知道，天都会塌掉呀。唉，再怎么，就凭这也要去捞上一把，都是有儿有女的人，都是做父母的。过去听父亲常说起"义善堂"，只要听到江边有人落水——有呼喊或者铜锣为号，他和乡亲是要立马划船过来下钩捞人的，分秒必争的事，虽说父亲一生钩上来活着的只会有一两个，但如是游泳的、投江的，或者冬季不慎落水的，会救起活人。渔民跳下水去救人天经地义，没什么大不了的。都是江边生长的"水鸭子"，水性好，不过是搭一把手的事，伸一根竹篙，或一个猛子扎下去，摸上来。早些年，救起过的人还提了礼盒去看他成骑麻。有一个当年是小学生，现在成水牛市大学的教授了，也不知道这些伢们是不是他学生。当时是"文革"，学生乡下支农，回来在江边洗澡，沉水了。不用滚钩，跳进江里直接从江底拎上来，先抽几个嘴巴，倒提起，打屁股，肚子里的水就"哗哗"吐出来了，然后再打脸，几巴掌下去，就会哇哇醒来。这事既不评劳模，也不奖现金，跟没有发生一样。

他的父亲在"义善堂"，捞过的泡佬少说有几百，也全是他亲手埋的。义忠村的义冢，水牛市的商人买了捐给堂里，抗战时，一个商人就捐了五百口棺材，江上泡佬太多，全是鬼子炸三峡洋船死的人，还全是缺胳膊断腿的，都流到这里就不走了。想是这儿有个大回水湾吧，也可能知道这儿有个"义善堂"，这里的人会让他们入土为安的……

成骑麻突然想到这些，也很难过。就在这时，那个被救起的女大学生忽然爬起来，大声哭着喊："我不想活了！不想活了！"只见她扒开人群就向水边飞跑而去，鞋子都没啦。她是想投江自尽！反应过来的学生们慌忙跟着跑去，死死拉拽住了她。这一下，现场大乱了。人肯定是拉得住的，人倒在了沙滩，休克了。

"这样吧活总，发船了我们捞，捞上来不付完可以不交人嘛。"成骑麻只能这样说，想了这样一个点子给史壳子。他是想为自己也为史壳子解套。这个办法肯定行，你得先脱身呀。再是，应该捞了，说不过去了，钱大家凑了，钱多钱少救人要紧，人家已经表态不会差你一分钱。成骑麻心里急得疼，他看史壳子还在犹豫，勾老倌也说这行，这行的，他跟勾老倌使了个眼色，马上拉着史壳子就走，并且向大家说："去救！去救！"捞就是救。赶紧开船！

史壳子是被成骑麻扯上船的，成骑麻还有这把力气。甚至在扯他时手上暗使了一把劲，拧他一把，让他痛痛，恨这人哩！哑巴三水也上了他的船，哑巴三水是个老单身汉。上船就成了。成骑麻在船上待惯了，一上船心就放下了，岸上他最忐忑。

船上到处是沙子，是人践踏的。但缆绳是解不开的，他上了锁。

与哑巴三水一起解开缆绳。哑巴三水上了船就哇啦哇啦地示意，指着江里，又指着成骑麻好不容易找回的长钩。指着岸上那些黑压压的大喊大哭的大学生，又竖起大拇指。又双手往外摊，好像是催督。按老规矩哑巴三水划船，去了船尾。史壳子在舱里点钱打电话。船一离岸，真的就安静了。现在，岸上的那些人，眼巴巴地望着他们，恨不得一钩子下去钩出个人来。这时，勾老倌和虫老倌他们的船划过来并在了一起，勾老倌过来代表史壳子提着黑塑料袋给大家分烟，先是一人两包，黄鹤楼的，不便宜。只在有尸捞的时候才能抽上好烟。然后每人一条毛巾，还有一双布鞋，不是很好。这也是必须有的仪式。成家村死了人，你当八大锤——抬尸的八大金刚，一人一条毛巾一双布鞋掖在腰里，是提阳气驱邪的，习俗如此。当然，也有家境好的，发旅游鞋。

勾老倌发这些的时候还提着酒瓶抿着酒，一有死尸捞他就兴奋。他的船上也两个人,与虫老倌。另外一条船是从邻村调的。那老倌唠叨着说,一个的钱都没凑齐,活总你该不会扣我们的工钱吧?史壳子对他说:"放心。钱都在这里,他们给我多少,我给你们的不会少。"得到承诺的老倌子高兴得龇出没牙的牙床笑了,同时用桨哪哪地敲了几下船舷。

现在,成骑麻要指挥船划向哪里,捞尸他是指挥。一个老村长指挥过百条船,经验在这里。他闻了闻江上的气味,也大致知道那三个学生伢沉在哪个位置。这是一种本能,也是两代人的经验练就的。成骑麻叫哑巴三水往东南方划,也就八九不离十。那里一个大龟背似的沙渚,在不远的江中,朝北约五米,朝西约十多米,江底就是一个越淘越深的深坑大旋涡,观音河口的暗流就是在这一块汇聚的,但江面上风平浪静。遇上退水,许多人还可以涉水爬上那个沙渚小岛,很多人死在这儿。没有人死的时候,这里鱼也很多,成骑麻谙熟这里的一切。

他坐在船头先理滚钩,舱里史壳子在将平一张白纸。那分明是一张欠条。
"他们打了欠条的?"他这么问。
"嗯。"
反正到手了的是一大沓钱,拿渔民的话说,这次史壳子"起了篓子"。你看嘛,船与网和滚钩和人都不是他的,他就是几句话的谈判,揽活儿。死人是急事,急事最能赚钱,说多少人家也给。可是也有的死了,出不起这个钱。有个来水牛市打工的夫妻,儿子玩水淹死了,找史壳子,只愿出一千元,史壳子没干。人家夫妻两个硬是在江边坐了三天,等他们的儿子浮起来。这种事有几次了。还有一次,最神奇的,也是没钱捞的一家,晚上在江边烧纸点蜡烛,死者的几个朋友边烧边喊死者的名字,就听江面"咂"的一下,死者从江中钻出来了,出现在他们脚下。这事儿传出后,有些没钱的溺水者家属就这么烧纸喊尸回。

成骑麻先把一根长长的竹篙插进江中,有个铁尖,可以承受一定的拉力,滚钩的主纲系在上面,本来若打大鱼还应在旁边插一根消息棍,捞人就不要了——这相当于钓鱼线上的浮子,一根竹篙只要装上响铃就可以了。然后下滚钩。他是第一层。勾老倌他们在另外的水域下。

叮叮当当的滚钩随铅坠子和石头坠子溜入江水里,这一排帘子似的大钩,一旦有东西挂上,所有的钩就往一堆跑,最后是,死尸上来,跟鱼一样,满身是钩。如果这人没有死,只是昏迷的话,这一身钩子只会让他越缠越紧,疼死为止。好在,这种情况不可能,人死了就死了,不可能把他钩活。但,江底下的事情,谁能说得清楚呢?人啊,认命吧。

天气有些不对劲，但凡死人的时候江上总是阴沉沉的，风也惨"呜呜"地刮。老天有感应。不知道哪儿发出断裂的"吱吱"声。整个江面在"咔咔"作响，仿佛江水是一块要破裂的大玻璃。哪儿还在呜咽不停。不是在岸上。灰黄的江面上汛水急遽往东注泻而去。他让哑巴三水稳住，哑巴三水的手脚太笨，使得船两边摇晃，被浪打横，好像船快要翻一样。只要下滚钩，船边就会出现大群的江鸥，凄厉地喊叫飞舞。今天有点特别，它们发疯一样地翻卷，贴着波浪，好像被烫伤一样。尖叫着俯冲，又尖叫着离开，偏身飞上铅灰色的天空。

成骑麻是匍匐在船头下钩的，他不能长久地坐着，再者他年纪大了，也不能蹲，更不能站，渔船太小，也就四五米长，不到一米五宽。边放钩边退。这很容易，哑巴三水基本把桨别在水里，划几下，坐在后头，毫无表情地张着哑嘴看成骑麻下钩、指挥。成骑麻做事时要含支烟，不抽，湿了，但要含着。舱里的史壳子依然自个儿数钱、掏荷包，反反复复，并没管成骑麻干什么。有时候他会伸出脑袋来掸下烟灰。

随着滚钩下去，岸离船就远了。趴在船头往岸边看，所有的人影和建筑，都在波涛上起伏，世界都像在一张颠簸的木筏子上面。他也不能趴太久，终于快速地把滚钩下完了，感到胸口堵得慌。肘子撑起来慢慢坐下，史壳子给他丢来了一支烟，没接住，滚进了江里。

他这里是第一道钩帘，勾老倌的是第二道，邻村的船是第三道。其实，甭看江水湍急，在哪儿沉的，基本不会流很远，都在这几个"窝子"里，只有渔民知道。只要在这一带淹死的人，是跑不了的。也偶有无缘无故捞不上的，一下子就流走了，这就要退还至少一半的钱。

他手上的纲绳缠在臂上，过去在手掌攥着就行了，现在，臂上缠两圈还是沉。他在自己兜里掏出一支烟点燃，抽了一口，喘口气。

"有没有啊麻老倌？"史壳子这样问。

手上的纲绳一抖一抖的。船尾的哑巴三水也"哇哇"地叫，手指着他和水。哑巴三水瞎咋呼，每次都这样，每次捞尸都像见了很多鬼一样的，东指西戳让人心生寒意，下次干脆找虫老倌。

他懒得回答。水下钩到了什么只有他清楚。看起来很沉，铃铛还响一两下，那是水的流速拖曳的。那么多的绳子，坠砣，都是挡水的阻力。拉滚钩要一把力气，因为靠着水的抖动要能感知水下的动静，还有就是要靠这股力在水下找目标，手臂要时常运动，就像钓鱼，要不时拖一下钩线。这也是凭感觉。

坐在船上,天地昏暗无边,如丧考妣。水天的交界处有一道浅蓝的罅缝,好像老天开了一道门,闪着些断断续续的光。乌云低垂凝滞,是什么时候没有太阳的?如果早上没了太阳,这群大学生伢就不会跑出来找死了。真是找死啊!多少地方可以玩,为何偏爱这个鬼门关呢?……那个女大学生是不是鬼来引生的?把这三个同学引走了……他死死拽着纲绳。这绳子过去是用麻自己搓的,也有买的,白棕绳,船民叫马尼拉绳,要每年用猪血浸泡再晒六月的红火大太阳。后来就是这尼龙绳了,结实,但粗暴,勒得人手臂生疼,水急时会勒出血痕来。如果你是拉凶狠暴怒的大鱼、腊子和江猪子,或者赶上鱼汛,几个人合手也拉得你气喘吁吁,手臂上如刀划一样。

这么抽了一支烟,歇息了片刻,江中的竹篙响了。是水面上传来的响铃,声音很沉闷,细小,有一下没一下的,且有规律。这就是挂上死人了!若是大鱼或者江猪子或者腊子,响铃是天翻地覆地闹,嘈杂急促,混乱狂躁。一个人死了,他就静下来了。在水底呛水的挣扎是往死里走的,定是最痛苦最狂乱的。那是与人的世界诀别,是外力让你必须死去,不管你多年轻多漂亮多有才,你不会水你就得死,你水性差你也是死。水是欺负人的。但他问过那个被救的教授,沉到水里是什么感受,教授说,乱抓乱挠冲出来两次,想喊救命,但水马上呛住了,再没冲出来,喝了多少水失去知觉不记得了,就这么,醒来发现又活了,没什么痛苦呀,死很糊涂的。也许他说的有道理,死不是一件难事,几分钟,稀里糊涂,魂就走了。

“来了。”他说。只有自己听见。他马上迅速地收绳。雨点开始砸船。江面上也有雨雾笼罩。这是哭,老天在哭。是有了。人上钩了。水下的人只能如此。雨打在脸上,他以为是浪的飞沫,抬头一看,是雨。他在船头跪着,挥手要哑巴三水稳住船,向上游划。他要收钩了。史壳子也看到成骑麻人跪下,这稳当些,不是向泡佬磕头。但成骑麻总是这样,拉死尸时总是跪下的。脚桩子稳当是一回事,也许有对死者尊重的成分吧。反正,他这样才能顺手地收好滚钩按顺序放在一边,人不至于晃下水去,匍匐着是使不上劲的。史壳子来拉,他不让,示意他回舱里去,碍手碍脚的让他还拉不好了。再者你史壳子好逸恶劳,什么时候在船上干过,你晓得滚钩是怎么收的?

滚钩不能乱放,收一点圈一点。手上的重量越来越沉,就像挂住了水底的石头。这有戏了。但可以拉动。死者喝了一肚子的水,会比平时沉。但因为是在水中，你一拉动，就会顺水往上漂。你得顺势拉，不比鱼。鱼你得对着干，鱼也有时跟渔民比智慧。在水里怎么拉活物死物，是有很多技巧的，全凭手感。稳住船。拉出来的滚钩大多缠在一起，回去得慢慢理，到对岸芦苇滩安静地理。但今天缠得格外乱，是不是这孩子被挂住时清醒了，拼命挣扎了？唉，不可能不可能。只是有点怪。也许是水大了吧。还收上了两条鱼。他娘的，为什么这鱼也来凑热闹呢？不是挂你们的。烦，还是把鱼扔舱里了。是一条鲴鱼一条小青鱼。看见青鱼想到不争气的儿子和不让上学的孙子。不该想的，此时。

拉到了一具尸体。是个小伙子。拉出水面时尸体会像鱼一样往前蹿，像要游走一样。拉过来，他先用那个竹长钩钩住他的衣裳，再慢慢拉。是条壮汉，成人了，手脚粗大，头发漆黑。但此时的脸，不叫脸了，已经比他自己的白T恤更白，简直像硫黄熏过、甲醛水泡过的笋子和藕带，也比往常大了一圈。他身上挂着一大堆滚钩，可怜的淹死鬼都是这样，你看身上全是，滚钩把他包裹住了，全是钩，后脑勺子上也是，手上腿上都是。先用手指朝死者的手上敲一下。手哪是手，就是水里泡发了的馒头。难怪叫泡佬。好漂亮的一个儿子伢，五官端正，他有没有女朋友？他大学是不是快毕业了？家在哪里？父母看见了不得哭昏死吗？……

死尸是不能弄到船上来的，只能在水里摘钩。岸上看到了人。岸上有骚动，有喊。但成骑麻得慢慢来，一只只摘钩。这摘钩的活计是很难的，要小心翼翼。因为，再怎么不是鱼，是人。是人，就有一种天然的敬畏。好歹是条生命，而且还是热的，仿佛吧。冷了，也感觉还是热的。是介乎于死和生之间的一种东西。如果拖到医院，拖到火葬场，那就是真正的死了。在成骑麻这里，还得有个过渡，让家人、亲人、朋友去哭，去抚，最后认定是死了。

成骑麻摘钩时听到史壳子在接电话说："是个穿白T恤的。"一万二到手了，史壳子的声音明朗正确了。声音里有稳当当的底气。

要用绳子先绑住死者的臂膀，先拴在船舷边的立柱上，再绑死者的腿，一条膀一条腿，这样绑好了系在船桩上，以免钩没了被江水冲走。这是先后顺序。水很急，拽住死者捆绑，他一个人做，不要谁掺和。今天格外吃力，四肢酸软，走了太多的路，还对不见面的儿子发了一通虚火，耗去了全部体力。人老了，也就这么点气力，用一点少一点。

唉，缠成这样，莫非真的在水底还活过来了？年轻人生命力旺盛也说不定呢。他细心地摘，不要让肉拉出来，这伢子身体上的肉硬鼓鼓的。可咋就是不会水呢？想必是山里人？

196

史壳子在看他,也在看岸上。电话里又在吵架。还给勾老倌打电话:"勾老倌你那边有没有?"

钩取完了,哑巴三水把船往岸边划,是史壳子要他划的。但又要他停了下来。史壳子对成骑麻说:"钱不交完我们不交人。"

他回答了"嗯"。这是他们的事,我成骑麻是将人打捞上来了,我要告诉岸上的人,他就站起来想呼口气,手上拽着绳子,当然牵着的是三个大学生中的一个。腰好半天直不起来,汗水滚滚地从额头上冒出,人太虚了。

大概船划到离岸不过十多米远的地方就停住了。岸上的人群往水边挤,还可以看到有救护车,有穿白大褂的人,有担架,还似乎有武警,还有摄像机。有人狂喊乱叫"快!快!",有人涉进水里,招着手,是准备抬人的,不是尸。现在这个溺水者,岸上的他们希望是可以复活的人。

成骑麻就这样了,船停了,也就跟岸上的形成了对峙。其实来那么些救护车和医生有啥用啊,谁能在水里半个多小时还活着,除非他是神仙。摘钩时他总是要试试溺水者的皮肤、嘴,摸摸胸口,是不是还能在身上感受一丝热气,有没有人工呼吸的必要。这个他都懂。有的是可以的,有的就不行了,譬如这个绑在船边的学生。有到火葬时突然醒的,乡下有停尸两天后醒的;还有听到过棺材里传来的呼救声,刨坟打开棺有死人乱抓乱挠的痕迹。但对于这些岸上的人,笃信争分夺秒是能抢救生命的。岸上还有学校的教授、领导,出了这么大的安全事故他们不好向死者父母交差,坐牢也有可能。所以也在拼命跳脚声嘶力竭地喊快给人他们去医院。救护车的笛声都拉起来了,车发动了,捞尸的船却不交人。这是哪门子事啊!

成骑麻不能淡定了,因为岸上在沸腾,看见人了,却不靠岸,等钱哩。他忙问史壳子,怎么样? 史壳子摇头摇手还是示意不行。

雨很小,就像无一样。等得焦急的人变成了愤怒的潮水。他们挥舞拳头,已经有人跳进水里了,要来抢尸的样子。史壳子让哑巴三水把船稳住甚至后退。这一下,更加激怒了岸边的人们。有学生抠出沙坨掷向渔船,有一坨差点砸到成骑麻。是他拉着死人绑手的绳子,史壳子拉着绑脚的绳子站在他身后。他当然首先中"枪"。这让他有点恼火。我不过是个捞尸的,又不干我什么事,砸我啊? 你要砸砸我后头的那个瘦猴子。他伸出手挡着砸向他的沙子,示意不要这样,他的意思也有"一手钱,一手货"的硬理由吧。我不维护他我的工钱就没有。

"把人给我们! 给我们送医院! ……"

"要钱去死的呀！你们这些人！……"

"你们没有伢子的呀！心好狠呀！……"

无法阻挡岸上的人向这条船、这条可恶的大江挥拳，向这些渔民叫骂。斥责、呼喊，乱成一锅粥。而没捞上人的两条船在成骑麻他们船后远远地躲着，让成骑麻成为了人们发泄的对象，众矢之的。似乎不能靠岸了，否则会被愤怒的人群撕碎。他拉着绳子蹲下来，他不知道究竟应该怎么办。那只拖拽尸体的手在颤动，是水的流动扯着尸体往后头挣，好像这死伢要活过来了要挣脱他的绳子，他听见了岸上的同学们的喊声。

他有些害怕，突然。老啦，手上全是弯曲的关节。老年斑。肝疼。寿眉太长，让眼前总像有草渣阻挡。这事儿本来嘛，捞尸就是"义行"，三百六十行之外的一行。人淹死了，他捞上来，面对的却是恨他的人。难道不是他捞上来的吗？捞尸容易吗？茫茫大江里你在水底捞个东西看看？七十岁的老人，在这急流凶险的大江里，驾着一条摇摇晃晃的小船，到处下钩，图个什么呢？钱，我又能得多少钱？得个零头。不是我们你永远也捞不到的。你打110，你报警，警察来了有啥办法？不一样通知我们来捞？

风吹得人一阵冷似一阵，他不能回舱里。史壳子把绳子交给他一个人拽着，回舱中用电话与人谈判。那个被波浪颠簸在水里的大学生露出个后脑勺，手臂绑着，手垂着，小腿绑着，脚翘着，在水里漂荡。身子也是，衣服、脚、裤子、鞋子，就像浮渣了。就这样即使是活的也憋死了，他的脸伏在水里，男人在水里死时就是这样的，翻过来他还会覆过去。周围不知怎么有这么多水葫芦，是上游流来的。绑着的伢子藏在水葫芦里。

成骑麻像棵芦苇又站起来，他好想抽一支烟。但他的船，他们一起的几只船，就这样信马由缰地漂荡在江里，像没人管似的，失了方向，被人唾弃。史壳子呀史壳子，你太那个了。哑巴三水也着急，隔着船篷给成骑麻手舞足蹈地无声"说话"，意思是把死人交了算了。他蓬乱的白发也在手舞足蹈。

就这几个白发渔人，白发在江里讨生活的老倌子，就像他们的船一样老朽破旧了。手腕都拽不住一具水里的死尸——死尸的力气比这些活人还大。就是这样，他们还要捞。这究竟是为啥呢？

总算看到史壳子枯瘦的手有了手势，是往岸边去的。哑巴三水一下子来了劲，两下就冲向岸边，下了狠劲。一个浪涌反向打过来，船就冲上了沙滩。一眨眼工夫，手上的绳子被抢走，水里的人也被七手八脚弄上了岸。一呼啦过去，人抬上了救护车,不见了,沙滩上留下一条湿漉漉的印迹。而史壳子下了船,有个女的(大约是会计)把带来的所有的钱给了他。成骑麻看见史壳子没有作声,是一大扎新钱,刚从银行取出来的。那个女的脸上的汗直往下滚。但好像钱数不对,史壳子还是在与他们说着什么,双方争得很激烈。

有学生爬上他的船,钻进舱里去船尾看,说是不是有另外捞上来偷偷吊在船尾要价的?

"没有的,没有的。"他说。

"还有两个,快去救呀!……"学生说。

钱被史壳子装进了包里回来,却闷闷不乐,挥手让成骑麻他们去捞。

天色晚了。云彩在飘动。江水浑黄得令人头皮发麻。他们饥肠辘辘。还没有吃中饭呢。谁都把吃饭这事给忘了。史壳子不知到哪儿去了,或者在勾老倌他们船上?成骑麻懒得想。第二次下钩,要远一些,他知道第二次应该在哪儿下钩。

江上起了小小的雾。他在想在解放公园那被他撕了的几百元钱。他是为了钱吗?是,也不是。他是个有脾性的人,可现在一切变了。他这样辛苦的老人倒成了那么多人的对立面。这事让人恨是因为他成骑麻吗? 我一天水米未沾。

硬撑着,下了钩,守着,晚来风浪急。江鸥也因为饥饿一群群在天空发出愤怒的喋叫,并且俯冲向渔船,啄食他们的船篷。总不能把我吃了吧?我已是前胸贴到后脊背了。岸边上点起了星星点点的烛光。人依然黑压压的一片。声音从水面上传来,异常古怪妖娆,好像有一群水鬼在水里讲话。再怎么捞起来也没用了,你们等什么呢?都没有吃饭,今天这观音湾可聚集了几百上千的饿肚人。

木棍没一点响动。他想睡一觉,眼皮沉重,支持不住了。果然,他躺在船板上就睡着了。好像是入了雪窟。有人和兽走动。儿子变成了被铁链锁着的老虎。死去的三个大学生从水里爬起来,向空中投篮。孙子是一只嗷嗷待哺的小狼。都一律地有獠牙。大学生也有。江面上出现了巨大的腊子鱼群和江猪子群……他站在村里的一条大渔船上, 指挥大伙展开血腥的捕杀……突然他因为摇晃掉入了冰凉的江中……

听见很嘈杂的声音,把他从寒冷的梦中吵醒了。哑巴三水在嚷嚷。原来,勾老倌他们的船靠岸了。史壳子还在谈尾款付清的事——又有一个学生被捞上来了。另外一个,没付清钱又不捞了。

这样成骑麻在江中等待。等滚钩上的消息,等勾老倌他们再下钩。

成骑麻身心俱疲,他坐在船头。岸上是史壳子与学校的人交锋的声音,但听不清楚说的是啥,声音很大,通过水面会传得很远。不知过了多大一会儿,勾老倌他们的船又划出来了。往下第三钩的地方去。

成骑麻抽完了半包烟,接到史壳子的电话:另一条船,捞到了第三具。岸上又是一阵骚动。可以收工了!

交了尸,收了钱,一切都结束了。那就赶快收了滚钩回家。史壳子不是最重要的,回家吃饭、睡觉最重要。当然回去还得给老伴说说孙子、儿子的事。

江水哗哗地拍打着船舷,发出空荡荡的噼啪声。他说干就干,收纲收钩。钩上挂了些浪渣和水葫芦,什么也没有。钩还很顺。钩是自己的,要好好收回,放好,在舱里锁好。特别是,要买纸来烧,又挂了死人的。

可是他感觉哪里不对,他收了史壳子的钱后。史壳子坐别人的船溜了。观音湾沙滩上的人不仅没散去,却越来越多。他揣着工钱,还有一瓶酒,还有两包香烟。听说是史壳子找校方索要的两条黄鹤楼,他分到了两包。为什么江滩上的人越聚越多呢?气氛不大对。看水面上,又流来了一批死猪和杂物。这夜晚的江面好诡异。江滩上,点起的蜡烛好多,像是野地里的鬼火。怪呀。敢情全市都知道这事儿了?

他把船泊在江中那个龟背样的沙渚旁让人看不见。苍白的月亮很低地划过江面,鬼鬼祟祟。这些年的月亮都是这个样子。风在江上疾走,听得见簌簌的摩擦声。岸一直在晃动,没有停息。一些萤火虫贴着水面飞行,明明灭灭,就像江上众多的游魂。在江边一处旷寂地,听见了那里传来的低沉的乐器声。他年轻时玩过笛子和箫,搞过宣传队,知道这是萨克斯。一个人影黑魆魆的,像个大烟斗蹲在水边,吹的是《化蝶》,那萨克斯管声像雾一样在江面上流淌。听着听着想起了成小安夫妇。又吹《回家》。成骑麻听着,不知不觉流出了眼泪。他忘了饥寒,忘了时间,陶醉在这美妙伤心的乐曲中。他又一次打起盹来,直到晾在竹篙上的滚钩被风叮叮当当吹出噪响。他也要回家了。有几个年轻学生伢却永远不能回家了。

回到家老伴热着的饭菜在锅里,进门就问:"老倌子,你今天好难看,魂掉了一样的。"

他告诉她捞了三个人,全是大学生。老伴愣了,说都捞上来了,听村里的人说了,怪不得。

手机的短信提示音一直在响。一看,儿子的,烦了,看内容却是:

"你看电视。你可出名了。"

我出名了？

打开电视，全是江边救人的事情。还看到了自己和史壳子两个拖着水里的死尸，站在船上的画面，这可出了丑啊！

……结成生命之链，谱写长江壮歌。水牛市大学生结成人梯救同学，三人英勇献身。今日下午三时许，在本市观音河与长江汇流处的观音湾，有一在此游玩的女大学生落水，发现险情后，其余的十多名大学生迅速冲了过去，因大多不会游泳，大家决定手拉手组成人链，伸向江水中救人。终于抓住了落水的女生，正在慢慢向岸边靠近时，其中人链中的一位女生因过于紧张和体力不支而松手，其他人加上脚下的流沙塌陷，人链瞬间断开，处在人链前端的有六七个同学纷纷落入水中。闻讯赶来的冬泳队和会水的同学下水救人。但最后赵一钱二孙三三名同学沉入湍急的江底而英勇牺牲。

事发后，水牛大学领导迅速赶到现场，当地消防、海事和医疗等部门也相继赶到组织搜救。由于该事发地处江水回流区域，水深流急，坡陡沙陷。浅处有四五米，最深处二十多米。经过成家村渔民和壳子打捞公司的打捞，截至晚上六时四十分，三名英雄学生的遗体终于被打捞出水，虽经医护人员现场进行全力抢救，终因沉水时间过长，未能生还。水牛市委书记李四和市长王五获悉此事后，对大学生舍己救人的事迹表示敬意，并指示有关部门妥善做好后续工作。记者获知，校方已成立专门班子处理善后事宜。

据现场有人反映，壳子打捞公司和捞尸渔民有挟尸要价和定价过高等问题，虽遗体打捞价格不在物价部门定价范围之列，但打捞公司明知溺水学生系见义勇为遇难而不及时打捞，特别是因打捞资金未筹集到位，数次中断打捞，明显有违社会公德，遭到现场民众谴责。此问题正在调查之中……

那是自己吗？那个站在船头叉腰挥手的人，那个用绳子牵着水下死者的人，那个在自己船上替史壳子挡沙子的老倌子，多丑啊。吃不下饭，他要睡了。他彻底地病了。他浑身哆嗦，奇寒奇冷。老伴也看得傻了，对着电视发呆。他赶紧上床。

可不一会儿堂屋里有声音，勾老倌、虫老倌和哑巴三水都来了。勾老倌对着成骑麻的房喊他，要他出来。

事情不好。他穿好衣服出来。勾老倌手上拿着一些钱,对他说:"麻老倌,钱要交回来。市里要收的。活总抓进去了,我们在收钱。"

"收我们的钱?"

"是呀。你劝劝三水,他又不识字,你让他看电视看不明白。"

"全部交出来?为什么?我们今天不白辛苦了?"

"还不是活总害我们啊!电视上播了,这下我们的鱼都没人买了,船不消开了。"

哑巴三水不明就里,嚷嚷得厉害。勾老倌就抓住他,把双手闭拢,意思是不交钱要戴手铐,又蹲下,意思是要坐牢。这就难怪了,史壳子撞在马蜂窝上了。想也不对呀,明明是重大溺水死亡事故啊,咋就变成了英雄事迹?学校的领导可高兴了,由事故责任人变成了英雄的领导,还得感谢他们教育出了这么好的大学生。他们这几个打捞的渔民却成了见死不救侮辱英雄的坏人。又听说其中一个死者的亲人晚上来抢尸,有百号人,但警察也出动了上百人,把那些抢尸的队伍堵在了高速公路出口,进不来城里。死去学生的母亲要投江与儿子一起去。火葬场也全守起来了……

水鸟划过成家村的上空,声音像一种从未听过的乐器,像是男人临空的尖叫,飞向史壳子家的屋顶。那些刚死的泡佬都来了。

儿子发短信说,明天把那女人送回去。

这还不错。是不是老子怄气出丑,你同情呢?好吧。他一夜难眠。早晨他就动身去对岸义忠村。管他的,钱不要就行了。我一个老倌子,我第一个捞起了英雄我还犯法了吗?

他把船停在观音河里,再上岸步行。

这是初夏时节,鹧鸪在天空歌唱,秧鸡在草丛闷叫。麦子熟了,油菜割了。田野上到处是烧油菜秆的烟雾,砍过后粗壮的油菜蔸触目惊心,像大地狰狞的牙齿。顺着河堤走。堤坡上到处是疯长的魁蓟,针刺张牙舞爪,花序直立恐怖,像蛛丝网一样披在紫红色的花筒上。一些荒蒿,一些狼把草,一些泥糊菜,一些荆芥子,一些虱麻头,一些鬼针草。牛们吃的草太少了,被挤在一些牛屎成堆的地方哞叫。河下,有一条双体小渔船,有渔民在船上下罾子,这种船叫鹭鸶船,但船上没有鹭鸶。他们打鱼好悠闲啊,在这条清悠悠的小河里。如果儿子争气,我搬他这里来,不就可以在这里打鱼了吗?不与风浪搏斗,不再捞人捞尸,江湖偏远,清风明月,有鱼打鱼,有虾撮虾,没有鱼虾就船上睡觉,船上醉酒……

下了堤坡,径直往学校去。他在离学校不远的一个路边小卖部买了包烟,抽着,看着电视。还是这些画面,有许多人的采访,有赞美,有回忆,有谴责,有表功。谴责的是他们,挟尸要价的渔民——但小卖部的人不认识成骑麻,也不知道眼前在门口坐的人正是那个牵着尸的渔民。他只好低着头抽烟,生怕别人认出他来。表功的是学校领导。这本来是一场大事故,却在侃侃而谈是怎么把学校办成培养英雄的学校的。你就不能惭愧地向这些学生的家长诚挚地鞠躬道歉?你们罪责难逃!这真是太怪了,也不怕了。你们没脸还要我们要脸吗?不让学生学点起码的求生技能如扑泅,你们都教育些啥哩?书有啥用哩?掉进水里了书能救你吗?这样的英雄越少越好!你把他们整成了英雄,你就撇脱了干系,而英雄的母亲后半辈子可就孤苦伶仃了咧。她们是不想要震惊世界的英雄的,她们只想要一个默默无闻无灾无病的儿子,活着的儿子。而你们的宣传只要英雄,这不,播音员还在说"这是一个英雄辈出的时代"。难怪,观音湾永远是一个英雄辈出的地方! 唉……

这么七想八想的时候,一阵哄闹声。他往来路一看,一群人过来了。啊,阳光像金色的羽毛扑棱棱地飞翔,天气晴朗,层云尽开,雾气消散。在灰尘扑扑的村路上,儿子用板车拖着校长的娘子像拖一头肥猪回来了。这真是浪子归来啊!校长的胖老婆被五花大绑丢在板车上,哼哧着,显然有过拼命地挣扎,衣裳都散乱了,披头散发,嘴边白沫干结,狂叫过,呼救过,但现在的声音近乎临死前的微弱呻吟。她已经不能动弹,蜷在拖过垃圾和大粪的板车里,脸因为挣扎叫喊而肿得发白,肌肉松弛,喘气,就像是拳击台上抬下来的残兵败将。

这是一个多么清新的早晨,乡村水灵灵的。狗因为空气清新而昂头大叫,并且紧跟在板车后面。葳蕤的庄稼和旁边水渠里亮如油漆的芦苇与蒲草,起风过后飘荡在空中的小蜘蛛。池鹭像被风吹起的纸片,遍野都是,有的吹到了牛背上,站着,神情飘逸。鱼塘里,增氧机在鼓动着大批的氧气,搅起绿色的水花。篱旁的牵牛花蓝莹莹的,塘埂上喂鱼的黑麦草,像铺着的一层厚厚的毡子。他的儿子成涛,弓着腰,双臂小巧的肌肉紧结着,腮帮子咬成三瓣,穿着印有黄龙的T恤,板寸头上挂着一颗颗亮晶晶的汗珠。

一群村民和学生伢子跟着板车奔跑着,呼前拥后,整个村子像过节似的。成骑麻看到校长满含热泪,开始点燃手中的一挂鞭炮。噼里啪啦的鞭炮声炸得多喜庆啊。

有人给板车上的校长老婆松绑。她因为反抗，让成涛给多上了几圈绳子。这也是捆死尸的绳子，是自己船上的，成涛拿来的。校长老婆的脖子上、背上、腰上全是绳子，肥硕的屁股紧勒了好几圈。儿媳牵着背书包的孙子也赶来了。一家三口人团聚，紧紧抱在一起。热泪滚滚的校长也扶起他的老婆，用消瘦的双手揽住了老婆越来越强悍的双肩，两个人抱头痛哭，喊着对方的名字。

"成涛走对了一步，女人嘛，哪有自己的儿子重要……"

"这下好了，救了两家……"

"和气生财……"

校长破涕为笑，对着他的学生命令道："欢迎成小虎同学归队，现在，升国旗——"

孙子小虎走进了向国旗致敬的学生队伍里。

多少人眼里泪光闪闪。

傍晚，成骑麻回到观音湾江边，刚一停泊，就有几个人冲上他的渔船，劈头盖脸给了他几巴掌。成骑麻被打得眼前金星直冒，人站立不稳，差一点晃进江里。

"就是你，我们等你一天了！你这个老狗日的浑蛋，看你还坏不？我们代表广大市民教训教训你，你他妈挟尸要价，还没抓进去呀，史克治不是抓进去了吗？你个老狗日的，叫你侮辱英雄的！……"

几个中年妇女也认出了他，爬上船来要抓成骑麻的头发、抓他的裤裆、抓他的脸。

"你没有孩子的？你这大年纪了要钱去买棺材的？"

"你是棺材里伸手——死要钱哪！"

他只好往岸上逃。他跑，他捂着被抓得血淋淋的脸，捂着鼻子，鼻子里也鲜血喷涌。他两眼昏花，双脚瘫软，跌跌撞撞，爬上沙滩。他顾不了他的那条破渔船。那些人把他的渔网往岸上扔，把他的滚钩——一百米的、六十米的全搜出抱上了岸。竹篙丢进江里，船板撬了，桨桩抽了，扔到岸上堆成一堆。桨和锚也丢进江里。他看见几个人在拆他的船篷。所有物品被扔下船，有人找来了浪渣，点燃了。所有他船上的物品，被付之一炬。火烧起来了，很干枯的东西，加上风，火一点燃，风一呼啸，火就大了。他无力阻挡。那些人在那儿吼着骂着笑着起哄着。

"老不死的，看你还要钱不！"

"断子绝孙的老狗！"

有人举着燃起的木棒，扔向他的船舱。

他要跑过去，他不顾一切地求饶似的喊："不要烧我的船！不要烧呀！这是我老两口过生活的船呀！"

他冲上船去，用手抓那些燃烧的木柴浪渣，不管手烫不烫。手不要了，船要。这比老命还重要，几十年的船，养活了一家人的船……

手上没有了疼痛的感觉，他没有水桶，就用双手去捧水，拼命捧。岸上的那些人，都在哈哈大笑。

他总算把火弄熄了。那些人看他在水里跳来跳去，没有一个人帮他，全是冷眼旁观的、耍笑的、袖手旁观的。

一个烧黑了的空船，渔具、捞尸的工具，全没啦，化为灰烬啦。他坐在水边，湿淋淋的，双手焦痛，从灰烬里扒出烧得发黑的滚钩，锋利的滚钩，挂过许多死人也挂过无数腊子、江猪子、大鱼的滚钩，捧着它们——这些已经渐渐冷却的滚钩骨头，坐在夕阳里。

人陆续走了。夕阳慢慢沉落。那个吹萨克斯管的又出现了。他依然吹着《回家》。他是在唤魂，唤那些落水者的魂。忧伤安静的旋律在江面上雾一样蔓延。

一个女孩子，双手抱膝，坐在水边，无声地流着泪，朝江上久久望着。最后一线夕阳里，那女孩子眼边的泪晶莹闪亮如宝石。涨水了，水流低吼急遽。一片旋转的旋涡，一江向东流去的鼓荡浑水。

捧着那些钩，望着对岸，他想，我该怎样回家呀？

【作者简介】陈应松，男，祖籍江西余干，1956年生于湖北公安县，1987年毕业于武汉大学中文系。已出版长篇小说《绝命追杀》《别让我感动》《失语的村庄》，小说集《太平狗》《松鸦为什么鸣叫》《豹子的最后舞蹈》，随笔集《世纪末偷想》《在拇指上耕田》《小镇逝水录》，诗集《梦游的歌手》等。曾获第三届鲁迅文学奖、第二届中国小说学会大奖、首届全国环境文学奖、人民文学奖、湖北文学及《小说月报》第十二届百花奖，作品多次进入年度小说排行榜。现为湖北省作家协会副主席，省文学院院长，中国作家协会全国委员会委员。

死亡设置

裘山山

一

简向东第一眼见到陆锡明时,感觉他虽然眉头紧蹙,但并不是特别难过的样子。他见过很多被害者家属,多数神情是悲痛不已,无法控制。但陆锡明给人的感觉就是心烦意乱,仿佛遇到了一个大麻烦,脑门儿上恨不能写一个"糟"字。他打开家门,把简向东带进房间,自己一屁股坐在沙发上,仰头望着天花板。

今天早上七点警队接到报案,说世纪花园地下车库发现一名女性死者。警察赶到现场后发现,死者身体已经僵硬,估计已死亡五小时以上。由于死者是在自家车位上被害的,车位恰在车库的一个死角,直到今天早上才被发现:与之相邻的一位小区业主去开车上班,看到死者四仰八叉倒在地上,血流遍地,吓得魂飞魄散,打报警电话的时候声音还在发颤。从倒地的情形看,似乎是她刚要打开车门,就被人袭击了。车钥匙掉在尸体旁,被血液黏住。

很快就查明死者是这个小区四栋401房的女主人,袁红莉,三十岁。简向东在小区物管的引领下找到了他们家,家里却空无一人。几经周折,才打通了死者丈夫陆锡明的电话,陆锡明匆匆从单位赶回,已接近九点了。

陆锡明在电话里得知妻子被杀时,出现了片刻的沉默,让简向东以为电话断了,"喂"了好几声,他才应答。他不会吓傻了吧?但真的见到了人,简向东马上察觉他并不太悲伤。不过,从另一个角度说,表明他没有刻意表演,还算诚实。因为在他回来之前,简向东已经从小区物管那里得知,他们夫妻关系不太好。

现在走进他家,只简单地巡视了一下,简向东就感觉到物管说的话没错。首先家里一张夫妻合影都没有,这对结婚才几年的夫妻来说比较少见;其次他们显然是分居的,书房里也铺着一张床,枕头被子齐全,枕边还有两本书。已经是异床异梦。

陆锡明个子不高,白白净净的,还戴了副眼镜,看上去度数不低。说话有条有理不卑不亢,与他的身份很相称。他的身份是市政府某局某处副处长。

简向东简单地询问了他昨晚的情况。陆锡明的回答也很简单,他说他昨天下午5点左右就出门了,约好了跟朋友吃饭,饭后又一起去酒店看了球赛,阿根廷对德国。所以没有回家睡觉。今天一早从酒店直接去单位上班的,因为一早就有个会。接到警察电话时正在开会。

这么一清二楚有条有理的,反而让简向东心里犯嘀咕。

简向东问,嗯,你经常这样吗,在外面住宿?

陆锡明说,不不,就是最近,因为看球赛的缘故,在外面住了几次。半夜回家她会不高兴的,说我把她吵到了。

简向东说,没想到你们政府官员也有兴致看世界杯。

陆锡明说,不应该意外吧,我们也是普通人。尤其是最近这段时间,压力太大,需要放松一下。你懂的。

简向东心说,我哪懂,我又没在官场混过。但他只是"哦"了一声,继续问:那你知道她昨天夜里11点多外出,是要去哪里吗?

陆锡明说,不知道,我哪知道。

简向东说,你们家这辆车,平时谁开得多?

陆锡明说,当然是我开得多,她偶尔开。陆锡明说完后马上明白了简向东的意思,又补充说,昨天我考虑到要喝酒,就没开车,是朋友开车来接我的。需要我朋友做证吗?

简向东说,目前还不需要。

陆锡明从沙发上站起来,去冰箱拿了两瓶苏打水,递给简向东一瓶,自己打开一瓶喝了几口。好像是淡定一些了。

他蹙眉问:是抢劫杀人吧?

简向东说,目前还无法确定。

陆锡明说,为什么? 这不是很明显吗?

简向东说，哪里很明显？

钱包手机都没了呀。陆锡明说，她钱包里肯定有不少现金，她喜欢放一沓现金在身上，也喜欢把卡都放在身上，还喜欢戴项链戴首饰，我说过多少次了不要这样，太招人惹眼了，她就是不听，这下好，终于招来杀身之祸……

简向东没有回应，在本子上记着什么。

是。从现场初步调查看，抢劫杀人的可能性很大。但简向东觉得还不能这么快就定性，作案凶器没找到，尸检结果也没出来。就眼下看，就有个无法解释的疑问：死者为什么会夜里11点跑出去？还穿着睡裙？虽然睡裙不是那种特别暴露的，但一看还是临时起意出门的。一定是有什么急事，或者有人叫她了……

每一个疑点都解开，才会露出真相。

二

田野来了。一看他那个肿眉泡眼的样子，简向东就知道他昨晚又熬夜看球了。田野嘟嘟囔囔地说，我同学都说我干刑侦很酷，酷什么酷？动不动就大清早出来看尸体。

他一边说一边把手上的一袋包子递给简向东。简向东接过来，一口塞进嘴里一个，笑着说，看了尸体马上吃包子，不是更酷？

接着他把田野拉到门外，问，怎么样，有什么线索？

田野说，作案凶器没找到。但死者的包找到了，丢在车库一个角落里，里面的钱夹和手机都不见了，只有纸巾梳子镜子口红等不值钱的东西。手机拨打是关机状态。钱包里的现金数目以及银行卡情况，尚不确切。包拿去检测指纹了，老姚他们去查车库的监控录像了。

简向东说，我刚才问了死者丈夫，他说他妻子很爱在身上带现金，估计有几千。银行卡至少有两张，一张他的工资卡，一张交行储蓄卡，都是结婚时给她的。加起来应该不少于十万。另外她脖子上还应该有一条铂金项链，价值五千多，耳朵上有一对铂金耳环，两千多。都是结婚时买的。手上不知戴了什么，也许是块表，也许是镯子。他说她是个爱显摆的女人。

田野说，目前死者脖子上耳朵上什么都没有了，手腕上也是光的。

简向东想，这么说，的确很像是抢劫杀人。

抢劫杀人案可以说是凶杀案里的硬骨头，嫌犯太没有确定性，调查的范围大而无边。但在没有掌握确凿证据之前,不能有先入为主的倾向,否则有可能会放过重要线索。这是简向东多年来的体会。

田野努努嘴:他昨晚在哪儿?

简向东说,他说他昨天下午5点左右离开家,和朋友聚餐。之后就跟你一样,在外面看球赛,看完直接上班,今天早上接到我电话时正在开会。

田野说,很吃惊吗?

简向东说,对,感觉不像是装的。

简向东回到客厅,注意到客厅的茶几上,有一台手提电脑。他问,这是谁的? 陆锡明说,是她的。

简向东就走过去,敲了一下任意键,屏幕亮了。显然是没有关机,而且连网页也没关,打开的是淘宝网。另外有QQ头像在闪动。

简向东说,我可以检查一下吗?

陆锡明说,请便。

闪动的头像,一个网名叫"午夜玫瑰",另一个叫"威尔"。

"午夜玫瑰"问:亲,你在吗? 时间是昨晚11点05分;得到的是一个"自动回复":您好,我现在有事不在,一会儿再和您联系。

"威尔"跟死者晚上7点左右曾有过对话。之后停了三个多小时,到晚上10点20,死者再次跟"威尔"打招呼:还在吗?但"威尔"没有回复,直到11点才回复了一个:"在。什么事?"但和"午夜玫瑰"一样,得到的是一个"自动回复":您好,我现在有事不在,一会儿再和您联系。也就是说,11点之前,死者离开了电脑。

让简向东意外的是,死者的QQ好友,仅仅只有八个。这个是非常少见的。一般人的好友总会有几十个甚至上百个,联系不联系是另一回事。连简向东这种一年上不了两次QQ的,都有上百个,光是他们班大学同学就三十多个,中学同学四十多个,还有同事亲戚什么乱七八糟的。

这倒给我省事了。简向东心想。他转过头问陆锡明:这两个人你认识吗?

陆锡明取下眼镜,凑到电脑屏幕前,看了一眼说,那个"午夜玫瑰",好像是她的女友,叫伍晶晶,在美容院工作。另一个我不认识。

陆锡明的近视挺厉害,简向东注意到。

没费多少时间简向东就确定,八个好友里,与死者关系最密切的就是"午夜玫瑰"了。她们几乎每天都聊,且无话不说,看来是闺蜜。

而那位"威尔",不出简向东所料,果然是个律师。因为死者跟"威尔"的大部分对话，都是关于离婚的，显然死者是在向"威尔"咨询离婚方面的法律问题。由此可以看出，死者已经有了离婚意向。

简向东空闲时唯一的爱好就是看美剧，尤其喜欢法律方面的，所以一看到"威尔"，就想起那个热播的《傲骨贤妻》了。里面那位又帅又有才的大律师就叫威尔。简向东很喜欢威尔，估计这一位，也是威尔的粉丝。不过，真要进入到现实生活中，尤其是中国的现实生活中，威尔是潇洒不起来的。

这三个人，死者丈夫，闺蜜，律师，看来就是与死者关系最近的人了。都需要面谈。

一个一个来吧。简向东想。

三

陆锡明实在是恼火。进入七月以来他一直都很恼火，今天算是达到顶峰了。难道上次在山上遇见的那个算命先生，说他在四十岁之前有一坎儿，就是这个坎儿吗？这坎儿够大的，而且是起伏重叠的。

七月起，差不多每天都有坏消息在他头上飞，除了空难、公交车爆炸这样人人都恐慌的大灾难之外，更让他心烦的是与他有关的那些。上周他的大老板被带走了，"涉嫌严重违纪接受组织调查"。这周又有两个同僚被约谈；本来六月份姐姐打电话告诉他，父亲查出肝癌，他打算回去一趟的，形势这么紧张他也不敢走了，怕人家疑心他心里有鬼。实际上心里的确有鬼。这如火如荼的反腐再继续下去，不但他下半年的副处转正处要泡汤，恐怕连仕途都会泡汤。他每天都在暗暗祈祷，大老板的案子千万别把自己扯进去。自己可算不上是他的嫡系。不过，也不能否认，他是他提拔的，而且……

正因为太心烦，昨晚才会喝多。

没想到一觉醒来，就发生了这事。前面的事再不好，毕竟还只是身边的，这个可是发生在自己身上了。他接到电话的那一瞬，头皮发麻，脚有些发软。他还从来没有这么不淡定过。

袁红莉竟然死了，而且死于凶杀！

他跟着警察去现场的时候，尽管有万般思想准备，还是感到触目惊心。这个女人，死得也太惨了。他承认，他曾在暗中无数次地祈祷，让那个婆娘去死去死去死吧，甚至有两回克制不住想掐死她。但现在真的死了，他还是感觉很糟糕，糟糕透了。一个活生生的女人，就这样，头破血流的，结束了生命。

回想起来，昨天他离开家的时候，她表现很正常，脸色比平时看上去还好些，甚至还主动跟他说了几句话，问他比赛是几点钟开始，还提醒他喝了酒不要开车。态度平和到让他意外。他当时还想，是不是她对离婚的事想通了？打算好说好散？

刚才他问警察，应该是抢劫杀人吧？

那警察居然别有意味地看了他一眼，然后说，不好说。

不好说是什么意思？难道还会是谋杀？难道除了我恨她还有其他人也恨她？不会吧？

那个高个子警察也是个球迷，上来就问他，你们怎么去酒店看球？他说，不是大家在一起看热闹嘛。警察说，我的意思是，为什么不去酒吧看？

他心里一惊，连这个都怀疑？他解释说，酒吧都是年轻人，太吵。

其实去酒店的真实原因，不是为了看球。这些日子局里谣言四起，人心惶惶。他们几个想互通一下情况，感觉在哪儿说都不安全，就想借看球聚一聚。结果一聊，彼此知道的都差不多，茫然的也差不多。于是一阵叹气，别无收获。就喝了一顿闷酒。

没想到偏偏在这个晚上，袁红莉死了。

这个女人，真的是自己的冤家，就是死也要拖住自己，不让自己好过。如果警方怀疑是谋杀，他首先就会成为嫌疑人，不管他如何坦荡，如何有不在现场的证明，也会被怀疑的。何况连他自己都承认，他既有作案动机，还有作案时间。因为昨天晚上10点多，他的确独自离开过酒店，估计酒店的监控录像会有记录。要摆脱干净很麻烦。

这段时间他有太多的苦恼烦闷，想找人倾诉。放在以前，他会毫不犹豫地去找文敏，文敏不但会安慰他，帮他梳理，而且非常可靠，不会传出去，什么都可以放心地跟她说。这个女人，真的是他这辈子最想要的女人。

可是也不知怎么了，从上周起，文敏突然不愿意和他见面了。每次他提出跟她见面，都被她婉拒，要么说学校有事，要么说家长在她家里，要么说身体不舒服。这让陆锡明疑心重重，难道她也听说了什么官场上的事，想和他撇清关系吗？

不会。文敏不是那种人。而且她一个老师，在乎这些干什么。

那么，是她失去耐心了吗？也的确是太长时间了，他原先许诺半年内解决问题，哪知拖了一年多也没眉目。袁红莉死咬着不放，他无法获得自由。可是，文敏原本单身,不该影响她什么。

除非是她有了其他男人。

想到这一点,陆锡明心里跟猫爪一样不得安宁。

今早陆锡明在接到警察电话赶回家的路上,再次给文敏打电话,文敏居然关机了。他想告诉她,袁红莉死了,还想告诉她,如果警察找她,就说什么都不知道。可是她竟然关机。搞不懂。真的搞不懂。看来他要被这两个女人给毁了。

如果文敏铁了心要和他分手,那么即使袁红莉死了,对他也没有什么意义了。他是为了文敏才巴望袁红莉死的。

这时那个矮胖的警察走过来问他,是否知道他妻子的两个网友的联系方式?就是"午夜玫瑰"和"威尔"。他发现他们和他妻子联系最为密切,直到昨天下午还有联系。

陆锡明只知道那个"午夜玫瑰",是她的闺蜜伍晶晶,美容院的,另一个却不清楚,似乎是袁红莉新近认识的。

警察跟他说话很客气,但还是明确表示,希望他这段时间不要离开本市,他们会随时与他联系,询问情况。

这是被调查的节奏吗?但他还是表示一定会配合。

此刻他心里想得最多的是,怎么才能在不牵扯文敏的情况下,说清楚昨晚的情况,证明自己是清白的。

他打定主意,如果警察不追问昨晚情况,就暂时不提文敏。

这时他忽然想起一件事,连忙叫住正准备离开的矮胖子警察:

对了,我想起来了。我昨天走的时候,听见她在打电话,好像是那个伍晶晶叫她去看电影。

四

伍晶晶从写字楼出来,准备去隔壁的小店买盒饭,刚出电梯,就有两个男人迎了上来。

请问你是伍晶晶吗?其中一个矮胖的问。

伍晶晶懵懵懂懂地点头。两张面孔都很陌生,她下意识地看看大厅,还好,有不少人在走动,不至于发生网上看到的那种狗血情节,大白天的,就被莫名其妙地绑走了。

两个人似乎看出了她的紧张，其中一个从口袋里掏出证件说，我们是警察，有点儿事想问你，请配合一下。

伍晶晶瞬间腿就软了。警察？她从来没跟警察打过交道，连交警都没说过话。她怎么了？她傻乎乎地说，我怎么了？我什么事也没做，我一直在上班，我今天是早班，从早上上到现在。不信你去问我们美容院的人。

矮胖的那个说，你不要紧张，我们只是问一些情况。

伍晶晶没有看他递过来的证件：问什么？你们要问什么？

你认识袁红莉吧？高个儿的那个有些不耐烦了。

伍晶晶有些奇怪：认识啊，她是我客人。

她死了。警察毫不客气地把这个噩耗扔给了伍晶晶。

啊?! 她死了？怎么死的？什么时候？伍晶晶吓得眼泪都流不出来，傻在那里，腿开始发软。

难怪，难怪。昨天夜里她QQ离线，今天中午发微信也没回。以往她不是这样的。怎么会这样？是谁干的？伍晶晶大脑一片空白。

矮胖的警察拉了她一下说，走吧，上车上去说。

伍晶晶就木呆呆地跟着他们，上了停在院子里的警车。

警察说，袁红莉死于非命，是在地下车库被人刺死的。

警察还说，凶杀案发生在昨天夜里。今天早上才被人发现。

警察没有给她看现场照片，只是描述说，袁红莉倒在她自己的车子旁边，感觉是她刚要开车门的时候，就被人袭击了，用的是棍棒之类的凶器，脑袋上致命一击，身上也挨了无数下……但就这个简单的描述，也把伍晶晶吓得不轻，嗓子眼儿发紧，浑身绵软。活到三十岁，她还是第一次遇到这么可怕的事。

是，是抢钱的吗？她声音发抖地问。

警察说，不排除这个可能。现在还在调查阶段，我们不能确定此案的性质。

警察简单地说了情况后，直入主题：嗯，是这样，我们在死者的电脑里，找到了她的QQ聊天记录，我们发现她的好友不多，你是其中之一，你们几乎每天都要聊天，关系很好。是吧？

伍晶晶还是回不过神儿来。怎么会发生这样的事?好端端的，一点儿征兆也没有。前天，袁红莉还来美容院洗过脸，做过精油推背。只有昨天她们没联系，本来昨天约好了要看电影的，莉姐忽然说不想去了。她只好自己去。哪知……

矮胖的警察说，刚才你说她是你客人。她不仅仅是你客人吧？

伍晶晶说,嗯,开始是客人,后来就成了朋友。

说到这儿,伍晶晶忽然意识到,自己唯一的朋友,天天在网上见面的莉姐,死了!而且死得这么惨!那个她经常护理按摩的身体僵硬了,那个经常送她东西的人再也不能说话了!一种害怕和悲伤的感觉涌了上来,眼泪终于出来了,一出来就止不住,汹涌澎湃的,尽管当着两个陌生男人的面,她还是号啕大哭起来。

两个警察耐心地等着。矮个子那个,还扯了几张纸巾给她,说,我们理解你的心情。你也一定希望尽快抓到凶手吧,所以请配合我们,尽可能地提供线索。

伍晶晶从号啕转为抽噎,依然好半天开不了口。一定是他,一定是那个陆锡明!

伍晶晶心里响起袁红莉说的那句话:如果哪天我突然死了,肯定就是他杀的,晶晶你一定要记住。

她抽噎着问:陆锡明,他昨天晚上不在家吗?

矮胖的说,你是说死者的丈夫吗?据他自己说,他昨天晚上约了朋友在酒店看球,看完球就在酒店睡了。

哼,肯定是借看球跟那个情人约会去了。伍晶晶想,不管他昨晚在干什么,他就是最大的嫌疑犯。他那么恨她,想收拾她。

你跟她丈夫熟悉吗?

不熟悉。

那你怎么那么顺溜就说出了他名字?

伍晶晶愣了一下后说,因为莉姐经常说起他,经常把他的名字挂在嘴上。

他们夫妻关系怎么样?

伍晶晶不说话。

高个子有些不耐烦:请你把知道的情况都告诉我们,协助我们尽快侦破。

伍晶晶沉默着。她当然知道他们关系不好,非常不好,糟糕透了。莉姐每次说到他都是气鼓气胀的,一口一个陆锡明那小子,有时候直接叫那个姓陆的,或者说那个狗日的。

伍晶晶突然说,我要看你们的证件。

警察愣了一下,还是掏出证件递给她。她看了矮胖的那个,又要求看高个子的。矮胖的那个,长得很不像警察,名字倒很利落,叫简向东。高个子的年轻的那个,叫田野。他们的确是警察。

看来,莉姐是真的死了,伍晶晶绝望的眼泪又涌了出来。可是,那么晚,莉姐出去干吗呢? 她不是说她不想出门吗?

昨天晚上,伍晶晶本来是约好跟袁红莉去看电影的,她好不容易说服妈妈帮她管孩子,团购了两张票,就给莉姐打电话约时间,没想到袁红莉说她不想出门了,她只好自己去。在电影院门口,意外地遇到一个男人……这事让她心里发慌,发虚,又兴奋。昨天夜里她一回到家就想告诉袁红莉的,可她没回应。没想到,竟然出了这么大的事!

简向东收起证件说,其实我们已经知道他们夫妻关系不好了。你不说,我们查看你们的聊天记录也可以弄明白,但为了节省时间,还是请你直接告诉我们。他们夫妻不和的原因你知道吗?

伍晶晶还在发呆。

简向东忽然问:昨天晚上6点到12点,你在做什么?

伍晶晶一下子紧张起来:我,我没做什么,就在家。

伍晶晶说完,拿纸巾一个劲儿擦眼睛擤鼻涕。

简向东继续追问:是在家吗? 那为什么你昨天晚上没和袁红莉聊QQ呢? 你们不是每天晚上都聊天吗?

伍晶晶说,那个,昨天晚上,我有点儿累,很早就睡了。

不对吧,昨晚11点后,你还上去和她打了个招呼。简向东说。

说实话吧,你不说实话,等我们发现你撒谎就不好了。田野说,他总是比简向东更不耐烦:你个人的事,我们会替你保密的,但有关案情的事一定告诉我们,你老老实实说了,也能排除你的嫌疑。

我能有什么嫌疑?伍晶晶脱口而出:我昨天晚上看电影去了,是《变形金刚4》,我有电影票。看完回到家都11点多了,我就上QQ跟她打了个招呼,她没回,我以为她睡了……

伍晶晶突然哽咽:我跟莉姐关系特别好,她是我唯一的朋友……我真没想到会发生这样的事,要是知道,昨天无论如何也会给她打个电话的,都怪我……说着眼泪又下来了。

简向东说,这个怪不上你。你接着说陆锡明吧。你知道他们没孩子的原因是什么吗? 是一方不能生育还是怎么回事?

伍晶晶吓了一跳。这个警察,问问题怎么跳来跳去的? 怪吓人的。

五

伍晶晶是从川南小城泸州来成都打工的，先是在一家健身俱乐部当服务员，后来就进了美容院，已经做了五个年头了。虽然辛苦，也算有了一份稳定的收入。五年前结了婚，丈夫也是从泸州来打工的，在修车厂。他们有一个女儿，四岁。日子过得很平淡，可以说她对生活没什么大的念想，也没什么大的不满。

来美容院的都是女人，有钱的女人。伍晶晶对她们都客客气气的，指望她们多关照自己。但大部分客人，只在做美容期间跟她说几句话，一走出美容院就不再联系了。这个很正常。她们生活在两个圈子。唯有莉姐，袁红莉，一直把她当朋友。套用一句俗话说，她们有缘。从两年前认识至今，渐渐成了无话不谈的闺蜜。其实从年龄上来讲，她们同岁，伍晶晶比她大几个月，但按照美容院的习惯，伍晶晶还是叫她莉姐。美容院对所有女客人，不分老少一律叫姐。伍晶晶有几个"姐"比她妈妈的年龄还大，哄她们高兴呗。

伍晶晶还记得第一次洗脸的时候，就发现袁红莉的双眼皮和鼻子都是做过的，甚至能感觉到她的面部还注射过玻尿酸。由此判断，她是个在美容上很舍得花钱的女人，于是就给她推荐她们店里那些贵得离谱的化妆品。因为只要卖出一款，她就有提成。

她先夸她皮肤很白，皱纹不多，就是缺少弹性，应该用点儿胶原蛋白啥啥啥的，用点儿高效补水啥啥啥啥的。袁红莉立马接受，伍晶晶得寸进尺，又给她推荐英格兰玫瑰精油，那个十毫升就得两千多。伍晶晶介绍说玫瑰精油不但保湿效果好，还可增加女性魅力，增加性欲，让女人更性感。袁红莉忽然说，这个就没必要了。

伍晶晶知趣地打住，心里却有些奇怪。袁红莉不到三十岁，才结婚一年多，为什么说这个没必要？但袁红莉却兴趣盎然地跟她聊起来，她说女人就是要爱自己，不能亏待自己，要舍得吃舍得穿。然后还很体贴地教伍晶晶，怎么煲汤，怎么调养，说她脸色偏黄，肯定缺血，每天都应该喝红枣蜂蜜水。一席话聊下来，让伍晶晶心里很熨帖。很少有客人主动关心她的。更没想到的是，袁红莉第二次来时，就给她带了一大袋红枣和一瓶蜂蜜。东西不论贵贱，难得的是有这份心。

以后，袁红莉每次来，几乎都会给她带东西，有时是外衣，有时是裙子，有时是给她女儿的零食。衣服基本都是新的，她说在淘宝买的，买了不满意，懒得退了。伍晶晶觉得她对自己这么好,也不再给她推荐乱七八糟的产品了,做服务时特别用心,精油推背时总会多推一会儿。袁红莉呢,每次也都约她,从不换其他美容师。两个人便越来越投缘,成了朋友。

现在想来,最根本的原因是,两个人都在这个庞大的喧闹的城市里,没有朋友。袁红莉也是从远离省城的川东小县过来的,在这个城市也没有朋友。她们年龄差不多,相互之间没有利益关系,也没有交叉的社交关系,于是彼此关心,彼此慰藉。

有一回,伍晶晶意外发现,袁红莉的胳膊上有一大块乌青,问她怎么回事?袁红莉起初不说话,跟着眼泪就下来了。

竟然是她丈夫打的!原来她丈夫在外面有女人,袁红莉跟她吵,他就不耐烦,这一回,竟动手打她,他拿起一本书打她的脸,她抬起胳膊去挡,胳膊就被打成这样。

"我要不是胳膊挡得快,脸都要被他毁容。下手那么重!"

袁红莉伤心不已,愤怒不已。

伍晶晶也很生气,好像自己的姐姐被欺负了。她说,莉姐,这种男人,跟土匪一样,咱们跟他离婚!

没想到袁红莉斩钉截铁地说,不,就不离!离了就中他狗日的圈套了。他好跟那个婊子在一起,老娘就是守活寡也要拖死他!

伍晶晶很吃惊,袁红莉恶狠狠的样子,让那张脸变得有些可怕。夫妻真的会成为仇敌吗?婚姻真的是说垮就垮吗?在外人看来,陆锡明三十三岁才结婚,娶了一个小他七岁的老婆,应该好好珍惜才是,哄着才是。然而却相反,他们之间的关系是袁红莉低位,袁红莉曾经为了拴住陆锡明,动刀子整容,而后又花大把的钱护肤保养,买衣服买鞋。但依然无法留住陆锡明的心,他们的婚姻依然亮起了红灯。

有一次陆锡明出差,袁红莉就请伍晶晶去他们家做客。伍晶晶一进他们家,就羡慕得滴口水。大客厅,大沙发,大卧室,还有两个卫生间。也难怪袁红莉坚决不离。袁红莉告诉伍晶晶,自打结婚起,她就掌握了陆锡明的工资卡。这样有吃有穿不用干活的日子,她当然不想放弃。

两个女人一边做饭一边聊天,聊了整整一下午,伍晶晶终于知道了这对夫妻结婚四年来的恩恩怨怨。准确地说,没有恩恩,只有怨怨,加上恨恨。伍晶晶非常同情袁红莉,她没想到这个女人这么悲催,尽管她不缺钱,生活舒适,但每天都活在煎熬中。

用袁红莉的话说,她年轻貌美,嫁给一个比她大七岁的其貌不扬的男人,本来就是图个安稳舒适的生活。为此结婚后,她就掌控了他的工资卡,感觉这样就能管住他,也能有生活保障。

哪知结婚第二年,陆锡明就有了外遇,而且毫不犹豫地提出了离婚。他说反正他们还没有孩子,好说好散,主动提出补偿她五十万。袁红莉当然很生气,并不是她有多爱陆锡明,而是不想这么轻易就被他甩了,必须狠狠地宰一刀再说。她觉得陆锡明虽然是个副处,但肯定不止那点儿钱,她都遇到几次上家里来送钱的。于是开口要一百万。陆锡明不肯。就在此时,袁红莉发现自己怀孕了。离婚便搁浅。

可是两个月后,她莫名其妙地流产了!于是陆锡明再次提出离婚,袁红莉更不愿意了,于是他们天天一小吵,月月一大吵,分床分居,水深火热。

陆锡明态度很强硬,他说袁红莉如果不肯协议离婚,就起诉到法院,到时候她可能分文没有,因为袁红莉长期没工作,这个家的存款房子等所有财产,都是陆锡明婚前所有。

袁红莉则要挟说,如果陆锡明敢起诉离婚,她就闹到他们单位去,找他的领导,告他有婚外情。不但告他乱搞男女关系,还要告他受贿,她亲眼看见陆锡明收了别人的钱。

这招还真把陆锡明给吓住了。陆锡明虽然气得发抖,最终还是没有起诉。

伍晶晶听得毛骨悚然。她本来对自己老公很不满的,跟袁红莉一比,自己真是很幸运了。老公无非就是挣不到钱嘛,可从来不在外面乱搞,对她不错,也很爱他们的女儿,自己还是应该好好珍惜老公……

不过伍晶晶还是不太理解袁红莉,她为什么不肯离婚?即使后来陆锡明不断增加离婚补偿费,五十万、八十万直到一百万,她还是不肯签字。毕竟她还不到三十岁,有了一笔钱,一切可以重来啊。

袁红莉说,你根本体会不到我那种心情,被人耍了,又被人当垃圾一样扔掉,让我以后怎么活?我都没脸回老家了。他就是给我一千万我也不能解恨。我就是离婚,也要把他搞臭!

袁红莉说,而且我觉得我流产有问题,医生说感觉像是吃过堕胎药的,一直不干净,还做了清宫手术。我自己不可能吃啊。我怀疑是他给我偷吃的。因为那段时间他特别殷勤,经常让我喝这个补品那个补品的,里面肯定有鬼。

后来袁红莉终于发现,自己之所以流产,是有人把打胎药混在了她每天都要喝的蛋白粉里!她当然认为是陆锡明干的,这个家还能有谁?但陆锡明死不承认,还说是袁红莉诬陷他,没有证据。

袁红莉如此顽强地拖着陆锡明,陆锡明难道不恨她吗?肯定恨得牙痒痒。那么,一定会找机会杀死她的。

伍晶晶几乎可以肯定,是陆锡明杀死了莉姐。

伍晶晶还知道,陆锡明在外面的那个女人,就是他的初恋,一个小学老师。袁红莉曾偷看过陆锡明的手机……

可是,她还是拿不准,要不要把自己知道的一切,都告诉警察。

六

简向东靠在办公室的破沙发上,看上去像闭目养神,其实是在梳理上午了解来的情况。沙发实在太破旧了,以至于臀部下陷,刚刚吃下去的那碗牛肉面死咸,嗓子有点儿锅。电扇呼啦啦地转着,扑到他脸上的全是热风。这几点不适都令他想站起来,可他还是没动。

那个叫伍晶晶的女人,被袁红莉的死吓得不轻,半天都说不出个子丑寅卯来。但很明显,她非常了解这对夫妻,仅仅简单的半小时谈话,就说出了不少隐私,看来袁红莉还真把她当闺蜜的。但她似乎不愿意和盘托出,吞吞吐吐的,似乎还有所隐瞒。

伍晶晶的样子跟简向东想的有很大差距,因为"午夜玫瑰"这名字带着几分妖冶,伍晶晶却属于朴实健康型的,胖乎乎的挺丰满、挺阳光。也许仅仅因为姓伍,或者是缺什么想要什么。

说起案发当晚她自己的行踪,支支吾吾的,眼睛时不时地向上瞟,多半是有婚外情吧?简向东在心里判断着,她虽然已经结了婚有了孩子,毕竟才三十岁,估计还会有其他男朋友。从现场情况看,可以肯定嫌疑人是男性,但他还是故意吓唬她,问她案发那晚到底上哪儿去了?结果很有效,伍晶晶含含糊糊地说了看电影之后,立马转移话题,说出两个重要情况:

一个是死者的丈夫曾打过死者,"莉姐给我看过她身上的伤,好大一块乌青。"看来是有家暴。另一个是,与陆锡明有婚外情的那个女人,是他的大学同学,在金沙小学当老师,叫文敏。

真的是闺蜜,啥都知道。

简向东考虑着,是先去找那个文敏,还是先去查"威尔"。

这时电话响了,简向东打开看,是老婆,赶紧接听。

老婆声音很大:简向东,你女儿又被那个肥仔欺负了,你这个当爹的到底管不管?

简向东头一下大了,骂了一句:狗日的死胖子!然后说,我明天一早就去学校,看我不狠狠收拾他。你叫丫头别难过,有爸呢。

老婆哼哼了两声,多一句话也没说,就挂了电话。

老婆说的这个肥仔,是女儿班上的一个男生,长得人高马大,才三年级就有九十公斤重,一米六的个子,而且,最重要的是,他爷爷是省里一个退下来的大领导,学校的校长和老师都畏惧他几分。于是这个肥仔小小年纪就飞扬跋扈,经常欺负同学,一个学期里,打掉同学牙齿一颗,扇过同学耳光数个。

前不久简向东的女儿回来哭诉,说是下课的时候,被这个肥仔从楼梯上推了下去,膝盖都摔青紫了。简向东的老婆气得不行,当即去学校找班主任,没想到班主任竟然说,我们也没办法,只能让你女儿离他远点儿。简向东听老婆汇报后大怒,说这学校助长的是什么风气啊?欺负人的还大摇大摆,被欺负的还得躲着?他当即给老师打电话说,你们不管我来管,我要见他的家长!

还算不错,肥仔的爹来了,简向东发现,这个爹还算通情达理,马上跟简向东道歉,因为他们夫妻工作忙,孩子从小住在爷爷奶奶家,被宠坏了,回去一定好好教育。简向东不好再发火了,指望着他们管好儿子。可是这才维持了一个月,肥仔又犯事儿了。

唉。简向东真是恨得牙痒痒的,他心疼女儿,本来平时就关心得少,被欺负了总得管吧。

听老婆的语气,已经是气急败坏,这个气不仅仅是冲着肥仔,也是冲着他的。他现在很怕接老婆电话,只要来电话,不是下派急难险重的任务,就是发牢骚告状,绝无好事,更别指望关心他了。

简向东不能怨老婆,换作是他自己,恐怕也是这德行。一个万事不管、连回家睡觉都不正点的丈夫,哪个女人会喜欢?没提出离婚就算好的了。所以每每在两个案子的空当,他都会努力表现,弥补一下。但这一回,两个案子连在一起了,前天刚结了上个案子,昨天才整理材料归档,今天就又出事儿了。

这时田野走过来,一边打着哈欠一边递给他一瓶纯净水。简向东如获至宝,接过来咕噜咕噜地一口气干掉半瓶,心里舒坦多了。现在搭档对他的关心,比老婆还多一点儿。

田野说,东哥,王队让咱们过去汇报情况。说罢又是一个大哈欠。今天这一天,他哈欠没断过。田野对自己的状态也有点儿不好意思,解释说,我哪知道今天一早就有情况,我还以为可以休息两天呢,早知这样,怎么也不会熬夜看的。

简向东说,理解理解。半决赛嘛,何况是你阿战荷兰。

田野立即来劲儿了,说可不是,我阿战荷兰,绝对重要的一战,如果输了,剩下的决赛还有什么意思? 那不成欧洲杯了?

简向东笑了。他也喜欢阿根廷,他也曾是球迷,四年前的世界杯,他几乎场场熬夜看。可是现在不行了,真的是进入中年,工作量一大,不熬夜都感觉累。这种事,七零后让位给八零后吧。他拍拍田野的腰,这小子实在太高了,他只能拍到他的腰,一起往会议室走。

田野说,东哥,我觉得那个死者的丈夫嫌疑很大。

简向东说,怎么讲?

田野说,我发现,他老婆被杀,他一副不耐烦的样子。而且他最关心的是他老婆是不是被抢劫,一句也没问过有没有被性侵。一般丈夫不是这样的。

简向东说,你小子不错,动了脑子的。

田野嘿嘿一笑:跟东哥学呗。

七

会议室里,王队在综合各路的侦查情况。

上午10点多警队忽然接到匿名电话,是个男人打来的。他说他怀疑,袁红莉是被她身边的人杀害的,他建议警察好好查查死者身边的人,尤其是家人。

根据目前掌握的情况,的确有很多可疑之处。

从尸检情况看,死者是流血过多导致死亡的。从伤口判断,凶器应该是一根棍子,棍子上面凹凸不平,从印痕分析,怀疑是那种狼牙棒长把手电筒;蹊跷的是,嫌犯第一、二下就击中了死者头部的要害处,可右肩胛骨和右胳膊上还有十几下击打的痕迹,显然是被害人倒地后继续击打的,这就有了泄愤的感觉;第二,如果是抢劫杀人,一般来说是从背后袭击,凶犯却是从侧面下手的,可见他们认识,死者没有防备;第三,地下车库每个区域都有照明灯,但恰恰是案发那个区域的灯坏了,难道凶犯事先知情?第四,案发现场留下杂乱的脚印,除死者外,是一双41码运动鞋,鞋印消失在丢包的地方;第五,找到的死者包上,发现了两枚死者以外的指纹,尚未发现匹配的;第六,法医推断的死亡时间是夜间11点左右,一个女人,那么晚跑出去干吗?另外,尸体检验结果证明,死者生前没有被性侵。

简向东认为,最值得深究的就是第六点。

深夜11点,一个女人匆忙出门,一定是有什么急事。

对此,死者的丈夫表示不知情,他晚饭前就离开了,再也没跟她联系过。死者的闺蜜伍晶晶说,她下午5点左右打过电话,之后就没再联系过。由于死者的手机还没找到,故暂时无法知道其他线索。

据了解,死者袁红莉长期没有工作,赋闲在家,社会关系简单,不太可能在外面结仇结怨。那么,如果是熟人作案,死者的丈夫显然最有嫌疑。根据死者闺蜜伍晶晶反映,他们夫妻关系极差,死者丈夫要离婚,死者坚决不同意,闹了一年多了,已经分居。

如果那个匿名电话所说属实,那么,死者丈夫陆锡明的嫌疑是最大的。但目前陆锡明有不在场的完美证据。小区监控录像显示,他的确如他自己所说,晚饭前就坐上一朋友的车离开了小区,直到第二天早上返回;除了监控录像外,跟他一起看球的人也证明他昨晚的确在酒店。而且案发现场找到的鞋印也与他不符,案发现场虽然没找到可疑指纹,但找到鞋印是41码的运动鞋,由此估计案犯的身高应该在175cm左右;陆锡明身高不到170cm。

简向东说,不过如果他真要干,这些都是小问题。他可以伪装成抢劫杀人,也可以穿不相符的鞋子。

田野说,案发当夜的那场半决赛是凌晨四点开始的,开赛前他一直在酒店吗?他要偷偷溜出来一段时间也是完全可能的。

王队说,话虽如此,咱们也不能先入为主,还是要扩大调查范围,仔仔细细地调查,不放过任何可疑迹象。昨晚到夜里,小区的监控录像和车库的,都要重点查看,从蛛丝马迹里查找疑点。与死者相关的人员还要继续询问调查,死者丈夫当然是重点。另外要查下死者生前的最后联系人。

简向东说,那个匿名电话也有必要追查,他显然是个知情者,换句话说,应该是个跟死者比较近的人。另外就是死者的通话记录,如果能查清她当晚与谁联系过,就解决大问题了。可是用技术手段查她的通话记录和短信,还得报批。

田野在一旁小声说,这个我有办法。

他朝简向东眨了一下眼睛。简向东很高兴，虽然他知道田野的办法不太合规矩，但也顾不上了。王队假装没听见，宣布散会。

田野匆忙起身要走，忽然又返回：东哥，我建议咱们再查查死者有没有买意外保险。

简向东说，哦，你怎么想？

田野说，你想啊，如果袁红莉真的是被蓄意谋杀的，那么按常理，我们是不是应该考虑，袁红莉死了，谁会获益？

简向东说，有道理。那你就去查查看。

他感觉到田野的情绪已经恢复了。前段时间因为和女友分手，田野一直有些沮丧。这些日子不知是因为看世界杯，还是因为调整过来了，又打起了精神。这是个热爱刑侦的小伙子，虽然经验不足，却很喜欢动脑子。这是最重要的。简向东因此很乐意带他。

其实简向东心里已经确定，即使是陆锡明干的，这个男人也不会是因为贪图意外保险而起杀机。他一定是想摆脱她，是一个单纯的简单的愿望。有时候愿望因为单纯会变得更为强烈和固执。但他不想打击田野的积极性，多掌握些背景有好处。

而且他想过，对陆锡明的调查，要从外围开始。

八

文敏在那一刻很后悔。

她不是后悔她过分热情地把两个警察迎进办公室。虽然这个也让她尴尬。而是后悔若干年前发生的事。

身为金沙小学的副校长，她总是非常尽职，一从办公室出来穿过操场，看到有两个中年男人被校门口的保安拦住，就走了过去。她感觉他们像是附近打工的工人或者经营小店的商贩，怕保安态度不好。

最近来学校咨询的家长很多，因为他们这所学校坐落在人口密集的城乡接合部，暑假来临，很多家长心急火燎地想提前替孩子报名。他们大多是外来务工人员，听说这个学校不错，为了孩子读书，就在学校附近租房子。根据现在的政策规定，只要孩子住在学校所属区域内并办了暂住证，学校就不能拒收其入校读书。因此，他们这所学校百分之八十的学生，是外来务工人员的子女。文敏对此又欣喜又担忧,喜的当然是看到农民工的孩子也能和城里孩子一样在城里安心读书,忧的是学生过多,老师远远不够。

文敏连忙走过去,热情地问:你们是来咨询孩子上学的家长吗?

两个男人互相看了一眼,点点头。

保安不满地说,问半天不说,早说就让你进了嘛。

文敏热情地说,来,来,到办公室来谈吧。

文敏把两个人带到教学楼一层的办公室。走廊很安静,放假了,鸟儿一样叽叽喳喳的学生们都飞回各自的家中。只有部分老师还在学校里处理一些收尾工作。

文敏用纸杯倒了两杯白开水,放到茶几上,笑容满面地说,请问你们孩子多大了?

其中一个矮个子警察掏出证件递给她:对不起,我们是警察,来找你了解一些情况。

文敏起初以为是她学校的学生或老师发生什么事了,吓得够呛,却没想到是陆锡明的事。她在一瞬间感到万分后悔,想起那句古话:当断不断,反受其乱。但她没有表现出太大的惊慌,把证件还给了警察,一副听凭发落的样子。

那个叫简向东的警察,态度很好地说,我们想问几个问题,占用你十分钟时间。文敏问,现在吗?简向东说,对,现在。

他大致说了下案情,简明扼要的,但还是让文敏心惊肉跳,竟然发生了这样的事!她也是经常一个人夜间开车的。将心比心,感觉袁红莉太倒霉了。

不过她还是有些抵触情绪。她说,他们家的事,跟我有什么关系?我跟他就是同学,难道你们每个同学都要调查吗?

简向东不说话,只是看着她。

文敏终于补了一句:我跟他已经断了,没有任何关系了。是他让你们来找我的吗?

简向东说,抱歉,我能理解你的不愉快。但为了尽快破案,凡涉及此案的人我们都要了解一下。案发那天晚上,你在哪里?

文敏几乎要跳起来了:怎么,你们难道还会怀疑我?

简向东说,不是的,只是了解情况。

文敏说,我在家。就在家,我和父母住一起,你可以去问。

文敏的语气很冲。

另一个高个子说,文老师不要生气。据我们了解,陆锡明和你交往了很长一段时间。而且,他是因为你才提出离婚的。你总还是了解他的吧?总可以提供一些情况吧?

简向东说,你放心,你的个人隐私我们不打探,我们只是想了解陆锡明这个人。就目前我们掌握的情况,他是最有作案动机的。

文敏心想,的确,他有作案动机。可是,他有那么狠心吗?

她终于平和下来,很配合地问,你们想知道什么?

简向东说,嗯,当然越多越好。比如,陆锡明跟死者袁红莉,两人交恶已经到了完全不理睬甚至仇恨的程度,为什么不离婚?

文敏说,是袁红莉坚决不肯离。

简向东说,陆锡明不能起诉离婚吗?

文敏说,他不愿意,大概他是公务员,怕影响不好。

田野不以为然地说,这有什么,现在公务员离婚的很多,很普遍。公务员也是人嘛。

文敏有些诧异地看了田野一眼。田野掏出烟来,抽了一支。

文敏皱了皱眉,有些嘲讽地说:你们男人最看重的,还是所谓的事业吧。陆锡明为了今天这个位置,付出了艰辛的努力,他可不想因为女人失去。更何况,那个女人威胁要揭发他。

简向东问,揭发什么?

文敏说,大概是官场上那些乌七八糟的事吧。

简向东说,那你觉得他为了离婚,会不择手段吗?

文敏沉默着。其实她内心的回答是肯定的:他会的。他会不择手段。那件事不就证明了这一点吗?她正是因为知道了那件事,才下决心跟他了断的。无论如何,她不能容忍这样的事,她不能嫁给一个杀人犯,这超出了她的底线。

可毕竟,这是一起凶杀案。警察来找她调查,显然已经在怀疑陆锡明了。她的证言很重要,她要慎重。

文敏终于说,这个我不清楚。

简向东已经把她的犹豫看在了眼里。他说,你们是大学同学,初恋情人。当初为什么分手?是因为他家境不好吗?

文敏十分错愕,这个警察,怎么把这些都掌握了?

文敏心里重重地叹了口气。

九

其实文敏一直都很欣赏陆锡明的。按现在的说法,陆锡明是个凤凰男,如同过去旧戏文里的穷书生,他们有个共同特点,就是特别努力特别能吃苦。因为他们没有依靠,要改变命运只能靠自己。文敏喜欢靠自己努力去改变命运的男生,不喜欢衣食无忧高谈阔论的富家子弟。所以陆锡明一追求她,她很快就被俘获了。

可是爱情在无情的现实面前,还是窘态百出。大学毕业时,文敏被父亲安排到一家外企,是一个收入不低工作不累的岗位。而陆锡明却跟只无头苍蝇一样四处乱飞,找不到一份合适的工作。陆锡明家在川北农村,父母不但完全帮不上他,还指望着他来支撑这个家。两个人的差距在毕业之后如剪刀般拉开。后来在文敏父亲的坚决干涉下,他们分手了。

分手后的陆锡明,一次次跳槽,单干,打工,兼职,使出十八般武艺,收入也仅够糊口。但他依然发狠发誓发奋,不屈不挠不弃,终于在毕业后第三年,参加公务员考试一举中榜,之后似乎就顺风顺水了,用七年时间干到了副处的位置。

而这边的文敏,由家里介绍,嫁给了外企里的一个青年才俊。从外表看,两个人很般配。青年才俊满世界飞,就是在家的日子,他们也少有交流。她不懂他的乐趣,他不懂她的苦恼。两年的婚姻生活让她郁郁寡欢,最后终于离了。离婚后文敏没跟父亲商量,就辞掉了外企的工作,考了一个教师资格证书,然后应聘到金沙小学,从老师一直做到副校长。

一年前,文敏的大学同学搞了一次毕业十年聚会。她在聚会上见到了陆锡明。彼时陆锡明已是一个踌躇满志的政府官员了,而文敏却是个离婚独居的女人。文敏知道他已经结婚了,而且听班上女生说,娶了一个比他小七岁的年轻女孩儿。她知道男人很在乎女人的年龄,所以她只是保持距离地跟他打了招呼,很寻常地聊天应酬。

哪知那天发生了一件事,一下拉近了她和陆锡明的距离,并且让她旧情复燃。

本来她一直保持着理性的态度对待陆锡明。可是到了晚上,同学们聚餐喝酒时,忽然有个男生发生了意外,倒地不起,呼吸困难。那时多数人已经喝昏头了,不知所措。

陆锡明虽然也喝了不少,但还清醒着。他让人打120,可是他们所处的位置是新开发区的一家酒店,120救护车不熟悉路线,半天找不到。文敏当时是开车去的,而且滴酒未沾,于是主动表示她可以开车送男生去医院。陆锡明当即把醉酒男生背上了车,和文敏一起送到最近的一家医院。到医院后方知男生是酒精中毒,连忙进行抢救,偏偏男生是从外地赶来的,家人一时赶不到。文敏和陆锡明两人,一起凑够了三千元钱交上,又一起守护到天亮……

这不知算不算患难之交?总之,陆锡明那天晚上的表现,再一次打动了文敏。他的果断、他的担当、他的同学情谊,让文敏觉得,自己曾经爱过的这个男人,依然是可爱的。等到天大亮,男生的妻子和家人赶到,男生也脱离了危险后,他们二人才离去。

文敏要先送陆锡明回家,陆锡明却坚持送文敏回家,他说自己可以打车去上班。到了文敏家小区门口,文敏终于开口说,要不,我们一起喝杯咖啡?

于是,在小区门口的良木缘,两人坐了大半天。从此又走到一起了,而且感情似乎比初恋时还要强烈。也许是因为陆锡明更成熟了,更自信了。文敏知道他已经结婚,所以从来不谈未来,但陆锡明主动说,我一定要和你在一起,等着我,我先把婚离掉。

这一等,就是一年。

她现在非常后悔,真不该与陆锡明旧情复燃。明知他已结婚了,竟然还昏头。陆锡明当时赌咒发誓,一定会离婚的。没想到他老婆会如此坚决地拒绝离婚。陆锡明那么精明的人,竟也拿她没办法。他原本跟文敏许愿说半年内解决问题,结果拖了一年也没任何眉目。这期间时常有人给她介绍对象,都被她拒绝了。她开始怀疑他们之间是不是有缘无分了。

就在文敏纠结着要不要坚持等下去的时候,她接到了一个神秘的电话。大概是十天前,有个陌生女人打电话给她,直截了当地告诉她,陆锡明是个心狠手辣的人,为了离婚偷偷给妻子吃打胎药,导致妻子流产。

这个消息可是把文敏吓得不轻。那个女人说得有鼻子有眼,怎么弄的药,怎么放在妻子的营养品里。就算不全信,只信一两分,也够吓人了。文敏问她是谁?女人说她是袁红莉的好友,实在看不过去了才打这个电话的,希望她不要上当。"我们女人就应该帮助女人。"打电话的女人最后还说了几句像是微信圈里看来的话。

但文敏没有把这些告诉警察。她感觉警察已经在怀疑陆锡明了,那就让他们去查吧,他们应该能查出来的,何必由自己来说这些来路不明的消息呢,她不想做落井下石的人。

文敏压下心里的千头万绪,对警察说,自己的确是一年前与陆锡明邂逅并且在一起的。但一周前,她已经明确告诉陆锡明,他们必须了结了,不能再这样下去了。虽然她没有跟他正式面谈,但给他发了邮件和短信。

"打那以后,我真的一次都没再和他约会过,甚至没见过。只偶尔有电话联系。所以这个案子,应该和我一点儿关系都没有。"

简向东有些不解地问:说断就断吗?

文敏说,不是有句老话吗? 当断不断反受其乱。现在看来,我还断晚了。

总算是询问完了。

文敏送他们出校门,她不是客气,而是生怕他们继续留在学校,东打听西打听的,把她那点儿隐私散布出去。她还是很在乎自己在这个学校的名誉的。

看着他们出校门,文敏松了口气,但马上又感到沉甸甸的。毕竟是发生了一起凶杀案,毕竟这起案子还和自己有关。她真是不明白,她的生活怎么就摆脱不了陆锡明呢?

十

在跟文敏谈话之前,简向东有两个困惑要解决,一个是,陆锡明为什么结婚不到两年就有了外遇?一旦有了外遇为什么那么铁了心肠要离婚?他到底是遇到了一个什么样的女人? 第二个是,既然那么想离为什么不离? 老婆不同意可以起诉。从他有家暴这点看,他显然并不是个怕老婆的人,不敢离,一定是有什么把柄攥在这个女人手里。

跟文敏谈了后,这两个困惑基本厘清。不出他所料,陆锡明也是个为了在官场上取胜而牺牲婚姻的人。同时还确定了一件事:昨天晚上陆锡明没有跟文敏在一起。

但新的困惑又出现了,是什么原因,促使文敏再一次与陆锡明分手? 从她讲述中可以听出,陆锡明还是个不错的男人。文敏的说辞是,不想再当第三者。但简向东却从她的眼神里感觉到,这背后一定还有原因。毕竟她不是那种企图傍大款的肤浅女子,她跟陆锡明是初恋,是同学。第三者和第三者,也是有很大不同的。

但显然,文敏严防死守,不肯吐露。

好在,这个困惑并不是案情的关键。简向东认为,案情的关键依然是,那天晚上,死者匆忙跑出去做什么?

有一点可以肯定,文敏虽然没有和盘托出,但就说出来的看,都是实话。她说已经一周没跟陆锡明联系了,那肯定是真的。这个女人在与他交谈过程中,目光一直平和地看着他,没有躲闪,也没有用手在脸上摸来摸去。跟伍晶晶还不一样。至少可以在和文敏握了手要上车时,简向东忽然又回头说,对了文老师,我还想请教个问题。

文敏耐着性子说,请讲。

简向东说,如果你的学生里发生了那种大欺小的事,被欺负的小同学成天哭,你会怎么处理?

文敏眼神一下变了:哦,是这个。我们一般是先找学生谈,进行教育。同时找家长,让家长配合一起管教。

简向东说,如果都无效呢?

文敏说,这个,我们学校还没遇到过。要是有的话,我一定会想尽办法控制住的,不能让一个学生影响到一片学生,更不能让孩子们从小就认可不公平不正义的现象。而且,如果放纵这种情况,对这个捣蛋学生也是不负责任的,是害他。是学校和老师的失职。

简向东说,嗯,说得非常好。谢谢了。

一说到工作,文敏就成了另外一个人,有原则,有爱心。这的确是一个好老师,好女人。难怪陆锡明抓住不放。

简向东坐上车就跟田野说,我得抓紧时间去下女儿的学校,不然今天晚上进不了家门。我把你扔到电信局,你先去查下袁红莉的通话记录,尤其要看看她昨天晚上的通话情况,看是不是因为某个人的电话才出门的。我总感觉这个是问题的关键。

田野说,东哥你就把我扔这儿吧,我自己打车去。

简向东说,那也行,我确实得抓紧。

简向东放下田野,直奔女儿就读的槐树街小学。

进校门,正是课间休息时间,操场上像是放飞了一千只小鸟,叽叽喳喳欢腾一片。简向东有点儿发傻,不知该上哪儿去找女儿的班级,顿时感到有些惭愧,女儿读三年级了,他从没参加过她的家长会,也没面见过老师。

好不容易打听到了老师办公室。运气好,女儿的班主任在,并且有空。简向东简单介绍了一下自己,就直奔主题,说起女儿挨欺负的事,上周被扔了书包,昨天又差点儿被推下楼梯。

简向东说,偶尔一次就罢了,小孩子淘气难免,可是经常欺负就成问题了,我女儿说,他几乎每天都要打同学,还说,她都不想来上课了。害怕见到他。

女儿的班主任比刚才见到的那位文敏年轻多了,几乎就是个娃娃,齐额的刘海儿,扎着高高的马尾,再配上一身格子连衣裙。是不是为了和孩子们打成一片?她听了简向东说的情况,一点儿不吃惊,带着抱歉的笑容说,真对不起,让你为这事专门跑一趟。你说的这个同学,叫赵宏博,的确爱欺负小同学,其他家长也经常告状。可是,我真是没办法,每次发生这种事我都找他谈,教育他,也让他罚站过,但一点儿用都没有。

简向东说,找他家长啊。

老师说,怎么没找,开始打电话他妈妈来,后来他爸爸来,再后来他爸他妈都不肯来,现在都不接我电话了。

简向东说,是不是因为他爷爷是当官儿的?

老师没有正面回答,只是叹气说,唉,没办法。我们不能处罚他,也不能开除他,连我们校长都没办法。你只有让你女儿躲他远点儿。

简向东一听又是这个话,不禁非常生气:你们这是什么学校啊?什么教育方针啊?这么公然地欺软怕硬?让小流氓横行?你们就这么教育学生吗?难怪现在青少年犯罪这么严重,罪犯越来越低龄化,根儿上就出问题了!

面对简向东的一顿怒吼,老师并不生气,反而去给他杯子里续上水,递给他,这让简向东不好意思再吼了。他一口喝掉水,可是气还是没消。

老师似乎受到什么启发,小声说:要不这样吧,你找两个大块头警察,哪天在校门口拦住那孩子,吓唬吓唬他,就说他再欺负同学就把他抓起来。说不定顶用呢。

简向东哭笑不得。这都什么啊!唉,女儿在这样的学校,在这样的老师培养下,不知会长成什么样?

简向东说,那是不可能的。我一个警察,一个公职人员,怎么可能去恐吓一个孩子?我看你也是病急乱投医了。这样,你把他父母电话给我,我找他们谈。

老师连忙拿出手机,将孩子父母电话抄在一张纸上,递给简向东。也许在她,这是唯一能做的了。

简向东输入电话正想打,田野的电话就进来了。

田野一上来就说,我看陆锡明这家伙是难脱干系了。

<h1 style="text-align:center">十一</h1>

原来,田野在调出的死者通话记录上,吃惊地发现,案发那个晚上,陆锡明竟然给死者打过三个电话!分别是晚上10点37,10点45,10点51。前两个电话未接,第三个接了,通话时间只有十几秒。另外还发过两条短信,时间分别是10点40,11点。不过看不到内容。

之后袁红莉出门,遇害。

这说明,袁红莉匆忙跑出去,是因为接到了陆锡明的电话!陆锡明就是袁红莉生前的最后联系人。

但陆锡明却说他完全不知情,还说他听见她接电话要去看电影。

陆锡明在撒谎,而且是在关键的问题上撒谎,这让他的嫌疑陡然增加。那个一直困惑简向东的问题,即死者为什么深夜匆忙外出,终于有了解释。

田野说,刚才老姚他们告诉我,酒店那边的监控录像已经查到,陆锡明晚上10点40离开酒店,到11点20才返回。这个时间足够了。我看他既有作案动机,又有作案时间,可以直接传唤他到警队了。

简向东说,不急。

田野正要急,王队就打电话过来说,打匿名电话的人找到了。

二人连忙赶回警队,三问两问就弄明白了,原来这位打电话的,就是死者QQ里的"威尔"律师,他跟袁红莉是中学同学。

这个"威尔"跟美剧里那个威尔,完全是两码事。就好像伍晶晶和"午夜玫瑰"那么不相干。很小的个子,面色有些苍白。不过几句话交谈下来,感觉他还是靠谱的。

"威尔"说,一个月前袁红莉联系上了他,向他咨询有关法律方面的问题。起初她坚决不肯离婚,后来有些动摇。"威尔"劝她最好还是离掉,这样的婚姻是毒药,时间越长危害越大,最终两败俱伤。袁红莉说她不甘心。"威尔"知道她是想得到更多的物质补偿,以获得心理平衡,便给她一些建议,比如,确定陆锡明是过错方。

"威尔"说,在咨询过程中,袁红莉多次说,陆锡明对她很不好,还打过她,扬言要弄死她。"他那个样子好可怕,镜片后面一双眼睛跟冰块一样冷冷的。"所以在得知袁红莉遇害后,他立即就想到了这个问题,但因为没有证据,无法报案,只好打匿名电话,提醒警察注意。

简向东问,案发那天晚上她出门,你知道是什么原因吗?

"威尔"说,不知道。不过,有个情况不知道对你们会不会有用,我曾跟她说,要想在离婚时获得更多补偿,必须确定陆锡明是过错方。也就是说,要有对方出轨的证据。她会不会,去跟踪陆锡明?

简向东脑子划过一道光,照亮了一些模糊的念头。

可是,那天晚上给她打电话的,恰是陆锡明(而不是某个提供情报的人)。从通话记录看,除了5点左右伍晶晶给她打过一个电话外,就是夜里陆锡明的三个电话了。其他一概没有。

查看小区和车库的监控录像,也始终没法发现有价值的线索。毕竟是夜里,人影都模模糊糊。车库里面和出入口的灯都非常昏暗,尤其案发那个区域,漆黑一片。

到目前为止,死者的银行卡和手机,都没有出现。一般来说,以抢劫为目的的嫌疑犯,都会迫不及待地去销赃,或者去取钱。而且根据作案方式看,的确不像惯犯,像是新手。

作案工具已经确定,是一种叫作"狼牙棒强光手电筒",到处都可以买到,据说许多喜欢自驾游的人都会在车上放一把,既可以照明,也可以防身。要查一下陆锡明是否购买过。

同时田野已查明,袁红莉的确买了意外险。价值一百万。但受益人是她自己。给她办理保险的业务员说,她反复地婉转地给她解释,受益人最好是家人,她才改为母亲的。因为业务员告诉她,如果她真的出意外了,按法律程序,第一受益人是她丈夫。第二才是她母亲。于是她有些不情愿地改成了母亲。

这一点不仅证明她不是因为保险而被害的,还证明这个女人是个非常自私而又无知的女人。袁红莉的母亲至今还没来,据说她一听说女儿被害就病倒了。袁红莉的父亲已经在她读小学时就过世了。一直是她们母女相依为命。

简向东说,排除保险这个线索,就从那三个电话看,我们的调查方向还是没错。死者丈夫依然是嫌疑最大的人。

王队表示认可,我看死者丈夫的作案动机并不是因为钱财,只是想摆脱这个女人。

简向东说,对。从我们调查了解的情况看,他有非常强烈的愿望。

田野再次说,我看直接把他带到局里问讯得了。

简向东依然说,不急。

他脑子里忽然闪现出一个念头,陆锡明是为了文敏才渴望离婚的,文敏却突然撤退,要跟他了结。这是为什么?难道,文敏也知道了什么隐秘?他多次说,最近压力大,指的是来自官场的反腐风暴。那么,会不会是死者掌握的隐秘,会危及他在官场的地位?

前面那次打交道,简向东已经感觉到,陆锡明这人很有城府,遇事很冷静,虽然在交谈中能感觉出他并没有完全说实话,每次提到死者时总是说"那个女人",但他还是滴水不漏的,几句话就把自己择干净了。如果要再次问讯他,必须掌握更多的情况,否则不但问不出名堂,还会引起他的警觉和防备。

如此,有必要再找伍晶晶谈一次。昨天晚上,她究竟有没有约袁红莉看电影? 她到底知道不知道死者昨晚去了哪里?

这个田野很赞成:我也感觉那个女人老是欲言又止的样子,肯定有秘密没跟我们说。有可能她是怕陆锡明,也有可能她是怕牵扯自己。

简向东说,也有可能是二者兼而有之。

十二

美容院说伍晶晶上早班,已经下班回家了。二人就径直来到伍晶晶家附近的街上。简向东打电话过去,伍晶晶果然在家。她一听简向东说还要跟她谈案子,并且要到家里去时,紧张得一迭声地说,还是我出来吧我出来吧。

简向东从她的语气里明显感到她的心虚,看来他那个判断是对的,她昨天晚上一定是有什么私情,怕家人知道。他说那好吧,我们在你们街边上这家"小二哥冷啖杯",等你过来。

二人坐下来,要了几串烧烤两瓶啤酒。

天气闷热,喝冰啤的人不少。小店老板很顺应形势,在墙上挂了一个平板电视,因此聚拢了一些去不起酒吧又想看世界杯的人,一眼望去,多是底层的打工男人,俗称屌丝。简向东觉得自己跟田野坐在其中,很是和谐。在外人看来,他们也不过俩屌丝。

伍晶晶很快来了，简向东注意到她穿了双拖鞋，鼻尖上和嘴唇上都是汗。她坐下来，用手扇风。简向东顺手把旁边的电扇转向她，然后替她要了一杯冰镇果汁。

伍晶晶喝了两口，说警察大叔，还要问什么？

相比起上午，她态度要平和很多。也许是上午太惊慌了？简向东只开了个头，她就主动讲了很多袁红莉夫妻的事，几乎把她知道的都说了。在她的讲述中，陆锡明这个男人越来越具体了。

原来袁红莉跟陆锡明结婚不到两年，陆锡明就有了外遇，而且一有外遇他就提出离婚，既没有打算偷偷摸摸地藏着，也不在乎袁红莉大吵大闹。

田野忍不住插话说，这一点他还像个男人。

伍晶晶生气地说，像狗屁！他坏得很！那个时候莉姐发现自己怀孕了，不同意离婚。莉姐跟我说，婚姻法有这个规定的，怀了孩子不能离婚。陆锡明就让莉姐去把孩子打掉，莉姐无论如何也不肯。陆锡明当时就说，你就是生下来，我迟早也要跟你离。

简向东说，难道袁红莉怀的不是陆锡明的孩子？

伍晶晶急了：当然是他的。正因为是他的他才不想要。可是不到一个月，莉姐就流产了，莫名其妙的，住了一个星期的院。

什么原因？

"就是陆锡明搞的鬼！我听莉姐说，他把打胎药混到她喝的蛋白粉里了。莉姐那段时间每天都要吃蛋白粉，陆锡明还特意给她买过。莉姐就很怀疑，拿了蛋白粉去化验。"

这么重要的情况，上午为什么不说？田野很生气。

伍晶晶低头道，我有点儿害怕。

简向东简直觉得不可思议，网上还能买打胎药？他老婆也是经常在淘宝购物的，但买的也都是衣服鞋子之类。真没想到网上能有这么可怕的东西出售，没人管吗？

老警察遇到了新问题。他看了田野一眼，田野也很惊讶，同时有些兴奋。他问：袁红莉是怎么查出来的？

伍晶晶说，一开始孩子掉了，袁红莉以为是自己情绪不好导致的。但有一天她的电脑死机了，她去用陆锡明的电脑上网，网页上连续弹出关于堕胎药的广告。她是个淘宝老手，知道这意味着电脑的主人买过至少浏览过堕胎药。她非常震惊,就把自己喝的奶粉、蛋白粉一一拿去检验,果然在蛋白粉里发现了打胎药!

田野说,陆锡明怎么说?

伍晶晶说,他当然死不承认,他说他根本不会淘宝。但莉姐认为就是他干的,他们家还能有谁?

伍晶晶又说,所以我觉得莉姐肯定是被他害死的,他恨死她了,经常说要弄死她。这种男人什么事做不出来? 说不定我告了他,他还会收拾我呢。你们赶紧把他抓起来吧。

简向东说,这种事哪能凭感觉?一定要有证据。当然,你提供的这些情况非常重要。你再好好想想,还有什么情况可以告诉我们?

伍晶晶眯缝着眼,过了一会儿说,嗯,还有件事,是莉姐让我帮她做的。她给了我那个女人的电话,就是陆锡明那个情人,叫我打电话告诉那个女人,陆锡明心狠手辣,毒死了他们的胎儿……

简向东说,你肯定立即打了是吧,是不是一周前?

伍晶晶吃了一惊,你怎么知道的?

简向东说,我判断的,你跟她这么铁。

其实,她一说这个,简向东就想到了文敏的态度,文敏毅然决然地要跟陆锡明分手,肯定是有特殊原因的。这个就是了。又一个疑团解开了。虽然与官场无关,但也不排除,死者还掌握了他其他证据。

伍晶晶说,我想通了,我不怕他,我要给莉姐申冤。那个,警察大叔,我已经把我知道的全说了,你们不会再来找我了吧?

简向东说,还有个问题,你昨天晚上有没有约袁红莉去看电影?

伍晶晶声音一下提高,很急地说:我约了的,她说她不想去。

你什么时候打的电话? 简向东问。

伍晶晶说,大概是下午5点吧,反正我下了中班回来。原来我们在QQ上聊过,要一起去看《变形金刚4》,我团购了两张票,还说好让我妈帮我管孩子。哪知她又说不想去了。

田野问:那你跟谁去看的?

伍晶晶很紧张:这个也要查吗? 跟案子没有关系呀。

田野一本正经地说,我必须问一下,你可以不回答。

简向东轻轻拍了下田野,意思是别逗她了。

不料伍晶晶却说,警察大叔,我说了你们可要替我保密啊。因为我跟我家里人说,我是和莉姐去看的电影,莉姐看完电影被杀的。其实我是在电影院门口碰到一个男人,我们一起看的……不过一看完我马上就回家了。

简向东看她那么紧张,连忙安慰道,这件事没关系的。你回去吧。如果想起来什么再给我打电话。

他掏出名片,递给伍晶晶。

伍晶晶接过来忽然哽咽了:莉姐早就跟我说过,如果她哪天被害了,一定是陆锡明干的。警察大叔,一定要抓住他,太可怕了,太可恨了!莉姐好可怜,我再也没有好朋友了……

田野说,放心,大叔我们一定会抓住凶手的。

十三

伍晶晶走了,简向东还沉浸在她刚才说的情况里发呆。

虽然身为警察他已是见惯不惊百毒不侵,但仍对此感到惊愕:一个男人,竟然偷偷给老婆吃打胎药!而且这个男人还是个公务员!真让人大跌眼镜。

当然,尚无证据。

田野也被惊到了,他认为就目前掌握的情况看,陆锡明的作案动机太充足了。而且,他显然是个下得了手的主,连胎儿都敢杀。

简向东不否认陆锡明的嫌疑直线上升,但仅凭作案动机是不可能定案的。他有不在场证据,而且,就案发现场目前的证据看,凶手是个大块头,用支手电筒就能把人打得头破血流。简向东打量过陆锡明的手臂,细白细白的,有点儿手无缚鸡之力的感觉,估计那力量,还不如女儿班上那个肥仔,除非他雇凶……

噢肥仔,差点儿忘了。简向东忽然想起老婆布置的急难险重的任务,赶紧掏出电话,打给肥仔的爹。

肥仔的爹还不错,态度很好地接了电话。自然简向东态度也很好,语气温和,只不过说出来的话让田野在一旁听了直乐。

简向东说,赵先生,我也不想老来打搅你,我自己工作忙得一塌糊涂。但是看到女儿被欺负不能不管啊。是吧?我这个当爹的平时就关心少,看到她放学回来哭哭啼啼的,怎么能安心?我希望你们能严肃认真地对赵宏博进行批评教育,讲清楚严重性。可不是!我知道你们这种家庭不会打孩子的,但也要给他讲清楚事情的严重性。对。如果你们的教育不见效,我女儿还是三天两头被他欺负,那么我有个建议,要么,我每天去学校,坐在你儿子旁边监管他;要么,你每天去学校坐你儿子旁边监管他。怎么样?总不能因为他一个人的行为,弄得全班同学不得安宁,你说是吧?现在正在进行群众路线教育,群众的利益我们都应该放在第一位,孩子他爷爷是领导干部,更应该带好头对吧?

肥仔的父亲在电话那头连连说是,好的,放心,我一定管教。等等。这让简向东十分满足,他本来还想多说两句,见田野已经埋了单,站在那里等他了,他连忙说结束语:"那就这样,我给赵宏博同学一个月的观察期,如果再发生这样的事,无论工作多忙,我都会每天去学校亲自监管他。"

田野在一旁笑道,你这么吓唬他,有用吗?

简向东说,那怎么办?我没其他招数。

夜里回到家,简向东连忙用老婆的电脑打开淘宝,输入"堕胎"两个字,天!五花八门的,应有尽有。不但有堕胎药,还有堕胎超度符、堕胎赎罪符……既要堕胎,还要让自己心安理得,没有负罪感。这个世界,真的是乱了。

老婆走过来看到屏幕,大吃一惊,你要干吗?你搜索这个干吗?简向东连忙说,对不起对不起,因为和案子有关,我需要了解一下。

老婆说,你可千万别在我这儿看这个,不然好长一段时间网页都会给我推荐这个广告,太讨厌了。

简向东想,还真是这样。可是,仅仅搜索浏览,并不能证明什么;而且即使知道陆锡明买了,也无法证明就是他放在死者的蛋白粉里的;再而且,即使证明是陆锡明打掉的孩子,也无法证明他是袁红莉凶杀案的嫌疑犯。

简向东满脑子案情,坐在那里发呆。

老婆又走过来,在他一旁唠叨女儿被欺负的事,才让他清醒过来,他连忙向老婆汇报下午去学校的情况,以及刚才打电话给肥仔爹的情况,并赌咒发誓会一直跟踪此事,直到摆平为止。

然后他拿起换洗衣服,躲进卫生间。

十四

陆锡明沉着脸坐在那里。

简向东依然无法相信,这个男人就是伍晶晶描述中的那个"万恶的男人":

家暴,投毒,凶杀?当然,以他办案多年的经验,人不可貌相是最起码的。但他心里还是有些犯嘀咕。

一天不见,简向东吃惊地发现,陆锡明的鬓角冒出了几根白发。看来这事对他打击不小,是个折磨。今天早上他正要去上班,就被田野拦住,请到了警队。

陆锡明很不爽,也无奈。他坐下来,习惯性地用领导口气问:案子一点儿进展都没有吗?

简向东说,当然有进展。

陆锡明说,发现新线索了? 还是有嫌疑人信息了?

简向东说,这个,目前还不能透露。我们还需要做大量的调查工作。这是一个细活儿。

陆锡明意义不明地摇了摇头,是表示没关系,还是不满?

田野一见陆锡明就兴奋,那张通话记录,就像一颗已经上膛的子弹,对准了陆锡明。他恨不能立马开枪。在他看来,陆锡明雇凶杀人的可能性已经占了九成。他甚至推出了案发经过:陆锡明雇凶埋伏在他们家车库旁边,他再打电话把袁红莉叫出来……

不管怎么说,他们已越来越接近真相了。除了他们调查了解到的情况外,老姚那边,也查到案发当晚,陆锡独自离开过酒店长达一小时左右。虽然他们找到了他乘坐的出租车司机,司机证明他去的地方不是案发小区。但他的行踪依然很可疑。

但在没有抓到凶犯之前,推理只是推理。

简向东打开笔记本,很认真地说,陆处长,还有几个问题需要你回答。

陆锡明说,请讲。

简向东说,案发那天晚上,尤其是11点左右,你在哪里?

陆锡明很不耐烦地说,这个我都回答好几次了,怎么又问?

简向东说,请回答。

陆锡明说,我跟朋友吃饭,喝酒,看球去了。下午5点多离开家的,第二天才回来。不信你去问我朋友,我可以提供联系方式。

简向东慢条斯理地说,我们会查的。第二个问题,你们为什么没有孩子?结婚已经三年多了,有什么特别原因吗?

陆锡明说,这种个人的事,和案子有关吗?

简向东说,嗯,我想是有关的。

陆锡明说,没什么原因,是她不想要。

田野说,可是据我们了解不是这样,你和死者是曾经有过孩子的,流产了,可以讲下原因吗?

陆锡明非常吃惊,盯着田野看了一会儿,又看看简向东。好一会儿才问:谁说的?

简向东说,这个不重要。重要的是事情本身。请问是怎么流产的?

陆锡明说,可能是那段时间我们闹矛盾,她情绪不好。

简向东追问:真的吗?

陆锡明苦笑了一下,你们肯定是听她那个女朋友伍晶晶说,我给她下了打胎药,简直胡扯,那个女人一天到晚疑神疑鬼的。我上哪儿去搞打胎药?就算我想我也不会啊。明明是她自己流产的!

简向东说,这个,我们也会查清的,但还是希望你能如实交代。

陆锡明很冲地说,我就是不明白,这个和凶杀案有什么关系? 流产已经是半年前的事情了!

田野也很冲地回答:有没有关系,不是你说了算。

陆锡明不屑地撇撇嘴:那第三个问题是什么?

简向东说,第三个问题是,你是否存在家暴?

陆锡明收起了笑容。简向东这接二连三的发问,都击中了他的痛处。他拿起桌上的矿泉水,一口气喝掉一大半,然后说,是,我打过她。我承认。肯定又是那个伍晶晶说的。不过我想说,我并不是一个有暴力倾向的人,我是实在气急了才动手的。也就那么一两回。

田野说,一两回也不少。

陆锡明说,老实说,如果是你遇到这样的女人也会打的。实在是难以忍受。

田野说,照你这么说,死者是个很可恶的女人?

简向东接上一句:可恶到要她死吗?

陆锡明怔了一下,意识到不能情绪化。会让警察抓住把柄的。他平静了一下说,警察同志,我也知道你们怀疑我,我也知道我有被怀疑的理由,可是,毕竟我是一个国家干部,起码的法律意识还是有的。无论多么难以忍受,我也不会干违法的事。

简向东说,我们愿意相信你,更愿意相信证据。

陆锡明说，如果你们有耐心听，我愿意从头讲，讲讲我悲催的人生。有些事不从根儿上讲，很难讲清楚，干脆我就全讲了吧。

田野说，你早该干脆了。

十五

陆锡明说，也许你们会认为，我这种人找老婆，就是图个年轻漂亮。其实不是的。我的婚姻真的是个失误。在我和袁红莉结婚之前，我有过一个恋人，而且是初恋，她才是我想找的女人。

陆锡明忽然停顿下来，嘲笑说：估计你们已经知道是谁了，没准儿已经去查过了，谈过话了。

田野说，你讲你的，不碍事。

"她叫文敏，是我的大学同学。我们真的情投意合，感情很融洽。人漂亮不说，最重要的是，脾气温顺，知书达理。"陆锡明的语气立即变得温情脉脉了，而且直接说出了名字，而不是"那个女人"。

但由于种种原因（含女方父母反对、工作去向不同、陆锡明事业不顺等等），他们分手了，是在大学毕业工作后才分手的，此事对陆锡明影响很大，以至于在他事业顺遂后，依然迟迟不愿恋爱结婚。但女方却结婚了，嫁给了一个高富帅。

陆锡明经过努力奋斗，终于考上了公务员，从打杂干起，慢慢上路，才华展露，风生水起，七年后就当上了副处长。但一直未婚。转眼三十多岁了。

在一次去某地区搞调研时，他认识了当地川剧团的女演员袁红莉。袁红莉当时是被领导叫来陪酒的，就坐在陆锡明身边。袁红莉年轻貌美，身材很性感，坐在他旁边一口一个陆处长地叫着，给他倒酒劝酒，很快就让他发晕了。不知不觉就喝了好多，然后就醉了。半夜醒来时，他发现自己躺在酒店的床上，身边有人哭泣。他一看，竟然是袁红莉。心里咯噔一下，他怎么会和这个女人在一起呢？虽然这个女人对他很有诱惑力，但也没打算走到这一步，毕竟他是作为官员下来搞调研的，传出什么绯闻来可是要命。

袁红莉见他醒来，就哭得更厉害了，衣冠不整，头发也乱七八糟的。他赶紧安抚袁红莉，抱歉说自己昨晚喝多了，都不知道后来发生的事情了。

袁红莉抽抽搭搭地说，本来我是送你回来休息的，你好霸道啊，力气好大啊,我没办法。又说,但我不怪你……我喜欢你……还说,就是不知道你是不是喜欢我……要是不喜欢我就没脸见人了……

陆锡明终于被绕进去了,只好说自己是喜欢她的。

等陆锡明再回到剧团时,袁红莉就紧紧挽着他胳膊,做出羞涩的样子。陆锡明虽然有点儿无奈,但想想自己反正未婚,袁红莉也挺漂亮的,比他还小七岁,也算拿得出手,就认了吧。

"现在回想起来,这个女人太有心计,我完全中了她的圈套。"陆锡明讲到这里愤愤然。

田野说,你不像是个上当受骗的人啊。

陆锡明说,都是酒精害的。

很快他们就结了婚。婚后袁红莉来到省城,做起了官太太,天天在家宅着,不是逛街就是去美容院,再后来迷上了淘宝,成天都有快递上门,买了一堆不中用的东西。这让陆锡明有些后悔,就他个人喜好来说,他还是喜欢有文化有追求的女性。比如文敏。跟文敏比,袁红莉实在太不上档次了。

但他们的婚姻真的发生实质性变化,还是去年夏天。

去年夏天,陆锡明的大学同学,为毕业十周年搞了一次聚会。陆锡明在聚会上见到了初恋女友,这才得知她已经离婚了,更重要的是,他发现她依然吸引着他。虽然已是三十多岁了,却魅力不减,甚至比当初更有风韵。一种强烈的想和她在一起的愿望如烈火在陆锡明胸中燃烧起来。

"更重要的是,我发现我非常需要去爱那个女人,爱那个女人,才能把我自己从没有希望的堕落里拯救出来。在官场混了这么多年,明知自己在用贪婪愚蠢制造一个糟糕的结局,却无法控制。我感觉我只有和她在一起,才会有解脱出来的欲望和定力。"

陆锡明忽然说出一段很形而上的话。

简向东很有些意外。看来每个人的心里,既有不为人知的恶,也有不为人知的善。

陆锡明接着讲述。他说他一旦动心了,马上付诸行动,再次追求文敏。他惊喜地发现,文敏也依然对他有好感,所以,他们很快就在一起了。

"说我搞婚外情,其实我这是婚前情。"

可是,这一头,与袁红莉的离婚却非常困难,受到了极大的阻碍。袁红莉先是不肯,后来狮子大开口,再后来,竟然怀孕了!

陆锡明叫苦不迭。刚结婚时,他非常希望她怀孕,希望她做了母亲后能好好持家而不是败家。可袁红莉不肯,说自己还年轻,不想当妈妈。偏偏在他打算离婚的时候,她有了身孕。他都不知道她是什么时候取消了避孕措施的。

陆锡明说,你明明知道我不爱你,我们的婚姻是个意外,硬要生下来的话,对你不好,对孩子也不好。

可是袁红莉不但不听,还跑到他单位,拦着领导"反映情况"。一时间闹得单位上沸沸扬扬,领导还找他谈话。把陆锡明气得,仅存的一点儿歉意也没有了,非离不可。

"这种女人,我哪怕打光棍也不想要,简直是个市井泼妇!"

田野点头回应:就是就是,如果是我我也受不了。家里的事闹得满城风雨,分明就是往死里整的节奏嘛,让男人一点儿回心转意的念头都没有了。

陆锡明见田野这么理解同情,很是感激,继续说:我承认,火冒三丈的时候,我说过要弄死她。但这就是一种发泄,哪家夫妻吵架没说过狠话?说过就算了,不可能付诸行动的。

简向东说,谢谢你的坦诚。

陆锡明说,我说得这么彻底,就是希望你们能相信我。

简向东依然不动声色地问:你刚才说,案发那天晚上,你一直跟朋友在酒店喝酒,可是就我们掌握的情况看,你10点半左右离开了酒店,到11点20才返回。这一个小时的时间,你上哪儿去了?

陆锡明愣了一下,往椅背上一靠,然后推推眼镜:

"那天晚上我因为喝了几杯闷酒,心情很糟,就控制不住地给她打电话,你们知道的,就是那个文老师。我打了两次她都没接,我又发了条短信,问能否见一面,想聊聊。她也没回。

"这让我很郁闷。在此之前,她虽然不愿意见,短信还是会回的。头一天我约她见面,她回了三个字:再说吧。这样完全不理睬还是头一回。我心里很乱,心想难道她真的另外有人了吗?她那样的女人,不是没有可能的。一想到这个我心里就跟猫抓一样。

"10点半过后,我控制不住自己了,就溜出房间打车去了她住的小区,在小区对面的街上,我又打她电话,这次她总算接了,可是接起来却不说话,我喂了好几声,她挂了。

"我又给她发短信,说我就在你家小区门口,你下来我们见一面吧,我在老地方等你。老地方,就是她家小区那条街的良木缘,我们在那里见过很多次。

"但是我等了半个多小时,她还是没来。我怕朋友们找,只好返回酒店。前后估计有个把小时吧。你们也可以到良木缘去调查。"

简向东说,这么重要的情况,昨天为什么不说?

陆锡明说,我不是怕牵扯她吗?我不想连累她。现在看来还是连累她了。唉。

简向东说,最后一个问题,你昨天晚上给袁红莉打过电话吗?

陆锡明非常迅速地回答:没有!我没给她打。

简向东说,你确定?

陆锡明说,我确定。我干吗给她打电话?

简向东说,微信呢?有没有用微信联系?

陆锡明说,我没用那玩意儿。搞不来。

田野说,希望如实交代。

陆锡明不耐烦地掏出手机往桌上一丢:不信你们自己看。

田野说,没必要。这些都是可以删除的。

陆锡明怔住:啊?打了电话还可以删除?我对手机很不在行,有时候还得问那个女人。

简向东说,袁红莉喜欢玩儿手机?

陆锡明说,她嘛,一天闲得无聊,不是弄电脑,就是弄手机,反正比我在行,我在这方面很笨,根本搞不懂,你们要相信我。

田野说,我们相信证据。

陆锡明有些急躁地说,那天晚上我打过几个电话,都是打给文敏的,绝对没有打给那个女人。

田野说,可是文老师说,你并没有给她打过电话,也没发过短信。

陆锡明苦笑一下:可能她不想再和我有任何干系吧?尤其是出了这样的事,可以理解。

简向东说,但就我们掌握的证据看,文老师没有撒谎。

陆锡明惊愕地睁大了眼睛:你们掌握了什么证据?你们的意思是我撒谎了?

田野说:明说吧,我们调取了袁红莉案发当晚的通话记录,上面显示,你在案发当晚10点到11点之间,给她打过三个电话。

陆锡明目瞪口呆:不可能!我给她打电话干吗?我绝对没给她打过,不信你们看我的手机。

田野说,我已经告诉你了,看手机没意义。都这会儿了,你就老实交代了吧。

陆锡明非常恼火地吼了一句:我没打就是没打,让我交代什么!

简向东死死盯着他,心里却动摇起来,难道,真的是我们判断错误?到底是哪里出了问题呢?不到万不得已,简向东不想把通话记录拿出来。毕竟那不是正规渠道来的。

十六

就在简向东跟陆锡明过招的时候,凶手被抓住了。

竟然是死者小区的一个保安,叫张建国。

据张某交代,那段时间因为赌球,他输光了所有的钱,天天被老婆骂。可他不思悔改,还想参赌世界杯冠军,苦于手头没钱,天天都在盘算着搞点儿钱。案发那天晚上,因为老婆唠叨,他很心烦,就出来转悠,心怀鬼胎地转到车库,想看看有没有什么可乘之机。一下就看到匆匆跑下来的袁红莉。他上去跟她打招呼,问她怎么那么晚还出门。袁红莉没理他。他一眼瞥见她脖子上的金项链,歹念突起,所谓恶向胆边生,一边打招呼一边就靠近她,然后猛击她的头部……

至于为什么在她倒地后继续击打胳膊和肩胛,张某说,是因为死者紧紧抱着包不放,他急了,就使劲儿打。

之后,凭借着他对车库的熟悉,很快从电工房的一个偏门溜掉了。

在张某家里,搜到了那个狼牙棒手电筒,那是小区物管配发的。虽然已经被他冲洗过了,但还是在缝隙里,提取到了一点儿死者的血迹。死者包上的指纹,也与张某匹配。

起初抢到东西后他不敢去兑现,后来他注意到警察带走了死者的丈夫,以为没事了,就出手了铂金项链,没被发现,胆子大了,又去卖手机。这下被警方事先布控的侦查员抓获。

如此简单,简单到跟他们前面调查的所有证据都不搭。

简向东得到这一消息时,正在问讯陆锡明。他连句高兴的话都说不出来,实在是太意外了。照说,不到四十八小时就破了案,应该欣喜若狂才是,可结局却让他有点儿回不过神来。

他在走廊上接了王队的电话,回到审讯室,继续不动声色地坐回到陆锡明面前,然后突然问:你认识张建国吗?

陆锡明疑惑地说,张建国? 你是说我们局里计生办张主任?

看来叫张建国的实在太多了。看陆锡明的表情,不像是装的,这个保安张建国,难道真的只是单纯抢劫吗? 如果他们毫无关系,陆锡明那三个电话又该如何解释呢?

陆锡明有些不耐烦了,他看看表说,我已经坐了一上午了,够配合你们的了,如果没其他事,我还得回局里上班。

他抓起桌上的手机站了起来。

田野说,慢着!

田野和简向东对了下眼色,然后从文件夹里拿出那份通话记录,拍在陆锡明的面前:你自己看看,我们有没有冤枉你。

陆锡明疑惑地拿起通话记录,取下眼镜,凑到那页纸上仔细地看,看完后一脸惊愕,这,这是怎么回事?

田野说,我还要问你呢。这三个电话,正是案发之前你打的,在电话之后,袁红莉出门,然后被害,你能说和你没关系吗?

简向东死死地盯着陆锡明,不放过他一丝一毫的表情。凶手已经抓住。最大的可能,是他雇凶杀人。可是,他发现陆锡明完全被这个意外整傻了,那表情是他从没见过的,有点儿惊吓,还有点儿无助,几分钟后,陆锡明一屁股重新坐回到椅子上。

简向东非常困惑。到底是什么地方出了问题?明明有那么多指向陆锡明的线索,陆锡明却是无辜的。

难道,是我拨错了? 不会啊。陆锡明困惑地打开自己手机。

忽然,简向东脑子里闪过一个念头,他一把抓过陆锡明的手机,迅速找出文敏和袁红莉的电话,然后拿起那份通话记录对照。

果然!在陆锡明的手机上,文敏的名字下面,是袁红莉的电话号码,在袁红莉的名字下,是文敏的电话号码。也就是说,有人对换了两人的号码,故意做了一个错误的设置。所以,当陆锡明给文敏打电话时,实际是打到了袁红莉的手机上……

这样,一切都可以解释了。

简向东说出了自己的推断，陆锡明目瞪口呆，连田野也瞠目结舌，其惊愕程度不亚于陆锡明。

陆锡明从简向东手里接过自己的手机，又取了眼镜细看，一脸木然。这个在官场上见过了钩心斗角尔虞我诈的人，居然也被这可怕的设置给吓到了。

简向东说，你再好好回想一下，昨天离开袁红莉之前发生的事？

陆锡明说，因为晚上要聚会，我回家拿酒。你们知道的，现在聚会都是自己掏腰包了。我回到家，她正在上网，主动跟我打了个招呼，还说了句晚上喝酒不要开车。我当时还想，她怎么态度好起来了？是不是想通了愿意协议离婚了？

哦，对了。走之前，她跟我说厕所的灯泡黑了，要我换一个。我想这毕竟是该男人做的事，我就去换了，然后才出门的。

简向东说，这就对了。在你换灯泡的时候，她动了你的手机，重新设置了两个电话。当你给文敏打电话打到她手机上时，她知道你要去跟文敏见面了，所以赶出去，抓所谓的出轨证据，没想到……

一直在一边发呆的田野，沮丧地将桌上的一瓶矿泉水拿起来，咕嘟咕嘟地喝完，他抹抹嘴，骂了句他妈的，真是应了那句话：No zuo no die（中式英文）。

简向东问，你说什么？

田野说，不作就不会死！

【作者简介】裘山山，女，祖籍浙江。1976年入伍，1983年毕业于四川师范大学中文系。曾任部队教员、文学刊物编辑等。1984年起发表小说，主要作品有长篇小说《我在天堂等你》《到处都是寂寞的心》《春草开花》，长篇纪实散文《遥远的天堂》，小说集《裘山山小说精选》《白罂粟》《落花时节》《一路有树》《高原传说》，散文集《女人心情》《五月的树》《一个人的远行》《百分之百纯棉》，长篇传记《隆莲法师传》《从白衣天使到女将军》，电影剧本《遥望查里拉》《我的格桑梅朵》等。曾获鲁迅文学奖、解放军文艺奖、四川省文学奖及《小说月报》第八、九、十、十一、十三、十四届百花奖等奖项。现为成都军区《西南军事文学》杂志主编、四川省作协副主席、中国作协全委会委员。

再痛也没关

叶兆言

一

十多年前，房改还没有开始，所在单位集资盖房，价格十分便宜，今天看来就像白送。终于有了一套位于五楼的房子，一百三十多平方米。在此之前，差不多有二十年，居住的地方终日不见阳光。朋友们都笑我有卡夫卡的风格，说我的小说总是有点阴暗，一个见不到阳光的人，怎么可能写出那种真正有阳光的故事呢？

新房钥匙还没到手，便开始仔细琢磨。美术界的几位朋友自告奋勇，要为我设计，并把木工老佟介绍给我。老佟来自苏北宝应，有一手非常不错的手艺，过去三四年中，一直在美术界圈子里搞装潢，不断接受艺术家们熏陶，他的活儿越做越漂亮。房改开始前，住房都是公家分配，大家也没什么精装修概念，只有美术界的人才会把房子当作自己的作品来设计。

我与老佟第一次见面，在一位熟悉的画家朋友家里。本来只是去参观，美轮美奂的装潢设计，让人目瞪口呆，立刻要求依葫芦画瓢。画家朋友笑了，说完全一样肯定不行，也没那个必要，万一以后有人跑到你家，说怎么跟那谁谁家一样，这多没意思。

于是给老佟打电话，当时手机还没普及，只有大款才玩得起，老佟还是用BP机，不一会儿，电话回过来。又过了一会儿，他坐公交车赶来了。

二

与老佟合作得非常愉快,第一次跟我见面,他便申明自己的两个特点:一是活儿讲究,价格可能有点贵;二是慢,要慢慢来,不能着急。事实证明果然如此,他的活儿确实讲究,也确实够慢。先说讲究,买什么木料,不是主人说了算,而是他做主。老佟带我去装潢市场转了一圈,直奔一家木行,走到一堆木料前面,让我当场掏钱购买,说他早就预付过订金,说这木料的干燥度正合适。

老佟说:"都带你看过好几家,这一家的榉木并不比人家贵,你只管付钱好了,不会错的。"

老板娘与老佟显然熟悉,不冷不热过来招呼。尽管后来一再否认,说这时候和老板娘绝无瓜葛,他们还没有发展成那种关系,但是我似乎已看出一些端倪,看到了蛛丝马迹。接下来,免不了讨价还价,老佟一边帮还价,一边不断跟我暗示,说这价格真的不贵。我注意到那些木料顶端确实写着老佟的名字,还有日期,包括已付的订金数额,心中略有疑惑,还是爽快地把钱付了。老佟很快也承认,买这些木料可以拿百分之十回扣,不过回扣转眼又成为订金。

事实上,拿回扣没影响过老佟的声誉,这种行为几乎是公开,光明正大,反倒显得特立独行。当时各种各样的装潢公司开始出现,报纸上纷纷打广告,价格便宜得离谱,然而人们更相信熟人之间的介绍。我的新家很快成为样板房,成为最好的活广告,不时会有人过来参观,眼见为实,很多参观者当场拍板。一时间,老佟炙手可热,订单多得忙不过来。我向别人介绍,通常也会把他拿回扣的故事先说出来,既然搁在明处,丑话说在前面,先预订木料也就成了他的招牌。作为一名有品位的木匠师傅,实木家具才能真正展示技术,老佟只认实木,说起复合地板,总是一种不屑口气,说不是木头,那是塑料。

老佟的慢十分惊人,慢工出细活儿,他拖时间几乎到了让人崩溃的地步。装潢前后延续近八个月,临了他自己都觉得不好意思。好在我也不是真着急,那段日子,正在写一部长篇,反正没人盯着要那套旧房,拖就拖吧。通常情况下,我白天写小说,晚上过去看看。老佟同时接了好几家的活儿,套着做,我过去看进展,经常一起胡说八道,他很愿意跟我闲聊。

那时候老佟也就三十出头,一再提起当年差一点上大学的经历。也不过差了几分,他爹说他不是读书的料,就学点手艺吧。人生有时候便被那该死的几

248

分决定了，其实在读书的日子里，无论小学中学，老佟一直都是班上成绩最好的。除了遗憾不能上大学，他很羡慕作家，说在学手艺的岁月，看过很多文学作品，最喜欢金庸的武侠小说。跟我接触后，又成为我的读者，不过评价并不高，老佟觉得读熟人写的东西，这很有趣。

在闲谈中，他不止一次跟我说起儿子小佟，这一直是他的心病，老佟怀疑小佟很可能不是他儿子：

"这话按理我是不应该说，说出来让你叶老师笑话了。"

我不知道如何应对，看他脸色沉重，也只能陪着一起皱眉头，一起叹气。

"叶老师知道DNA吧？"

我似懂非懂地点了点头。

"一直想带他去做这检查。不瞒你说，现在都后悔了，毕竟儿子大了，懂事了，应该早一点带他去。"

说过这话不久，老佟带着儿子一起做亲子鉴定，这事想象中很困难很可怕，真正操作起来非常容易。接下来等待结果，是他一生中最受折磨的日子，整晚上都在做噩梦。好在结果令人满意，小佟千真万确是他儿子。老佟长舒了一口气，知道自己这么做，有点对不住儿子，对小孩子会是一种严重伤害。没想到儿子会跟他一样心事重重，老佟心里忐忑，小佟也跟着忐忑；老佟心头一块石头落地，小佟也跟着石头落地；老佟心情良好，小佟也心情良好。

老佟非常严肃地跟儿子说："验出来，你就算真的不是我儿子，我还是会像疼亲儿子一样疼你。"

小佟不说话，不发表任何意见。后来他大了一些，终于说出实话。小佟说你要不是我亲爹，你如果不是我亲爹，我可不会那样。

三

以后一段日子，老佟很有些春风得意。房改开始了，全国人民都在轰轰烈烈搞装潢。老佟也结束BP机时代，配置了一部摩托罗拉手机，成为装潢大军中最早拥有手机的小老板之一。手机在今天已不是什么稀罕之物，在十多年前，足以让人眼睛一亮。老佟配置手机起码比我太太要早两年，我太太又是我们家最早拥有手机的人。记得有一次老佟问起我的工资，忍不住笑起来，说叶老师你不会只拿这点钱吧？或许是怕我下不了台，他很认真地又安慰了一句：

"不过有这么多钱,过日子也够了。"

我第一次看见小佟,那时候他刚上小学。一个很俊俏的小男孩,两只眼睛炯炯有神,对陌生人充满警惕。老佟带他出来,大约就是为了做DNA,老佟的一举一动,都带着明显的心虚,就怕惹恼了儿子。小佟倒好像一点不在乎,一门心思地吃瓜子,瓜子壳啐得到处都是。说老实话,作为一名局外人,我当时真没看出这孩子有什么太大不高兴。

老佟很愿意说老婆的事,他似乎有着强烈的绿帽子情结。说着说着,有意无意就又聊到了她的如何不规矩。有些人就是喜欢跟人掏心窝,喜欢倾诉,老婆不守妇道显然严重伤害到了老佟的自尊。我曾见过他老婆几次,这女人岁数好像要比他大,长得很白净,很端正,也许因为老佟的过分渲染,看上去确实有几分风情。记得有一次在我们家,有个姓张的朋友准备装潢,夫妇两个先来了,然后联系老佟,打电话让他过来。不一会儿老佟夫妇过来了,双方当场砍价,谈合同细节,基本上把合作意向定了下来。

谈判过程中,老佟仍然强调自己的讲究和慢,我的朋友张先生虽然有心理准备,忍不住还是要据理力争,希望他能够快一些,便宜一些。尤其是张太太,女人嘛,谈起生意来,怎么可能不婆婆妈妈,说着说着,话便有些难听,差一点吵起来。老佟是个脑子不会拐弯的人,十分傲气地说:

"又要快又要便宜,你们去找别人好了。"

如果不是老佟老婆站出来打圆场,这笔买卖基本上会谈崩。事实上,老佟风光了没有多少日子,就开始走下坡路,然而他仗着自己手艺好,始终改不了说话硬邦邦的毛病。老佟老婆连忙一个劲儿地说好话,像训斥小孩一样,连声呵斥老佟,把他赶到了我们家阳台上。然后继续跟我朋友谈判,一边说话,眼睛一边放电,硬是把一桩即将谈砸了的生意,又重新谈了下来。

我们当时并不知道老佟生意开始走下坡路,不断地有人通过我,找他为自己的新房装潢,我每一次见到老佟,都有一种越混越阔的感觉。老佟的家乡在开始城市化,他们家的地只剩下很小一块,老房子也拆了,新分配两套房子,居住环境与城市人已没任何区别。稍稍有点想法的男人都到城市里去打工了,连老佟老婆也离开了老家。农民出身的老佟对土地没有任何感情,对自家老宅被拆是真心叫好。自从开始到南京搞装潢,他就打定主意,要坚定不移地成为这个城市中的一员,要在南京买一套属于自己的房子。

如果早一点买套房子,老佟的理想已经实现了,可是他没有这么做。都说勤劳才能致富，打拼才能改变命运。老佟咬咬牙卖掉了老家的一套房子，加上自己这些年挣的辛苦钱，跟人合开了一家装潢公司，又买了一辆不大不小的面包车，成为南京城里货真价实的一位小老板。出门签合同，他总是穿着那套并不太合身的西装，口气还是一如既往地巨大，信心爆棚，与主顾谈判的时候，动不动就会流露出一种很不屑的神情。

由于老佟是我介绍的，朋友张的装潢只要遇到麻烦，张太太便打电话向我抱怨。这在以往很少会遇到，前前后后我介绍了十几家，老佟的装修质量一向过硬，通常情况下，大家都会抱怨价格贵，抱怨他工期永远是拖沓，质量问题从来就不存在。张太太刚开始抱怨，我也没太往心上去，只是觉得她要求太高了，可能过于苛刻。渐渐地便越来越不客气，索性都撕破了脸皮，老佟不愿意往下做，张太太不肯付工钱，害得我这个中间人左右为难。双方都给我打电话，都让我主持公道，结果我只能赶到现场，为双方调解。

现场有些惨不忍睹，公说公有理，婆说婆有理，他们一见面就吵，好半天都没有我插嘴的机会。终于可以说话了，他们也吵累了，都停下来，气鼓鼓地看着我，看我怎么表态。我首先批评老佟，很严肃地批评，他的装修质量确实存在许多漏洞，有太多瑕疵，明显的偷工减料，说白了一句话，根本不像他干的活儿。

"叶老师，你也是明白人，一等价钱一等货，"老佟不再理直气壮，红着脸为自己辩护，"他们只肯付这么多钱，我当然只能这么做了。"

后来我才知道，因为张太太一味砍价，老佟觉得赚不到什么钱，加上有些憋气，便将活儿转包给了两个刚进城的菜鸟，自己干脆不闻不问。他曾经想到过毁约，不做了，可是张太太有合同在手，工钱还没付完，坚决要求老佟做下去，不完成不付款。偏偏这位张太太对装潢一无所知，喜欢不断改变主意，净说些外行话。负责装修的工人也不按规矩办，主人怎么说，他们怎么做，出了错便全部推在张太太身上，是她让他们这么做的。

四

这以后，再也没有为别人介绍过老佟。朋友张的装潢无疑是个教训，最后只能不了了之，双方都觉得自己亏大了，都埋怨我。一方没赚到工钱，还赔了些材料费。另一方在今后生活中，会不断遭遇质量不好引起的麻烦。很长一段时间，我与老佟没任何联系，只是与美术界的朋友聊天，偶尔还会再提到他。我们都很怀念当年,怀念那个喜欢把木工活儿做到极致的老佟。想当初,老佟对自己的手艺是何等自负。

有一家时尚刊物搞装潢设计评选,我的书房被评为一等奖。在开始讲究居住环境的时代,这个一等奖还真有些引人注目,准备装修新居的人纷纷来我家参观,带着设计师,带着工人。他们看了我的木工活儿,连连叹气纷纷摇头,说现在早就没人肯这么干活儿了,完全用实木,完全是旧式而又古典的木工手艺,居然还要用榫头来做连接。

老佟的公司很快办不下去了,他只是个手艺人,纯粹靠技术吃饭,根本不是当老板的料。既不太会与客户谈判,又不善于管理手下,别人干的活儿他看不下去,便拿过来自己做。结果一定是他很生气,手下也很生气,因此他不仅当不好老板,连个工头也当不好。事实上,属于老佟的黄金时代十分短暂,装潢热持续升温,越来越多的人住进了新房,装潢公司越来越多,装修档次越来越高,越来越华而不实,像老佟这样技术好认真讲究的人,反倒越来越混不下去,越来越没有饭吃。

等我有机会再一次见到老佟,他已经不再做装潢,而是在一家画框店打工。天下居然会有这样的巧事,我去一家大市场配画框,随便找了一家店,现成尺寸都不合适,只好定制。老板娘跟我一味敷衍,我觉得面熟,却想不起来在哪儿见过。回家以后,突然接到老佟的电话,说叶老师你定制的那个画框不好,木料不对,式样也不对,我给你送几个样品看看怎么样。我觉得很奇怪,没想到他会来电话,不明白他怎么知道我要配画框。

当天晚上,老佟便带着几个画框过来了。几年不见,变化倒也不是很大,仍然穿着那身西装,唯一变化是学会了抽烟,过去他是不抽烟的。因为是学木工出身,当年学手艺,老师傅定过规矩,火克木,火星会引燃木屑,绝对不允许徒弟学抽香烟。很快,疑问有了答案,原来他就在我今天去的那家画框店打工。

"你怎么会在那儿干活儿呢,"我有些想不明白,"不做装潢了?"

"不做装潢了。"

"为什么?"

"不为什么,就是觉得没意思。"

老佟嫌现在的木工活儿没任何技术含量,也就是拼拼木板,全都是复合板,全都是胶水粘,只要会钉钉子就行,只要舍得用胶水就行。手艺已经不再重要,已经没什么师傅和徒弟,只要培训几天,谁都能做谁都敢做,有的木工甚至连刨刀都使用不好就出来混了。老佟脾气不太好,动不动还会跟老板争论。现如今的老板根本不在乎你的活儿好不好,他们关心的是快不快,越快越好,越能糊弄人越好。像老佟这样讲究真材实料,太把自己干的活儿还当回事的人,注定要被时代淘汰。老板往往对老佟又喜欢又恨,喜欢是因为可以作为自己的招牌,恨是因为靠他来钱太慢。

老佟解释了在画框店不愿意见面的原因,他分明已经看见我了,正准备过来打招呼,忽然改变主意。为什么呢?因为他觉得自己混得太失败,加上上次朋友张的装潢没做好,很没面子,不太好意思见我。眼看着很多手艺远不如他的人,开装潢公司都发了大财,唯独他越混越潦倒,越混越不敢见人。公司没了,车没了,把老婆孩子接到南京来的梦想也破灭了。好在做的画框已经有些名气,老佟说只有懂行的才知道,小小的画框看上去简单,真正做好并不容易。

为了让人明白什么样的画框才好,才结实,老佟为我展示他带来的画框。他让我用力折叠,无论怎么用劲,画框都是纹丝不动。又让我欣赏木框的比例,欣赏木质的纹理,琢磨它们在光线下的细微变化。一个不大不小的画框,看似简单,用料和工艺却非常讲究,老佟笑我选择的画框太马虎,不符合身份:"懂行的就会想,叶老师怎么能用这么俗气的画框呢?"

让他这么一提醒,我还真是不好意思。

老佟不怀好意地笑着:"人家会说,大作家用的这个画框,就好像是塑料做的。"

五

接下来,很多朋友找老佟定制画框,就像当初装潢大热一样,我的熟人们再次有口皆碑,互相介绍,又促成了好多笔生意。大家住进了新房,都不想再折腾,远离了让人想到就心烦的装修,开始对居所挂点字画有兴趣。很长一段时间,也弄不明白老佟与老板娘之间,究竟什么关系。反正有那种关系几乎是肯定的,关于这一点,他自己并不否认,有意无意还会卖弄几句。用老佟的话说,男人嘛,有一点点出格算什么?既敢做就敢当,这事有什么不好意思承认。我也终于明白,自己在画框店会觉得老板娘眼熟,因为过去见过面,其实她就是当初装潢时那家木材店的老板娘。

事实上,不仅我们弄不明白他与这位老板娘的关系,老佟本人也说不清楚。首先，老板娘是有男人的，她丈夫还在继续维持着原来的那家木材店，夫妻虽然分居，各自账户早已分开，各有各的花头，然而又互有来往，毕竟他们还有两个小孩。老佟在画框店的身份，介于合伙人和打工者之间。说是合伙人，老佟在画框店的重要性不容置疑，除了出色的手艺之外，想当初，是他说服老板娘购买了相当数量的巴西紫檀地板坯料，随着木材大幅度涨价，这些坯料赚了很多钱。巴西紫檀刚进入中国市场，价格非常便宜，也不过几年工夫，价格翻了好几倍。老佟自称在储备囤积这些原材料上，他也是投了钱的，而进一步将这些坯料加工成精美画框，显然可以获得比卖地板更高的利润。

说是打工者，老板娘从来也没有真正承认过他的合伙人地位，她根本不承认他投过什么钱。他们的账目从一开始就没有算清楚过，十个女人九个肯，就怕男人嘴不稳，老板娘很讨厌老佟不守信用，竟然会把他们那些见不得人的事都说出去。好事不出门，坏事传千里，结果她老公脸上终于挂不住，找了社会上的几位打手，将老佟一顿痛扁。老板娘闻讯后也没有任何同情，一句安慰的话都不肯给，只是恨恨地抱怨了老佟一句：

"活该，谁让你嘴贱，这他妈就是嘴贱的报应！"

老佟被打的故事，我是听一位画家朋友说的。这位画家姓韩，名秋，画中国水墨画，水平也就一般，但是突然间有了很好的行情，画卖得相当不错。他先是通过我，向老佟订购了一大批画框，又通过这笔生意，渐渐与他熟悉起来，两人的交往变得十分密切。老佟被打后很害怕，一度曾想离开南京，最后是韩秋帮他找人，找了社会上更厉害的另一帮打手，才将这麻烦事摆平。

这个韩秋的活动能量非常巨大，除了自己画画，还办了一所美术学校，教中学生写生。我曾有幸参加他主办的夏令营，与那些学画画的中学生一起，在长江中一个小岛上待了两天。晚上，孩子们举行篝火晚会，我与韩秋趁着月色沿大堤散步聊天，话题不知不觉便落到了老佟身上。说起老佟，韩秋显然知道得更多，他告诉我，老佟其实很得意与老板娘的关系，觉得能把老板娘睡了，自己差不多也就相当于是老板了。老板娘虽然姿色平常了一些，老了一些，脾气坏了一些，对老佟却还是真心真意，平心而论，她对他，要比他对她更实在。男欢女爱的最高境界，有时候就是互相喜欢，无所谓谁吃亏占便宜。老佟喜欢卖弄，说拥有两个女人的最大快乐，是你可以与这个女人睡觉，想到那个女人的种种好处；和那个女人睡觉，又会想到这个女人的种种好处。

事实上，我和韩秋在月光下聊天，老佟与老板娘的爱情故事已经结束了。

我们并不知道他此时又离开了画框店，重新回到装潢队伍，再次回到了比起点更低的位置上，沦为一家知名品牌装潢公司中一名最普通的木工。结局早就注定好了，只是在那个看起来很美好的夜晚，我和韩秋还一点都不知情。月色怡人，江风习习，不远处，孩子们围着篝火欢声笑语。聊到最后，我想到老佟当年带着儿子去做DNA检测，也就把这事说了出来，韩秋听了大吃一惊，不相信竟然还会有这种事。

再接下来，又是很长时间没任何消息，老佟仿佛在茫茫人海中蒸发了。直到不久前，他才突然给我打电话，说要见个面，有很紧急的事想商量。口气中流露出了某种强烈的不安，问他究竟出了什么事，说是在老家的儿子闯了点祸，放火将村主任家的麦子给烧了。很快，打完电话不久，他已到我家楼下，按响了楼道的电铃，汗流浃背地进入我家客厅。穿着夏装的老佟看上去苍老了不少，这很出乎我的意料。十多年前，我们初次见面，他也就三十岁出头，那时候，只是显得少年老成，说话慢条斯理，多多少少还有些傲慢。这次见面已完全不一样，要说过去也见过他不得志，见过他垂头丧气，可是绝不像现在这样狼狈。他的脸上是掩饰不住的沮丧，有一些惊恐，多日不剃的胡须都已经开始泛白了。

一时间，我担心他会开口借钱，这样的事过去发生过，他曾向我太太借过四千块钱。我们还为此有过讨论，担心老佟很可能会就此不还，万一不还又能怎么办呢。老佟来无影去无踪，真要是不准备还钱，拿他一点也没办法。好在这次并没有打算借钱，老佟一开口，先把自己的路给堵死了，说上次跟你叶老师借钱，拖了很长时间才还，现在真的也不好意思再开口。他只是想要几本签过名的书，说钱的事好办，可以向别人去通融，这书上的作者签名，其他人代替不了。

"我就是想讨几本书，叶老师你不知道，不知道你面子有多大。"

我不太明白他的意思，老佟解释说，他儿子因为纵火被关在老家的派出所，派出所的一位丁所长喜欢文学，特别喜欢我的小说。老佟跟这位丁所长有点熟悉，跟他说起过我，说曾为我的新房装潢，书房设计还得过奖，说他与我关系相当不错。丁所长不相信，说你要认识那位叶作家，就帮我讨两本书。老佟说他当时一口答应，根本没把这事放心上，没想到现在儿子真的落在人家手上了。

我在书的扉页恭恭敬敬地签上丁所长的大名，老佟擦着脸上的汗，一边看我写，一边夸我的字写得好，说叶老师竟然还要请人家"指正"，真是太客气了。

然后为了表示货真价实，他又让我摆出写字的姿势，用手机拍照片，一连拍了好几张：

"按说应该去买几本书，可我都不知道你叶老师最近写过些什么。我们这样靠手艺吃饭的人，哪有时间看书呢，这个真不好意思。想当初学手艺，还看看小说，也看过不少小说，现在呢，唉，不说了。"

六

老佟说起儿子，我很自然地会想到他当年带儿子去做DNA检测的情景，同时又想到自己曾跟韩秋在背后议论过，心里略略有些不安。在人背后嚼舌头总是不太妥当，这可不像正人君子应该做的事，太没文化了，也许韩秋嘴快，已经把这事传播了出去。

老佟说他去见派出所的丁所长，不仅要带上我的书，还顺便跟韩秋要了一幅画，还有一张与省电视台著名主持人张某的合影。当年老佟给张某装潢，张某还没有火，近来因为做了一档收视率极高的综艺节目，名气突然暴涨。老佟也吃不准他带的这几样东西，最后是不是管用。反正还得花钱，有了钱就好办，有了钱都好办。至于儿子小佟为什么要放火烧村主任家的麦子，按照老佟的说法很简单，这孩子恨那个与自己母亲有一腿的家伙，因为恨，脑袋瓜一发热，便胆大妄为地做了傻事。老佟不太愿意提起自己老婆，每当不得不提起她的时候，总是用"我儿子他妈"来代替。他说在是农村老家，再也没有什么比女人偷人更丢脸的了，你想我儿子怎么能不生气，我儿子他妈真让我们丢尽了脸。

那天晚上，我向太太复述白天听到的故事。老佟的儿子转眼快二十岁，这孩子极有心计，据说一直处心积虑，想勾引村主任的女儿，当然是带点报复性。现如今，夏天里收割麦子，全都使用收割机，大家的麦子收得差不多了，只剩下村主任和几户人家还没完工。老佟儿子与村主任家千金在黄灿灿的麦地里约会，两人说着说着，为是她爹勾引他娘，还是他娘勾引她爹争吵起来，越吵越激烈，气急败坏的老佟儿子掏出打火机，威胁说要将她家的麦子烧了，结果真的将村主任家的麦子点着了。火势立刻蔓延，一烧就是一大片，一烧就是几十里地。

近年来农民偷偷焚烧麦秸，已成为很严重的环保问题，各级政府为此都下过死命令，坚决不允许，违者不但罚款，而且还要行政拘留，还要撤村干部的职务。不过这种听上去很吓人的纵火，罪责既可以很大，也可以缩小。事实上，老佟儿子的所作所为，让大家感到高兴，他是做了一件所有人内心想做又不敢做的事，没什么可以比放一把火更痛快。甚至连村主任也暗自得意，因为他家的麦子都被烧了，这足以证明他的无辜，很显然，他是个不折不扣的受害者，乡政府不能为此再撤他的职，这个账算不到他头上。时过境迁，时代风气完全改变了，今天的农民不仅对土地没有感情，对即将收割的庄稼也毫不在乎。荒芜与丰收都差不多，种庄稼成了赔本的买卖，耕地施肥除草收割都得砸银子，谁还会真在乎自家地里那点麦子呢。

据说老佟很快就把这事摆平了，他回去没多久，再一次返回南京，继续消失在这个乱糟糟的城市里。这一次，他把老婆带出来了。没人会过分追究烧麦秸的事，反正烧也烧了，该罚款罚款，钱到账放人。他直接去了派出所，带着我送的书，带着韩秋送的画，带着他与著名主持人张某的合影，甚至还带着十多年前在医院做的那张DNA鉴定。

不过从韩秋那里，我后来又听到了另一种说法，这说法接近荒唐，更像是小说，所谓老佟儿子放火烧麦子这事，有点子虚乌有，并不完全是真相。事实上，究竟是谁放了这把火，有好几个版本。当地很多人都愿意相信，真正的放火者不是别人，而是老佟，至于理由和动机，当然谁都知道。

【作者简介】叶兆言，男，江苏苏州人，1957年生。1978年考入南京大学中文系，1986年获硕士学位。1980年开始发表作品。著有长篇小说《一九三七年的爱情》《花影》《花煞》《别人的爱情》《没有玻璃的花房》《我们的心多么顽固》《后羿》，小说集《艳歌》《夜泊秦淮》《枣树的故事》，散文集《流浪之夜》《旧影秦淮》《杂花生树》《旧年人物》等，主要作品结集为七卷本《叶兆言文集》。其作《追月楼》曾获全国优秀中篇小说奖。中篇小说《马文的战争》获《小说月报》第十届百花奖。现为江苏省作家协会专业作家，中国作家协会会员。

虚　拟

毕飞宇

　　这个冬天特别的冷,父亲在私底下说,要做好春节前"办事"的准备,——父亲所说的"事"当然是祖父的丧事。祖父的情况说不上好,可也没有坏下去的迹象,我不知道父亲为什么这么悲观。家里头有暖气,气温恒定在摄氏21度,再冷的天气和我的祖父又有什么关系呢?父亲说:"你不懂。"父亲的理论很独特,他认为,气温下降到一定的地步一部分老人就得走,这是天理,和屋子里的温度没有一丝一毫的关系。

　　去年夏天,祖父在省城做了直肠癌的切除手术,他的理想是过完上一个春节。春节过去了,他好好的。大年十四那天,他更新了他的理想,他在微博上写道,他要"力争"再过一个春节。这句话并不晦气,可也算不上吉利,我们都没有搭理他。祖父不慌不忙的,拿起了手机,一个一个打电话。没办法,我们这些亲友团只能一个又一个帮着转发。我的丈母娘很不高兴,直接骂上了门来。她在我的微博下面贴了一句话:"大过年的,神经病!"祖父对我的丈母娘很失望,祖父对我说:"'无知少女'这个人俗。"

　　祖父是一个看透了生死的人,生和死,风轻云淡,他无所谓的。但祖父也在意"春节",这里头似乎有一笔巨大的买卖:死在大年初二他就赚,死在大年三十他就亏。也是的,落实到统计上,这里头确实有区别,一个是终年"84岁",一个则是享年"85岁",很不一样的。

这个冬季着实冷得厉害。电视里的美女播报员都说了,最低气温"创下了三十年来的新低"。这则天气预报对我们一家来说是致命的,父亲不说话了,祖父也不说话了,他们都是相信"天意"的人。——老天爷并没有"天意",可处境特别的人就这样,他们会把极端的天气理解成"天意"。他们的沉默使我相信,祖父也许放弃了。他觉得不远处的春节不属于他。

祖父说:"有点冷,我想到澡堂子泡泡去。"

这个我为难了。以祖父现在的状况,性命固然是无虞,终究是随时随地的人,任何一点小小的变动都有可能带来不测,一头栽倒在浴池也不是没有可能。我说:"浴室太滑了,很危险的。"

祖父很骄傲地告诉我:"我也只剩八十来斤了,我孙子抱着我呢。"他撒娇了。

浴室没什么生意。一进浴室我就后悔了。"八十来斤"的身体几乎就不是身体,说触目惊心都不为过。祖父赤条条的,他的身体使我相信,他老人家是一张非常特殊的纸,能不能从水里头提上来都是一个问题。但是,等我把他缓缓地放进浴池之后,我不再后悔。这一切都是值得的。祖父被浩大的温水包裹着,张大了嘴巴,他的喉管里发出了十分奇特的声音。他在体验他的大幸福。他满足啊。可他实在太羸弱了,他的体力已经不能对抗水的浮力。只要我一撒手,他就会漂浮起来。我只能把他搂在怀里,不让他旋转。

老话说得没错,人是会返老还童的。人老到一定的地步就会拿自己当孩子。祖父躺在我的怀里,说:"明天再来。"我说:"好的。"祖父说:"后天还来。"我说:"好的。"祖父笑了,我看不见,可是我知道,祖父的脸上布满了毫无目标的笑容。这笑容业已构成了返老还童的硬性标志。

我和我的祖父一口气泡了四天,第五天,我特地下了一个早班,祖父却说,不去了。他用目光示意我坐下,要我承诺,不要把他送到医院去。祖父说:"就在家里。"这句话说得很直白了,等于是安排后事了。我答应了祖父,并不难过,因为我的祖父也不难过。的确,祖父在死亡面前表现出来的淡泊不是一般的人可以拥有的,到底是四世同堂的人了。

深夜四点,我被手机叫醒了,是父亲打过来的。一看到父亲的号码我就知道了，我的祖父，我们这个小县城里最著名的物理老师兼中学校长，他没了。都没有来得及悲伤，我即刻叫醒我的女儿，赶紧的，太爷爷没了。

祖父却没有死，好好的。看见我把女儿都带过来了，祖父有点不高兴。因为久病的缘故，他的不高兴像疼，也可以说，像忍受疼。祖父说："这么冷，你把孩子叫过来做什么？"我笑笑，"那个什么，"我说，"不是以为你那个什么了嘛。"祖父说，"还没到时候呢。"我把女儿安顿到奶奶的床上，回到了祖父的房间。祖父的手在被窝里动了动，我把手伸进去，在被窝里头握住了祖父枯瘦的指头。祖父神情淡然，看不出任何风吹草动。但他的手指头在动，是欲言又止的那种动。这一次我真的知道了，祖父的大限不远了，他要对我交代什么了。

父亲把一切都看在眼里，退了出去。我们这个家有点意思了，父亲一直像多余的人。父亲望着此情此景，明白了，这里不需要他了。祖父望着父亲的背影，很轻地咳嗽了两声。我了解我的祖父，祖父的咳嗽大部分不是生理性的，是他想说些什么，却不知道怎么说。

严格地说，祖父之所以在我们小县城如此著名，完全是因为父亲，他能当上校长，也是因为父亲。作为物理老师的儿子，父亲最有机会上大学的，但是，祖父把他的时间全部给了他的学生，那时候祖父正做着班主任呢。他每天上午六点出门，夜里十一点回家，他把所有的时间和精力都用在了五十七个学生的身上。高考就是这样，结果很残酷。因为父亲在另外一所中学，父亲没有考上，而祖父的五十七个学生考取了三十一个。在当年，这是一个"放卫星"一般的天文数字，祖父在我们县城一下子成了传奇。到了九月，祖父的故事终于传到省城了，省报派来的记者为祖父写了一篇很长的文章，整整一个版，还配了祖父的一张标准像。黑体的通栏标题很吓人的，《春蚕到死丝方尽》。

祖父享尽了殊荣。他在享尽殊荣的同时并没有失去他的冷静。他冷静下来了，突然就有了愧疚。就在当年的十月，他建议他的儿子，也就是我的父亲，去补习。祖父说，好好地辛苦一年，上不了重点大学还可以上普通高校，上不了普通高校还可以上大专，就算上不了大专，还有中专嘛。祖父是对的，父亲资质平平，"考上"总还是可以的。可祖父忽略了一件大事，那就是他儿子的"感受"。《春蚕到死丝方尽》是一只无坚不摧的拳头，它把父亲击倒了，附带着还把父亲的自信心给砸烂了。是的，祖父之所以具备如此巨大的"新闻价值"，说到底就因为他的儿子："三十一个"都考上了，他的儿子却"没有考上"。好嘛，全省都知道了，全中国都知道了。父亲望着报纸，像一堆烂掉的韭菜，软塌塌的，浑身散发出混浊的秽气。父亲拒绝了"春蚕"的建议，他盯着自己的脚尖，告诉"春蚕"："你忙你的去吧。"

父亲其实是赌气。自卑的人就喜欢一件事，赌气。可父亲找错了赌气的对象，他怎么可以和我的祖父赌气呢。新生都开学了，祖父上午六点就要上班，晚上十一点才能下班，他哪里还有心思和你玩儿如此无聊的心理游戏。他们的冷战持续了一两个月，其实，所谓的冷战是不存在的，那只是父亲一个人的战争，也可以说，父亲面对墙壁打了一场乒乓球。

父亲也不是省油的灯，他模仿祖父的笔迹给教育局的局长写了一封信，要求局长在县文教局给自己的儿子安排一份工作。口吻是谦卑的，却更是狷介的，有压迫的意味，酷似祖父。父亲多虑了，他哪里需要模仿祖父的笔迹呢？不需要的，局长根本不认识祖父的笔迹。但那时的祖父是整个县城最大的明星，明星就是这样，时刻伴随着传闻。社会上已经有这样两种说法了：一、祖父"很可能"去"省里"，二、"也有可能"做"分管文教卫"的副县长。局长直接找到了我的父亲，几乎是用巴结的态度把事情办了。他收藏了祖父的亲笔信，说不定哪一天就用得着呢。父亲就这样进了县教育局，在那张淡黄色的椅子上一直坐到退休。

父亲在那张"淡黄色的椅子上一直坐到退休"可不是一个夸张的说法，是真的。一个月之后，祖父知道了，父亲去教育局上班了。祖父一路小碎步，急匆匆地来到了父亲的办公室，他瘦小的小身体爆发出了雷霆般的震怒。祖父命令父亲回家，上补习班去！考大学去！父亲被吓坏了，都尿了。可父亲有一个特点，这个胆小的人在吓坏的时候并不哆嗦，而是抿嘴、昂头，目光在头顶上不停地扫视，像烈火中的永生，他就这样，一辈子都这样。祖父那么大的动静，局长怎么能听不到呢？这个小官油子出面打圆场了，他告诉祖父："教育局挺好的，也算机关呢，大学毕业了也不一定进得来呢。"祖父不明就里，他用右手的食指指着局长的鼻尖，给了局长两个结论：——庸俗！——鼠目寸光！一年之后，祖父做了校长，而教育局局长终于有机会出任"分管文教卫"的副县长了。因为巨大的内疚和无法抚平的创伤，在组织部的相关人员面前，祖父只说了六个字：庸俗，鼠目寸光。语气平和，十分克制。祖父是谁？他的克制就是分量。教育局局长功亏一篑，这是多么巨大的一个哑巴亏。他把他的委屈和愤懑一股脑儿摁在了父亲的头上。

父亲是祖父一辈子的痛。这是一块肿瘤，硬硬的，始终长在祖父的体内。我知道这块肿瘤还是在我接到大学录取通知的那次家宴上，因为兴奋，祖父过量了。就在我伺候他呕吐的时候，他拉过我的手，第一次在我的面前流下了眼泪。他跪在马桶的前沿，一口一个对不起。我费了好大的力气才弄明白，祖父搞错了，祖父把他的孙子当作他的儿子了。祖父很少喝醉，但是，只要喝醉了，他都要来一次规定动作：跪在马桶的前沿，对他的马桶一口一个"对不起"。呕吐出来的"对不起"毁掉了这一对父子，在未来的几十年里，我的祖父和我的父亲几乎就没有对视过，也说话，却不看对方的眼睛，各说各的。他们都不像在对人说话，而是在对着另一个"东西"自言自语。说完了，"东西"就"不是东西"了。

但酒醉之后的祖父说得最多的依然不是父亲，而是一届又一届的高才生。祖父有他的癖好，往好处说，爱才；往坏处说，他的眼睛里其实没有人，只有高智商。他酷爱高智商。一旦遇上高智商，不管你是谁，他的血管就陡增激情，奔涌起宗教般的癫狂和宗教般的牺牲精神，狂热、执着；最要命的是，还沉着，更持久。他要布道，上午六点出门，晚上十一点回来。

酩酊大醉的祖父搂着他的马桶开始报人名。这些人名都是他当年的心肝宝贝。人名的后面则是长长的单位与职务，我不可能记住的。祖父却记得清清楚楚，涉及面极广，诸如世界名牌大学、国家机关、公司名称、荣誉机构，与之匹配的自然是院士、教授、研究员、副省长、副县长、办公室主任、董事长或总经理。也有记不住的时候，他在记忆阻塞之前往往要做一次深呼吸，随后，一声长叹。这一声长叹比马桶的下水道还要深不可测，幽暗，四通八达。

父亲退出去了，我握住了祖父的手。我知道我和祖父之间会有这样的一次对话，也知道祖父会对我说些什么。无论祖父怎样看淡他的生死，我的父亲终究是他一生的痛，祖父是个好祖父，但祖父却不是好父亲。祖父的歉疚难以释怀。老实说，我惧怕这次对话。——沉痛之余，我又能对我的祖父说些什么呢？父亲的一生被祖父的荣耀毁了，这是一个不争的事实。我多么希望我是一个牧师。

祖父安安静静的，但是，这安静是假象，他老人家一直想说什么，他的表情在那儿呢，可他就是不说。想过来想过去，只能是我开口了。我轻声说："爷爷，如果你走了，真的是寿终正寝。这年头可以寿终正寝的人不多了，你很享受的吧？"祖父笑了笑，同样轻声地说："很享受。"

我说："我也很享受，很享受这会儿还能和爷爷聊聊天。——你想啊，这个世界上绝大多数的人都是带着心思走的，你呢，什么心思都没有，了无牵挂。你蛮有福的。"

祖父沉默了半天,说:"我有福。但心思还是有的。"

我立即接过祖父的话,说:"嗨,不是就爸爸那点事嘛。那一代人不上大学的多了,他这一辈子也挺好的,多少年了,爷爷,这不算事。"

祖父说:"这件事吧,我有责任。我呢,痛苦了很长时间。突然有那么一天,我释怀了。我早就不再为这件事苦恼了。"

祖父的这番话出乎我的意料。我的胸口顿时就松了一下。我笑了,问:"爷爷能不能告诉我,是哪一天释怀的?"

祖父说:"你爸爸退休的那一天。都退休了,嗨,任何人都他妈的一样。"

祖父都俏皮了,都讲粗口了,看起来真的是释怀了。我长长地舒了一口气,没有比这更好的结局了。祖父不再谈父亲的事,我反而有些始料不及,眼泪突然涌上我的眼眶。我一直忍受着疼,这疼却自动消炎了、消肿了,很让我舒服的。我怎么也没有想到如此可怕的对话居然是这样地感人至深。我只能说,我还是太年轻、太狭隘了。小人之心不可取。一代人有一代人的恩怨,一代人有一代人处理恩怨的方式。时光真是一个好东西啊,它会带走一些,也能留下一些。时光到最后一定是中秋的月光,再捉摸不定,再阴晴圆缺,老天爷总是会安排好的,中秋一到,必定是万里无云,月亮升起来了,满眼清晖,乾坤朗朗。

我说:"爷爷,你知道我为什么这样爱你?"

祖父像孩子一样笑了,说:"隔代疼嘛。我爱你,你就爱我。你爸爸吃过醋呢。"

我摇摇头,说:"不是。爷爷伟大。君子坦荡荡。爷爷就是君子。你走了,我会想念你,但是,爷爷不让做儿孙的痛苦,爷爷不让做儿孙的纠结,爷爷万岁。"

祖父真的高兴了。祖父说:"爷爷做了三十五年的教师,三十二年的班主任,九年零十个月的教导主任,六年零八个月的副校长,两年半的校长,拍爷爷马屁的人多得很呢。——还是我孙子的这个马屁让爷爷舒坦。"

我拍拍祖父干瘪的腮帮子,说:"孙子的马屁高级吧?"

祖父说:"高级。你哪方面都比你爸爸强。"

我从被窝里抽出手,说:"爷爷,孙子明天接着拍。——你看,天都亮了,孙子还要上班呢。"

祖父的手是无力的,但是,祖父无力的指头再一次抓住我的手了。因为发力,都颤抖了。他不再微笑。他的脸上有了苦楚的神色。

"疼吗?"我说。

祖父摇了摇头。祖父补充说："不是。"

祖父有话要说，是欲言又止的样子，是羞于启齿的样子。

"是不是欠了谁的钱？"我说，"有我呢。"

祖父闭上了眼睛，摇头。他的眉头拧起来了，眉毛很长，眉头与眉头之间全是多余的皮。

事态突然就严重起来了。虽然很困，但是，我还是集中起注意力，仔细地设想各种各样的可能性。我只能往坏处想，祖父是不是做了什么特别亏心的事了？我试探着说："是不是欠了谁的人情？"

祖父依然是摇头。我的话没能说到祖父的心坎上，祖父很失望，越发凄凉了。

我必须把话挑明了。我说："爷爷，你知道的，你不能让我猜。我到哪里猜呢。你也不亏欠谁，你还有什么说不出口的呢？"

祖父睁开眼睛，望着我。祖父似乎是鼓足了勇气："——你说，"祖父说，"你说我能得到多少个花圈呢？"

嗨，——嗨！这算什么事呢。这不是事。多少个花圈都不是事。

我说："你想要多少个花圈？"

祖父没有给我答复。他老人家再一次把眼睛闭上了。因为太瘦了，他闭上眼睛之后有了遗容的迹象。但是，爷爷的呼吸是急促的。他有心思，他忧心忡忡。

祖父十分凄凉地憋了半天，他轻声地却又是清晰地说：

"当年荣校长是182个。我数过两遍。"

我想让说话的语气变得轻松一点，特地挑选了嘻哈的语气："你想要多少个就有多少个。"

"不能作假。"祖父依旧闭着他的眼睛，神情诡异，语气是中学教师所特有的，刻板，严厉，"死是一件严肃的事。不能作假。"

祖父终于耗尽了他的体力，他的手放在我的手背上，但已经无力握住我的手了。

——荣校长的音容笑貌我记不住了，我见过他吗？我没有把握。想必还是见过的。那时候祖父喜欢把我带到他的学校里去。我对"荣爷爷"的葬礼至今还有一个模糊的印象：整个县中都白花花的，洋溢着盛大和隆重的气氛。那是一九八二年的春天,57岁的荣校长在给补习班的同学上历史课,就在下课铃响的时候,历史终结了,他倒了下去。那可是上世纪八十年代初期的小县城哪,绝大部分葬礼只有十来个花圈,182,说"铺天盖地"一点都不过分。就是在那一刻,我对死亡有了一个初步的认识,它是一件了不起的大事,又体面又庄严。那一天的祖父穿着他的第一身西服,领着我,在县中的花圈之间不停地徘徊,回过头来看,祖父其实在数,一直在数。然后,校对。在确定无误之后,祖父把"182"这个天文数字记在了他的脑海里,同时,接过了荣校长遗留下来的职务。"182"这组莫名其妙的数字就此成了祖父的梦,成了祖父关于死亡的理想和标尺,岁岁年年都在萦绕。

"知道了。"我对我的祖父说,"你放心。"

事实上,当我说"知道了"、"你放心"的时候,我一定是困乏了。我是敷衍的。我"知道"什么了?我做什么才能让他老人家"放心"呢?在许多时候,生命的确是一个特别诡异的东西,让人很无奈。我的祖父哪怕再清醒一天也好哇,我们还可以再商量商量。就在我说"知道了"、"你放心"的第二天中午,祖父说不行就不行了。他进入了弥留。他在弥留之前似乎经历了一场大醉,他说了一大堆的人名,人名的后面还附上了长长的单位和职务。祖父躺在那里自言自语,仿佛主持一场盛大的却又是虚拟的会议。他在介绍与会代表。祖父甚至都没有来得及念完那个长长的名单,他的历史也终结了。

我没有在现场,所有的这一切都是父亲告诉我的。父亲说:"还开会呢。"父亲是笑着说这句话的。事实上,父亲,这个县教育局的退休会计并没有笑,但我是我父亲的儿子,我看见了,父亲在笑。俗话说,"皮笑肉不笑",父亲的皮并没有笑,他的肉却笑了。父子之间就是这一点不好,我们的眼睛里从来都没有皮,直接就是肉,甚至骨头。

我不想看见父亲这样,我害怕父亲这样的表情。他有他的历史,都是我没有经历过的。我不能说什么。祖父就躺在我们的身边,一边一只耳朵。我不能说什么。我走上去,拥抱了我的父亲。我没有想到我会拥抱我的父亲,这是我们父子俩的第一次拥抱,彼此都不太适应。父亲挣扎了几下,却没能逃脱我的怀抱。他也老了。下一代总是在上一代的怀抱里风一样长大,而上一代却要在下一代的怀抱里风一样老去。可拥抱真他妈的是个好东西,一拥抱目光就避开了。就在对方的怀里，却谁也看不见谁。很好。一点风都没有。

我的耳朵却出问题了，我的两只耳朵成了两个空洞的礼堂，一边一个。礼堂里空无一人，因为空荡，到处都是祖父的回声。

我放下我的父亲，回头望着我的祖父，——他的弥留又瘦又小，是黑色的，像一只麦克，一把就能抓起来。我不敢弄出任何动静，我不想听麦克的回音。

严峻的问题就此摆在了我的面前，——祖父的真实意图究竟是什么？——关于花圈，他是渴望超过182个呢还是等于182个？还是有几个算几个？最为关键的是，——我到底能不能"作假"？

有一点我可以肯定，祖父赋闲多年了，以祖父实际的影响力，如果亲友团不出面、不"组织"，简言之，不"作假"，他无论如何也凑不齐182个花圈。他又不是在岗位上轰轰烈烈地倒下去的。再说了，这年头早就不是一九八二年了。再再说了，这是什么时候？大家都忙着过年哪。

死亡不再是问题，标志着死亡的纸质花朵却成了一个问题。

祖父还活着，他在呼吸。可到底有多少个花圈才能让我的祖父高兴呢？我必须问问我的父亲。父亲在阳台上。我来到阳台，意外地发现父亲把阳台拾掇过了，是一个小书房的样子，干净，整洁，短而高的书橱里全是大而厚的"会计学"、"统计学"、"运筹学"和"市场营销"。因为阳光充足，小书房里洋溢着庄严而又励志的气场。父亲端坐在阳光底下，是刻苦攻读的模样。听到动静，父亲的身体伴随着转椅转了过来，取下老花镜，捏住了他的眼窝，他用十分肯定的语气告诉我："高等数学很重要。"我给了父亲一支香烟，他送过来一只巴掌，谢绝了。我点上烟，借着吐烟的工夫，附带拉开了推拉窗。我说是的，不过高等数学很费脑子。父亲同意我的观点，他在转椅里头做了一个扩胸的动作，说，身体必须跟上，开春之后就开始长跑。

我的祖父，我们县里最著名的物理老师兼中学校长，他死在了小年二十六。这一天特别特别的冷。我第二次转发了祖父的最后一条微博，同时向这个世界通报了祖父仙逝的消息。从时间上看，祖父的最后一条微博是在我们长谈之前留下的，他睡不着，所以把我叫过来了。祖父在微博里极为洒脱："也许是最后一条了。心绪太平。桃李满天下。来吧，无恨、无悔、无怨、无憾。"下面有

12条留言，有11条是夸他的。也有一条态度不明，这个态度不明的人是“无知少女”，她用不咸不淡的口吻告诉我的祖父：好好过年吧。

祖父总共有1139个粉。

就在我转发祖父的微博的时候，我的心颤了一下。祖父并不是我知道的那样淡定。

祖父选择的时机很不对，他老人家留给我们的时间太局促了。在这样的时刻，愿意前来参加葬礼的人算是给了天大的脸面。老实说，我不关心葬礼的人数，我唯一关心的是花圈的数量。但花圈的数量让我揪心，不用数的，别说“铺天盖地”了，几乎构不成一个体面的葬礼。

前些日子我还在纠结，到底要不要“作假”。“作假”是容易的，简单地说，像传销那样，动用我的“亲友团”再发动他们的“亲友团”。现在看来我的担忧荒谬了，无论我怎样组织，那也是无济于事的。我突然就觉得我祖父白疼了我一场，这让我揪心。我“知道”个屁！我“放心”个屁！全他妈的吹牛。

女儿问我：“爸，怎么搞的，怎么就这么几个花圈？”

我取出钱包，来到了殡仪馆的花圈出租处，要来纸，要来笔，要来墨。我努力回忆祖父酩酊大醉的那些夜晚，那些人名我不可能记得住，那些单位和职务我同样不可能记得住，但意思无非是这样的——

剑桥大学东方语言学中心副主任　罗绍林　遥寄哀思

斯坦福大学高能研究所研究员　茅开民　遥寄哀思

清华大学化学系教授　储阳　遥寄哀思

清华大学KGR课题首席教授　石见锋　遥寄哀思

北京大学再教育学院副院长　马永昌　遥寄哀思

北京北部非洲问题课题组组长　朱亮　遥寄哀思

新疆煤炭开发院地质调研院院长　王荣辉　遥寄哀思

南沙科考站负责人　柳仲苌　遥寄哀思

广州外贸外语大学葡语系教授　施放　遥寄哀思

甘肃省发改委金融处处长　高群兴　遥寄哀思

宁夏回族自治区水资源办公室主任　于芬　遥寄哀思

山西林业大学副校长　赵勉勤　遥寄哀思

江西井冈山精神办公室主任　李浩　遥寄哀思

重庆城管突击队副大队长　王有山　遥寄哀思

南京消防器业股份董事长　安如秋　遥寄哀思

中凯实业总经理　白加雄　遥寄哀思

…………

…………

…………

　　我一口气写了两个多小时,并不悲伤。事后我并没有数,我不想知道具体的数据,数字永远是有害的。作为祖父的孙子和祖父的遗嘱执行人,我尽力了就好。我再也没有去看那些花圈,我不知道如何面对那一大堆陌生的姓名、陌生的单位和陌生的职务。世界就在这里了,我亲爱的祖父,你桃李满天下,——这从来就不是一件虚拟的事。

　　父亲没有给祖父送花圈,却亲笔为祖父书写了一副挽联。我知道父亲会写什么,是现成的句子:

　　春蚕到死丝方尽

　　蜡炬成灰泪始干

　　父亲一直站在祖父的遗体旁边,却没有瞻仰祖父的遗容,一秒钟都没有。他紧抿着双唇,头有些昂,目光在扫视他手书的挽联,最终落在了下联上。他的眼眶里没有泪,但是,毕竟上了岁数,有了水光,很亮,像洞穿。

【作者简介】毕飞宇,男,1964年出生于江苏兴化,1987年毕业于扬州师范学院中文系,做过教师、新闻记者。上世纪八十年代开始小说创作,出版有长篇小说《那个夏季那个秋天》《平原》《推拿》等。曾荣获第一届鲁迅文学奖短篇小说奖、第三届鲁迅文学奖中篇小说奖、冯牧文学奖、庄重文文学奖及《小说月报》第七、九、十、十三、十五届百花奖。现供职于南京大学毕飞宇文学工作室,中国作协全委会委员。

闪　电

余一鸣

一

　　和生满师那一天，老板兼师傅高扬州对陈和生说，什么我都教给你了，只有这手艺中最重要的一手我还留着，等今晚吃罢谢师宴我传你。和生嘴里应着，心里嘀咕，我整天盯着他那手上的活儿，该学的都上手了，还能落下什么？可和生不敢大意，师傅是科班出身，况且出自扬州名门，从修脚这门专业看，相当于读大学读的是北大清华。陈和生当初选择来这家"高足"足疗店，是冲着它兼收学徒。在外面报名足疗培训班，两星期速成班的学费也要交两千多，高扬州不收学费，只要求徒弟学完后在他店里干满一年。高扬州说，都说教会了徒弟饿死师傅，我不怕饿死，铁打的营盘流水的兵，徒弟走到哪儿我的手艺就传到哪儿，替扬州脚艺挣面子，替我老高挣面子。我怕只怕徒弟学艺不精，留你一年，是为了让你在我眼皮底下学中干、干中学，能长进还不耽误挣钱。师傅说的比唱的好听，要不他怎么能开这么大一片店铺。谢师宴和生把店里几个师傅都喊上了，幸亏高扬州不让大家敞开喝，说饭后还得回店里上班，和生暗地里松了口气，省了他不少酒钱。回到店里，和生取了师傅的茶杯泡上茶，恭恭敬敬递到师傅手上，不走，师傅用牙签剔着牙缝，说，你看我，把最重要一件事忘了。师傅进了他自己的房间，取出一个仿皮的工具袋，一打开，整齐地插着一水儿崭新的修脚刀具。这是行内规矩，学徒满师，师傅送一套工具，也算是传了衣钵。和生接过,弯腰谢了师傅,还是不走。师傅说,和生,有话你说,傻站着干吗?和生不能说,万一师傅那绝活只肯传给他一人,他一咋呼不就都要跟着学?和生凑上前低声说,师傅你说过吃完谢师宴要,要那什么。高扬州这回明白了,高扬州说,你看我这记性,白天说的话天没黑就忘了,幸亏你记着。师傅必须告诉你行内这最重要的一着,就是,不能用修脚刀去挑客人的脚筋。和生还没听明白,高扬州就忍不住狂笑了,屋子里几个师傅也跟着笑弯了腰。高扬州说,陈和生你小子真是个认真的人,简直就是共产党人,毛主席说共产党人最讲认真。原来师傅是开玩笑,据说各个行业的师傅都在徒弟结业时逗个趣,铁匠师傅教导千万别将手送进火里烤,木匠师傅教导斧子不能砍自己的胳膊,剃头匠师傅教导剃刀不能割人的喉咙,修脚师傅呢,就教导徒弟不能用刀挑客人的脚筋,也就是抹人的脚脖子。

是笑话也不是笑话,几年后和生还常记起师傅这句话,他没当成笑话来回忆。

和生是个讲认真的人。和生有了自己的刀具,很珍惜。其实也就几十块一套的家什,和生一件件拿出来端详,眼熟,炭黑的熟铁材料,沉甸甸的。和生在街角落里捡了一截麻绳,拆开,揉软了撕成细缕,搓成了牙签棒细的细绳,一道道缠在刀柄上,就像那模样了。像什么?像他老爸的劁猪刀。他爸是乡村远近闻名的小刀手。和生的老家把杀猪的称为"刀斧匠",把劁猪的称为"小刀手",明显是瞧不起后者,连"匠"都排不上。这不奇怪,老家的小刀手走村串巷劁猪,顺手都牵一头大公猪,替有需要的母猪配种,这是小刀手的另外一项收入。因为这头大公猪,小刀手每到一村必然成为人们围观对象。而大公猪的作为是村人最热衷的现场直播,好事是骚猪公做下了,名声倒落在主人身上,冤。因此小刀手都是半路出家,没有人家愿意让孩子去拜师学徒,姑娘们不肯嫁干这行的。和生老爸是和生老妈死后才入行,顾不了别的,至少能顾上嘴。每天下午老爸回来都不空手,少不了几截小母猪的花花肠子和几粒小公猪的蛋蛋,书本上称为卵巢和蛋丸,辣椒一炒,那个香,和生能扒下几碗饭。老爸喝着小酒,说滋阴壮阳哪。和生那时还听不懂,直到和春花有了那事,才明白底子就是那时打下的。春花说,你爸那时真有眼光,利在当下,功在子孙。和生说,什么"裆"不"裆"的,是说长辈呢。春花解释不清,不解释。老爸那劁猪刀和这修脚刀都是小刀,修脚刀绑上麻绳,和生就看着亲切,劁猪刀也是缠麻绳的,只是油渍斑斑,那都是猪崽们的油脂。老爸不让和生接自己的班,也不让他碰劁猪刀。想不到山不转水转,和生没当小刀手,还是靠摆弄小刀谋生,这要传回老家,修脚这职业其实也不比劁猪好听。

　　和生在高扬州店里干五年了。活儿好的技师要么自立门户,要么另栖高枝,都说树挪死人挪活。和生也想挪动,他干活认真,熟客认他的人多,他一走客人就会跟他走。高老板自然怕他走,给他涨提成,给他单独租了间屋住,都没灭了他想走的念头。和生能留在"高足",是因为春花,潘春花闯进"高足"打乱了和生的计划,让他一时没了主意。

　　天黑下来,城里看不见天,也无所谓天黑,满街的灯把窗外的大街照得通明。现在是"高足"最清静的时刻,该吃晚饭了,客人走得差不多,店里的人都拥到后厅去了。去早去迟都是领一盒快餐,大伙儿围着一块儿吃图的是热闹,像是蹲在老家的村口说东道西。和生图清静,喜欢等他们吃完了再吃。和生坐在方凳上,手里握着那截树桩,那是他从老家带来的,没事的时候,和生喜欢削这截树桩子,当然是用报废的修脚刀,树是榆树,硬。开始时和生是胡乱用刀,不知不觉那截树桩有了模样,是女人的一只脚,大伙打趣,这是哪个女人的脚,让你捧过就忘不了,还得雕一个天天守着? 高老板说,和生是在练刀功,修脚时拿捏得准全靠手上轻重。和生知道自己是怎么回事,和生面对的是足疗椅,足疗椅的后面是大开窗,大开窗的对面是一个巨大的广告屏,一个女人,把自己的腿斜刺里劈过来,脚上是一双款式新颖的品牌鞋。那脚上的鞋经常变,不变的是那张明净的脸,同样明净的目光,总是投向和生的窗口。一个优秀的修脚师傅对脚都有自己的审美观,他们捧过的脚太多,见多识广,聚谈时可以开一个美足讨论大会。和生无数次想象广告上那藏在鞋里的脚是怎样的美丽,这常常使他在树桩上下刀犹豫不决。

　　春花今天又不上班了? 高扬州问他。

　　你问我我问谁? 和生没好气地回答。

　　饭后就是上客的高峰,高老板担心人手不够。和生起身去后厅吃饭。春花又是三天没在店里露面,和生心头哪里图得来清静。

二

　　"高足"的店面在这座城市的同行业中算不大不小,高档的足疗店开在桑拿会所星级宾馆中,低档的开在居民小区,多是连家店。"高足"临街有门面,门面不大，但高扬州把二楼的三室一厅租下了，有讲究的客人不愿挤在门面大厅，就穿过后厅，上台阶进二楼的包间。高扬州鬼精，二楼的房租比门面便宜许多，赚钱不少，收费名目称"包间费"。店中人手不多，六七个女的，男技师就只有和生一个，高扬州最多算半个，忙不过来他才顶上，倒不是摆老板架子，得先保障和生，和生多做一个多拿一份提成，五五开，反正高扬州不做也拿一半，高扬州是个明白人。常有鬼头鬼脑的单独男人进门就问，有包间吗？高扬州说有，将客人引向后厅，等客人上楼梯的脚步声没了，传来门合上的声音，女技师们就推推搡搡，如果真的没人肯上去，只能是和生上了。见了和生，有人失望，抬腿就走。有人明知上当，也硬着头皮做个修刮捏的短活儿才走。也不怪这类客人走眼，好多足疗店都打"擦边球"，按摩时捎点黄带点色。高扬州不允，招人时言明规矩，一旦发现就卷铺盖走人。不是高扬州不爱赚钱，也不是他以共产党人的标准自我要求，是高扬州有自知之明。一个外来户，没有后台绝对搞不定这种事。搞定了派出所还有治安大队，搞定了所长还有警员，搞定了警员还有协警，菩萨小鬼都要烧香，那钱脏处来脏处去也算没肥外人田，但若碰上下手狠的，赔钱不说，还赔了足疗店干净名誉。

那是某个早春的黄昏，太阳下去了，其实太阳不下去，也照不到这爿足疗店，阳光都给街对面的高楼挡住了。不过，没有太阳和见不到太阳是两回事，就像纸鞭炮和电光鞭炮是两回事一样，纸鞭炮有火药味。阳光也有阳光的味道，那味道能够在高楼的缝隙，曲里拐弯蹿进见不到阳光的足疗店，和生能嗅到。那天和生正在埋头给王总修脚，王总是不是"总"或者是个什么样的"总"并不重要，满大街的人都是这"总"那"总"，政府官员在休闲场所也不称"长"而称"总"，可见这称呼人见人爱，高扬州把所有的客人都称为"某总"，如同把所有女客人都称"美女"，乐得皆大欢喜。足疗店里足疗人人会做，按摩人人能按，修脚刮脚捏脚也人人都会，但最后这店里就只有和生一人做了，和生活儿好，熟客只挑和生做。玻璃拉门拉开，寒风一下子袭了进来，和生做活儿专注，没抬头。来了客人平时会有技师上前招呼的，那天没有，手上都有活儿。和生说，请把门关上。来人关了门，立着，像没进来这个人一样安静。和生看过去一眼，看见了一双穿人字拖的脚，老天，和生还穿着棉鞋，棉鞋里是加厚袜子。那双脚赤裸着，大脚趾歪在一边，冻得乌青，另外四个脚趾挤在一起，像是抱团取暖的小动物。那脚背弓起，如一只曲蟆，或者说如一只蓄势的脱兔，这是真正的美人足。只可惜这美人此刻饥寒交加，她需要温暖，需要一桶热水滋养，尤其需要刮掉趾甲上那些艳丽的蔻丹。在和生的眼里，这些指甲油对这双脚简直是糟蹋，是施暴。像一个天生丽质少女的脸，描了熊猫眼，涂了厚厚的脂粉。和生心疼了，只为多看了这一眼。有了第一眼就有了第二眼，和生顺着脚脖向上看，是一个很普通的姑娘，微胖型，只是衣着有点少，拖着一只拉杆箱，应该是刚从南边来。这年头在大街上只要是女的就被称为美女，一个女人只要有一处特别美丽就更应算是美女，何况这女人最美丽的是脚，和生说，美女，您要做足疗吗？那姑娘点头又摇头，说我找你家老板。韩姨就朝后厅喊，高老板，有美女来找你。韩姨在女技师中年纪大一点，爱管个事。高扬州和闲客在打牌，叼个烟蒂走过来，说，你，是你找我？姑娘说，老板好，您这里缺人手不？高扬州说，不缺人手，缺人才。你要是技术好，过得了我们技术总监这一关，我就留下你。高扬州手朝和生一指，说，留不留你说了算，来客了先让她露一手。和生明白了这个总监是指他，高扬州是拿他打趣，和生干脆默认了，正缺根鸡毛做令箭。和生想留下这个美女，不对，是想留下这双美足。

　　这姑娘运气不错，来的下一位客人是个三十多岁的男子。做足疗最怕两种客人：一种是退休的老年男人，脚是老寒脚，骨头是干柴骨，水要烫，力要足，少一点火候都不答应；另一种是中年女人，时间多，少做一分钟都说你偷懒，你一边做还得被她考试，这穴位管哪儿那穴位管哪儿，恨不得要你能在足底看出她的妇科病。最好对付的是三四十岁的男人，家里家外正是顶天立地的时候，说是来做足疗，躺下几分钟就睡着了，一觉醒来，精神抖擞，不管你怎样偷工减料都夸你活儿做得好。这姑娘应该学过，程序手法都没出岔，但显然生疏了，至少近两年没干了，和生早从她的拇指和食指上看出来，骨节处没有茧子，别说硬疙瘩了。客人没睡觉，但双眼被墙上挂壁式电视机里的韩剧吸牢了，姑娘帮他穿上袜子他才意识到足疗做完了。和生说，您对技师的活儿满意不满意？他连说几个好，不知道是夸韩剧还是夸这姑娘。

　　这姑娘就是潘春花，和生第一回当技术总监，就徇私舞弊把她留下了，谁让她有那样一双极致的美人足呢，由不得和生不留她。

　　现在的姑娘光看打扮，你分不出是城里人还是乡下人。都是从电影电视上学来的，同一师傅教出来的徒弟，追一样的风，赶一样的潮。但是一旦开口说话，乡下姑娘还是多少带着一点土渣味。好在大伙都是农村人，不见外，韩姨一会儿就帮她安顿好了行李。正好王总兴致好，掏出一张红票子请客，韩姨接过喜滋滋出门了。客人请客多是惬意了，开心了，但是韩姨这种持过家的女人从来都替人着想,客人花五十块做足疗,倒掏了一百块请客,背后还是会觉得肉疼,不能宰客人,否则就没了下回。韩姨花二十几块钱买了一堆烤红薯,把找回的钱还交回王总手中。红薯物美价廉,撕开红皮,金黄的肉中升腾出缕缕热气,大家都争着抢着挑。韩姨照顾潘春花新来乍到,递一个给她,这姑娘摆摆手,说,我不吃,我们老家红薯都是喂猪。大伙听了这话,有人停了嘴里的咀嚼,有人停了手里的争抢,突然安静了。怎么说话呢?和生的老家是丘陵地带,也盛产红薯,也确实多得用来喂猪。但这世道并不是真话都能说,至少说真话得看什么场合。潘春花还在振振有词,说,我说的是真的。好在王总打破了尴尬,说,这孩子说话实在,有一说一,我喜欢。

和生觉得老天实在公平,给了她一双美丽的脚,就让她脑中少了一根筋。

高扬州是个守规矩的生意人,第二天就让春花去体检,然后带上身份证去街道和派出所盖章,领回一张暂住证。高扬州回来后,朝和生大声嚷嚷,怪不得把春花留下,原来是你老乡。和生说,师傅你嘴上能不能积点德?高扬州扬了扬手中的身份证,说,你看看这,人家小姑娘不至于弄张假身份证哄人,派出所都认,你敢不认。潘春花接了自己的证件,说,家乡哥你甩都甩不脱,我遇上贵人了。春花说的是家乡话,一种难懂的方言,外人想学也学不地道。和生不得不信,再询问她家的乡镇,竟是同一个乡,只隔一条大河。高扬州说,你看看,黑话都搭上了,春花就归你带了。"高足"的手法属扬州功夫,外来的技师进了"高足",就得学一点扬州派的基本手法,免得讲究类型的客人挑剔。春花脑子快,不由分说就改口喊和生"师傅",和生只得认了,师徒间说话成了店里的一道风景,普通话说着说着就改成了方言,比外语还外语,有的客人就把这两人当成了两口子。

三

和生打算离开"高足",去一家高档桑拿,同样的活儿,在那里赚的钱至少多出一倍,去那里消费的人都是认着下刀子狠才去,才有面子。和生把这意思跟高扬州说了,人往高处走,高扬州不好意思硬留,想不到,潘春花一来,把和生走的事耽搁下了。

既然认了师傅,做师傅的有了指导徒弟的义务。别人都是徒弟帮师傅做足疗,做推拿,师傅一边享受一边指点,这里轻了,那里重了,这里穴位掐轻了,那里穴位掐偏了。和生这师傅做足疗时反过来,师傅帮徒弟做。和生捧着春花的脚,像是捧着珍贵的瓷器。那眼神,那用力的轻重,春花是傻瓜也能看出他对自己这双脚的痴迷。让和生这样的师傅做足疗,而且是尽心尽情无微不至的手法,该是人生莫大的享受。可春花顾不上享受的幸福,并不是春花的心思放在揣摩和学习师傅的技法上,春花没那么好学。春花觉得这个老乡哥有几分迂,而且闷骚,春花的脚心被捏得心花怒放,春心也随之荡漾。自从春花来了后,那些别有用心的男客人都交给她了,这些男人离开足疗店时都一脸正经,在春花"下次再来"的绵延长腔中匆匆而去。高扬州弄不懂是春花给客人上了思想道德课,还是春花坏了店里的规矩,客人有求必应。调查摸底的任务交给了和生,徒弟有错的话师傅有责。上午客人少的时候,和生瞅个空问春花,为什么那些男人碰到你就老实了?门一关,你们男人谁肯老实?春花朝师傅眯眼一笑。那你用什么招法对付?春花说,金刚罩。春花脱下外套,拍拍胸口,说师傅你能把手伸进来算你狠,几位女技师都起哄,伸,伸进去,不摸白不摸。和生壮胆捏住那小圆领,捏到一圈缝在领圈里的钢丝,紧紧贴住春花的肌肤,手指还真无隙可插。和生说,如果男人下大力气,恶向胆边生,不定一把也能扯下来。春花说,你试试就明白了。和生闭了眼,下力一扯,把春花扯弯了腰,衣服却没松动。和生还真不信,再用力,那圆领就扯开了,露出两坨白花花的肉,幸亏还穿着胸罩。女技师们又一次起哄,继续,一摸到底。和生落荒而逃。这一天夜班下工后,春花说有几个穴位掐不准,要向师傅讨教。推拿床都在包间,春花仰躺在推拿床上,手牵着和生的手,朝高处走朝低处游,和生把持不住,高低软硬都做在了一处。

春花说,白天那圆领开放,根本不是师傅的手劲大,是春花悄悄解了背后的暗扣,不是试师傅多大的力量,是试试师傅有多大的胆子。

韩姨看出了两人间的眉眼,提醒和生,春花这姑娘不简单,怕是南边北上的娘子军。和生也觉得可疑,旁敲侧击地探听。春花说,你别转弯抹角,你那点心眼我明白,我就是那南边扫黄逃散的败兵,怎么,你还嫌我不成?有本事你就离开本姑娘。说这话的时候,和生和春花是在和生的床上,和生摇晃着春花朝天的两条腿气壮山河,春花的脚底像一朵盛开的灯盏花,那五根脚趾宛如五片花瓣。和生的想象中,那脚窝里能盛窗外的一抹弯月,能盛一枚脱壳的鸡蛋,都不是,此刻它们盛满了街道上色彩缤纷的霓虹灯光。春花抓住了和生的软肋,和生一天不做就无处安身。春花懂得软硬,低声说,那都是带了套子的,报纸上不是说戴套不算强奸吗，隔着那层橡胶皮呢，再说，自从到了这边，我不是一直守着店规吗？其实春花也离不开和生，偶尔中场休息，春花说你真厉害啊，一种历经沧桑有比较才有鉴别的语气，和生心里受不了这种表扬。有一次缠绵过后，和生小心地提到小刀手老爸，春花说，我知道，我认识你爸，没说完就忍不住狂笑。你爸原来是那位"陈乡长"，说起来也算"官二代"，虎父无犬子，难怪那么勇猛。和生听得一头雾水，春花收住笑，原来，老爸做小刀手走村串巷，免不了与留守女人有瓜葛，被起了绰号"陈乡长"，只是从没人在和生面前说过。何谓"乡长"，也不是一般人能做下的，民谣称"村村都洒花露水，庄庄都有丈母娘"。你别不高兴，这是抬举咱老爸能干，这年头，是男人的荣耀。和生哭笑不得，说她脑子缺根筋没说错，用不着担心春花会嫌弃未来的公公。人家说的是"咱爸"，真没把老爸的糗事当回事。可笑的倒是老爸，当初不让儿子做小刀手，不就是想维护儿子的声名？世道不同了，和生越来越看不懂，何况他老爸。

和生走还是要走，但不是去高档桑拿会所，是回老家县城开家足疗店。不是一个人走，是和春花一起走，春花已经托朋友看了门面，春花说，咱要开店就开成县城最好，春花扫了一眼高扬州的家当，说，椅子要电动的，带水池，一拧龙头，热水来了。铺巾毛巾全纯白的，不要这咖啡色，耐脏，却总觉得是没洗干净。你不知道，我去的所有高档宾馆，床单浴巾毛巾全是纯白。和生听不下去，提那干什么？转身就走。春花抱住他，说你放心，咱差的钱不多，我心里早算过这本账，有点缺口，咱不正在挣吗？

什么时候走，现在不是和生说了算，这事又不能声张，他只有等春花定夺。春花隔三岔五请假，说回老家，老爸生病住院。春花电话里告诉和生，她爸好着呢，她在忙老家开店的事。这天下午，客人少，大家在前厅坐着候客，韩姨说，和生，那王总有些日子没露面了。可不是，和生也闲着，双手在雕那树根，说，最近反腐抓得紧，莫不是，莫不是被那什么"双规"了？韩姨说，你盼人家倒霉，我们可巴望他好好的，他来了我们有零食吃是真的，他要真是贪污腐化分子，贪污腐化的人官场上多了去，我们也不去计较这个王总。和生说，你看你们这点觉悟，吃了人家的一点花生瓜子烤红薯，就嘴软了。韩姨说，你是嘴硬，除了嘴硬别处也硬，要不春花怎么喜欢上你？

和生胡扯扯不过韩姨，哑口，挂了免战牌。要说奇怪，现在的人真奇怪了。骂起贪官恨不得将他们剥皮抽筋，倘若出事的贪官是身边的熟人，便又可怜此人倒霉运，那么多人不出事怎么就他出事？惋惜他贪的水平太低，藏的手段太差。和生真看不懂。

四

"闪电"是在上午十点钟左右进店的,这不是上客的时段,懒一点的女孩子还赖在被窝里。春花没和和生在一起,和生就没理由留恋被窝。店里的清洁工作是有分工的,和生负责拖地,这算是个力气活儿。和生的拖把接近玻璃门时,门被推开了,一双眼熟的皮鞋跨进来,差一点就踩到了拖把水淋淋的布条。这不是春花,和生的目光循着脚踝向上延伸,天还没热,这人却穿着一条被春花称作"铅笔裤"的单裤,露出一截小腿肚子,应该算是"七分裤",和生是受不了这种诱惑的,他忍不住会想象脚踝下面是怎样的女足,就像某些男人见了女人露出的肚脐,会忍不住想象肚脐以下的部位。和生抬头看来客的脸,是"闪电"。

当然没有美丽的女人起名叫"闪电",这名字是春花给她起的,她不知道自己有这样一个名字。师傅干活儿时,春花如果闲着,她会端坐在一边的小方凳上看着,算是观摩学习。春花发现师傅有一个习惯,埋头干一会儿活儿会抬起头看一眼窗外,这是个好习惯,可以活动颈椎。但是春花发现师傅的眼光会停在街对面的广告荧屏上。哇噻,太美了,美得像一道闪电。春花认为和生迷恋那女人的身材,偶尔还会吃莫名的醋,说,我也要减肥,瘦成一道闪电。说是这样说,吃的时候春花就忘了。

有包间吗?"闪电"扫了一眼大厅。在大厅靠墙的那边有一排半封闭的足疗椅,和生说可以吗,"闪电"点头同意。

按规矩,和生应该替客人脱鞋袜,"闪电"说我自己来,每次遇到这样的客人,和生都很感动,哪怕只是这么一说,也体现了客人的教养。和生很高兴"闪电"也是这类人,她在和生的想象中就属于这类人。"闪电"这双脚非常白皙,皮下脂肪薄如透明,血管可见可触,也和他的想象一模一样,这脚背似乎比春花的脚还娇俏三分。可是,和生将一只捉住握在手心,整个足尖部分明是畸形的,前脚掌弓起,仿佛是一个患了鸡胸病的儿童身体,脚趾没有长短之分,大脚趾与旁边的脚趾错包在一块儿,指甲泛黄,角质很厚。老天,这脚的质地温润如同天使,形状却可怖似恶魔。再触及她的脚板,尤其前脚板,仿佛它是属于走了一辈子路的老妇人,粗糙如一张坚硬的砂纸。怎么是这样,是如此巨大的视觉落差和心理落差,和生的惊愕毫无遮掩地写在了脸上。有一瞬间,他脸上的表情如同过年没有穿到新衣的孩子。

我以前是一位芭蕾舞演员，从小练习的那种，淹没在群舞队伍中的那种，后来才改行做了平面模特。

和生反应过来，装作没听懂，若无其事地在掌心涂按摩油，搓热，给她按摩。空气似乎凝滞，没有任何声响，只墙上的钟不紧不慢地嘀嗒走着。

这世上所有的光鲜都是羽毛，用来展示给别人看。而痛苦和丑陋只能独自承受，人想活着，你就得忍下。这番话听上去有大学问，和生却不认同，比如和生的大拇指和食指由于长期用力，畸形如不规则的生姜，和生就没想过要藏起，况且想藏也无处可藏。

这是我头一回做足疗，以前都不敢在人前暴露这双脚。

做完足疗，"闪电"从包里掏出一双新袜子，自己穿上脚，说，你看，今天我全身都是新的，干干净净，那双脏袜子麻烦你给扔了。她穿上鞋，却没走的意思，说，看来你就是和生？

和生受宠若惊，说，您怎么知道我的名字？"闪电"掏出手机，念出一个手机号码，和生点头，是春花的。"闪电"又念出一个手机号码，和生想了想，是王总的，以前王总给他打过电话，约他上门服务，他记下了号码。"闪电"说，这两人在一起，我打听到还有一个人与他们相关，叫和生。

"闪电"在扶手上留下了一张红票子，走了。和生忘了给她找零。

从那时开始，和生的脸就黑下了，不吭声，不接活儿，连午饭都不肯吃。他一个人坐在后厅，不停地拨手机，无人接听。他掏出自己的刀具，把所有的愤怒都发泄到树根上。那差不多已经是一只美人足的艺术品突然间布满刀疤，尤其是脚脖子那里，一柄修脚刀钢锯一般卡住了，切入太深，木质太硬，硬是没拔出。和生就是在那用力的几秒钟内想起，他是去过王总家的，上门给他修过脚。

和生凭着记忆进入那个小区，用不着寻找，人流就把他带到了那幢楼前。有人跳楼了，警察在花坛前布下了隔离带，五楼的两扇窗户翅膀一样张开着。和生记得就是五楼，可是楼下躺着的人不是王总，是女人，一块白布盖住了女人的身体，但是一只丢了鞋子的脚和生认得，上午他刚刚抚摸过它，看着它套上了这只崭新的棉袜。有人说，那男人包她六七年了，最近男的有了新女人，她想不开才走了这条不归路。有女人叹息，既然做小，就得有做小的肚量，把什么都忍下。

这就是她上午说的话，人活着你就得忍下。她是懂这个理，才选择了不活。

和生蹲下身子,抱住脑袋放声大哭,将看客们惊得围了他一圈,都以为他是死者的亲属,纷纷给他许多廉价的劝慰。没有人注意到,有一柄小刀掉在水泥地上,金属落地的响声被他的哭声掩盖了。和生想起了满师那天师傅高扬州的最后告诫,不能用小刀去割断客人的脚脖子,多年以后在和生的回忆中,这不是一句笑话。

五

一个月后,和生和春花的店面在老家的县城顺利开张,装修堪称豪华,不过不叫足疗店,而称为"养身中心"。客人们觉得老板和生的技术好,只是不爱说话,似乎他的话都让老板娘春花一人说了。其实人是会变的,随着生意越做越好,和生当上了甩手老板。用不着亲自拿修脚刀,和生也学会了应酬,说话也渐渐是老板的神气了。

只是在某些伸手不见五指的夜晚,尤其是小城电力紧张拉闸的夜晚,和生老板像小孩一样害怕打雷,其实应该说害怕闪电。春花说,闭上眼,就什么都看不见了。和生懒得给她上课,人不可能一世都闭着眼,闭久了总想睁开试试。夜天如人,哪怕是长夜它也存醒一次的念头,那闪电就是夜天睁了眼,把丢开了的忘记了的掩盖了的世界照彻。

春花越来越富态,她再也想不起说过的话,我要瘦得像一道闪电。

【作者简介】佘一鸣,男,出版有小说集《淘金三部曲》等,已发表长中短篇小说约百万字,作品多次入选各种选刊或年选年鉴。曾获人民文学奖、紫金山文学奖等奖项。现为南京外国语学校教师,中国作家协会会员。

泣不成声

王祥夫

怎么说呢，四五年前，巴小东的母亲自从得知自己得了那种病就开始忙活上了。人们不知道她出于什么想法，为什么会去超市买了那么多的毛线？生病期间，巴小东的母亲的手就从来都没有停止过，哪怕有人来探望她，她的手里总是在织东西。人们知道现在市场上手工织的毛衣要比用机器织的贵得多，但就是一个星期织一件又能有多少收入？"人真是不知道会发生什么事？"巴小东的母亲翻来覆去就这么一句话，说老天对我的巴小东公平一点好不好？每说到这句话的时候巴小东的母亲的眼里都会一下子溢满了泪水。有人对她说散散步对健康有益，别总是坐在这里织这些东西，出去散散步吧。巴小东的母亲会说："我还能有多长时间？我还能为我的巴小东做些什么？"这话真是让人伤心。听到这话的人们总是想找出什么话来安慰一下巴小东的母亲，但他们却什么也说不出来。巴小东的母亲问大夫，问那个名叫白桦的年轻大夫，问自己还能有多少时间？白桦当然不好回答这个问题，这个你当然也知道，要是你是个大夫，而正好又有个病人向你提出这种问题的话。白桦对巴小东母亲说好好保养注意不要感冒也许不会有什么事。但白桦大夫忽略了一个问题，那就是巴小东的母亲是医院里的护士，巴小东的母亲从卫校一出来就做了护士，护士见到的病人和死人可是太多了。巴小东的母亲在卫校上学的时候可以算是一个小美人儿，她是在一个下雨的下午认识了巴小东的父亲。巴小东的父亲那时候在乐队拉小提琴，人长得很白净，细眼睛，说话还有几分腼腆。说实话是小提琴吸引了巴小东的母亲,倒不是巴小东父亲的父亲是这地方的一名副市长。那时候,巴小东的母亲还喜欢读屠格涅夫的小说,那时候医院里经常会开联欢会,每到这种时候巴小东的父亲就会来拉小提琴。他不是乐队的演奏员,但他们有个乐队,他们喜欢演奏,而且是喜欢到处演奏。这个乐队的头儿是个老女人。这老女人过去是个教员,教过音乐也教过英语,她总是千方百计地到处打听什么地方需要演出,他们就会不收一分钱地前去给人们演奏。后来这个老女人就成了巴小东父亲的岳母。这你就知道了吧,巴小东的姥姥应该是谁?巴小东的母亲不知道自己怎么会那么喜欢小提琴,也许这与她自己的父亲分不开。那还是巴小东母亲很小的时候,她的父亲,也就是巴小东的姥爷,在家里拉过小提琴,后来那把小提琴给了巴小东的父亲,巴小东母亲的父亲四十岁上就去世了。而巴小东的父亲,也就是巴小东母亲的丈夫去世更早,还不到三十岁。是十年前的事,是一场事故,但不是车祸也不是别的什么,比如地震或发洪水什么的那种自然灾害,是他和几个朋友高高兴兴一起去爬山,爬山的目的是要去山上的一个湖泊里看天鹅。那时候,正是鹅群从南方结队飞来的时候,结果呢,巴小东的父亲从山上一下子就摔了下去,他站在悬崖上,做什么?他往下边撒尿,身子一晃就摔下去了,这真是让人想不到。那一年巴小东才七岁,现在巴小东大学都毕业了,如果不出什么事的话,也许连工作都找上了。巴小东读书就在这个城市东边的那所大学,那所大学附近的那个湖很大,学生们在课余的时间里到湖里游泳。也就是巴小东上大学的第一年,巴小东的母亲检查出自己得了这种要命的病,巴小东的母亲明白等待自己的是什么,巴小东的母亲也明白等待着可怜的巴小东的将是什么。也就是从那时候开始,巴小东的母亲开始喝咖啡。其实那些咖啡也许早就不能喝了,那些咖啡都不知道放了有多少年了。巴小东的父亲喜欢喝咖啡,那些咖啡都是巴小东的父亲留下来的,好家伙,都有多少年了。喝着这样的咖啡,巴小东的母亲就觉得自己又和巴小东的父亲在一起了,他就坐在自己的对面,也在慢慢喝着杯子里的咖啡,细眼睛里边充满了笑意。巴小东的母亲会对坐在对面的巴小东的父亲说"我们马上就要见面了"。她坐在那里,喝着巴小东父亲留下来的咖啡,和想象中坐在那里的巴小东的父亲说话,这样可以让她好受一点。巴小东的母亲想方设法要让自己能够多挣点钱,她总是买最便宜的蔬菜和食品来做她的早餐和晚餐,为了节省,晚上她宁肯摸来摸去也不多开一盏灯。即使这样,她又能为巴小东省下几个钱?巴小东住校,巴小东的母亲一个人在家里,她把巴小东小时候用过的枕头和小被褥找了出来,她盖这个、枕这个，她喜欢那种味道，她知道这种味道自己也许闻不了多久了，也许用不了多久自己真就要和巴小东的父亲去见面了。这真是让她很伤感。她把巴小东小时候的衣服找出来，摸了又摸，闻了又闻，也都放在身边，就是从那时候起巴小东的母亲开始织东西。医院安排了巴小东的母亲去海滨疗养。别人下海游泳的时候她坐在那里织东西，是一件毛裤，男人穿的毛裤，深蓝色的。之前，她已经织完了一件驼色的，她记不起来自己是看了哪一部俄国小说，好像那又是一本传记，里边有屠格涅夫的照片，就穿了一条驼色的裤子，不过那是条现在已经很少能见到的马裤。巴小东的母亲现在不但不停地织东西，还记日记。其实她也没有什么可记，记日记的时候她心里想到的都是巴小东小时候的事。比如她带着小巴小东去公园，她藏在一棵大树的后边，直到小巴小东找不到她大叫起来。她还在日记里记清楚了那棵树在公园的什么地方。比如她还会记带着小巴小东去坐摩天轮，小巴小东是坐了一次还要再坐一次坐了一次还要再坐一次，是没完没了。因此有一次巴小东的母亲还打了小巴小东。巴小东的母亲记这些东西的时候心里有说不出的伤感。她对经常来看望她的老朋友文丽说："人要是永远长不大多好，孩子永远是三四岁，我们永远是二十七八。""你最近睡觉好不好？"文丽说下次来要带一把理发剪子，要给巴小东的母亲设计一种新的发型。文丽说话的时候巴小东的母亲手里还一针一针织着。

"外边空气真好。"文丽说，"你看那只鸟。"

"什么鸟？"巴小东的母亲说。

"红嘴小鸟。"文丽说，"又飞来一只。"

巴小东的母亲说："世界上最好的事情不是鸟。"

"你说得对。"文丽说。

"臭小东，臭小东，狠心的臭小东！"巴小东的母亲说。

文丽不知道该说什么了，她转过身来，看着自己这个可怜的老朋友。

"你记得不？"巴小东的母亲说，"跳舞。"

文丽想不起来了，想不起是什么事。她走过来，站在巴小东母亲的背后，抱住了巴小东的母亲，然后又把手放在了她的脸上。后来文丽去了一下卫生间，她用毛巾擦了一把脸。她和巴小东的母亲从上中学就在一起了，她们是很要好的朋友。文丽在镜子里看自己，慢慢用手巾把镜子擦了一下。镜子上有水渍。后来，她又把另外一间屋子的家具都擦了一下。花瓶，画着大朵牡丹花的花瓶,一个极大的贝壳,还有笔筒,笔筒里插着毛笔,更多的是小镜框,各种各样的小镜框,里边是巴小东和父亲母亲的合影。另一个镜框里,是巴小东小时候的照片。还有一个框子,是巴小东上大学后的照片。旁边那个框子,是巴小东母亲和她的父母的照片。最大的一个框子里是巴小东的父亲,一个永远漂亮在镜框里的年轻人,手里拿着小提琴,细眼睛,笑着。这些人都在框子里,他们曾经在这个屋子里说啊笑啊,吃饭,咀嚼,放屁,打哈欠,睡觉,打呼噜,生气,摔东西,过生日,互相拥抱。当然还有日复一日的做爱,床在响,然后停止下来,有时候他们还在餐桌上做。这都过去了,都是多么遥远的事情。现在他们都去了另一个世界,他们无处不在,但就是不在巴小东母亲的生活里。只不过是有时候巴小东的母亲会在梦里和他们相遇。文丽把巴小东的母亲抱得更紧。文丽知道自己的老朋友也许明天,也许是后天,也许是今天晚上就会不在了。所以文丽只要一有空闲就会过来。但更多的日子是巴小东的母亲一个人在家里,她现在不织什么东西了,自从出了那件事之后,她被击垮了。她不再织什么东西。

"跳舞,你忘了?"巴小东的母亲又说。

"我记着。"其实文丽根本就想不起和跳舞有关的任何事了。

手机响起来了,是口哨,巴小东给自己设计的手机铃声,巴小东吹的口哨。出事后,巴小东的手机就一直放在巴小东母亲的手边。还有巴小东的那条牛仔裤,也叠好放在那里。这条裤子后边的口袋上有一个很小的长方形白印子,是有一次巴小东把一张火车票忘在了那个口袋里,洗裤子的时候忘了取出来,使劲用刷子洗的时候留下来的。这条裤子就放在巴小东母亲床边的椅子上,还有一件衬衣,那种灰蓝色的灯芯绒衬衣,袖子卷着,上边有巴小东的味道,搭在椅背上。巴小东的一双鞋子,那双颜色接近橘黄色的牛皮鞋子,里边还塞有一双巴小东穿过的白袜子,也是巴小东的味道。应该洗一下了,但巴小东的母亲不舍得洗,放在椅子边。这双鞋,是她陪着儿子进了一家商店又一家商店买的。巴小东特别的爱臭美,所以巴小东的母亲总是管儿子叫"臭小东"。臭小东小时候跟着奶奶住了一段时间,奶奶是南通那边的人,习惯留指甲,小巴小东和别的孩子不一样的地方就是留着大拇指指甲。上中学的时候,巴小东的母亲把儿子拉到自己的身边来,用指甲剪子把巴小东的大拇指指甲剪掉了。巴小东的母亲对巴小东说:"男孩子是不能留指甲的，十个指甲都要剪得干干净净。"这都是过去的事了。巴小东上大学时候用的手机放在巴小东母亲的枕头边，巴小东的母亲伸手就能够着。巴小东的母亲知道手机里既有巴小东拍的照片也有巴小东的录音，巴小东手机里的照片和录音巴小东母亲不知道看过和听过有多少遍了。巴小东的母亲希望有人打电话过来，也确实经常有人打电话过来，巴小东的同学啦，巴小东的朋友啦。电话打过来的时候巴小东的母亲会问你是谁啊？你是不是来过我们家啊？巴小东的母亲一边问一边努力想巴小东这个同学或朋友的样子，她会和把电话打过来的人说说巴小东的事，但她很少把巴小东的事情告诉对方。巴小东的母亲会把手机里巴小东的短信一遍一遍地看来看去。虽然巴小东现在不再用这个手机，但巴小东的母亲会定期去交费。有时候巴小东的母亲会用家里的电话打通巴小东的手机，也就是想听听巴小东吹口哨的声音。

手机响起来了，这是早上，巴小东的母亲刚把阳台上的花花草草收拾了一下。她现在还能勉强干这种活儿，虽然是八月，但那种名叫"遍地锦"的花已经开始枯萎了，而"晚饭花"却开得很好。巴小东的母亲把落在地上的花籽都扫了，巴小东养的那只名叫黑黑的猫也跟着到了阳台。巴小东的母亲把花籽从阳台上慢慢一扬一扬撒到了下边，她想这些花籽明年会长出许多花来，但明年自己也许不在了。下边停着几辆车，有一只猫在车上卧着。巴小东留下的手机这时候响了起来。

"巴小东，巴小东。"电话里的声音响了起来，很急促，年轻的声音。

"你是谁？巴小东出去了。"巴小东的母亲迟疑了一下，说。

电话里停顿了一下，巴小东的母亲马上说："你是谁呀？"她很怕这个电话马上挂掉，她想说说话，和找巴小东的人说说话。电话里的声音再次响起来，说："您是谁？这是巴小东的手机。"

巴小东的母亲说："我是小东的母亲，他出去了，忘拿手机了。你是谁？"

电话里年轻的声音马上说："我是小东的同学，我和小东一间宿舍，我在上铺他在下铺。我毕业回老家了。"电话里的声音说他现在是在昆明打电话，他们开车到昆明旅游来了，现在有急事想和巴小东通通话，有急事想找巴小东帮帮忙。

"巴小东呢？"电话里年轻的声音说，"伯母。"

"小东出去了。"巴小东的母亲说，"小东去邮局取东西了。"

"我太急了,碰到急事了。"电话里的声音说,"小东多会儿能回来?"

"你叫什么名字?"小东的母亲说。

"罗斯福。"电话里说。

巴小东的母亲笑了一下。她想知道巴小东的这个叫罗斯福的同学有什么事。

"巴小东爱穿白袜子。"电话里说。

"巴小东爱吃辣东西。"电话里说。

"巴小东的生日是6月30号。"电话里说。

"巴小东爱穿瘦腿裤子,伯母。"电话里说。

巴小东的母亲的心跳越来越厉害。

"巴小东晚上睡觉磨牙。"电话里说。

"小东。"巴小东的母亲在心里叫了一声小东,眼泪要出来了。这样的电话还没人给她打过。"小东!"巴小东的母亲哽咽了。"小东——"

"巴小东和我最爱踢足球了,他右脚的大脚趾指甲踢劈了。"

小东的母亲不知道这事,她迟疑着。

"好了没,好了吧。"电话里说。

"好了。"巴小东的母亲说,声音颤抖起来。

电话那边的声音也停了下来,迟疑着。

"你说,你继续说。"巴小东的母亲说。

"我们是最好的室友,我们互相换袜子穿。"电话里说。

"您做的干贝萝卜可真是太好吃了。"电话里说。

"你怎么知道啊?"巴小东的母亲说。

"我去您家吃过啊,巴小东生日。"电话里说。

"小东——"巴小东的母亲听到了自己心里的声音。

"小东——"巴小东的母亲快要哭出来了。

"您怎么了?"电话里说。

"你说、你说。"巴小东的母亲说。

"我还会学巴小东说话。"电话里的罗斯福开始学小东说话,说,说,说。

巴小东的母亲听到了小东的声音,和小东的声音真是一样,眼泪从巴小东母亲的眼里流出来了。

"您怎么了,您怎么不说话?"电话里说。

"你能不能叫我一声妈？"巴小东的母亲说。

电话里没有声音了,那边没声音了。

"你说话,你找小东有什么事？"巴小东的母亲有点急了,她想继续说下去。

电话里的声音又出现了,电话里的罗斯福说他们在昆明撞车了,急着要一万块钱。"要不不放我们走,我回去就把钱寄过来。"电话里说这种事只有最好的朋友能帮忙,所以就想起巴小东了,"小东什么时候回来？"

"小东。"巴小东的母亲说。

"小东。"巴小东的母亲又说。

"小东——"巴小东的母亲哭了出来。

"您怎么啦,您说话？"电话里的罗斯福说,"听小东说过您的病很严重。"

"小东——"巴小东的母亲喘不上气来了。

"您怎么啦您怎么啦？"

"小东不在了。"

电话那边也没有声音了,但马上又有声音了,"您说什么？"

"小东不在了。"巴小东的母亲说。

两边的电话里都没了声音。

文丽替巴小东的母亲穿过厨房去开门,门开了,巴小东的母亲站在文丽的身后, 她知道站在眼前的这个高大的小伙子就是打电话过来睡在小东上铺的罗斯福,这已经是半个月以后的事了。巴小东的母亲在后来的电话里对罗斯福说有东西要送给他,所以罗斯福来了,他终于站在了巴小东母亲的面前。他怎么也想不到巴小东会出车祸, 在门打开的那一刹那他的眼泪一下子就涌了上来,巴小东不在了,睡在他下铺的巴小东永远不在了。巴小东的手、巴小东的脚、巴小东的脸、巴小东的气味、巴小东的眼神……巴小东的一切都不在了。罗斯福两眼红红的不知所措地站在那里, 看着巴小东的母亲把一个箱子从床下用力拖了出来。巴小东的母亲对罗斯福说:"东西都在这里了,你穿上就和小东穿一样,你拿去吧。"

罗斯福蹲下来,他把箱子打开,里边满满的都是手织的毛裤,一条压着一条,一条压着一条,都是巴小东的母亲生病之后给小东赶着织的。

"你喊我一声妈好不好？"巴小东的母亲说。

罗斯福站起来,早已是泪流满面。

"你喊我一声。"巴小东的母亲说。

罗斯福又蹲下去,已经泣不成声。

【作者简介】王祥夫,男,辽宁抚顺人,1958年生。1984年开始文学创作,著有长篇小说《屠夫》《乱世蝴蝶》《种子》《生活年代》《百姓歌谣》,中短篇小说集《永不回归的姑母》《西牛界旧事》《谁再来撞我一下》《城南诗篇》《狂奔》,散文集《杂七杂八》等。部分作品被译成英、法、日、韩等国文字在国外出版。曾获首届、第二届赵树理文学奖,第三届鲁迅文学奖。现居山西大同,一级作家,中国作家协会会员。

生生不息

李进祥

　　大地震前,麦尔燕已经是家破人亡了。男人穆萨多年前就只身到麦加去朝觐,一直没有回来。女儿法图麦也得病早夭了。儿子亚瑟给抓了兵,这些年没了音信。家里就剩她一个人孤孤地过着。

　　娘家也没啥人了。父母没得早,她是奶奶抓养大的。奶奶是平凉城里的富家小姐,本来是汉民,奶奶家在平凉城里有一个很大的绸布庄。爷爷是个脚户,拉着骡子给商户驮货物,经常去平凉,到她家的绸布庄驮布匹绸缎。爷爷能唱很好听的花儿。正是那些花儿把奶奶的魂儿勾住了,随爷爷私奔到这干旱苦焦的山里来。来以后,奶奶没有看到多少花儿,却能时常听到爷爷唱花儿。她就住了下来,举行了入教礼,和爷爷正式成亲了。因为是私奔而来,又入了教门,她再没有去过平凉老家。爷爷也从此断了平凉那条路。他还是当脚户,改到沙漠里往出驮盐。奶奶劝他回来种地,他听不进去。他在外面野惯了,就像他唱花儿唱惯了。不过每次回来,他都给奶奶唱花儿,听着花儿的奶奶就满足了。她的脸上和心里都开了花儿。

　　那年月世道乱,爷爷赶骡子吆脚,半道上碰上了土匪。土匪抢盐,爷爷拼着命地护盐,就被杀了。侥幸逃脱的人来说了,奶奶就是不信。在此后的十几年里,奶奶一直认为爷爷还活着,还在赶骡子吆脚,还在唱花儿。她总是拉着麦尔燕站在大门口等爷爷,她说:"你听,你爷爷又在唱花儿哩。"

　　奶奶是饿死的。那年大旱,绝了粮,麦尔燕和奶奶野菜草籽地熬了几个月。

有点儿吃的,奶奶尽量俭省着,叫麦尔燕多吃点,奶奶就不行了。奶奶说麦尔燕是家里唯一的血脉,血脉不能断了,叫麦尔燕出去逃荒,麦尔燕说啥也不肯,她不能丢下奶奶一个人出去逃荒。又熬过了些日子,奶奶只剩下一丝儿游气了。她穿上当姑娘时从娘家穿出来的那身红缎子衣服,安静地躺在炕上,就那样去了。临去时,她脸上一片灿烂,她说:"你爷爷在那边唱花儿哩,我得去找他。"

麦尔燕打小就听奶奶唱花儿,跟奶奶学花儿,她不知道奶奶为啥那样地看重花儿。在麦尔燕看来,花儿到啥时候也抵不了吃的。尤其是在讨饭的过程中,她更感受到一口热饭有多么贵重。

奶奶去世后,麦尔燕就一路讨饭来到清水湾,嫁给穆萨。落脚到清水湾后,生了儿,育了女。她本想着能平平安安地过上一辈子,却没想到,家里接连出了那么多的事。

女儿夭亡了,是安拉收了。丈夫穆萨和儿子亚瑟却是活不见人,死不见尸。她认定他们都还活着,她得等他们回来。这样想着,她也就能活下来了。她还不到五十岁,种粮种菜,喂鸡养羊的,啥活儿都能干。麦尔燕还有一种魔力,能让野物儿都变得驯化。她从山上抓来几只小呱啦鸡,它们一点儿都不认生,把这里当成家了。长大后,又繁殖了一些,变成一大群了。它们还把山上的野呱啦鸡都引到家里来了。每天早晨呱啦啦一阵都飞出去,晚上又一片黑压压地飞回来。看着一大群呱啦鸡飞出飞进的,麦尔燕心里觉得满实,也不多想穆萨和亚瑟了。他们都是风中的鸟儿,想落都落不下来。

也许是一大群野呱啦鸡从麦尔燕家飞出飞进的,村里人感觉到了怪异,也许是想到麦尔燕的女儿曾得过怪病吧,村里有娃娃中了邪祟的,就来找她去看。最初,麦尔燕对这种邀请有些反感,因为这往往勾起她对法图麦的念想。但她还是去了。去了,捏捏拍拍的,娃娃还真就好了。一来二去的,请她的人越来越多了。娃娃头痛脑热拉肚子的也来找她,麦尔燕只好也去。她摸索着用针扎,用艾灸,用火罐拔。她记得小时候见过奶奶这样给人看病。她不知道奶奶又是从哪里学来的。一个商户人家的小姐,她能从哪里学呢?也许她还是从她的奶奶那里学到的,她的奶奶也许又是个庄户人家的女儿。这样一想,麦尔燕觉得人和树一样都有根,有些根扎得很深很悠远。奶奶因为山歌,随爷爷来到这个穷山沟里,就生出了一条根,没有这条根,也许就没有她麦尔燕。而麦尔燕又因为一场旱灾来到清水湾,把根又扎到清水湾。这都是安拉造化好的呢,还是人自个儿折腾自个儿?人心真是个奇怪的东西,奶奶的心偏偏就能被山歌给打动。即使爷爷有万贯家财也许都娶不来她，而几支山歌就把她的人她的魂都勾来了。奶奶也不怨，她得到了她认为最好的东西，即使在爷爷早逝后，那些山歌儿一直都活着，活在奶奶的心中，奶奶也算是幸福的了。奶奶的一辈子因为山歌而改变了，走向贫困，最后饿死了，奶奶的一辈子也因了山歌而饱满，饱满得像熟透了的麦粒。

麦尔燕托村里到平凉吆脚的人打听奶奶的娘家，平凉仁和绸缎庄的张家。还真给打听到了。信儿不好。仁和绸缎庄早就关了，张家也一个人都没有了。听说是张家给乱党资助了银子，叫官家抓住了，定了通匪的罪。家里的男人都给砍了头，女人娃娃给人为了奴。

虽然那是奶奶娘家的事，距离她很远了，但麦尔燕听了，还是有一种揪心的痛。她觉得，那也是她的一条根脉。一条根脉嘣地断了，她心里就有些痛。她也为奶奶感到庆幸。要是奶奶不随着爷爷来，也许还就给人砍了头，或者是为了奴。

奶奶来到这里，也许是安拉的指派，也许是她的先见。奶奶是那样地特别，不光是她会看病，会认字，会说一些让人想都想不到的话。她说话走路都透出一股子灵气儿、飘气儿，就像是活在云彩上。就算是落在土地上，脚上也从来都不沾尘土。麦尔燕觉得自己也多少有些奶奶的那种飘气儿，那是在骨头里有的东西。她就努力地往下落，踏踏实实地落到地上。她不光摸索着给清水湾的娃娃们看病，还给生娃娃的女人接生。给娃娃看病，她还跟着奶奶学了一些，给女人接生，她真是无师自通。那几年，清水湾几乎所有的娃娃都是她引领到这个世上来的。

清水湾村有四五十户，几姓人，都是回民，也还相安，只是日子过得难肠。不过，庄户人家只要能填饱肚子也就心里念知感了。尽管收成不好，还有天灾和人祸，但人还得活下去，苦日子还得过下去。人们只盼着有个好一点儿的年成，只盼着不要遭灾；但灾难好像跟这里的人有亲戚，不时地来走动一回。

地震那年的收成还算好。冬闲了，人们忙乎着娶媳妇嫁女儿，走亲戚串门子，谁都没想到会有地震；地震前有很多的显迹，但事前人们并不明白。

先是有小娃娃们踢毽子跳房子时嘴里唱着："人吃人，狗吃狗，鸦儿老鸹啃石头。"都以为是娃娃们的胡说胡闹，没人理会他们念叨这些话的意思。接着，娃娃们又唱起了摇摆歌："大豌豆开花，摇一摇，麦出穗；不是王法吆，摇摇摆，咱两个睡。一碗羊肉，摇一摇，白花了；世上的好人吆，摇摇摆，贼杀了。"还有的唱："园子里长的绿韭菜,摆摆摇,货郎子哥哥快挑来,摇摇摆,货郎子哥哥不挑来,摇摇摆,地摇了,稀里哗啦塌散了,哗呀哗啦摇,咯呀咯噔摇。"

接着清水湾有一口水窖里发出牛样的叫声。打水的媳妇儿听到了,吓得把水桶扔了,跑开了。这话传开,村里好多人都围在窖口听,确实听到了牛样的叫声。

"怕是癞呱呱叫呢!"

"癞呱呱没个这么叫的。"

"癞呱呱也叫不出这么大的声儿。"

"不是癞呱呱,那还真是牛叫不成?"

"牛咋到水窖里去了呢?"

"大概是地下面的牛,是支着地面的那四头牛在叫呢!"

人们议论纷纷,可谁也说不出那叫声的来源。

过了几天,那口水窖里的水又发浑、变黑。人们越发奇怪,说啥话的都有。有些老年人心里就嘀咕:安拉哟,怕是要顿亚临尽了。可是谁也没想到会有啥事儿发生,会有啥灾难又降临到清水湾。

地震的那天,落了一场大雪。雪是从早上下起的,没有风,雪片儿慢悠悠地落下来,很快就把地给盖白了。就在那天早晨,麦尔燕冒着雪去给村里一家的媳妇子接生。那媳妇子是头生,又难产,折腾了大半天才听见了娃娃的哭声。是个女娃儿,但哭声却响亮。麦尔燕没想到这个女娃会与她以后的生活发生什么关联,她已经接生过好多娃娃了。麦尔燕在那家人的千恩万谢中洗了娃娃,又洗了血手,喝了碗给月婆子熬的小米汤后,就踩着雪回到自家的窑洞。

她照例在窑洞门口站了一会儿,向西面伫望着。雪花很稠,看不远。清水河看不清了,通向外面的路也看不清了。村道上出现了行人,又很快融进雪中不见了。这样的天气,即使穆萨和亚瑟回来,远远地也看不见。看不见,但能听见。在簌簌的落雪声中,不时浮出一些奇怪的声响,还有一串铜铃的悠响,是骡马脖子上的铜铃声。穆萨走的时候,就骑着一头大青骡子。她在大青骡子的脖子上拴了一串铜铃。穆萨骑走了大青骡子,却把悠远的铜铃声留在麦尔燕的耳畔。她记得穆萨走的时候,挂在骡子脖颈上的铜铃铛敲出细碎忧伤的调子,骡子的蹄声也一下一下敲在麦尔燕的心尖上。她感到了痛,但没有哭。她望着穆萨的背影说:"我等着你!"为这句话,麦尔燕等了几十年。麦尔燕不知道他是无常在半路上了,还是留在那里不回来了。还有儿子亚瑟,自从给抓走后,一直没有回来,也没有音信回来。当兵打仗的,命悬在半空中,挑在刀刃上,不知能不能活着回来。但麦尔燕相信他们能回来,她每天都等着他们回来。

突然而起的一阵土黄鼠"争——争——争"的尖叫声使她浑身一颤,这才失望地回到窑里。

雪还在落着,麦尔燕坐在热炕上,心里一折一折地胡思乱想着,手里纳着一双千层底的大鞋,思绪像屋外的雪花那样静,又那样纷乱。手里的大鞋不知是给男人穆萨做的,还是给儿子亚瑟做的,她自己心里也含糊。

大雪一直到后半晌才停了。雪把一切都盖住了。一片白亮,天色却早早地暗下来。麦尔燕赶着做了点饭,刚吃过,屋里已经暗得很重。她正准备点上油灯,忽然听到院子里的雪咯吱咯吱地响,分明是有人走进来了。麦尔燕想也许是亚瑟,也许是穆萨回来了。麦尔燕没来得及点油灯,开门出屋,见门口果然有个人,却是个女人。女人用围巾把头脸捂了个严实,只露出一双黑幽幽的眼睛。她的眼睛里有一股乏气儿,身子也显出走了长路的样子。她胸前紧抱着个蓝布包袱,像是裹着个娃娃,但裹得严实,看不清。麦尔燕还以为女人是走娘家串亲戚的,到半路上遇了雪,天又快黑了,找来借宿的。她就把女人往屋里让。女人却不进屋,也不出声,瞅着麦尔燕,眼睛里盈起了泪。麦尔燕正纳闷,女人像终于下了决心似的,突然把包袱往麦尔燕怀里一塞,哽咽着说了句啥,转身就走了。等麦尔燕反应过来,女人已快步走出院子。麦尔燕忙边"哎哎"地喊边追上去。女人急急地走,连头也没回。麦尔燕怀里抱着包裹,小脚不稳,雪又滑,等她追出去,女人已经消失在路拐角,只在雪地上隐隐留下一串脚印。

麦尔燕站在大门前的那块台地上四处张望,哪个路口处都没有出现女人的身影。雪停了,可天上的云还没有散尽,灰灰的一片,地上的雪反射出冷亮的光。清水湾像被这场大雪从地上抹掉了一样,只有淡淡的几点灯光还能说明这是一个村庄。谁家的狗怪怪地叫了几声,有好几只狗都跟着叫起来,还有牛羊的叫声。忽然,怀里的包袱动了一下,有小娃娃的暗暗的哭声。麦尔燕这才知道,包袱里果真是个娃娃。她把包裹开着的那一角掀开,一股热乎乎的奶腥气冲出来。麦尔燕熟悉那股味道,那是只有吃奶的娃娃身上才有的味道,又腥又香,粉扑扑的一股味儿。借着幽暗的雪光,麦尔燕还隐隐看到了娃娃的小脸。她怕冻着了娃娃,赶紧往窑里走。回到窑里,点上了油灯,她才看清那是个男娃,五六个月的样子,棉布包袱里还夹着小衣裤小尿布。

女人为啥要把这个娃娃塞给她,转身走了呢? 麦尔燕想不通。

灯光一刺,娃儿睁开了眼,有些好奇又有些疑惑地瞅她。娃儿的眼睛亮汪汪的,像汪在草叶上的露水珠子。麦尔燕心里就有一种扑簌簌的感觉,那是母亲的感觉。麦尔燕爱娃娃,法图麦和亚瑟先后都离开了她,她更加稀罕娃娃。接生了那么多娃娃,但那都是别人的娃。自己生活中要是再有个娃娃,那就太好了。麦尔燕细细地瞅着娃儿,他眉清目秀的,他妈把娃娃操心得也很干净,很讨人喜欢的模样。只是在他的眉宇间有一股说不出的神情,或者说是一股气,一股看不见但能感觉到的气。麦尔燕恍然想起在穆萨和亚瑟的眉宇间就有这种神情这股气。那是他们特有的,麦尔燕太熟悉那种神情了。只是穆萨和亚瑟眉宇间的那股气要浓重一些,郁成一个结,凝在那里,而这个小娃眉宇间的气要淡一些,散散地飘着。这娃儿难道跟这个家族有关联?他难道是亚瑟的娃娃?这个念头让麦尔燕又兴奋又疑惑。若是亚瑟的娃娃,就是她的孙儿了。亚瑟没结过婚,哪来的娃娃?若是亚瑟的娃娃,那女人又是谁呢?麦尔燕仔细琢磨那女人的相貌神情,天太暗了,她又蒙着脸,真的没看清。但她很显然认识自己,不然她也不会遮住了脸,她也不会走得那么急,她也不会贸然地把娃娃交给自己。她难道是清水湾人? 或是清水湾附近的人?

这一连串的疑问使麦尔燕心里不安,她裹好娃儿,抱上了又到大门外去看那女人。她临出门时,几只老鼠"吱吱"叫着也随她往出走。老鼠的小眼睛很亮,很惊慌,像有猫在追着它们。草棚子里的呱啦鸡也咕咕地叫起来,像遭了鹞鹰野狐子。今儿咋全是些奇怪的事? 麦尔燕边往出走,心里边嘀咕。站到大门外,天色更幽暗了,根本不见那女人的踪影。狗呜呜咽咽地乱叫着,牛羊的叫声也失去了往常的调子,清水湾笼罩在一种怪异的氛围中。麦尔燕心里有了不祥的预兆。冷风一激,浑身都凉刷刷的,她就往屋里走。

正在这时,沉闷的雷声从地底下传出来,雷声闷暗,可刺得人心里发潮。麦尔燕刚压下胸腔里的一股恶心气儿,地面就抖开了。抖动只持续了一眨眼的时间,地面又筛起来,麦尔燕像站在一个巨大的筛子里,筛子被啥人左右上下地颠簸摇晃,麦尔燕突然重重地摔倒了。

麦尔燕临摔倒时只记得两件事,一是紧抱住怀里的娃娃,再就是连念了几句清真言。

地面颠了好一会儿才停了,麦尔燕挣扎着抱住娃娃站起来。雪光里,只见清水湾漫起冲天的尘障。自家院里也扬起呛人的尘土。鸡狗的叫声更尖厉了,

293

又掺杂上了人的惊叫和哭喊。

麦尔燕这才明白是地震了。

大地震把清水湾一带大部分的窑洞和草房都摇塌了，人畜死了有一大半。地震中的人看到了怎样的景象，谁也无从知道，幸存下来的人由于处在不同的地方，不同的情形中，看到的地震的模样都不一样。有人看到麦场上打场的石磙子像耍把戏样地跳起半人高，还翻着跟头；有人看到地面生生地被掰开了一道口子；还有人看到窑洞被揉碎了样地坍塌下来。幸存下来的人虽然保住了性命，但心灵上受到的震撼让他们唏嘘了几十年。那不可知的力量让每个人都心生恐惧。

地震把村子揉碎了，像揉一块破布，拧一个麻花，山走了，地扭了，村子完全变了个样。本来是很远的两家，地震后成了邻家；本来是并排的两家，地震后成了对门。说是人家，哪里还有个人家，窑塌了，房倒了，都成了一堆了，有些人家一个人都没活下来，活着的人也认不出自己的家了。清水湾整个像是一处废墟。

在最初的惊恐和哭喊过后，幸存下来的人开始了清理废墟的工作。这项工作进展得很缓慢，持续了一个月有余。但清水湾人表现得很执着，很有耐心。从废墟中清理出了各种姿势各种情态的尸体，也找出了些折胳膊断腿的活人，还有一些能用的家什和粮食。

清理中也发现了许多奇迹。同在一个塌窑洞里，有的血肉模糊，有的则毫发未损。还有更奇的。一个月后，人们挖开了一孔坍塌了的窑洞后，在一角未塌下来的地方，有个老人呆痴地坐着。他叫锁有成，靠一缸咸菜活了一个多月。

清理中人们还发现，几乎所有的娃娃都在父母尸体的怀里，有些一起被砸死了，有些靠父母尸体的支撑存活了下来。可以想象在地震最初发生的那一刻，父母们想到的首先是儿女，把儿女都收揽到怀里。在窑洞往下塌的时候，他们又把脊梁迎上去。他们以为自己的脊梁能抵挡住山一样的重压，他们中有些还果真做到了。因此，那场地震中存活下来的娃娃就比成年人多，有许多娃娃都成了孤儿。也有些人活不见人，死不见尸。地震在暴露许多秘密的同时，又制造了许多秘密。

人们在草草掩埋了死者后，生活又艰难地开始了。

麦尔燕家的两孔窑洞中塌了一孔，儿子亚瑟住过的那一孔新窑塌了。她住的那孔旧窑没有完全坍塌，顶上裂了一道缝，掉下来一堆土，端端地堆在炕上。

麦尔燕要不是追出去找那个女人,就给埋住了。麦尔燕觉得,这也是早就注定的,要不是女人送来那个娃娃,她也说不定就给压死了。

没有被压死,就得活着。寒冬腊月的,再没地方去,麦尔燕把坍下来的土挖出去,把屋子扫了扫,又住进裂了缝的窑里。还有两个娃娃。她在这场地震中得到了两个娃娃。一个男娃,就是那个神秘的女人在地震前送来的。那个女人也在地震中消失了。按理,她若是想出村的话,还没有走出清水湾;若是还在清水湾,可又没有找到她的尸体。不过,有许多尸体都是血肉模糊的,辨认不出是谁来。麦尔燕不知道那个女人是死是活。麦尔燕还领养了一个孤女。巧的是那女娃正是她在地震的那天早晨接生的。女娃的耳后有一个血痣,麦尔燕记得很清楚。女娃一家人全在地震中丧生了。只有这个出生还不满一天的女娃,在她母亲的身体和一叠枕头被褥的夹缝中活了下来。麦尔燕就领养了她。

在抱回那个女娃的时候,麦尔燕想到女娃的母亲在生育时痛苦扭曲的脸,还有她声嘶力竭的哭喊。当时是难产,那个小媳妇在努力了几番都失败后,脸上有了绝望的神色,还有对死的恐惧。她一遍又一遍地问接生的麦尔燕:"我会死吗?""我怕是不行了!"麦尔燕边教她怎样用力,边安慰她:"女人都这样,得过这一关,娃娃一出来就好了。"当她用尽最后的力气,终于把女娃生出来后,她的身体瘫软了,但她的脸上是摆脱了险境和初为人母的双重欣慰。她以为摆脱了死神,没想到只躲开了半天时间,死神没有在生育时带走她,却在随后的地震中带走了她。这都是命,是安拉的造化,麦尔燕这样想。生娃娃的那会儿,她的时辰还没到。安拉要让她尝到当母亲的苦痛和幸福后,才收走她。她要是迟生一天——不用一天,只用一会儿,怀着娃死了的话,按经典上讲,她就万罪全消,能进天堂。但那样的话,这女娃就不能出世了。女娃能生下来,能在地震中活下来,说明她是该来到这个世上的。难产也好,地震也好,都挡不住。她也是该活下去的,麦尔燕觉得这些都是造化的机密,造化的机密谁也猜不透。

地震不仅把村子揉碎了,也把人心揉碎了。地震把村子的魂都震飞了,把人的魂也震飞了。活下来的人都呆了,傻了,好些天不知道该干些啥,不知道该咋样活下去。村子里没有一点儿活气,尤其是到了晚上,村子真的就死了。

村子不能死,人心不能死。一个老人出主意叫挂灯,在村头上挂一盏灯。他说,人心里得有一盏灯。

地震不光死了很多人,还死了很多牛羊,死了的牛羊肉不能吃,但做蜡烛能行。几个年轻人就把牛羊的油剥下来，做了好些蜡烛。又糊了个灯笼，高高地挂在村头上。每天晚上都点一根蜡烛，灯笼每天晚上都亮着。

灯把人心照醒了，把悲伤和恐惧驱散了。人们开始把地震中死了的人都埋葬了，重新挖窑洞、盖房子，开始治病疗伤，开始生火做饭。几个月后，雨水又一次润湿大地，草木又一次发芽，人们又开始种上了庄稼。寡妇再嫁了男人，光棍又娶了媳妇，许多家庭都进行了新的组合。当地里的庄稼又结满了籽粒，当女人的肚子又鼓起来，当麦尔燕又一次开始接生时，村子完全活过来了。

这期间，麦尔燕用一只奶山羊的乳汁喂养着两个娃娃。奶山羊的乳汁能喂饱两个娃娃的肚子，却喂不饱两个娃娃的心。他们刚会爬，就钻进麦尔燕的怀里，一边一个，嗫她的奶头。

麦尔燕刚过五十岁，乳房还没有完全干瘪，但早就没有乳汁了。为了哄两个娃娃，麦尔燕就把空奶头叫他们嗫。刚开始的时候，两个娃娃嗫不到乳汁，就使劲地嗫，把她嗫疼了，不舒服；但看着两个娃娃的样子，麦尔燕还是让他们嗫。日子长了，习惯了，也就不感觉疼了。两个娃娃嗫得更欢实了。

有一天，两个娃娃钻在怀里嗫着，麦尔燕忽然感觉麻酥酥的，像有一股细流往出涌，就像是给亚瑟和法图麦喂奶是一样的。她觉得奇怪，从娃娃的嘴里揪出奶头，发现娃娃的嘴里含着白白的奶水。麦尔燕想不到，自己竟然又有了奶水。她想，这是给两个没娘的娃娃的造化，也是给她的造化。

麦尔燕就用自己的奶水把两个娃娃喂养到一岁多。

地震后，麦尔燕和村里人一起忙着救命，一直没顾上给两个娃娃起名字。村子活过来了，麦尔燕才请阿訇来给他们起了名字。阿訇给男娃取名叫哈塞，女娃取名叫阿依舍。

到哈塞和阿依舍都会说话的时候，两个不知因果的娃娃都把麦尔燕当成了母亲，都叫她妈。麦尔燕曾有过亚瑟和法图麦两个娃娃，他们先后都离她而去了，她心里一直惦念着。在哈塞和阿依舍叫她"妈"的时候，她心里非常高兴，恍惚间觉得时间又退回去了，退回到几十年前了，她抓养的哈塞和阿依舍就是当年的亚瑟和法图麦。哈塞和阿依舍就是她亲生的儿女。

麦尔燕没有等来丈夫穆萨和儿子亚瑟，却把哈塞和阿依舍一天天抓养大了。

阿依舍就是我奶奶，麦尔燕算是我的太奶奶。太奶奶麦尔燕活了八十三岁,直到我奶奶阿依舍结婚,有了娃娃。我奶奶阿依舍今年九十四岁,重孙子都结婚了。我们几个孙子辈的有一回坐在一起,仔细算了算,奶奶阿依舍的后人有八十多口人了。哈塞爷爷的后人也有七十多口人。这样算来,太奶奶麦尔燕的后人有一百五十多口。

【作者简介】李进祥,男,回族,1968年生。著有长篇小说《孤独成双》,清水河系列短篇小说等。作品多次入选各类选刊、选本、年度小说排行榜,多篇小说获奖,部分作品被译介。现任宁夏作家协会副主席,中国作家协会会员。

实力其中，活力其外(编后语)

　　这一卷《小说月报》年度精选面世之际，本刊将迎来三十五岁生日。自1980年创刊始，凝聚着几代同仁心血、负载了各方友朋关爱、寄托过众多读者期许的《小说月报》，一路前行，在2015年新年跨过"三十五岁"这个门槛，按照通行的说法，正好来到"三十而立"与"四十不惑"的中间点。

　　按照惯例，编辑团队在岁末回顾过去一年的工作，重新审视了本刊2014年度所选发的一百〇五部中篇小说、六十九篇短篇小说，从中遴选出足以代表当代小说创作成绩与发展态势的佳作。不同往年的是，这次同时推出《小说月报2014年实力作家精品集》《小说月报2014年活力作家精品集》两卷供读者赏鉴。从题材分布、风格取向和作者阵容上，不难看出，前者侧重深受读者期待的诸位名家轮扁斫轮之新作，后者则尝试容纳或雄健或清丽，更为多元的小说新声。

　　然而两卷并非截然以代际或成名之先后为界，连同书名里的"实力""活力"亦不过权宜性的划分——诸位实力名家的新作中，开疆拓土的锐气扑面而来；而70后、80后小说家同样用他们的作品展示出深掘厚植的功力，乃至将自身写作置于经典长河中的气象。今年精品集编选的新探索，或许可以描述为某种"三十五岁心态"的投射："而立"已至，《小说月报》历经三十多年的淘洗与沉淀，已然"立"住独具辨识度的品格；"不惑"未达，对任何定于一尊的标准答案，我们仍抱持谨慎、执拗之"惑"——世界何以只能这般？小说难道仅此而已？我们希望以"实力"与"活力"为尺度编选的两卷作品，能彰显《小说月报》已然确立的格局，以及不断自我突破的驱动力。

　　"既立而有惑"，也是《小说月报》希望保持下去的态度。作为已在读者心中立住一席之地的刊物，自应有稳固的内核，却不必有森严的边界——内核稳固，方不至随波逐流，边界开放，所以能不拘一格，向永远诱惑着我们的、充满可能性的外部开放……至于这样的努力与尝试，能否达到"实力其中，活力其外"的境界，尚有待您的检验。

　　本书入选作品分中篇、短篇两部分，均按本刊选载先后排序。编辑过程中，承蒙各位入选作者大力协助，值此机会表示最诚挚的谢意。感谢各界朋友对本刊始终如一的厚爱与支持，真诚期望您对我们工作中的不足之处，给予批评指正。

《小说月报》编辑部

2014年12月

《小说月报》2014年总目录

中篇小说

增刊

短篇小说